John Clive schloß sich nach Beendigung der Schule einer wandernden Schauspielertruppe an. Nach seiner Dienstzeit in der Royal Air Force kehrte er zur Bühne zurück. Bekannt wurde John Clive durch Fernseh- und Spielfilme – u. a. hat er in »Uhrwerk Orange« mitgewirkt –, und auch als Songwriter hat er sich einen Namen gemacht. »Die Himmelhunde« ist sein erster Roman.

J. D. Gilman ist ein Pseudonym, das noch nicht gelüftet werden darf.

Vollständige Taschenbuchausgabe
Droemersche Verlagsanstalt Th. Knaur Nachf.
München/Zürich
Lizenzausgabe mit freundlicher Genehmigung des
Scherz Verlags Bern und München

Titel der Originalausgabe »KG 200 – The Force without Face«

Aus dem Englischen von Jürgen Bavendam
Umschlaggestaltung Rambow, Lienemeyer, van de Sand
Satz IBV Lichtsatz KG, Berlin
Druck und Bindung Mohndruck, Gütersloh
Printed in Germany
ISBN 3-426-00712-6

1.–18. Tausend Oktober 1980
19.–24. Tausend Dezember 1980

J. D. Gilman/John Clive:
Die Himmelhunde

Tatsachenroman

Droemer Knaur

1

Die große B-17 starb in der Luft, war nur noch fünfhundert Meter über dem glitzernden Meer und trudelte unaufhaltsam tiefer. Der sandige Dunst der sich nähernden Küste drang durch das gesprungene, rissige Netz und die schartigen Löcher im zerschmetterten Plexiglas der Pilotenkanzel. Die beiden inneren Motoren schwiegen. Der äußere Steuerbordmotor dröhnte mit voller Kraft, versuchte allein den Bomber voranzubringen. Der äußere Backbordmotor stotterte, raste wieder auf Vollgas, hustete erneut. Der Pilot, der in der zerstörten Kanzel saß, riskierte ab und zu einen Blick auf das Öl, das in schnellen, zuckenden Schüben aus dem zersprungenen Verbindungsstück schoß und über den blauweißen Stern der US-Air Force auf der Tragfläche strömte.

Ein Blick war alles, was er riskieren konnte. Er stemmte sich gegen die Bö, die durch das Loch im Fenster der Kanzel peitschte, und drückte mit aller Kraft den Steuerknüppel nach vorn, versuchte den Bug nach unten zu halten, damit die B-17 nicht überzog und ihrem letzten Landeplatz mit dem Heck zuerst entgegentrudelte. Über das Heulen des Windes hinweg konnte er schwach das knackende, knirschende Geräusch hören, mit dem der Bomber langsam auseinanderbrach.

Die beiden 8,8-Geschosse, von denen die B-17 über Wangerooge getroffen worden war, hatten sie nicht sofort zerstört, aber praktisch fluguntüchtig gemacht. Die Trimmknöpfe, mit denen man die Fluglage der B-17 änderte, wenn man landen wollte, hingen nutzlos an einem Gewirr vorstehender Drähte. Sie waren in Bombenabwurfstellung blockiert und machten die Maschine hoffnungslos hecklastig. Die Hydraulik war ausgefallen, und es gab keine Bordverständigung mehr. Vom Ersten Bordschützen waren nur noch Hüfte und Beine übriggeblieben: Sein Kopf und sein Rumpf schwammen irgendwo in der Nordsee, hundert Kilometer weiter draußen. Hinter den Überresten heulte ein Luftstrom durch ein fast drei Meter langes und einen guten Meter breites Loch, das das erste 8,8-Geschoß in den Boden des Flugzeugrumpfes gerissen hatte. Das heftige Feuer, das sofort ausgebrochen war, hatte die Wände des Rumpfs geschwärzt, doch jetzt waren die Flammen erloschen. Dafür hatte das zweite Geschoß gesorgt, das eine oder zwei Sekunden später genau vor der Leitkante der linken Tragfläche explodiert war. Es hatte den inneren Steuerbordmotor halb aus seiner Halterung gefetzt, die linke Seite der Pilotenkanzel zerstört und so einen Luftstrom durch den Rumpf geschaffen, in dem sich keine Flamme halten konnte.

Das Heck der B-17 brannte allerdings noch. Das eingefahrene hintere

Fahrwerk blockierte den Weg zwischen der hinteren Geschützkanzel und der Rumpfmitte, so daß dort kein Luftstrom entstand. Der kauernde, formlose, nicht mehr menschenähnliche Körper des Heckschützen brannte auf seinem Sitz, hing über seinen Brownings vom Kaliber .50, war seit zwanzig Minuten von einer Glut umgeben, die bereits alles abgeschmolzen hatte, was in jenem engen Sarg schmelzbar war. Über dem Todesnest hing das Ruder zur Seite. Die B-17 konnte nicht mehr gesteuert werden.
Die Bombenklappen waren geöffnet, obgleich der Bombenschütze – er und der Navigator waren spurlos aus der Kanzel verschwunden – keinen Knopf gedrückt hatte. Die Druckwelle des ersten Geschosses hatte ihm die Arbeit abgenommen. Hinter den Klappen, an vielen Stellen durchlöchert, aber durch irgendeine Laune der Druckwelle intakt geblieben, stand in einem Gewirr aus Leinen und flatternder Fallschirmseide ein offener Kasten aus dünnen Brettern. In dem Kasten lagen zwei weitere Leichen. Bei der ersten handelte es sich um einen jüngeren Mann in einem ehemals blauen Straßenanzug. Die untere Hälfte seines Gesichts war abgerissen worden. Die andere Leiche war eine Frau mittleren Alters in grauem Mantel, Rock und Bluse. Ihre Verletzungen waren nicht zu sehen. Sie lag, zur Hälfte aus dem Kasten hängend, auf dem Rücken, ein nacktes Bein baumelte zum Bombenschacht hinaus, und ihre toten, bebrillten Augen starrten durch die gesprungenen Gläser nach oben.
Der einzig andere noch lebende Mann an Bord der B-17 hockte an den offenen Bombenklappen und blickte auf das tote Paar und die weiß gischtende See darunter. Der drehte sich um und kämpfte sich gegen den Luftstrom im Rumpf zum Cockpit zurück. Mühsam arbeitete er sich zum Sitz des Kopiloten vor, hinter dem Piloten, der ihm einen kurzen, fragenden Blick zuwarf. Er schüttelte den Kopf. Der Pilot machte eine nachdrückliche Kopfbewegung zum Steuerknüppel, und der Kopilot zwängte sich vor und ging in die Knie, half ihm, den Knüppel nach vorn zu drücken, was all seine Kraft erforderte. Der Ringfinger und der kleine Finger seiner linken Hand waren nur noch blutige Stümpfe.
Der Pilot nahm schnell eine Hand vom Steuerknüppel, griff suchend hinter seinen Sitz und zog ein feststehendes Messer mit Scheide hervor. Es war unmöglich, mit der Stimme gegen das Heulen des Windes und das heisere Röhren der linken Triebwerke anzukommen, so machte er eine schneidende Bewegung mit dem Messer. Der Kopilot preßte sich gegen den Steuerknüppel und sah wieder zum Piloten auf, der den Kopf schüttelte und das Messer aus der Scheide zog. Erschöpft griff der Kopilot mit seiner gesunden Hand nach dem Messer, rutschte unter dem Knüppel hervor und mühte sich erneut den Gang zum Bombenschacht entlang. Gegen die Kraft des Windes ankämpfend, der durch die offenen Klappen drang, hieb er auf die Fallschirmleinen ein, die den Holzkasten hielten. Als endlich die letzte

Leine durchgetrennt war, stemmte er sich gegen ein Spant und hob das Ende des Kastens mit dem Fuß an. Der Holzkasten und der tote Mann sausten glatt aus der Maschine, verschwanden in der kabbeligen See, die jetzt nur noch gut zweihundert Meter entfernt war. Die tote Frau verfing sich kurz mit einem Fuß am Rand der Bombenklappe. Die Bö riß ihren Rock fort. Einen Moment lang schaukelte sie obszön mit dem Kopf nach unten hin und her, in ihrer rosa Unterwäsche, bis sich der Kopilot mit einer gewaltigen Kraftanstrengung gegen das geschwärzte Spant drückte und mit seinem Fliegerstiefel nach ihrem festgehakten Fuß trat. Ihr Schuh löste sich, und sie stürzte in die Tiefe. Der Kopilot, dessen verletzte Hand wieder heftig blutete, war fast am Ende seiner Kräfte, doch er taumelte erneut den Gang zur Pilotenkanzel entlang. Der Pilot sah ihn fragend an, und er nickte. Eine Minute später, in hundert Meter Höhe, erreichte die B-17 die Küste. Der Pilot schätzte, daß er die Maschine noch etwa neunzig Sekunden in der Luft halten konnte.
Sie sackten immer schneller und in einem immer steileren Winkel über einen grauen Ort hinweg, der friedlich im Abendlicht dalag. Er sah eine Kreuzung mit einem Militärlaster, der am Bordstein parkte. Dahinter kam eine mit Sandsäcken geschützte Flakstellung, aus der eine Kanonenmündung nach oben zeigte. Aus einer nahen Nissenhütte waren drei oder vier Männer gestürzt, die zu ihm hochstarrten. Der Kopilot schrie etwas. Er konnte es nicht hören. Der Kopilot holte einen Umschlag aus der Tasche und kritzelte in ungelenken Großbuchstaben das Wort MERSEA darauf. Mersea ... Der Pilot versuchte sich an die Karte zu erinnern. Hinter Mersea kam flaches Land. Es bot eine Chance, doch ihm war klar, daß sie es nie erreichen würden. Die B-17 taumelte dem Verderben entgegen, nur noch dreißig Meter über der Erde, vielleicht weniger. Er drosselte den linken Motor, ließ die Nase ein bißchen hochkommen. Die Maschine raste auf zwei durch einen Heckenweg getrennte Weiden zu. Sie waren viel zu kurz für eine Landung. Sobald der durchlöcherte Rumpf der B-17 Bodenkontakt hätte, würde sie die Erde durchpflügen, auseinanderbrechen, brennen, und das auf Hunderten von Metern. Er mußte seitlich aufsetzen. Er war nur noch knapp zehn Meter hoch, als er die Einfriedung der ersten Weide überquerte. Er drückte die Drosselklappe des linken Triebwerks. Es heulte sofort auf, und der plötzliche Kraftschub drückte die B-17 seitlich in Backbordlage. Im selben Augenblick hob der Pilot den Bug und ließ den großen Bomber auf die Weide fallen, er rutschte, kreischte, schlitterte durch die Hecke und über den Weg auf die zweite Wiese zu. Die Bäume am Ende der Wiese rasten der Kanzel entgegen. Große Erdschollen wurden hochgeschleudert, als die Nase den Boden durchpflügte. Mit einem durch Mark und Bein gehenden Krachen brach der Bug mit dem Cockpit ab, schlug zweimal seitlich auf und blieb dann liegen. Der Rest der Tragflächen und

der Rumpf pflügten sich weiter, in die Bäume hinein. Sekundenbruchteile später ertönte ein dumpfer, ohrenbetäubender Knall. Hundert Meter weiter explodierten die Tanks der B-17 und schickten eine dicke Säule aus Feuer und Rauch in das verblichene Blau des abendlichen Himmels. Brennende Stoffetzen fielen in das Wrack der Pilotenkanzel. Der an seinen Sitz geschnallte Pilot schlug sich auf den Nacken, wo der Kragen seines Uniformhemds schwelte. Er drückte auf den Notauslöseknopf seines Gurts und kroch schwerfällig durch das gähnende Loch im Cockpit. Der Kopilot, der nicht angeschnallt gewesen war, lag über einem zerbrochenen Flügelholm. Für die zerstörte Pilotenkanzel bestand keine Feuergefahr, doch die Hitze, die von der brennenden B-17 über die Weide strahlte, war unglaublich intensiv. Man hörte das Knattern explodierender Munition. Der Pilot packte seinen Kameraden und schleppte ihn fünfzig Meter von den Trümmern weg.

Der Kopilot war bewußtlos gewesen, doch nun schlug er die Augen auf, verzog qualvoll das Gesicht und lächelte dann schwach. Sein Haar war von Blut und Öl verklebt. Seine Beine lagen in einem unnatürlichen Winkel gespreizt unter ihm. Der Pilot betrachtete sie kurz. Sie waren beide gebrochen, das rechte völlig zerschmettert. In der Brust klaffte eine große Wunde. Der Junge flüsterte mühsam. Der Pilot beugte sich nach unten, bis sein Ohr den Mund des Jungen berührte. Der Kopilot griff nach seiner Hand, und seine Stimme wurde für einen Augenblick lauter: »Es gibt keinen anderen, der... kein anderer Pilot hätte das geschafft...«

Irgendwo hinter der qualmenden Hecke ertönte die ferne Sirene eines Krankenwagens. Der Pilot holte einen 45er Colt aus seinem Gürtel, entsicherte, drückte dem Jungen die Mündung in den Nacken und schoß ihm in den Hinterkopf.

2

Der erste, der den Piloten erreichte, war ein Mann mittleren Alters in einem grauen Tweedanzug. Er zwängte sich durch die Hecke und lief keuchend die Weide hoch, wo er neben dem Leichnam des Kopiloten in die Hocke ging. Ihm folgte ein siebzehn oder achtzehn Jahre altes Mädchen mit hellblonden Haaren, die mit einer blauen Schleife nach hinten gebunden waren. Sobald der Mann den zerschmetterten Kopf des Kopiloten sah, drehte er sich um und rief scharf: »Bleib da, Mary. Tu, was ich dir sage. Wir können nichts mehr für ihn tun.«

Sie blieb wenige Meter entfernt zögernd stehen. Der Mann mittleren Alters wandte sich dem Piloten zu, der, den Kopf in die Hände gestützt, im Gras saß, aber zwischen seinen Fingern hindurch alles beobachtete.

»Noch jemand?« Die Stimme des Mannes hatte etwas Befehlsgewohntes. Der Pilot schüttelte den Kopf.

»Alle dort drin«, sagte er. Er machte eine Geste zu dem brennenden Skelett der B-17. Sein Tonfall war knapp, sehr amerikanisch. Der Mann mittleren Alters sah zu dem Bomber hinüber. Im selben Augenblick stand der Pilot auf und ergriff seinen Arm.

»Es hat keinen Zweck«, sagte er. »Nicht die geringste Chance. Soweit ich weiß, waren sie schon alle tot, als ich die Maschine aufsetzte.«

Der Mann nickte. Er warf einen kurzen Blick auf die goldenen Abzeichen der amerikanischen Luftwaffe am Uniformkragen, auf die goldenen Adlerflügel, die goldenen Doppelbalken auf den Schulterstücken.

»Amerikaner, nicht wahr? Captain, wenn ich mich nicht irre...«

»Hadley«, sagte der Pilot. »Ralph Hadley. US-Air Force.«

»Alles in Ordnung?« fragte der Mann. »Sind Sie überhaupt verletzt?«

»Nein«, sagte der Pilot. »Ich muß wohl für den Strick geboren sein.«

»Und dieser arme Kerl?« fragte der Herr mittleren Alters.

»Er war mein Kopilot«, sagte der Pilot. »Er war gerade mit einem Feuerlöscher nach hinten gegangen und hatte nicht mehr genug Zeit, um sich anzuschnallen, als wir herunterkamen. Wir haben uns ein paarmal überschlagen. Es hat ihm den Rest gegeben. Er hatte keine Chance mehr.«

»Ich weiß«, sagte der andere. »Ich habe den Absturz gesehen.«

Er streckte die Hand aus. »Mein Name ist Schofield. John Schofield. Ich wohne dort drüben.« Er nickte zu dem grauen Dach eines ziemlich großen Hauses hinter den Bäumen. »Ich bin übrigens der Oberst der hiesigen Einheit der Home Guard«, sagte er. »Ich lasse ein paar Männer kommen, um das Wrack zu bewachen, sobald das Feuer gelöscht ist – und das wird nicht mehr lange dauern, denn da kommt schon die Feuerwehr.«

Zwei rote Feuerwehrautos, gefolgt von einem weißen Krankenwagen, holperten über die Weide. Feuerwehrmänner in Asbestanzügen begannen, Schaum auf die B-17 zu sprühen. Dutzende von Neugierigen drängten sich jetzt durch die Hecke, schirmten die Augen mit der Hand vor der Gluthitze des Wracks ab, warfen verstohlene Blicke auf den kauernden Leichnam des Kopiloten. Ein Polizeiauto hielt neben dem Piloten, und ein Offizier in blauer Uniform, auf jedem Schulterstück zwei silberne Sterne, stieg aus.

»Hallo, Inspektor«, sagte Schofield.

»Sie sind ja schnell hier gewesen, Colonel«, sagte der Polizist.

»Ich wollte gerade nach Yarmouth fahren«, sagte Schofield. »War hinten auf dem Feldweg, als ich ein höllisches Krachen hörte. Hätte nicht viel gefehlt, und ich wäre jetzt nicht mehr.« Er machte eine Kopfbewegung zu dem Piloten.

»Alles in Ordnung, Sir?« sagte der Inspektor zum Piloten. »Ich nehme an«, fuhr er fort und hielt kurz inne. »Ich nehme an... Sie sind der einzige?«

»So ist es«, antwortete der Pilot kurz. Er sah zu, wie die Sanitäter den Leichnam des Kopiloten auf eine Bahre legten.
»Kann ich etwas für Sie tun, Sir?« sagte einer von ihnen.
»Nein«, sagte der Pilot. »Mir fehlt nichts.«
»Glauben Sie, Sie könnten es schaffen, mit mir auf die Wache zu kommen?« sagte der Inspektor. »Ich muß eine Meldung schreiben... Namen, Tote und so weiter, Sie wissen ja Bescheid.«
Der Pilot lächelte dem Inspektor unsicher zu. »Nicht daß ich Angst davor hätte, verstehen Sie mich richtig. Aber ich habe meine Vorschriften für einen Fall wie diesen, und ich glaube, ich sollte mich besser danach richten.«
»Ich will Ihnen etwas sagen«, sagte Schofield zu dem Inspektor, »warum lassen Sie ihn nicht bei mir? Er kann bei mir telefonieren, und Mary kann ihm etwas Heißes zu trinken und etwas zu essen machen. Ich habe noch genug Benzin und kann ihn irgendwo hinbringen, wo ihn seine Einheit abholen kann. Das wäre doch ganz korrekt. Dies ist schließlich eine militärische Angelegenheit, und ich bin der zuständige Offizier der Home Guard. Sie können dann später zu mir kommen, und ich sage Ihnen alles, was Sie wissen müssen. So ist es doch viel einfacher.«
Der Pilot hielt den Atem an. Es entstand eine Pause, und dann nickte der Inspektor. »Sieht wirklich ganz korrekt aus«, sagte er.
Er streckte die Hand aus, und der Pilot schlug ein.
»Alles Gute, Sir«, sagte der Inspektor. »Wenn Sie noch etwas brauchen sollten, bin ich Ihnen gern behilflich.«
Er nickte zu dem Krankenwagen hin, der jetzt mit der Leiche zum Feldweg zurückholperte. Dann blickte er darüber hinweg zum qualmenden Scheiterhaufen der B-17.
»Ich weiß nicht, was Sie in solchen Fällen machen«, sagte er. »Vielleicht wollen Sie sie in die Staaten überführen und dort bestatten lassen. Aber wenn sie hier bleiben, auf unserem Friedhof, kann ich Ihnen eines versprechen. Für uns wird es so sein, als hätten sie zu uns gehört.«

Das Haus Schofields glich den Häusern, von denen der Pilot in englischen Illustrierten gelesen hatte. Draußen gab es ein Gewächshaus, einen sauber gestutzten Rasen, wo sogar noch Krockettore steckten. Es gab zwei Gemüsegärten. »Waren früher auch Rasen«, erklärte Schofield, als das Auto den Kiesweg entlangfuhr. »Aber jetzt bauen wir natürlich möglichst viel Gemüse an.« Sie betraten das Haus, und der Mann führte ihn in ein Arbeitszimmer, dessen Wände mit Bücherregalen vollstanden. Er bat Mary, die er im Wagen als seine Tochter vorgestellt hatte, Kaffee zu machen.
»Möchten Sie auch sicher nichts Stärkeres?« fragte er den Piloten. »Mir wäre bestimmt danach, wenn ich das hinter mir hätte, was Sie eben erlebt haben.«

Der Pilot schüttelte den Kopf: »Vielen Dank, Sir, aber lieber nicht. Ich möchte nur telefonieren. Meine Einheit muß so schnell wie möglich erfahren, was passiert ist.«
»Selbstverständlich.« Schofield wies auf die Ecke des Schreibtisches. »Der Apparat steht dort. Ich verziehe mich solange. Ich weiß, daß ihr Jungs euch Dinge zu sagen habt, die nicht für fremde Ohren bestimmt sind. Habe selbst lange genug gedient, obgleich ich natürlich kein Flieger war. Army... im letzten Krieg. Aber es ist immer das gleiche. Ändert sich nie. Sagen Sie ihnen, daß wir Sie hinbringen, wo Sie wollen, wenn's nicht zu weit ist. So viel Benzin habe ich nämlich auch nicht, obwohl ich eine kleine Sonderration für die Home Guard bekomme.«
Er verließ das Zimmer, und der Pilot ging hinüber zum Telefon. Er nahm den Hörer ab und sprach in Abständen hinein, als führe er ein echtes Gespräch. Nach einer Weile legte er den Hörer wieder auf und ging durch das Zimmer, um in einen Spiegel zu schauen. Er sah gar nicht einmal so übel aus, fand er. An seiner linken Wange lief eine getrocknete Blutspur hinunter, aber der Schnitt, der sie verursacht hatte, war nicht der Rede wert. Sein Gesicht war von den heftigen Böen, die durch die Kanzel gepeitscht waren, rot und zerschunden, doch seine Uniform war – jetzt, wo er seine mit Schaffell gefütterte Fliegerjacke ausgezogen hatte – noch einigermaßen in Ordnung. Er griff in die Tasche und holte etwas Geld heraus, zehn Einpfundnoten. Er hatte sogar eine Uniformmütze dabei, die er jetzt anstelle des Fliegerhelms aufsetzte. Sie war ein bißchen zerknautscht, aber die Knicke würden schwächer werden, wenn sie sich auf seinem Kopf erwärmte. Flieger trugen ohnehin oft sonderbare Kopfbedeckungen. Was hatte ihm ein B-17-Pilot doch noch vor ein paar Tagen gesagt? Er hatte ihn gefragt, warum seine Mütze so ramponiert aussehe. »Das ist meine Mission-zwanzig-Mütze«, hatte der Pilot geantwortet. »Wir springen zwanzigmal darauf – für jeden Einsatz einmal.«
Jetzt begann sein Körper auf die Ereignisse der vergangenen Stunde zu reagieren. Er saß in einem Lehnstuhl und gab sich Mühe, das Zittern in seinen Händen zu unterdrücken, als Mary an die Tür klopfte und Kaffee und Sandwiches hereinbrachte.
»Möchten Sie sich vielleicht vor dem Essen waschen?« fragte sie ihn. »Oder essen Sie gleich?«
Sie war älter, als er zunächst auf der Weide angenommen hatte – vielleicht neunzehn, aber mit jenem sonderbar unreifen, aber guten Aussehen, das so viele englische Mädchen hatten. Obwohl er mit zitternden Händen dasaß, fühlte er einen schwachen Stich des Verlangens. Er dachte daran, wie oft er nach der Rückkehr von einem Einsatz auf dem schnellsten Weg zu einem Mädchen gegangen war. Eine hatte einmal zu ihm gesagt: »Für dich ist Sex wie Daumenlutschen. Es ist eine Angewohnheit, die dich beruhigt,

nicht wahr? Du bist nie erwachsen geworden. Und du wirst es wahrscheinlich auch nicht mehr.« Er hatte jedoch herausgefunden, was sie gern hatte. Sie hatte es gern schnell und ein bißchen grob. Er hatte nie irgendwelche Schwierigkeiten gehabt, weder im Bett noch in der Luft. Das Gegenteil von Peter. Die Mädchen mochten Peter... »Ich mache ihnen vorher den Hof«, pflegte er zu sagen. »Dann geht's viel besser...« Nun, Peter würde nie mehr einer den Hof machen. Einen Moment hatte er den blonden, zerschmetterten Kopf vor Augen, der jetzt auf dem Weg in ein kaltes britisches Leichenschauhaus war. Es lief ihm eiskalt den Rücken hinunter.
»Frieren Sie?« sagte das Mädchen. »Wahrscheinlich ist es der Schock. Hier, trinken Sie etwas Kaffee. Ich denke, Sie sollten einen Arzt aufsuchen, wenn Sie mich fragen.«
»Nein, mir fehlt nichts, Ma'am. Aber ich trinke sehr gern einen Kaffee. Und dann würde ich mich gern waschen und meine Uniform ein wenig säubern.«
Sie schenkte eine Tasse ein und kicherte ein bißchen, hörte aber auf, als sie sein Gesicht sah.
»Verzeihung, aber bis jetzt hat noch nie jemand ›Ma'am‹ zu mir gesagt.«
Er nickte lächelnd – und fing an, sich wohler zu fühlen.
»Aus welchem Teil der Staaten kommen Sie? Oder dürfen Sie es mir nicht sagen?« fragte sie.
»Warum sollte ich es Ihnen nicht sagen dürfen?«
»Nun, Sie wissen schon, Geheimhaltung und so. ›Wer den Mund nicht hält, gefährdet Menschenleben‹, wird uns hier immer gesagt.«
»Ich glaube kaum, daß man diese Information geheimhalten muß. Ich bin aus Chicago.«
»Wo die Gangster herkommen...«
»Genau.« Die Tür wurde geöffnet, und Schofield trat ein.
»Alles in Ordnung?«
»Ja, Sir. Ich muß bei Ihrem Luftwaffenministerium in London Meldung machen. Ich weiß nicht warum, aber ich nehme an, unser Auftrag war irgendwie eine gemeinsame Mission. Sie haben gesagt, ich könnte heute abend einen Zug nehmen, und zwar in – wie hieß es doch gleich? – Colchester... Kann das stimmen?«
»Colchester? Ja, ich kann Sie hinbringen. Es sind ungefähr vierzig Kilometer. Es gibt einen Nachtzug um zwanzig nach zwölf. Wann er in London ankommt, weiß der Himmel... Sie wissen ja, wie es heute ist. Das heißt, ich nehme an, Sie wissen es nicht. Sie fahren wohl nicht oft mit der Bahn, stimmt's?«
»Da haben Sie recht«, sagte der Pilot.
»Und was ist mit Ihren Leuten?«
»Meinen Leuten?«

»Dort draußen auf dem Feld. Und mit dem anderen armen Jungen?«
»Mein Stützpunkt wird sich mit der hiesigen Polizei in Verbindung setzen. Ich habe gesagt, die Polizei von Colchester werde alles regeln. Sie wollen anrufen. So geht's doch, nicht wahr?«
»Ausgezeichnet. Ich werde dem Inspektor Bescheid geben. Sagen Sie ihnen aber bitte, sie möchten möglichst schnell entscheiden, was zu tun ist. Wir haben hier keine sehr guten... Einrichtungen für solche Dinge. Könnte Probleme geben.«
»Sicher«, sagte der Pilot.

Im Zug war es kalt, bis die Heizung allmählich zu wirken begann. Das Abteil, in dem er saß, wurde von schwachen blauen Funzeln beleuchtet – Vorsichtsmaßnahmen gegen Luftangriffe. Vor Chelmsford hatten sie über zwei Stunden warten müssen. Eine Menge Scheinwerfer suchten den Himmel ab und irgendwo schoß die Flak. Aber er hatte keine Explosionen gehört. Kann nicht viel gewesen sein, sagte er sich. Einige JU-88 aus Ostende, die sich wichtig machten. Der Zug war voll besetzt – meist Soldaten, die aus dem Urlaub kamen oder in Urlaub fuhren. Die vier britischen Offiziere und die ältere Dame in seinem Erste-Klasse-Abteil redeten nicht viel. Er hatte es sorgsam ausgewählt.
London am frühen Morgen war kalt und unwirtlich. Er stellte sich am Bahnhof Liverpool Street nach einem Taxi an und hätte wohl noch lange warten müssen, wenn nicht ein Taxifahrer, der die amerikanische Uniform bemerkt hatte, an der Schlange vorbeigefahren wäre und ihm verstohlen ein Zeichen gegeben hätte. Er fuhr mit dem Taxi zum Sloane Square, vorbei an einigen Bombenkratern und Trümmerhaufen in der City. Am Square stieg er aus und gab dem Fahrer das erwartete großzügige Trinkgeld. Dann ging er die Kings Road hinunter. Die Leute, denen er begegnete, machten einen ärmlichen, aber gelassenen Eindruck. Selbst hier in Chelsea, fern vom Zentrum, wimmelte es von Uniformen – polnische, freie französische, amerikanische, kanadische, britische. Die ganze Hauptstadt wirkte wie ein Feldlager. Mindestens die Hälfte der Frauen trug ebenfalls Uniform. Er ging weiter, Straßen entlang, die er nie gesehen hatte, deren Anordnung ihm aber so vertraut war, als wäre er dort aufgewachsen. Er zögerte nur ein- oder zweimal kurz, bevor er die Straße fand, die er suchte, und schritt dann unter knospenden Platanen eine Häuserzeile entlang, die von einem nackten Betonsockel gesäumt wurde, dessen Eisengeländer schon vor langer Zeit der Rüstung geopfert worden war. Ein Haus hatte eine schäbige grüne Eingangstür. Er hob den schweren Türklopfer aus Messing und schlug einmal, zweimal, dreimal dumpf auf das Holz. Nach einer Weile wurde die Tür geöffnet. Eine Frau trat in die Öffnung. Sie war groß, blond und trug einen Morgenmantel, in dem sie vermutlich gerade Frühstück

machte. Kaffeegeruch drang aus der Wohnung. Er hatte sie noch nie gesehen, doch er kannte ihr Gesicht. Sie sah ihn fragend an, registrierte die amerikanische Uniform, die Schramme in seinem Gesicht, die einen Tag alten Bartstoppeln auf seinen Kinn.
»Ja?« sagte sie fragend.
»Mein Name ist Hadley. Ralph Hadley. Ein Freund von mir hat gemeint, ich solle gelegentlich bei Ihnen vorbeischauen, wenn ich das nächste Mal in London sei.«
»Für einen Höflichkeitsbesuch kommen Sie ein bißchen früh.«
»Geradewegs vom Bahnhof, Ma'am. Und hungrig.«
Sie lachte. »Es gibt nicht viel zum Frühstück. Nur Würstchen.«
Sie beobachtete ihn genau.
»Frankfurter Würstchen?« fragte er nach einer Pause.
»Die sind am besten«, sagte sie sachlich. »Aber man bekommt sie hier jetzt nicht mehr. Seit dem Krieg nicht mehr.«
Er stieß einen fast unhörbaren Seufzer der Erleichterung aus, und sie gab ihm ein Zeichen einzutreten. Er stand in einem schmalen Flur neben einem Schirmständer, der aus einem Elefantenfuß gemacht zu sein schien. Der Kaffeegeruch war jetzt stärker. Sie musterte ihn forschend, aber ihr Gesicht blieb undurchdringlich. Sie führte ihn ins Wohnzimmer.
»Frankfurter Würstchen«, sagte er noch einmal und lachte. »Was für eine Art, einen Freund zu erkennen.«
»So gut wie jede andere«, sagte sie. »Sie sind also Telemach?«
»Und Sie Kassandra.«
»War das Haus schwer zu finden?«
»Nein. Sie sollten schon immer meine Kontaktperson sein, für den Notfall. Also habe ich den Stadtplan auswendig gelernt.«
»Sehr gründlich«, sagte das große blonde Mädchen und lächelte ohne Wärme.
Er schwieg einen Augenblick und sah über sie hinweg zu dem Raum, aus dem der Kaffeeduft kam.
»Mein Gott, ich habe wirklich Hunger«, sagte er. Sie ging wieder in die Küche. Als sie zurückkam, begann sie den kleinen Eßtisch für zwei Personen zu decken. Er beobachtete sie und sagte: »Ich sollte es erklären, weil Sie mehr wissen müssen, ich bin natürlich...«
»Ich weiß, wer Sie sind«, sagte das Mädchen. »Sie sind nicht der einzige, der seine Hausaufgaben gut macht, Telemach. Sie sind Major Rolf Warnow, Einsatzoffizier der Gruppe eins des Kampfgeschwaders 200 der Luftwaffe. Und Sie sind weit weg von der Heimat, Herr Major.«
Der Pilot blickte sie einige Sekunden lang an. Als er dann redete, hatte seine Stimme einen harten Befehlston: »Und Sie, Kassandra, werden mich dorthin zurückbringen.«

3

Drei Stunden bevor Major Warnow das Haus in Chelsea betrat, dämmerte ein trüber Morgen über dem Luftwaffenstützpunkt in Stavanger-Sola, am Ufer des eiskalten Boknfjords im deutsch besetzten Norwegen. Der Mann, der am breiten Fenster des Kontrollturms stand, hatte lange gewartet, bis die Vernunft ihm sagte, daß kaum noch Hoffnung bestand. Endlich ging er zu dem diensthabenden Feldwebel hinüber, der vor seinem summenden Funkgerät saß, und tippte ihn auf die Schulter. Der Mann sah auf und schüttelte den Kopf.

»Nichts, Herr Hauptmann. Das heißt, nichts Bestimmtes. Aber da ist etwas gekommen, das nicht sehr gut klingt...«

»Ja?«

»Eine Batterie auf Wangerooge meldet zwei, möglicherweise auch drei Treffer an einer B-17, die gestern abend allein aufkreuzte. Sie haben gesehen, wie sie brennend über der Nordsee verschwand.«

»Hat man ihnen nichts gesagt?«

»Natürlich nicht, Herr Hauptmann.«

Der Hauptmann seufzte. »Na gut. Melden Sie mir sofort, wenn Sie mehr hören. Ich bin in der Messe oder in meiner Wohnung.«

»Jawohl, Herr Hauptmann.«

Er setzte seine Uniformmütze auf und zog sie lässig nach links in die Stirn. Der Gefreite am Kartentisch stand auf und salutierte. Er schnellte mit der Hand an die Mütze und schritt die Holztreppe hinab in den kalten Morgen. In dem regnerischen Dunst zeichneten sich die Umrisse von Flugzeugen ab... eine sternmotorige Focke-Wulf FW 190 – ein Jäger, der sprungbereit auf der Piste zu kauern schien; eine viermotorige Condor mit einer Spannweite von fast fünfundzwanzig Metern. Dahinter, in Hangars mit offener Vorderfront, standen weitere Maschinen... Flugzeuge, die an diesem Ort sehr merkwürdig waren. Der Hauptmann hatte sie schon oft gesehen, doch als er die lange Reihe von Hangars entlangging, fühlte er wieder eine unwiderstehliche Faszination. Dort standen zwei massige sargförmige viermotorige Bomber, Short Stirlings, deren Air-Force-Trikoloren und rote Registriernummern sich von dem stumpfen Olivgrün der Tarnfarbe abhoben. Dann kam ein stämmig wirkender Beaufighter, ein frühes Modell, das kein Hoheitszeichen trug. Einer seiner 1400 PS starken Bristol-Hercules-Motoren war entfernt worden. Daneben stand eine Spitfire – gegen solche Maschinen hatte er vor Jahren in unzähligen Einsätzen gekämpft. Und, am imposantesten von allen, am Ende der Reihe, standen zwei B-17 – »Fliegende Festungen«, wie die Amerikaner sie nannten. Sie waren stumpfgrün gestrichen und trugen an den Seiten den großen fünfzackigen Stern der Army Air Force der Vereinigten Staaten von Amerika. An den Bomben-

klappen der nächststehenden Maschine machten sich Männer zu schaffen. Als er den Eingang der Pilotenmesse betrat und den schweren Verdunkelungsvorhang beiseite schob, sauste ein kleiner Kübelwagen durch die Pfützen. Er war mit Kisten erbeuteter .50-Browning-Geschosse vollgestapelt. Diese B-17 wurde für einen Einsatz vorbereitet.
In der Messe war nur ein Kellner, der für das Frühstück deckte. Er ging zum Büffet hinüber und schenkte sich aus dem heißen Kaffeebehälter eine Tasse ein. Nun, das ist es also, dachte er. Was für eine Ironie! Ausgerechnet Rolf Warnow, von der unglückseligen Salve einer Kanone der eigenen Feldpostnummer getroffen. So einer wie Rolf würde nie wieder kommen. Noch vor drei Jahren hatte es ein paar gegeben, die ihm vielleicht das Wasser reichen konnten. Die meisten von ihnen lagen jetzt irgendwo in den Mooren von Kent oder in Nordafrika. Wir haben immer noch Galland, dachte er, den besten von allen. Doch selbst ihm waren inzwischen die Flügel gestutzt worden – nach seinem hundertsten Abschuß hatte der Führer ihn zum Inspekteur der Jagdflieger gemacht. Zuviel Papierkrieg. Sie hatten den großen Hans-Joachim Marseille gehabt – hundertachtundfünfzig Siege. Er hatte sich, über der Wüste Nordafrikas, nicht mehr aus seiner brennenden Maschine retten können. Sie hatten Werner Mölders gehabt. Ihn hatte es erwischt, als er von der Krim zu Udets Beerdigung einflog und in eine schwerfällige He 111 krachte. Auch eine Ironie des Schicksals. Und jetzt war Rolf Warnow nicht mehr, irgendwo über der Nordsee verschwunden. Warnow, nur dreiunddreißig Abschüsse (aber daraus konnte man ihm in Anbetracht der besonderen Umstände kaum einen Vorwurf machen). Mit der möglichen Ausnahme Gallands war Warnow der beste Flieger von allen.
Er öffnete eine Schublade und stöberte eine Weile in den gerahmten Fotografien herum, die darin lagen. Er holte zwei heraus und hängte sie in die Reihe der ähnlich gerahmten Fotos über dem langen Tisch. Hier lebten die Toten weiter: Specht, Protze, Müller, Gerhardt, Arndt, Wessels... Alle Fotos waren signiert. Auf einigen stand auch ein Leitspruch. So auch auf dem Bild Warnows: »Die goldene Regel – immer umschauen, bevor du angreifst.« Neben Warnows Bild kam die Fotografie des Kopiloten, des jungen Peter Behrens, die signiert war, aber kein Motto hatte. Wenn Warnow tot war, war Behrens ebenfalls tot. Behrens hatte geglaubt, Warnow könne auf Wasser gehen. Er konnte es sogar, dachte der Hauptmann. Jener Leitspruch war typisch Warnow. Andere Männer, die im voraus für die »Todeslade« schrieben, suchten sich Verse beliebter Lieder oder Witze oder sogar Zitate aus *Mein Kampf* aus. Aber nicht Warnow. Er erteilte einen Befehl von jenseits des Grabes. Bedrückt ging der Hauptmann die Bilder durch, die in der Schublade warteten, bis er seins fand. Wie dümmlich ich darauf grinse, dachte er. Das Foto war in einer runden, beinahe kindlichen

Handschrift unterschrieben: Frido von Altmark. Unter der Signatur stand: »Und jetzt sind alle meine Frauen Witwen.« Nicht gerade sehr geistvoll, aber na ja.
Rolf Warnow würde ihm fehlen.

KG 200 Einsatztraining Anweisung Nr. 101
Betrifft: Staffel Andromeda
Geheimhaltungsstufe I
Vier Exemplare:
Oberkommando der Wehrmacht
Oberkommando der Luftwaffe
OKL Einsatzstab
Gruppen-Kommandeur I/KG 200

1. *Aufgabe*
Bildung einer neuen Staffel des KG 200.

2. *Einsatzgebiet*
Ostfront, allgemein.

3. *Feindlage*
Sowjetische Offensiven haben diesen Sommer an verschiedenen Frontabschnitten unerwartete Situationen geschaffen. Wahrscheinlich wird es in derartigen Situationen notwendig werden, wichtige Offiziere, Techniker oder Mannschaften aus Kesseln hinter der Front auszufliegen bzw. in solche Kessel zu verlegen. Die wachsende Luftstärke des Feindes hat die Durchführung solcher Einsätze mit konventionellen Mitteln gelegentlich gefährlich gemacht.

4. *Aufgabe*
3. Staffel I/KG 200 wird unverzüglich Piloten und Maschinen als Grundlage für die neue Staffel zur Verfügung stellen und mit der Ausbildung für solche Einsätze beginnen.

5. *Methode*
Die neue Staffel erhält achtzehn Flugzeuge. Bei diesen Maschinen handelt es sich um Sowjetbomber des Typs Petljakow PE-2. Nach erfolgter Ausbildung werden neun Maschinen auf dem KG-Stützpunkt in Gorkum-Smolensk und neun in Simferopol, Krim, stationiert werden. Auf beiden Stützpunkten stehen jeweils drei Flugzeuge rund um die Uhr in Bereitschaft.

6. *Administratives*
a. Die Maschinen für diesen Einsatz stammen aus dem Flugzeugpark KG 200 in Oranienburg und werden von Piloten der Staffel zum Ausbil-

dungszentrum Vier in Prenzlau geflogen. *OKL-Überführungspiloten kommen auf keinen Fall zur Verwendung.*

b. Die Maschinen werden mit den Nummern, Einheitskürzeln und Hoheitszeichen von ähnlich ausgerüsteten sowjetischen Bomberstaffeln bemalt, die an der betreffenden Einsatzfront stationiert sind. Die Markierungen werden ständig mit der Gefechtsordnungs-Übersicht der Luftwaffe der Roten Armee verglichen, die das OKL, Abteilung Geheimdienst, wöchentlich herausgibt.

c. Kürzlich wurden Änderungen der sowjetischen Lufttarnung gemeldet. Es hat Schwierigkeiten gegeben, das seit kurzer Zeit für die Unterseite der Tragflächen verwendete Entenei-Blau des neuen Typs zu beschaffen. Vorräte der neuen Farbe stehen inzwischen im Luftwaffen-Beutepark Oranienburg bereit. Die mit der neuen Tarnfarbe gestrichenen Maschinen werden mit abmontierten Tragflügelteilen einer kürzlich abgeschossenen Petljakow PE-2 verglichen, ehe sie als einsatz- oder ausbildungsgeeignet freigegeben werden.

d. Die Piloten werden zum Alleinflug ausgebildet und müssen selbst navigieren. Auf diese Weise kann jede Maschine auf dem Rückflug drei Fluggäste aufnehmen.

7. *Kode der Einheit*

Die neue Staffel erhält den Decknamen *Andromeda*. Die Flüge von Smolensk und von Simferopol werden als Nord- bzw. Südflüge bezeichnet.

4

An dem Morgen, als von Altmark vergeblich in Stavanger-Sola wartete, ging Oberst Adolf Pertz, Kommandeur des Kampfgeschwaders 200, noch einmal den Befehl durch, den er eben aufgesetzt hatte. Er saß in seinem Büro in Hitlers ostpreußischem Hauptquartier Wolfsschanze, fast tausend Kilometer von Stavanger entfernt, tief in den regennassen Kiefernwäldern Rastenburgs. Pertz war ein untersetzter, grauhaariger Mann mittleren Alters, der keine Auszeichnungen trug. In den offiziellen Listen der Luftwaffe waren weder sein Rang als Kommandeur noch das KG 200 selbst verzeichnet. Er saß nun schon seit zwei Jahren auf diesem Posten und hatte den Führer bisher bei keinem einzigen Einsatz enttäuscht. Der Grund, dachte er zynisch, liegt darin, daß ich den Führer besser verstehe als die meisten anderen Leute – und ganz bestimmt besser als diese schneidigen, flott bemützten Flieger der regulären Luftwaffe mit ihren Ritterkreuzen mit Eichenlaub und Schwertern, die man an sie verteilt wie Süßigkeiten an

Schulkinder. Diese Männer hatten sich tapfer geschlagen, das konnte man nicht leugnen. Sie konnten kämpfen, aber er, Oberst Adolf Pertz, war derjenige, der gelernt hatte, wie man Krieg macht. Kein Mädchen, das wußte er, würde sich je nach ihm umdrehen wie die jungen Sekretärinnen der Luftwaffe nach Männern wie Galland. Es gab nur eine Liebe im Leben des Adolf Pertz, und das war das KG 200. Sein Vorgänger, der inzwischen verstorben war, hatte das KG 200 einmal in einem seltenen poetischen Anflug »das heimliche Herz der Luftwaffe« genannt. Das hatte Pertz gefallen. Er setzte seine goldgeränderte Brille auf und las das maschinegeschriebene Manuskript aufmerksam durch. Er blickte einen Moment auf Paragraph 3, runzelte die Stirn und strich das Wort »gelegentlich«. Dann drückte er den Knopf auf seinem Schreibtisch.
»Lassen Sie diese Seite abtippen«, sagte er zu dem Schreibstubenfeldwebel, der das Zimmer betrat. »Und sorgen Sie dann dafür, daß die Kopien verteilt werden.«
Der Feldwebel salutierte und ging hinaus. Pertz schaute auf seine Uhr. Es war Zeit für die Konferenz der Luftwaffe. Er stemmte sich aus dem Sessel und ging in das Vorzimmer. Dort arbeiteten vier Männer, alles Unteroffiziere der Luftwaffe mit Hauptfeldwebelrang. Alle waren eingehend geprüft worden, ehe sie ihre jetzige Aufgabe erhielten: alle genossen kleinere, aber wichtige Privilegien – Sonderaufträge, zusätzlicher Urlaub. Keiner von ihnen, da war Pertz ganz sicher, würde außerhalb dieser Schreibstube jemals ein Wort über die Einsätze oder die Organisation des KG 200 sagen.
Er schritt durch das Vorzimmer, ging an dem Posten an der Tür vorbei und betrat einen der betonierten Wege der Wolfsschanze. Es hatte geregnet, und das Wasser stand in tiefen Pfützen im Schlamm neben dem Weg, aber jetzt schien eine bleiche Sonne. Der Reichsmarschall hatte sich also tatsächlich von seinem luxuriösen Besitz Karinhall im Wald der Schorfheide bei Berlin losgerissen. Göring wollte über Fall Odysseus unterrichtet werden.
Göring stand neben dem Kartentisch am Ende des Konferenzzimmers. Er wandte den Kopf und beobachtete, wie Pertz hereinkam. Pertz betrachtete ihn genauer. Er hatte sich heute in eine schlichte weiße Uniform gezwängt: an seinem Hals hing der Pour le mérite aus dem Ersten Weltkrieg. Er hatte heute auf weiteres Lametta verzichtet, das gewöhnlich seine voluminöse Brust bedeckte. Göring, dachte Pertz verächtlich, ist es leid, ausgelacht zu werden, und inzwischen hatte wahrscheinlich auch er den Luftwaffenwitz über seine vielen Orden gehört – für das Reich ist Hermann der Altmetalllieferant wichtiger als Hermann der Kommandeur. Der machte heute morgen zwar einen wacheren und aufmerksameren Eindruck als in den letzten Monaten, zeigte aber doch Zeichen von Erschöpfung. Er wirkte abgespannt, als er zu dem Konferenztisch ging und sich schwer in seinen Sessel,

eine Sonderanfertigung, fallen ließ. Draußen im Vorzimmer hielt sich seine Krankenschwester Christina Gormanns bereit: Neben ihr stand ein Medizinschrank mit der breitgefächerten Pillenauswahl.
Pertz nahm seinen Platz links von Göring ein. Rechts von Göring saß Generaloberst Hans Jeschonnek, der schlanke, großgewachsene Chef des Generalstabs der Luftwaffe – ein Sturzbomberfanatiker, ein ergebener Bewunderer des Führers, ein tüchtiger und tatkräftiger Offizier. Jeschonnek hatte 1939 geglaubt, der Krieg würde kurz sein: Jetzt sah er noch jahrelange Kämpfe voraus. Auf der anderen Seite des Tisches saßen drei Obersten der Luftwaffe – junge Männer, die alle ein Jagdgeschwader von rund hundertzwanzig Maschinen befehligten.
Göring betrachtete Pertz aus dem Augenwinkel heraus. Nicht gerade der Mann, den ich mir wünsche, dachte er. Ganz und gar nicht. Und was dieses KG 200 betrifft... was hätte Richthofen wohl darüber gesagt? Er schüttelte sich innerlich. Die Zeiten ändern sich, heute brauchte das Reich Männer wie Oberst Pertz. Und die Maschinen, die er flog.
Ah, ja, die erstaunlichen, die unglaublichen Maschinen, die er flog. Nur er, Göring, wußte gänzlich darüber Bescheid. Und der Führer natürlich. Und, weil es nicht anders ging, Jeschonnek. Aber sonst war niemand außer Pertz selbst von A bis Z eingeweiht. Nun, in ein paar Minuten würde Pertz diesen Grünschnäbeln ein paar Steine des Mosaiks zeigen müssen. Er klopfte auf den Tisch: »Meine Herren, wir sind hier, um den Fortgang von Fall Odysseus zu besprechen. Aber zuerst hat General Jeschonnek etwas zu sagen.«
Der großgewachsene Generaloberst der Luftwaffe begann zu sprechen. »Herr Reichsmarschall, die Situation, die ich letzten Monat hinsichtlich der amerikanischen Tagesbombardierungen vorausgesagt habe, ist bereits eingetroffen. Zum erstenmal in diesem Krieg werden wir rund um die Uhr mit Bomben belegt – nachts von den Briten, am Tag von den Amerikanern.«
»Die Amerikaner?« grunzte Göring. »Die richten noch nicht viel aus. Sie müssen noch eine Menge lernen.«
»Sie haben vor ein paar Tagen hundertsechsundzwanzig B-17 nach Kiel geschickt«, sagte einer der jungen Jäger-Obersten. »Wir haben acht von ihnen erwischt.«
»Acht von hundertsechsundzwanzig«, sagte Göring. »Nicht genug.«
Der junge Oberst begann zu reden, aber Jeschonnek brachte ihn mit einer Handbewegung zum Schweigen.
»Ich glaube, das Verteidigungsproblem, das diese B-17 für uns bedeuten, ist noch nicht allgemein erkannt worden. Sie fliegen in besonders geschachtelten Formationen. Jede Formation verfügt über die Feuerkraft von hundertzwanzig schweren Maschinengewehren... zehn pro Flugzeug. In

Ihrer Zeit, Herr Reichsmarschall, und sogar noch in meiner lernte man, daß man von hinten angreifen muß. Greifen Sie eine Festungsformation von hinten an, und Sie stoßen auf eine Feuerwand. Wir haben auf diese Weise viele gute Männer verloren.«
»Dann lassen Sie eben von vorn angreifen«, sagte Göring ungeduldig.
»Das machen wir bereits«, sagte der junge Oberst. »Aber es ist unbefriedigend. Man hat viel weniger Zeit zum Schießen, und wenn die Jäger die Formation passiert haben, müssen sie wenden, überholen und wieder von vorn angreifen.«
»Aber mit der neuen FW 190 sind Sie über zweihundertvierzig Stundenkilometer schneller als diese verdammten fliegenden Weihnachtsbäume.«
Der Oberst zuckte die Achseln. »Die FW 190 ist sehr gut unter siebentausend Metern, aber weiter oben hat sie ihre Schwächen. Und die B-17 fliegen ungefähr in siebentausendfünfhundert Metern.«
»Und was ist mit den Me 109 – den F's, den ›Friedrichs‹?«
»Nur eine Bordkanone und zwei Maschinengewehre. Um eine B-17 abzuschießen, sind ungefähr fünfundzwanzig Treffer mit 20-Millimeter-Geschossen nötig. Mit einer ›Friedrich‹ in einem Anflug auf die Schachtel kaum zu schaffen.«
»Der springende Punkt ist, daß die Amis langsam Selbstvertrauen gewinnen«, sagte Jeschonnek. »Und schon ihre Anwesenheit in England hilft der Feindmoral. Und, was noch wichtiger ist, es scheint bemerkenswert wenig Reibereien zu geben. Die Amerikaner und Briten kommen gut miteinander aus. Natürlich gibt es hier und da Schwierigkeiten, aber weniger, als man erwarten könnte. Weniger, als wir gehofft haben.«
»Worauf wollen Sie hinaus, Jeschonnek?« fragte Göring leutselig. Er mochte Jeschonnek. Tüchtig, intelligent, fleißig... allerdings nicht viel Humor, dachte er bedauernd. Jeschonnek nahm sich zu ernst.
»Auf folgendes«, sagte Jeschonnek. Er beugte sich ernst vor, blickte an Göring vorbei zu Pertz. »Wir müssen versuchen, das Datum von Odysseus vorzuverlegen. Es geht dort drüben schneller, als wir dachten. Können wir Odysseus auf, sagen wir, Mitte nächsten Monats terminieren?«
Pertz antwortete nicht. Dann schüttelte er langsam den Kopf: »Tut mir leid, Herr General. Wenn wir gestern morgen miteinander gesprochen hätten... Aber ich muß Ihnen zu meinem Bedauern sagen, daß wir gestern über der Nordsee eine B-17 verloren haben.«
»Sie wollen sagen, die Briten haben...?«
»Nein, nein. Eine von unseren Batterien, auf Wangerooge. Reines Pech. Wir konnten es ihnen natürlich nicht sagen. Der Kommandeur wird ausgezeichnet werden. Das ist wohl am sichersten.«
»Trotzdem sehr ärgerlich«, sagte Göring. Ihm fiel plötzlich etwas ein. »Diese B-17, war es die Maschine, die...?«

Pertz nickte langsam.
»Dann haben Sie Glück, wenn Sie es noch zum vorgesehenen Termin schaffen. Bemühen Sie sich nicht mehr, ihn vorzuverlegen«, sagte Göring.
Pertz gab keinen Kommentar. Er war nicht der Mann, der Zeit an Dinge verschwendete, die auf der Hand lagen. Göring blätterte in den Papieren vor sich.
»Nun«, sagte er. »Unsere Tagesordnung scheint durcheinanderzukommen.«
Er sah die drei jungen Obersten an.
»Oberst Pertz«, sagte Göring dann, seine Worte genau abwägend, »hat mir Meldung über bestimmte Einsätze zu machen. Sie fallen nicht in Ihren... Tätigkeitsbereich. Wenn Sie also die Freundlichkeit hätten, sich für ein paar Minuten zurückzuziehen?«
Stühle wurden gerückt, drei Arme streckten sich zum Hitlergruß aus, drei zackige »Heil Hitler!« ertönten, und die jungen Offiziere verließen den Raum. Göring sah Pertz an. »Nun?«
Pertz begann auf seine bedächtige, ziemlich pedantische Art zu sprechen: »Außer Odysseus stehen im Augenblick drei Operationen an«, sagte er. »Erstens Mosul.«
»Von Simferopol aus?« fragte Göring.
Pertz nickte. »Drei Maschinen der Gruppe 1 stehen bereit«, fuhr er fort. »Zwei werden Agenten mitnehmen, und die dritte befördert den Sprengstoff und das Geld – 50000 Pfund in britischen Goldsovereigns. Sie wollen jedesmal Gold haben, diese Iraker. Die Flugzeuge werden nachts von Freunden erwartet.«
»Wo?« fragte Göring.
»Ungefähr dreißig Kilometer nördlich von Mosul, am linken Ufer des Tigris. Wir haben einen Bericht aus Bagdad bekommen, die Stelle eignet sich für die Maschinen, die wir nehmen.«
»Welche sind es?« sagte Jeschonnek neugierig.
»Sowjetische SB-RK«, sagte Pertz.
»Sturzkampfbomber?« sagte Göring überrascht. »Eine sonderbare Wahl.«
Pertz zuckte die Achseln. »Sie sind ziemlich schnell – fast fünfhundert Kilometer in der Stunde. Brauchen nur eine relativ kurze Start- und Landepiste. Außer dem Piloten gehen zwei Passagiere hinein. Und vor allem haben wir eine ganze Menge davon – wir haben 1941 in den ersten sechs Wochen über fünfzig Stück geschnappt. Sie standen alle auf den Flugplätzen herum, noch kein Kratzer an der Bemalung. Sie kamen sofort in die Beuteparks der Luftwaffe.«
»Und wenn wir sie verlieren?« sagte Göring nachdenklich.

»Wenn wir sie verlieren«, sagte Pertz, »dann verlieren wir drei Piloten, vier Agenten und 50000 Pfund in Gold. Aber wir verlieren keine kostbaren Maschinen, die erst in monatelanger Arbeit wieder nachgebaut werden können.«
»Sie haben natürlich sowjetische Hoheitszeichen«, sagte Jeschonnek zu Göring. »Weder die Türken noch die Briten werden bei sowjetischen Bombern, die vielleicht nur die Karte falsch gelesen haben, zu schnell am Abzug sein. Die Grenze ist nicht weit entfernt.«
»Sie haben es wieder auf die Ölleitungen abgesehen?« sagte Göring.
»Wir planen vier Sprengungen«, sagte Pertz. »Alle südlich des Gebiets Eski Mosul. Sind die Mühe wert. Wir haben noch genug Freunde im Irak, obgleich man Raschid Ali hinausgeworfen hat.«
Göring grunzte. »Die anderen Unternehmen?«
»Beides Ausbildungseinsätze, im Augenblick wenigstens noch. Das erste ist die Andromeda-Staffel. Ich habe Ihnen eine Kopie des Befehls geschickt.«
»Aha, die Andromeda-Staffel«, sagte Göring. »Sie haben sich also für diesen Namen entschieden?«
»Ja«, sagte Pertz knapp.
Für einen so gewöhnlich aussehenden kleinen Mann, dachte Göring, hatte Pertz einen überraschenden Hang zum Romantischen, was das KG 200 betrifft. Andromeda… war das nicht das Mädchen, das von Perseus befreit worden war? Der kleine Pertz malte sich doch nicht etwa insgeheim aus, er wäre Perseus? Und eines seiner Unternehmen, das von Silistea in Rumänien aus operierte, hat Decknamen aus dem Reich der Oper bekommen, Rigoletto, Traviata und wie sie alle heißen. Sehr sonderbar…
»Wie lange wird die Ausbildung der Staffel dauern?« fragte er.
»Sechs Wochen«, sagte Pertz. »Wenn nötig, können wir aber auch in vier Wochen einsatzbereit sein und die letzten beiden Wochen in Smolensk üben.«
Göring nickte.
»Der andere Bericht«, sagte Pertz, »dreht sich um einen Ausbildungseinsatz der Gruppe 2… die ›Selbstaufopferer‹.«
Göring konnte nicht verhindern, daß ihm ein abergläubischer Schauer den Rücken hinablief. »Die Selbstmörder?« sagte er. »Die fünfte Staffel?«
»Die Leonidas-Staffel«, verbesserte Pertz. »Wir haben letzte Woche einen Mann verloren, mit einer Gleitbombenattrappe der Leonidas-Staffel. Das Problem ist der Anflugwinkel. Sie haben es noch nicht geschafft, die Einsatzhöhe so zu berechnen, daß sie nicht überziehen. Er fiel einfach wie ein Stein vom Himmel.«
»In ein oder zwei Monaten wäre es ohnehin so weit gewesen«, sagte Göring düster. »Die ›Selbstaufopferer‹ sind nichts als menschliche Bomben.«

»Menschliche Bomben, die Schlachtschiffe versenken und Brücken auseinandernehmen werden«, sagte Jeschonnek scharf. »Die Japaner haben ihre Kamikaze-Piloten. Warum sollen wir nicht etwas Ähnliches machen? Und vergessen Sie nicht – die Freiwilligen bekommen alles, was sie wollen. Essen, Wein, Mädchen, was sie sich nur wünschen können. Wir haben übrigens keinen Mangel an Freiwilligen.«
»Das kann ich mir denken«, sagte Göring.
»Und vor allem wäre da noch Odysseus«, sagte Pertz. Göring beugte sich interessiert vor.
»Wenn wir bei diesem Punkt der Tagesordnung sind, sollten wir die anderen hereinholen«, sagte Jeschonnek. »Wir brauchen sie nämlich für die Vorbereitungen.« Er ging zur Tür und sprach draußen mit einem Unteroffizier. Eine Minute später kamen die drei Obersten in das Zimmer zurückmarschiert. Göring wartete, bis sie Platz genommen hatten, und sagte dann: »Oberst Pertz, erstatten Sie uns jetzt Ihren Bericht über Unternehmen Odysseus – Sie haben ihn in Anbetracht des tragischen Verlusts von gestern sicher schon ergänzt.«
Pertz sprach einundzwanzig Minuten. Die jungen Obersten hörten aufmerksam zu. Göring notierte dann und wann etwas auf einem Schreibblock, während Jeschonnek offenbar damit zufrieden war, sich auf sein Gedächtnis zu verlassen. Endlich verstummte Pertz.
»Es darf keine Fehler geben«, sagte er noch. »Wir vom KG 200 werden keinen einzigen machen.« Er sah die drei jungen Obersten an. »Meine Herren, ich darf Sie daran erinnern, daß Sie es mit dem KG 200 zu tun haben – mit den besten Piloten der Luftwaffe.«
Einer der jungen Obersten richtete sich zornig auf, doch Göring kam ihm zuvor. »Wer ist gestern abgestürzt?« fragte er.
»Warnow«, sagte Pertz. Der junge Oberst unterdrückte seinen Protest und stieß einen leisen Pfiff aus. Göring sah auf seine Uhr.
»Es ist Zeit für die Mittagslage«, sagte er. »Gehen wir zum Führer.«

5

»Wo ist letzte Woche doch gleich die B-17 heruntergekommen?«
»Bei Mersea, General. An der Ostküste. Ungefähr hier...«
Der Finger des jungen amerikanischen Stabsoffiziers tippte auf die Karte. General Paul Hamel setzte seine Brille auf, nahm einen Stechzirkel und drehte ihn nachdenklich über der Nordsee. Luftmarschall Andrew Shevlin, der neben ihm saß, lehnte sich zurück. Er war einige Minuten vor Hamel eingetroffen, und man hatte ihm bereits gezeigt, woher die B-17 wahrscheinlich gekommen war. Auf der anderen Seite des Tisches blätterte ein

stiller, schmächtiger Mann in einem grauen Anzug abwesend in einem dünnen Schnellhefter. Endlich grunzte Hamel und sagte: »Wer hat sie gesichtet?«

»Das U-Boot *Ursa* von der Royal Navy machte sie vor dem Horn-Riff aus, auf ziemlich einwandfreiem Südkurs.«

»Und jener britische Zerstörer?«

»Die *Longbow*, General. Sie sichtete die B-17 etwa fünfzig Kilometer vor der englischen Küste. Sie flog mit nur einem Motor und war auf diesem Kurs.« Er zog auf der Karte eine Linie, und Hamel beugte sich mit seinem Zirkel darüber. Nach einer Weile blickte er wieder auf. »Sieht so aus, als sei sie ein langes Stück von Norwegen gekommen, um sich an unseren Helgoland-Einsatz zu hängen und mit unseren Maschinen hierher zu kommen. Aber woher in Norwegen? Sola, nehme ich an?«

»Bestimmt, General. Die Zeiten, zu denen sie gesichtet wurde, passen genau. Und Stavanger-Sola scheint auch sonst am wahrscheinlichsten zu sein. Einer der britischen Mosquito-Jungs hat neulich ein paar gute Schrägluftbilder gemacht. In Sola steht zweifellos eine B-17. Schauen Sie sich das an.«

Die beiden Generale beugten sich über die riesigen Luftbildabzüge, die auf den Zeichentisch geheftet waren.

»Sieht aus wie eine zweite B-17. Dort, vor dem Hangar. Sehen Sie die Silhouette?«

»Und das«, sagte Shevlin grimmig und zeigte auf einen anderen Hangar, »sieht dem Bug einer Stirling verdammt ähnlich?«

Hamel stand auf und ging ans Fenster. Durch das kreuz und quer befestigte Klebeband, das es vor Bombendruckwellen schützen sollte, spähte er auf die Londoner hinab, die im Regen über den Oxford Circus eilten. Er registrierte, daß ein oder zwei davon noch den kleinen Pappkarton mit der Gasmaske für Zivilisten über der Schulter hängen hatten.

Er stand in dem Raum, den britische und amerikanische Geheimdienstler das Marszimmer nannten – sonst wußte nur eine Handvoll anderer Menschen über ihn Bescheid. Er lag in einem Labyrinth anderer Räume im obersten Stockwerk des Peter-Robinson-Warenhauses. Das Kommen und Gehen ließ sich durch das geschäftige Treiben im großen Warenhaus unten tarnen, das zahllose Personalaufzüge, Hintertreppen und Notausgänge hatte. Das war außerordentlich wichtig. In diesem Zimmer wurde regelmäßig über die kommende Befreiung Europas diskutiert. Der bedeutsame Tag lag allerdings noch in weiter Ferne. Vorher würde man noch viel britisches, amerikanisches und deutsches Blut vergießen, viele Fehler machen, viele Lektionen lernen müssen, viele Fallen ausprobieren und viele Listen erkennen. Die Männer, die heute dort saßen, befaßten sich damit, wie Deutschland in der Zwischenzeit geschlagen werden könnte. Am besten

würde es aus der Luft gehen, da bestand kein Zweifel. Doch über die wirksamsten Taktiken gingen die Meinungen weit auseinander.
Shevlin, ein sehr erfahrener Offizier, der zum Bomberkommando der Royal Air Force gehörte, hatte im Ersten Weltkrieg im alten königlichen Fliegerkorps gedient und war 1918 mit dem begehrten Air Force Cross ausgezeichnet worden. Jetzt schickte er Nacht für Nacht seine Bomberpulks – viermotorige Lancasters, Halifaxes, Stirlings – los, um die wichtigsten Industrieanlagen und Verkehrszentren der Deutschen zu zerschlagen. Er war zutiefst davon überzeugt, die nächtlichen Bombardierungen könnten, mit professioneller Perfektion durchgeführt, die deutschen Kriegsbemühungen so behindern und verlangsamen, daß der Krieg dadurch eher zu Ende ging.
Hamel, der in der Achten Luftflotte der US-Air Force diente, dachte anders. Die Achte war jetzt in Eastanglia stationiert und wurde ständig vergrößert, obwohl sie schon jetzt sehr stark war. Hamel befürwortete Tagesbombardements. Wie Shevlin meinte, nächtliche Bombenabwürfe seien kriegsentscheidend, so war er der Ansicht, Präzisionsbombardierungen bei Tage seien die beste Waffe des Luftkriegs. Bei dieser Meinungsverschiedenheit – die darauf hinauslief, daß die Deutschen bald rund um die Uhr bombardiert wurden – mußte jede der beiden Seiten noch einmal ihre Ausgangsposition überdenken. Die Amerikaner stellten fest, daß ihre Verluste größer wurden, je weiter sie in Feindesgebiet vordrangen, da die Abfangjäger, die Spitfires und Thunderbolts, das Ende ihres Aktionsradius erreichten und umkehren mußten, so daß die »Fliegenden Festungen« sich selbst überlassen waren. Und Winston Churchill, der zunächst Shevlin unterstützt hatte, sah allmählich ein, daß Präzisionsbombardierungen bei Tage viel mehr Vorteile boten, als er zunächst angenommen hatte. Während Hamel am Fenster des Marszimmers stand, dachte er wieder daran, was Churchill ihm vor ein paar Wochen gesagt hatte. Der Premierminister war sehr grob gewesen. Bisher, hatte er barsch erklärt, sei praktisch noch keine einzige amerikanische Bombe auf das eigentliche Reich gefallen. Ob es nicht höchste Zeit sei, die schweren amerikanischen Maschinen zur Verstärkung der britischen Nachtbombardements einzusetzen? Die Amerikaner hatten ihre Argumente vorgetragen und nicht nachgegeben, und sie hatten gewonnen. Churchill hatte sich damals überzeugen lassen, und die Briten würden Präsident Roosevelt nicht bitten, die Tagesangriffe der Amerikaner zu stoppen. Aber jetzt mußten sie Ergebnisse vorweisen.
Hamel hatte die Zahlen für die vergangenen Monate bekommen, ehe er sich an diesem Tag mit Shevlin und dem Herrn in Grau traf. Nachdenklich rekapitulierte er sie in seinem ausgezeichneten Gedächtnis, während er seine Gesprächspartner aufmerksam durch die Brillengläser beobachtete. Einsatz 50: Antwerpen; hundertvier Maschinen, vier verloren. Einsatz 51:

Lorient und Brest; hundertacht Maschinen, vier verloren. Einsatz 52: Bremen; hundertfünfzehn Maschinen, sechzehn verloren. Einsatz 53: St. Nazaire; hundertzwei Maschinen, sieben verloren. Zwischen dem 4. April und dem 1. Mai bei vier Einsätzen einunddreißig Maschinen verloren, die meisten davon B-17. Ein hoher Preis für die paar Operationen... und was zum Teufel war bloß in Bremen passiert? Sechzehn von hundertfünfzehn heruntergeholt, also ungefähr 15 Prozent. Bei dieser Verlustquote würde er alle sieben Einsätze ein ganzes Geschwader abschreiben müssen. Bremen... nun, es war natürlich gutes Bombenwetter gewesen, und das hatte die deutsche Luftwaffe ebensogut gewußt wie er. Aber die Me 109 und die FW 190 hatten sie schon über den Friesischen Inseln begrüßt. Man sollte meinen, die Schufte hätten sich die Position der B-17 die ganze Zeit durchfunken lassen – Kurs, Geschwindigkeit und Höhe. Stimmte das? An jenem Tag hatte man drei – nein, vier Meldungen aus verschiedenen Quellen erhalten: zwei merkwürdige B-17 über der Nordsee. Die Besatzungen der anderen Flugzeuge hatten geglaubt, sie seien wegen irgendeines Defekts vom Kurs abgekommen, und danach konnte man nicht mehr zweifelsfrei feststellen, um welche Maschinen es sich gehandelt hatte. Unter Umständen ganz begreiflich. Es gab schließlich Besatzungen, die einen Einsatz aus... nun, aus nichttechnischen Gründen verpaßten. Wollten anschließend nicht darüber reden. Aber irgend etwas war in Bremen schiefgelaufen.

»Diese Luftbilder von Stavanger«, sagte er plötzlich. »War das ein Sondereinsatz? Ich meine, wissen sie, daß wir Lunte gerochen haben? Sie haben die Mosquitos doch sicher mit ihrem Radar ausgemacht.«

»Ich glaube nicht«, sagte Shevlin gelassen. »Wir haben ein Aufklärungsflugzeug mitgeschickt, als eine Mosquito-Staffel Schiffe im Boknfjord angriff. Es brauchte nur ein paar Kilometer weiter zu fliegen und hatte zwei Kampfflugzeuge bei sich. Die Deutschen wußten sicher nicht, daß sie fotografiert wurden.«

Hamel lächelte breit.

»Ich kann mir nur einen stichhaltigen Grund dafür vorstellen, daß die Deutschen jene B-17 in Stavanger stationiert haben«, fuhr Shevlin fort. »Sie müssen für Einsätze bestimmt sein. Ich meine, sie nehmen sie nicht wie sonst auseinander, um sie zu untersuchen. Wenn sie das wollten, würden sie die Maschinen wohl kaum nach Stavanger schaffen. Nein, dann würden sie es beispielsweise in Rechlin bei Berlin machen. Dort haben sie alle Einrichtungen, die für technische Analysen nötig sind. Wir wissen, daß sie die anderen erbeuteten Flugzeuge früher dorthin schafften. Natürlich untersuchen sie die Maschinen kurz – genau wie wir es im Untersuchungszentrum Farnborough machen. Da war zum Beispiel die FW 190, die versehentlich in West Malling landete. Aber Stavanger ist etwas anderes. Und

wenn sie für Einsätze bestimmt sind – um was für Missionen handelt es sich?«
»Ich bin derselben Meinung«, sagte Hamel. »Ich meine, was Stavanger betrifft. Und an dem Tag, als jene B-17 notlandete, hatten wir eine Geheimdienstmeldung über eine nicht identifizierte B-17. Ein paar von unseren Besatzungen sahen sie bei einem Einsatz über Helgoland. Sie sagten, die Maschine hätte sich an eine der hinteren Formationen gehängt. Könnte die von Mersea gewesen sein.«
»Sie hatte über dem Meer Schwierigkeiten«, sagte Shevlin. »Wenn sie in Deutschland oder Norwegen stationiert war, warum kehrte sie dann nicht einfach um? Warum flog sie weiter nach England, um dort eine Bruchlandung zu machen?«
»Nun, sie hatte Treffer erwischt«, sagte Hamel. »Wir haben eine Menge Augenzeugen, die übereinstimmend sagen, sie habe gebrannt, als sie die Küste überquerte. Vielleicht wurde sie von einem deutschen Jäger angegriffen. Wenn sie für irgendein geheimes Unternehmen eine B-17 benutzen, kann so etwas passieren, nehme ich an. Oder sie hatte Schwierigkeiten mit dem Leitwerk. Es ist nicht viel von ihr übriggeblieben – und nur eine Leiche, die man kaum noch als solche bezeichnen kann. Und natürlich der Bursche, der verschwunden ist. Beide in amerikanischer Uniform, und beide keine Amerikaner. Über diese Maschine steht nur eins fest: Der Tag, an dem sie zum letztenmal in England startete, war nicht der Tag, an dem sie abstürzte. Sie flog vor ungefähr fünf Monaten weg und kam nicht mehr zurück. Das heißt, bis letzte Woche.«
»Sie meinen wegen der Registriernummern?« sagte Shevlin. Er holte ein Blatt Papier aus seiner Aktenmappe und betrachtete es.
»Ja«, sagte Hamel. »Es ist nicht viel von ihr übriggeblieben, aber am linken Motor kann man noch die Seriennummer erkennen. Sie gehört zu einem Flugzeug von der 97. Bombergruppe, das ›Pregnant Portia‹ hieß, einer dieser komischen Namen, die die Jungs ihren Maschinen geben. Griff den Flugplatz der deutschen Luftwaffe in Romilly-sur-Seine an. Wir haben an jenem Tag sechs Maschinen verloren. Ich nehme an, diese machte eine Notlandung und fing nicht Feuer.«
Shevlin nickte. »Das wird schwierig für Sie, Paul«, sagte er.
»Für uns beide«, sagte Hamel. »Sehen Sie es einmal so. Die Deutschen haben eine, vielleicht zwei B-17 – oder noch mehr. Sie müssen etwas wirklich Großes planen, wenn sie diese Brocken wieder zusammensetzen. Nicht nur unsere, sondern auch Ihre. Das würde auch einige sonderbare Dinge erklären, die in letzter Zeit passiert sind. Sie haben Formationen von uns ausgemacht, die außerhalb der Reichweite ihrer Freya-Geräte waren – zum Beispiel bei dem Bremen-Einsatz. Dieses Freya-Radar ist ohnehin längst nicht so gut wie Ihre britischen Geräte. Wir haben abgekommene Maschinen ge-

habt, B-17, die umkehrten und offenbar von einer anderen B-17 begleitet wurden – und keine wurde jemals wieder gesehen.«

»Bei Gott«, sagte Shevlin. »Nachts könnte es noch schlimmer sein. Wenn sie anfangen, erbeutete Stirlings an unsere Bomberpulks zu hängen, wären es die besten Nachtjäger, die es je gab.«

»Nun, was wissen wir?« sagte Hamel. »Wir wissen, daß eine B-17 in Mersea notlandete. Wir wissen, daß vor fünf Monaten eine B-17 nicht mehr von ihrem Einsatz zurückkam. Wir wissen, daß mindestens drei Männer in der heruntergekommenen Maschine waren: Wir haben eine nicht identifizierte Leiche im hinteren Schützenstand, einen nicht identifizierbaren Leichenteil im Rumpf, eine intakte Leiche im Leichenschauhaus von Mersea, die mit gefälschten amerikanischen Papieren ausgestattet ist. Wir wissen, daß ein Mann von der Besatzung den Absturz heil überlebt hat – er behauptete, er sei der Pilot, er zeigte der Polizei und der Home Guard gefälschte Papiere und fuhr angeblich nach London, wo er spurlos verschwand. Wir wissen nicht, was für einen Einsatz diese B-17 hatte. Wir wissen, daß sich *vielleicht* eine B-17 an unseren Helgoland-Einsatz gehängt hat. Was von Stavanger aus übrigens leicht möglich ist. Wir wissen nicht, warum sie in Mersea notlandete. Wir müssen eine Menge Fragen beantworten.«

Der Herr im grauen Anzug rührte sich zum erstenmal. Er nickte dem amerikanischen Stabsoffizier zu, der Hamel daraufhin fragend anblickte. Hamel nickte. Der Stabsoffizier salutierte und verließ den Raum.

»Fragen und Antworten«, sagte der Herr im grauen Anzug. »Das fällt in mein Ressort.«

Die beiden Luftwaffenoffiziere sahen ihn neugierig an. Beide kannten seinen Namen: Doch keiner von ihnen würde ihn je aussprechen. Er war der Vorsitzende des Zwanzigerausschusses, der nur dem inneren Verteidigungskomitee des Kriegskabinetts, dem britischen Premierminister und dem amerikanischen Präsidenten verantwortlich war. Dieser Mann und sein Ausschuß koordinierten die weltweiten Aktivitäten aller Agenten der Alliierten; sie untersuchten die Tätigkeit der feindlichen Agenten in Britannien; sie leiteten das wachsende Netz der Doppelagenten – deutscher »Spione«, die in Wirklichkeit für den britischen Geheimdienst arbeiteten. In diesem Ausschuß saßen der Leiter von MI 5, der Abteilung für Sicherheit und Gegenspionage, und der Leiter von MI 6, die für Spionage und Agenteninformation zuständig war. Diese Männer wurden je nach dem geltenden Kode M oder C genannt, aber für den Herrn in Grau gab es keinen solchen Buchstaben. Ihn nannte man einfach »Vorsitzender«. Auf bestimmten Gebieten genoß er eine Priorität, die über den sehr erheblichen Einfluß der beiden ihm jetzt zuhörenden Offiziere hinausging.

Er machte jetzt von dieser Priorität Gebrauch.

»Ich teile die Befürchtungen, die Sie heute morgen geäußert haben«, sagte er. »Einige Anzeichen sprechen übrigens dafür, daß es bei dem Feindunternehmen, auf das Sie anspielen, nicht nur darum geht, Ihre Bombenflüge zu stören. Ich denke, es ist an der Zeit, daß wir mehr über dieses Unternehmen erfahren. Wie Sie wissen, meine Herren« – er sah Shevlin und Hamel an – »habe ich in meinem Memorandum Nr. 18 darum gebeten, mir zwei Offiziere zuzuteilen, einen britischen und einen amerikanischen. Aus diesem Grund habe ich Sie um diese Unterredung ersucht.«
»Was uns von der Achten Luftflotte betrifft«, sagte Hamel, »so werden wir Ihnen selbstverständlich jeden Offizier zur Verfügung stellen, den Sie brauchen. Oder mehr als einen, wenn das nötig ist.«
Shevlin nickte und sagte nachdenklich: »Eine Sache ist mir nicht ganz klar. Ihr Memorandum Nr. 18 ist fast eine Woche alt. Wir haben die Schrägluftbilder aus Sola-Stavanger aber erst vorgestern bekommen.«
»Jener Absturz war gewissermaßen ein kleiner Bonus«, sagte der Vorsitzende. »Wir sind nämlich schon seit einiger Zeit der Ansicht, daß etwas sehr Merkwürdiges vor sich geht. Wir haben im besetzten Europa eine Menge Freunde, aber nur die wenigsten von ihnen sind Techniker, die das, was sie sehen, auch begreifen. General Hamel hat mich jedoch persönlich auf die interessanten Einsatzbesprechungen nach der Bremen-Operation hingewiesen. Und jetzt, nachdem unsere Aufmerksamkeit durch die, hm, die Ankunft jener B-17 auf Stavanger gelenkt worden ist, kommen die Bilder von dort. Normalerweise nicht mein Ressort, aber es paßt zu anderen Dingen, die wir noch nicht genügend geklärt haben. Jetzt haben wir aber einen Mann, ein Gesicht, irgendwo in London. Ich habe es lieber mit Männern zu tun als mit Flugzeugen.«
»Wieso sind Sie so sicher, daß er in London ist?« sagte Hamel. »Ich weiß, daß er jenem Offizier erzählt hat, er fahre dorthin, aber …«
»Er ist in London«, sagte der Vorsitzende kühl. »Und er wird uns irgendwie sagen, was wir wissen möchten.«
Das möchte ich wetten, dachte Shevlin.
»Inzwischen wäre es mir lieber, wenn Sie in dieser Hinsicht nichts unternähmen, ohne mich vorher zu unterrichten, meine Herren.« Er drückte auf den Knopf der Sprechanlage und sagte ins Mikrophon: »Miß Bennett, bringen Sie bitte die beiden Offiziere herein.«
Einen Augenblick später erschien eine grauhaarige Dame in mittleren Jahren in der Türöffnung. Hinter ihr standen zwei Männer, der eine in der blaugrauen Uniform der Royal Air Force, der andere im hellen Khaki der US-Army Air Force. Sie bat sie mit einer Handbewegung ins Zimmer. Die Offiziere salutierten.
»Staffelführer Croasdell«, sagte sie. »Und Oberstleutnant Eugene Vandamme.«

6

»Beide Oberschenkelknochen zersplittert, Beckenfraktur, Milz gerissen, linke Niere hin – wahrscheinlich von einer nach oben gebogenen Metallstange durchbohrt, die wir im Thorax fanden. Der Exitus geht jedoch nicht auf diese Verletzungen zurück, obgleich er höchstens eine Stunde später erfolgt wäre. Die eigentliche Todesursache ist ein Pistolenschuß in die Rückseite des Schädels, abgefeuert aus nächster Nähe, wie Sie hier sehen können. Schauen Sie sich die... ungewöhnlichen Schmauchspuren an.«
John Croasdell starrte eine oder zwei Sekunden auf den zerfetzten Hinterkopf und entfernte sich dann von dem Tisch im blau erleuchteten Leichenschauhaus. Eugene Vandamme, der neben ihm gestanden hatte, schluckte und räusperte sich. Keinem der beiden war der Anblick des Todes fremd: Sie hatten in diesem Krieg Dinge gesehen, die in irgendeiner Ecke ihres Gedächtnisses präsent bleiben würden, solange sie lebten. Aber dieser Polizeiarzt war von einem klinischen Professionalismus, der ihnen das Blut erstarren ließ.
»Er ist ganz interessant, nicht wahr?« sagte der Arzt. »Aber hier habe ich noch etwas, das Sie unbedingt sehen müssen. Schauen Sie sich die an.« Er zog eine verhüllte Lade aus der Wand und entfernte das Laken.
»Sie sieht leider nicht mehr sehr gut aus«, sagte er entschuldigend. »Sie hat vierundzwanzig, vielleicht auch sechsunddreißig Stunden im Wasser gelegen, und die Küste hier ist sehr steinig und sie wurde bei Flut angeschwemmt. Sie war ungefähr fünfundvierzig Jahre alt.«
Vandamme und Croasdell beugten sich über die halb zugedeckte Gestalt und wandten sich ab.
»Von denen bekommen wir nur selten welche«, sagte der Arzt. »In London und Birmingham kennt man sich bestimmt besser damit aus, nach dem ›Blitz‹.«
»Sich auskennen, womit?« sagte Vandamme widerstrebend. Was gäbe er jetzt für den größten Martini der Weltgeschichte!
»Mit Druckwellen«, sagte der Arzt. »Sie ist an den Einwirkungen einer Druckwelle gestorben. Die gesamte Bauchhöhle ist implodiert, wobei die Därme von oben nach unten gekehrt wurden. Aber keine äußeren Verletzungen – eine unsichtbare Wirkung, die ziemlich oft auftritt. Es ist der Druckunterschied zwischen dem Punkt einer Explosion und der Luft ringsum. Sie war ziemlich nahe dran, als die Sache losging – was es auch war.«
Er zog das Laken ein Stück weiter herunter.
»Beide Arme, beide Beine und die Wirbelsäule gebrochen, aber erst nach dem Exitus, nicht von der Druckwelle. Typisch, wenn man aus großer Höhe auf Wasser aufschlägt. Sie ist nicht ertrunken. Kein Tropfen Wasser in der Lunge.«

»Ausweise?« sagte Croasdell.
»Keine«, sagte der Arzt. »Frauen haben so etwas natürlich in der Handtasche. Und die ist leider nicht angeschwemmt worden.«
»Kleidungsstücke?« sagte Vandamme.
»Sie sind oben, aber sie sind nicht sehr interessant. Massenkonfektion, nichts Ungewöhnliches. Keine geheimnisvollen ausländischen Etiketten. Die Polizei hat natürlich alles untersucht.« Er zog das Laken wieder über die Leiche und schob sie in die Wand zurück.
»Bei dem da hat man Ausweispapiere gefunden«, sagte er, mit dem Daumen auf Behrens' Leiche zeigend. »Man hat mir gesagt, Sie könnten sie mitnehmen. Aber Sie müssen natürlich den Empfang quittieren. Hieß Kelly. US-Army Air Force. Douglas John Kelly. Das steht jedenfalls in den Papieren.« Er warf ihnen einen fragenden Blick zu.
Ein eisiger Wind blies die lange Hauptstraße von Colchester entlang, als Croasdell und Vandamme ins Freie traten und zu dem parkenden Jeep gingen.
»Wohin jetzt?« fragte Vandamme und beantwortete seine Frage selbst. »Ich nehme an, zum Tatort.« Er setzte sich ans Steuer. »Wir nehmen am besten keinen Soldaten mit, der uns dauernd auf die Finger guckt«, hatte er vorhin gesagt, und Croasdell hatte zugestimmt. Sie sausten die Straße nach Ipswich entlang und bogen nach gut anderthalb Kilometern in den schmalen Feldweg ab, den Warnow in den letzten Sekunden der B-17 durchpflügt hatte. Sie fuhren auf das scharfe Gras der Weide und stiegen aus. Das breite, tiefe Loch in der Grasnarbe, die gefällten Schößlinge und die flachgedrückte Hecke lagen vor ihnen. Das geschwärzte Wrack der B-17 lag noch am Rand des Waldes dahinter. Es wurde von Männern bewacht – britische Soldaten, konstatierte Croasdell, aber nicht die Home Guard. Sie trugen die Schulterstücke eines berühmten Infanterieregiments. Der Sergeant, der die Posten kommandierte, wollte sich nicht ohne weiteres mit ihren Papieren zufriedengeben und schickte einen Gefreiten los, um den Offizier aus einem Zelt zu holen. Er kam ein paar Sekunden später – ein großgewachsener Hauptmann mit einem frischen Gesicht und einem einzigen Ordensband, der ihre Ermächtigungen aufmerksam durchlas und dann nickte.
»Gut«, sagte er. »Mein Oberst ist schon gewarnt worden, Sie könnten heute vielleicht kommen. Wie Sie sicher wissen, war schon ein Team von der RAF da, aber sie haben sich vor ungefähr vier Tagen wieder verzogen. Können wir Ihnen irgendwie behilflich sein? Ich weiß nicht, ob Sie eine Kleinigkeit essen möchten, wenn Sie Ihre Arbeit hier getan haben? Kommen Sie einfach in mein Zelt – nicht gerade das Ritz, aber mein Fahrer kann ganz ordentlich Spiegeleier machen. Ich würde mich freuen. Wenn Sie also Hunger haben...«

»Sehr gern«, sagte Croasdell höflich.
»Ist der Junge echt?« fragte Vandamme, als sie sich entfernten.
»Er ist in Ordnung«, sagte Croasdell. Er fühlte sich merkwürdig in die Defensive gedrängt. »Er trägt den Stern von Afrika, also muß er in der Wüste gewesen sein.« Und das, dachte er bei sich, ist viel mehr, als du bisher geleistet hast, du verdammter Oberst.
Doch selbst wenn er seine Gedanken ausgesprochen hätte, wäre er bei Vandamme auf taube Ohren gestoßen. Dieser starrte zurück auf das Feld und lächelte gezwungen.
»Himmel«, sagte er, »der Bastard konnte fliegen. Sehen Sie sich das an. Kaum Platz genug, um einen Laster zu parken, aber er bringt eine B-17 über diese Hecke und stoppt sie keine fünfzehn Meter vor den Bäumen. Ich weiß nicht, wie zum Teufel er das geschafft hat – und noch dazu mit einem einzigen Motor, wenn es stimmt, was man sagt. Er muß sie seitlich heruntergebracht haben. Ich habe gehört, bei Boeing in Seattle habe ein Bursche erklärt, das sei möglich – aber er hatte zweitausend Flugstunden auf Festungen und einen direkten Draht zum lieben Gott, nehme ich an. Also, ich würde diesen Kerl wirklich gern fragen, wie er es geschafft hat.«
»Auf jeden Fall hatte er Glück, weil sich das Cockpit löste«, sagte Croasdell. »Sonst läge er jetzt mit den anderen im Leichenschauhaus.«
»Vermutlich«, sagte Vandamme nachdenklich. »Aber bei diesem Spiel braucht man nun mal Glück selbst... Merkwürdig ist nur die Sache mit dem anderen Burschen. Erschossen...«
»Ihr Wunderpilot hat mit seinem verwundeten Freund offenbar kurzen Prozeß gemacht, Oberst«, sagte Croasdell trocken.
»Der Junge lag wahrscheinlich im Sterben«, sagte Vandamme. »Und was soll dieser Quatsch mit dem ewigen ›Oberst‹? Sollen wir fortfahren, uns gegenseitig zu titulieren? Sag einfach Gene zu mir.«
»Ich heiße John«, sagte Croasdell. Sie gingen weiter zu dem Zelt des jungen Hauptmanns.
»Du dürftest recht haben«, sagte Vandamme. »Was der mit seinem Kameraden gemacht hat, war nicht sehr nett. Aber versetz dich mal in seine Lage. Er hat hier einen Einsatz, von dem wir nichts wissen. Trägt amerikanische Uniform – der Junge auch. Der Junge hat ein Loch in der Brust, in das man den Kopf stecken kann, und beide Beine sind zerschmettert. Wenn er den Jungen liegen läßt, redet der arme Kerl vielleicht. Er könnte phantasieren oder einfach Angst haben. Unser Wunderpilot darf kein Risiko eingehen...«
Vandamme tat so, als ziehe er eine Pistole. »Bum, bum. Problem gelöst – und der Junge ist hin, was soll's – vielleicht nur ein paar Stunden Schmerzen. Ein paar Stunden, die es nicht wert sind.«
»Hättest du es auch getan?« fragte Croasdell.

»Ich?« Vandamme lachte unsicher. »Vielleicht ja... nein, ich glaube nicht.«
»Ich auch nicht«, sagte Croasdell.
Bei der gestrigen Unterredung im Marszimmer waren die beiden Männer noch sehr zurückhaltend zueinander gewesen, doch diese kurze Diskussion schien sie seltsamerweise zu lockern. Sie aßen mit dem jungen Infanteriehauptmann gestreiften Speck und Spiegeleier und fuhren dann nach Mersea, wo sie noch eine Verabredung hatten.
Sie hielten vor der Polizeiwache.
Der Inspektor schenkte sorgfältig Tee ein, der, wie Vandamme anerkennend konstatiert hatte, von einer gutgebauten jungen Polizistin, die er gern näher kennenlernen würde, ins Zimmer gebracht worden war.
»Nun, meine Herren«, sagte er bedauernd. »Ich kann Ihnen nur sagen, daß er mich reingelegt hat. Und Oberst Schofield hat er genauso reingelegt. Sie denken vielleicht anders, aber der Oberst ist ein erfahrener Mann, der sich nicht leicht etwas vormachen läßt. Er sprach genau wie ein Amerikaner. Nicht, daß ich oft welche kennenlerne« – er lächelte Vandamme zu – »aber ich gehe immerhin dann und wann ins Kino. Er war natürlich ziemlich blaß und durcheinander, das brauchte er also nicht vorzutäuschen. Oberst Schofield sah seine Papiere, und ich schrieb mir den Namen auf: ›Ralph Hadley, Captain.‹ Es schien alles zu stimmen, ich meine, das amerikanische Flugzeug, die amerikanischen Hoheitszeichen, der einzige Überlebende in amerikanischer Uniform spricht genau wie ein Amerikaner. Ich hatte nicht den leisesten Verdacht, daß er jemand anders sein könnte.«
»Nicht Ihre Schuld, Inspektor«, sagte Croasdell. »Wahrscheinlich hätte er sogar in eine Offiziersmesse der RAF spazieren und dort mitessen und sich am nächsten Morgen irgendwohin bringen lassen können«.
»So ist es«, sagte Vandamme. Gott, war der Tee scheußlich. Jedermann wußte, daß diese Briten keinen Kaffee machen konnten, aber man hätte meinen sollen, daß sie sich inzwischen wenigstens mit Tee auskannten.
»Nein, der einzige Ort, wo er vielleicht Schwierigkeiten gehabt hätte, wäre ein amerikanischer Luftwaffenstützpunkt gewesen«, sagte er. »Nicht weil wir mißtrauischer wären als Sie, Inspektor. Sondern weil man ihn bei uns durch die Routinekontrollen geschleust und dabei vielleicht erwischt hätte. Ich bin allerdings nicht hundertprozentig sicher. Der Bursche wußte wirklich sehr gut Bescheid.«
Croasdell trank seinen Tee aus und unterdrückte den Impuls, das Gesicht zu verziehen. Brr, Kondensmilch, und das ausgerechnet in Essex, dem Land der vielen Molkereien. Der Inspektor glaubte wahrscheinlich, er müßte ihnen etwas Besonderes bieten.
»Wie sah er aus?« fragte er den Inspektor.
»Ungefähr so groß wie Sie und der Oberst«, antwortete der Inspektor. »Sa-

gen wir ungefähr einen Meter siebzig. Er war blonder als der Oberst, etwa so wie Sie. Kräftiger Bursche. Hatte nichts Bemerkenswertes an sich, aber er wirkte irgendwie verkrampft oder gespannt. Ich meine nicht die Nerven, ich meine, er war gespannt... ja, gespannt wie ein Flitzbogen. Als ob er etwas vorhätte. Als ob er zum Beispiel gleich abspringen wollte.«

»Abspringen?« fragte Vandamme.

»Ich kann es nicht besser ausdrücken«, sagte der Inspektor. »Ich hatte einfach den Eindruck... daß er sich innerlich anspannte.«

Er trank seinen Tee und fuhr knapp fort: »Nun, meine Herren, ich befasse mich mit Beweisstücken, nicht mit vagen Eindrücken. Und wo wir gerade von Abspringen reden – ich habe da ein handfestes Beweisstück, das ich Ihnen gern zeigen würde.«

Er führte sie aus dem Zimmer eine ausgetretene Steintreppe hinab in den Keller. Dort schloß er sorgfältig eine Tür auf und ließ sie in einen dunklen, kalten Raum treten. Darin standen zwei einfache Tische, und auf dem einen war eine Reihe langer Holzstücke aufgereiht, zersplittert und zerbrochen, mit glänzenden Salzkristallen bedeckt.

»Ja«, sagte der Inspektor als Antwort auf Croasdells fragenden Blick. »Sie haben im Meer gelegen. Wir haben sie am Ufer aufgelesen, ungefähr anderthalb Kilometer von dem Strand entfernt, wo die tote Frau angeschwemmt wurde. Wissen Sie, was es ist?«

Die beiden Männen schüttelten den Kopf.

»Es sind«, sagte der Inspektor triumphierend, »es sind die Reste eines...« – er sprach das deutsche Wort holprig aus – »eines *Personenabwurfgeräts.*« Er las den Namen aus einem kleinen, ledergebundenen Notizbuch vor, das er aus der Tasche gezogen hatte. Wie Croasdell bemerkte, trug der Umschlag den Stempel »Geheim«.

»Was zum Teufel ist das?« fragte Vandamme.

»Ein Personenbehälter«, sagte der Inspektor. »Hier steht, daß er bis zu drei Personen faßt, einen Meter breit und zwei Meter lang ist, vier Fallschirme hat und mit einer Geschwindigkeit von vier Metern in der Sekunde zur Erde schwebt. Ich muß sagen, ich würde es nicht gern versuchen. Ich sehe es zum erstenmal, obgleich alle Polizeiwachen an der Küste – und natürlich auch alle Posten der Küstenwache – diese Bücher bekommen, in denen genau steht, worauf sie achten sollen. Die Krauts benutzen sie angeblich, um Agenten abzusetzen –, aber wie ich schon sagte, ich habe vorher noch nie eins gesehen.«

»Sie meinen, die Frau im Leichenschauhaus sei damit gekommen?« sagte Vandamme ungläubig. »In der B-17? War ein Fallschirm an diesem Kasten?«

»Kein Fallschirm«, sagte der Inspektor. »Aber sehen Sie sich das an.« Er zeigte auf zwei kurze durchtrennte Leinenenden, die aus den Metallverstärkungen des Behälters hervorstanden. »Das waren Fallschirmleinen, aber sie sind durchgeschnitten worden. Sehen Sie, da und da. Er hat das Ding ins Meer geworfen, bevor er abstürzte. Hat die Leinen einfach durchgetrennt. Hoffte wahrscheinlich, es würde sinken. Aber das tat es nicht.«

»Das ist ein Ding«, sagte Vandamme. »Vier Fallschirme und ein Holzsarg.« Er schauderte.

»Es gibt eine ganz gute Erklärung für diese Dinger«, sagte Croasdell nachdenklich. »Sie wissen, wie es ist, wenn mehrere Leute mit dem Fallschirm abspringen. Sie landen unter Umständen kilometerweit voneinander entfernt. Bei zwei oder drei Agenten kommt es doch darauf an, daß sie dicht beisammen landen und später nicht erst lange nach den anderen suchen müssen. Also benutzen sie diese Geräte.«

Vandamme zupfte geistesabwesend an einer der kurzen Fallschirmleinen. »Dann wußte unser Wunderpilot, daß vielleicht seine letzte Stunde geschlagen hatte, und wollte nicht, daß man die Dame im Wrack findet – sie war bereits tot, hat der Arzt gesagt. Also warf er sie hinaus, allerdings etwas zu nahe an der Küste.«

»Er hatte wahrscheinlich eine Menge auf einmal zu bedenken«, meinte Croasdell. »Aber eines ist offensichtlich. Er muß mehrere Agenten befördert haben... für eine Frau hätten sie das Personen... das Personendingsda nicht benutzt. Vermutlich schwimmen also zwei andere irgendwo in den Wellen. Sie müssen mit ihr hinuntergefallen sein, weil es im Wrack keine anderen Überlebenden gab. Und die einzige andere Leiche – wenn man sie überhaupt so nennen kann – lag in der hinteren Kanzel. Das heißt, die einzige andere außer dem Jungen im Leichenschauhaus. Ich weiß zwar, daß er mit kleiner Besatzung flog, aber er hätte kaum einen Agenten in die hintere Kanzel gesteckt.«

»Das glaube ich auch«, sagte Vandamme.

Als sie eine Stunde später mit dem Jeep nach London zurückfuhren, sagte Vandamme nachdenklich: »Weißt du, John, die ganze Sache ergibt einfach keinen Sinn.«

»Was willst du damit sagen?« antwortete Croasdell. Er schlief halb, in eine schaffellgefütterte Fliegerjacke gehüllt, kroch wegen des kalten Winds, der durch das zugige Jeepverdeck hereinpfiff, in sich zusammen. Wie viele Autofahrer hatte er in der Regel etwas dagegen, gefahren zu werden, aber er hatte Vandamme gestern auf den ersten achtzig Kilometern nach Mersea genau beobachtet und wußte, daß er beruhigt abschalten konnte.

»Nun, was zum Teufel erwartet man eigentlich von uns? Wir werden hierher geschickt und finden genau das heraus, was eure Polizei schon weiß – und was sich jeder zusammenreimen kann, der weiß, daß zwei und zwei vier ist. Wir kommen keinen Schritt näher an diesen Wunderpiloten heran, wie sollten wir auch? Er ist todsicher in London, und wir können ihn gar nicht finden. Wir würden ihn nicht einmal erkennen, wenn er neben uns an einer Theke stünde. Es muß also mehr an der Sache sein, als man uns bisher gesagt hat. Ich meine, sie kommandieren zweit gute Männer von Sondereinheiten ab...«

»Ich bin beim RAF-Nachrichtendienst«, sagte Croasdell. »Aber kein Agent oder Spion, wie ich gleich hinzufügen möchte. Habe allerdings die übliche Grundausbildung. Ich habe als Verbindungsoffizier zwischen dem Jäger- und Bomberkommando gearbeitet, im Stab. Spezialist für Nachrichtensammlung und Aktionseinsätze. Wir versuchen, den Planern alle nötigen Informationen zu beschaffen. Ich nehme an, daß es auch bei euch so etwas gibt?«

»So ist es«, sagte Vandamme und griente. »Auswertungsoffiziere der US-Army Air Force. Ich zum Beispiel. Ich nehme an, wir machen ungefähr das gleiche. Obgleich du nicht immer Informationen für die Planer gesammelt hast, nicht wahr, John? Das da« – er zeigte auf das rotweiße Band des Distinguished Flying Cross an Croasdells Uniformrock – »hast du bestimmt nicht für Nachrichtensammeln bekommen. Schlacht um England, wurde mir erzählt. Acht Abschüsse, alles Me 109.«

»Woher weißt du das?« sagte Croasdell ruhig.

»Oh, beim Kommando haben sie mir ein Blatt Papier gegeben, auf dem alles stand. Ich weiß eine ganze Menge über dich...« Alles, dachte er, nur nicht, warum man einen erstklassigen Jagdflieger aus der Kampfstaffel genommen hat.

»Ich habe auch ein Papier bekommen«, sagte Croasdell. »Ich weiß also, daß du vor ein paar Monaten vom Kampfeinsatz in Luzon abgestellt worden bist. Wie war es doch gleich – du hast insgesamt elf erwischt, in einem Jahr... zehn japanische Jäger und einen japanischen Bomber?«

»So ungefähr«, sagte Vandamme. »Was soll diese Sache also? Hast du gehört, was Paul Hamel sagte? ›Was Sie für diesen Einsatz brauchen, bekommen Sie.‹ Paul Hamel wirft nicht so leicht mit derartigen Versprechungen um sich. Und dein Mr. Shevlin auch nicht, möchte ich annehmen.«

»Du hast vor dem Krieg Langstreckenflüge gemacht, nicht wahr?« sagte Croasdell.

»Ja«, sagte der andere. »1937 den Transarktisflug. 1938 von Florida nach Madagaskar. Das war ein Gemeinschaftseinsatz mit der französischen Flotte. Und der zweite Pan-Amerika-Flug. Und was hast du früher gemacht?«

»Ich habe 1938 versucht, den Rekord von England nach Australien zu brechen, Mildenhall–Melbourne«, sagte Croasdell. »Ich mußte in der Timorsee wassern. Bis dahin sah es gar nicht so schlecht aus. Und später habe ich kurz bei Imperial Airways gearbeitet, London–Delhi.«

»Eigentlich sind wir beide schon ein bißchen zu alt für die Jagdfliegerei«, sagte Vandamme. »Ich bin siebenundzwanzig, und meinem Papier hier kann ich entnehmen« – er griente entwaffnend, und Croasdell stellte beinahe widerstrebend fest, daß er anfing, ihn sympathisch zu finden – »daß du genauso alt bist. Ungefähr das Alter, in dem die Reflexe allmählich nachlassen.«

Mein Gott, meine Reflexe sind vor einem Jahr zum Teufel gegangen, dachte Croasdell. Und dann erlebte er es wieder, wie schon so oft. Er sah die Me 109 vor seinem Cockpit trudeln, Metallfetzen verlieren, mit dem gelben Bug nach oben abschmieren, bevor sie in einer Säule aus Rauch und Flammen in das wartende Meer stürzte.

Und dann riß die Tragfläche seiner Spit, vom ersten Schuß der Me 109 an ihrer Verankerung getroffen, glatt ab, verwandelte die Maschine in ein hilfloses Gewirr von Plexiglas und Aluminium und Stahl, sie fiel wie ein toter Vogel. Er hatte zwanzig kostbare Sekunden gebraucht, um das verklemmte Kabinendach zu lösen, und als er hinausgeklettert war, hatte er sich mit dem Fuß dahinter verfangen. Hin und her wirbelnd, wie eine Stoffpuppe an der Oberseite der Spitfire festgehalten, vom eisigen Wind gepeitscht, hatte er das Bewußtsein verloren und war erst wieder zu sich gekommen, als die Maschine schon achttausend Meter tief gestürzt war und ihn nur noch zweitausend Meter von den Wellen trennten. Er war in Panik geraten, fiel ihm jetzt wieder ein, und hätte um ein Haar den Notknopf gedrückt, der den Fallschirm von seinen Schultern geschleudert hätte, so daß er in den Tod gestürzt wäre. In letzter Sekunde hatte er jedoch die Reißleine gefunden.

Als er dann wieder die Augen öffnete, lag er im Krankenhaus, und Joanna saß neben ihm. Sie erzählte ihm später, daß die Jungen von der Luft-See-Rettung ihn nach vierzig Minuten aufgefischt hätten, aber daran konnte er sich nicht mehr erinnern. Er betastete sein Gesicht. Von dem Absturz war nur die zehn Zentimeter lange Narbe auf der rechten Wange übriggeblieben, wo das Dach der Kanzel in sein Fleisch geschnitten hatte, als er sich endlich löste und fiel. Die Narbe... und das, was mit seiner Kampftauglichkeit geschehen war. Was es auch sein mochte. Aber davon hatte niemand eine Ahnung. Oder doch? Er hatte sechs Wochen im Krankenhaus gelegen und war dann zum Geheimdienst abgestellt worden. Die Arbeit war interessant – manchmal sogar faszinierend. Aber es war nicht wie im Kampfeinsatz.

Der Jeep fuhr schnell durch das flache Land, während der Frühlingsabend in Dunkelheit versank. Es war kaum Verkehr auf der Straße – dann und wann ein Konvoi großer amerikanischer Laster oder britischer Dreitonner, eskortiert von einigen Meldefahrern auf Motorrädern, und ein paar Privatautos, deren Zahl zunahm, als sie sich London näherten. Da den britischen Wagenbesitzern nur wenig Benzin zugeteilt wurde, benutzten sie ihre

Fahrzeuge auch nur, wenn es unbedingt nötig war. Und bei Nacht fuhr man besonders ungern, denn wegen der Verdunkelungsvorschriften waren die Scheinwerfer bis auf schmale Schlitze abgedeckt und sämtliche Straßenlampen ausgeschaltet.

»Jetzt kann es nicht mehr lange dauern«, sagte Vandamme. »Mir ist nach einem anständigen Steak. Vielleicht gibt es im Kittyhawk Club welche – sie bekommen Lebensmittel aus den Staaten. Nicht viel, aber vielleicht haben wir Glück.«

»Ich habe eine bessere Idee«, sagte Croasdell. »Wann sind wir morgen mit dem Herrn in Grau verabredet – um zwölf Uhr, oder?«

»Stimmt«, sagte Vandamme. Er lächelte nachdenklich vor sich hin. Was den Herrn in Grau betraf, war ihnen beiden nicht wohl in ihrer Haut. Sie hatten übrigens beschlossen, ihn nur noch so zu nennen.

»Ich mache dir einen Vorschlag«, sagte Croasdell. »Ich wohne bei Chelmsford, das ist ganz in der Nähe. Wir haben ein Gästezimmer, und Joanna, meine Frau, wird uns etwas kochen. Ein Omelett, wenn sonst nichts im Haus ist – wir haben ein paar Hühner.«

»Ein bißchen hart für die Dame, wenn du plötzlich mit einem hungrigen Fremden aufkreuzt«, sagte Vandamme.

»Unsinn, sie kommt viel zu wenig unter Leute. Sie arbeitet im nächsten Krankenhaus, als Röntgentechnikerin. Dort haben wir uns übrigens kennengelernt. Sie wird sich freuen, wenn ich dich mitbringe. Und morgen fahren wir dann nach London. Wir werden wahrscheinlich eine ruhige Nacht haben, ohne Fliegeralarm.« Und, dachte er froh, ich möchte Joanna einfach wiedersehen, und wenn es nur für ein paar Stunden ist. Das letzte Mal war vor drei Wochen, drei Wochen zu lange.

»Nun«, sagte Vandamme, »du setzt mir die Pistole auf die Brust. Und ich habe zufällig ein paar Dosen Schinken hinten im Wagen.«

Das Haus Croasdells war sehr einfach, eingeschossig, hatte ein langes, niedriges Wohnzimmer und zwei Schlafzimmer, die davon abgingen. Es war dunkel, als sie ankamen, und nur an den haarfeinen Lichtstreifen neben den Rollos an der Tür und den Fenstern sah man, daß jemand zu Hause war. Croasdell klingelte, und einige Augenblicke später wurde die Tür geöffnet. Eine Frauengestalt stand im Eingang, zeichnete sich im Schein der schwachen Flurbeleuchtung ab.

»Wer ist da?« fragte sie, und dann: »John, Liebling. Warum hast du nicht Bescheid gesagt? Oh, Liebling…«

»Ich wollte meine Frau überraschen«, sagte Croasdell, das Gesicht in ihrem Haar vergrabend.

»Wenn du nicht sofort die Tür schließt«, sagte sie und machte einen nicht sehr überzeugenden Versuch, sich aus seinen Armen zu befreien, »wird uns der Verdunkelungsmann überraschen und mir zehn Shilling Strafe

aufbrummen. Nein, bitte, John, ich muß... oh!« Erst jetzt sah sie Vandamme hinter Croasdell stehen.
»Entschuldigung, Ma'am«, sagte er. »War meine Schuld. Ich bin noch nicht lange hier und muß mich noch an die Verdunkelung gewöhnen.«
»Liebling, das ist Gene Vandamme. Ich habe ihn eingeladen, heute nacht bei uns zu bleiben. Gene, das ist Joanna, meine Frau.«
Sie streckte die Hand aus. Sie war kühl und fest. Als sie in das hellere Licht des Wohnzimmers trat, sah er, daß sie groß und schlank war, aber mit Hüften von der Art, die John Croasdell eines Tages eine Menge Kinder schenken würden. Ihre Haare waren braun, lang, fielen gerade herunter und hatten unten eine Innenrolle. Ihr Gesicht war schmal und intelligent, und sie hatte graue Augen. Eugene Vandamme betrachtete sie und dachte zum erstenmal, daß an John Croasdell mehr dran sein mußte, als man auf den ersten Blick sah.
»Ihr müßt mit Omeletts vorliebnehmen«, sagte sie. »Es sind Dutzende von Eiern da, ich nehme an, die Hühner haben Frühlingsgefühle. Und ich glaube, ich habe noch ein bißchen von dem Käse, den sie uns letzte Woche zugeteilt haben.«
»Gene hat Dosenschinken«, sagte Croasdell stolz.
»Schinkenomeletts«, sagte Joanna Croasdell.
»Mehr kann man doch nicht verlangen«, sagte Gene Vandamme, wobei er Croasdell ansah und grinste.
Sie aßen an einem kleinen Tisch hinten im Wohnzimmer. Danach warfen sie eine Münze hoch, um zu entscheiden, wer zuerst baden sollte. John Croasdell riet richtig und verschwand im Badezimmer.
»Mit John darf man nie Münzen werfen«, sagte Joanna, als Vandamme ihr in die kleine Küche folgte und ein Geschirrtuch nahm, um beim Abwaschen zu helfen. »Er gewinnt praktisch immer. Er hat eine Art zweites Gesicht oder so etwas.«
»Wie kommen Sie auf die Idee, ich hätte verloren?« sagte Vandamme und trat zu ihr ans Spülbecken. Sie lachte.
»Nun, es ist nicht sehr höflich, Sie zum Mitkommen zu überreden und dann in die Küche zu stecken.«
»Man wird mich in Zukunft nicht mehr überreden müssen, Ma'am«, sagte Vandamme. »Und wenn Sie noch einmal so lächeln, könnten Sie mich überreden, Bürger des britischen Empire zu werden.«
»Hör bitte auf, meine Frau zu verführen, und nimm dein Bad, Gene«, sagte Croasdell aus der Küchentür. »Sie ist nur ein einfaches Mädchen vom Lande, und ich möchte nicht, daß du ihr mit deinen feinen Südstaatenmanieren den Kopf verdrehst.«
Joanna sah von einem zum anderen und lachte.
»Schicksalstag«, sagte Gene bedeutungsschwer. »Nach siebenundzwanzig

Jahren lerne ich endlich die Frau kennen, die mich vielleicht verstehen würde, und ihr Mann sagt mir, ich solle ein Bad nehmen. Außerdem bin ich aus Westport, Connecticut, und nicht aus dem Süden.«
»Ich dachte, das *sei* der Süden«, sagte Croasdell. »Nun aber marsch. Beeil dich, dann können wir noch eine Partie Schach spielen. Du spielst doch Schach? Gut. In dem Schrank in deinem Zimmer liegt ein Pyjama – wir haben etwa die gleiche Größe. Du kannst ihn anziehen, wenn du willst, aber wir haben nur einen Morgenmantel, und zwar den, den ich anhabe. Das Wohnzimmer ist allerdings gut geheizt.«
»Du meine Güte«, sagte Joanna. »*Zwei* Männer im Pyjama. Ich bete zum Himmel, daß der Verdunkelungsmann nicht kommt.«

7

Lieutenant Robert Turner, Einsatznavigator von »Animal Crackers«, einer Consolidated Liberator B-24, die von Polebrook in Eastanglia gestartet war und jetzt in drei zerschmetterten, schwelenden Teilen am Rand eines Waldes außerhalb von Mannheim lag, versuchte das Zittern in seinen Händen unter Kontrolle zu bringen. Er sah sich in der Straßenbahn um, die gerade am Frankfurter Hauptbahnhof vorbeirumpelte. Sein Bewacher, ein Obergefreiter der Luftwaffe, der ihm gegenüber saß, hatte eine Hand am Tragriemen der Schmeißer-Maschinenpistole, die an seiner Schulter hing, und beobachtete ihn aufmerksam, aber gleichmütig. Die wenigen deutschen Zivilisten im hinteren Wagen der dahinschleichenden Straßenbahn betrachteten ihn mit stummer Neugier. Die älteren starrten ihm ins Gesicht, und einige Mädchen hielten sich aneinander fest und kicherten.
Jetzt wurde er unvermittelt von den Nachwirkungen der Ereignisse gepackt, die in den letzten paar Stunden auf ihn eingestürmt waren: Er fühlte sich müde und schwach und sehr allein. Er war ziemlich sicher, daß es ihm als einzigem gelungen war, aus der Liberator auszusteigen, nachdem sie in der letzten halben Minute des Bombenabwurfs von der Me 110 erwischt worden war. Ed und Jerry, Captain Villafranca, Sergeant Werth und die anderen waren also alle tot. Nur er war übriggeblieben... um im Wald, noch in seinen Fallschirm verheddert, von ein paar Angehörigen des Volkssturms aufgelesen zu werden. Männer um die fünfzig, die sich in Anbetracht der Tatsache, daß er noch vor ein paar Minuten versucht hatte, ihre Stadt in Schutt und Asche zu bomben, ganz anständig benommen hatten. Er hatte eine Stunde auf der Polizeiwache des nächsten Dorfes gesessen, und dann war sein Bewacher gekommen, und sie waren mit der Eisenbahn – zwei endlose Stunden in einem langsamen, staubigen Zug – nach Frankfurt gefahren. Bis jetzt hatte man ihn nur nach seinem Rang, seinem

Namen und seiner Nummer gefragt. Nicht daß er ihnen auch nur ein Wort mehr erzählen würde, rief er sich entschlossen ins Gedächtnis zurück. Er würde sich genau nach den Vorschriften richten. Name, Rang und Nummer waren alles, was die Genfer Konvention erforderte, und mehr würden die Deutschen nicht aus ihm herausbekommen. Lieutenant Robert Turner war erst zweiundzwanzig, doch in den vergangenen vier Monaten war er um zehn Jahre gealtert.
Die Straßenbahn holperte über Weichen. Warum fahren sie mich bloß mit der Straßenbahn spazieren, fragte er sich und lächelte schwach. Eine ganz schöne Umstellung – von der Liberator, die Mannheim aus siebentausend Metern Höhe angeflogen hatte, in diesen schmutzigen Kasten auf Rädern. Warum brachten sie ihn nicht mit einem Lastwagen in das Durchgangslager oder wohin sie ihn schaffen wollten? Er warf einen Blick nach hinten, hob die Hand und rieb ein Guckloch in das beschlagene Fenster. Sein Bewacher machte eine abrupte Bewegung und beugte sich vor, lehnte sich dann aber wieder zurück und sagte nichts. Turner schaute hinaus. Es war später Nachmittag, ungefähr die Zeit, zu der die Geschäfte und Büros in England schlossen. Hier waren aber nicht viele Autos zu sehen... überhaupt nur wenige Fahrzeuge. Das erklärt wahrscheinlich die Straßenbahn, dachte er. Sie haben nicht genug Benzin. Wollen keins für den Transport von Gefangenen in Lager verschwenden.
Die Straßenbahn hielt. Der Bewacher grunzte auf deutsch und befahl Turner mit einer Handbewegung auszusteigen. Es war ein ziemlich kalter Abend, und der Wind wehte feine Regentropfen vor sich her. Das Schild der Haltestelle schaukelte leicht. Auf dem schmutzigen, weiß gestrichenen Metall stand in angerosteten schwarzen Buchstaben »Kupferhammer«. Endlich sagte der Bewacher etwas: »Wir gehen zu Fuß zum Dulag Luft.« Er sah auf seine Armbanduhr. »Zwanzig Minuten...« Turner sprach kein Deutsch, aber er verstand die Worte »Dulag Luft«. Eliades, der Nachrichtenoffizier der Staffel, hatte sie über Dulag Luft aufgeklärt: Durchgangslager für gefangengenommene Flieger der Alliierten. Lieutenant Robert Turner fühlte sich wieder sehr allein. Er preßte seine Lippen zu einem dünnen Strich zusammen. Er hatte gehofft, nie hierher zu kommen, aber jetzt war er hier. Und damit hatte er mehr Glück gehabt als Ed und Jerry und Captain Villafranca.
Sie gingen eine trostlose, von hohen Mauern gesäumte Straße entlang, wo es keine Straßenbahngeleise mehr gab, und erreichten eine Gegend mit vielen kleinen Lagerhäusern und billigen Läden, ehe sie – zwanzig Minuten später – das graugrüne stacheldrahtbekränzte Tor zum Dulag Luft erreichten. Der Bewacher langte in seinen nassen Überzieher, zog ein Bündel Papiere heraus und übergab Turner in einem Wachraum der Luftwaffe genau hinter dem Tor. Ein paar Minuten darauf fuhr ein stumpfnasiger Kübelwa-

gen vor, und ein gelangweilter Obergefreiter brachte Turner zu einer Baracke neben dem Hauptgebäude, das aus Backsteinen bestand. Irgendwo hinter dem kahlen Zimmer, in dem sie jetzt standen, ertönte das Geräusch von laufendem Wasser. Kurze Zeit später erschien ein gereizt wirkender Mann mit weißem Kittel und bedeutete Turner mit ungeduldigen Handbewegungen, sich auszuziehen. Der Arzt – Turner nahm jedenfalls an, daß es sich um einen solchen handelte – untersuchte ihn oberflächlich, bemerkte das leichte Zittern in den Händen und sagte in scharfem Ton etwas zu dem Obergefreiten. Der Mann ging hinaus und kehrte einen Augenblick später mit einem Glas Wasser und zwei weißen Tabletten zurück. Der Arzt legte die Tabletten auf den nackten Holztisch und zeigte darauf. Turner betrachtete sie mißtrauisch. Der Arzt lächelte.
»Nein, nein«, sagte er in stark akzentuiertem Englisch. »Keine Sorge. Das ist nur Aspirin.«
Zweifelnd nahm Turner eine Tablette und biß ein Stückchen davon ab. Es *war* Aspirin. Seine Sachen, konstatierte er, waren verschwunden. Der Obergefreite gab ihm ein rauhes Baumwollnachthemd. Der Arzt verließ den Raum, und der Obergefreite führte Turner durch einen langen Gang, der von nackten schwachen Glühbirnen beleuchtet wurde. Auf beiden Seiten schienen Zimmer zu sein, doch er konnte keinerlei Geräusche daraus hören. Auf halber Höhe des Gangs schloß der Obergefreite eine Tür auf und befahl ihm mit einer Geste, den Raum dahinter zu betreten. Dann wurde die Tür zugemacht, und der Schlüssel drehte sich im Schloß. Er blickte sich um. Es war eine kahle, leere, ungefähr zweieinhalb mal drei Meter große Zelle. In der Ecke stand ein spartanisches Bettgestell mit einer einzigen, rauhen, schwarzen Wolldecke. Neben dem Bett stand ein Nachttopf. Sonst nichts … keine Bürste, kein Kamm, kein Waschbecken, kein Rasierapparat, kein Buch, kein Stuhl, kein Tisch. Turner ließ sich erschöpft auf das Bett fallen. In der Zelle war es nicht kalt – der ganze Block schien sogar ziemlich stickig zu sein. Das Nachthemd kratzte im Nacken. Er hatte Hunger und immer noch Durst, obgleich er die Gelegenheit benutzt und das Glas Wasser, das man ihm mit den Aspirintabletten gegeben hatte, ganz ausgetrunken hatte. Wie lange ich wohl in diesem Käfig bleiben muß, dachte er, als er sich auf der harten Matratze zurücklegte und die Augen schloß. Jetzt durchsuchen sie bestimmt alles, nahm er an. Er lächelte grimmig. Laß sie suchen. Es ist nichts da. Er richtete sich immer strikt nach den Befehlen, die das Mitnehmen von Geheimmaterial bei Einsätzen über feindlichem Gebiet untersagten. In seinen Sachen war nichts, das dem Feind irgendwie nützlich sein könnte.

»Nun, was haben wir denn da?« sagte Hauptmann Franz Weber und wühlte in den vor ihm liegenden Gegenständen herum. »Erstaunlich viel,

sollte man meinen. Aber nichts Geheimes. Er ist ein guter Junge, unser Gefangener... befolgt die Befehle, redet nicht. Wie Sie, Oberleutnant, habe ich recht?«
Der kleine, drahtige KG-200-Offizier, der neben ihm saß, lachte. »Ich hoffe es, Herr Hauptmann«, sagte er. »Das heißt, wenn ich in Gefangenschaft komme, dann...«
»Dann müssen Sie sich auf das verlassen, was Leute wie ich Ihnen gesagt haben, stimmt's?« sagte Weber jovial. »Schauen Sie sich das hier an. Sie können eine Menge daraus lernen.«
Er nahm ein kleines Bild in Paßfotogröße hoch. Das Gesicht von Lieutenant Turner blickte ernst daraus hervor.
»Man gibt ihnen solche Fotos mit, damit sie sich eventuell falsche Papiere beschaffen können, wenn sie nicht gleich nach dem Abschießen erwischt werden. Die verschiedenen Widerstandsbewegungen haben Kanäle, durch die sie in neutrale Länder geschleust werden. Schon die Fotos sagen einem eine ganze Menge.« Er blätterte in einem Karteikasten und zog eine Karte mit Fotos heraus.
»Da haben wir's... sehen Sie? An der Wand hinter seinem Kopf ist eine Markierung. Dieses Foto ist also für die 997. Bomberstaffel aufgenommen worden. Sie ist in Polebrook stationiert. Dort wurde auch das Bild von Lieutenant Turner gemacht. Sehen Sie, die gleiche Markierung. Er braucht uns meinetwegen nur seinen Rang, seinen Namen und seine Nummer zu sagen, aber ich wette einen Platz in der Oper gegen einen Pfennig, daß er von der 997. ist. Und er ist gerade aus dem Urlaub zurückgekommen. Sehen Sie...«
Weber nahm zwei kleine rote Eintrittskarten hoch – abgerissene Hälften. »Kinokarten... für das Plaza am Piccadilly Circus, London. Letzte Woche... was lief da doch gerade, ich schaue mal nach.« Er durchquerte den Raum und blätterte in einem Stapel britischer Zeitungen. »Das ist es. *Arsen und Spitzenhäubchen* mit Cary Grant. Ich nehme an, Lieutenant Turner hat ein Mädchen ausgeführt – sehen Sie nur, es sind ziemlich teure Plätze. Fünf Shilling das Stück. Vielleicht war es dieses Mädchen.«
Er reichte dem Oberleutnant vom KG 200 das Foto einer lächelnden Brünetten.
»Nicht übel, nicht übel«, sagte der Oberleutnant anerkennend. »Ich glaube aber nicht, daß sie aus Polebrook ist. Ich würde sagen, eine Londonerin.«
»Wie kommen Sie darauf?« fragte Weber scharf.
»Sehen Sie sich den Hintergrund an. Das ist ein Londoner Platz mit Grünanlage, ganz unverkennbar. Ich wette, sie wohnt dort. Wenn sie zu Besuch in London gewesen wäre, hätte sie sich vor dem Parlament oder dem Bukkingham Palast oder einer anderen Sehenswürdigkeit fotografieren lassen.«

»Sieh da«, sagte der andere langsam. »Sie fangen an zu lernen. Wie heißt sie denn?«
Der Oberleutnant drehte das Bild herum. »›Liebe und Küsse für Bob. Deine Kay.‹ Auch sehr hübsch.«
»Die Kinokarten haben das Datum vom letzten Freitag, nicht wahr? Hier ist noch etwas, eine Rechnung, die dazu paßt. Mittagessen zu zweit, im Trocadero. Kein Wunder, daß diese Mädchen auf Amerikaner stehen. Seezunge, eine halbe Flasche guten Hochheimer – noch aus Vorkriegsbeständen. Achtzehn Shilling das ganze... er braucht nicht auf den Penny zu gukken. Interessant, der Hochheimer ist in den letzten drei Monaten teurer geworden. Wir haben im Februar eine andere Rechnung bei einem Amerikaner gefunden, auch vom Trocadero. Damals kostete die halbe Flasche erst vier Shilling. Kann eines Tages noch nützlich sein, das zu wissen. Aber der eigentliche Schatz ist der Brief hier. Haben Sie ihn gelesen?«
»Noch nicht«, sagte der Oberleutnant.
»Er ist von seiner Mutter aus Hartford, Connecticut. Schreibt viel über einen gewissen Ezra Pramm, der für ein hohes Gemeindeamt kandidiert. *Selectman* heißt es drüben. Sie sagt, dieser Pramm sei sehr unbeliebt, weil er gegen ein Vorhaben zur Straßenverbreiterung opponiert habe, mit dem einige von ihnen fest gerechnet hätten. Man will sich offenbar beim Gouverneur des Bundesstaats über ihn beschweren. Das könnte eine fabelhafte Hintergrundinformation für ihren Einsatz sein, Oberleutnant.«
»Stimmt«, sagte der Mann vom KG 200.
»Aber nichts spezifisch Militärisches«, fuhr Weber fort. »Sehen Sie sich das Protokoll des Sonderführers an. Er hat die üblichen Tricks ausprobiert... ihn aus tiefem Schlaf geweckt, mit langer Einzelhaft gedroht, nicht erlaubt, daß er sich wusch und rasierte. Es hat nichts gebracht. Hier, die Antworten, immer dasselbe. ›Ich heiße Robert Turner. Meine Nummer ist 312856. Mein Rang ist Lieutenant.‹ Ich sage Ihnen, er ist ein guter Junge. Ich denke, wir führen ihn zum Essen aus. Und vorher werden wir eine kleine Nummer für ihn abziehen.«
»Zum Essen ausführen?« sagte der Oberleutnant. »Das ist doch nicht Ihr Ernst?«
»Mir ist es nie ernster gewesen«, antwortete Weber jovial. »Sehen Sie, mein Sohn, ein Mann wie dieser Turner kann sich gegen Anschnauzen und schlechte Behandlung abhärten. Aber bei einer ganz bestimmten Sache ist ein guter Junge wie er hilflos, jedenfalls unter diesen Umständen.«
»Und das wäre?« fragte der Oberleutnant interessiert.
»Freundlichkeit«, sagte Weber und lachte vor sich hin.

Er hatte ihnen nichts gesagt. Gar nichts. Lieutenant Robert Turner war schmutzig, hungrig, allein, müde – aber stolz. Ein aufgeblasener Sonder-

führer der Luftwaffe reicht nicht, um etwas aus einem Offizier der 997. herauszubringen, dachte er. Draußen erklangen Schritte. O Gott, da kommt er schon wieder, mit seinem verdammten kleinen Formular, auf dem all die Fragen stehen, die man nicht beantworten darf: Welchen Typ fliegen Sie? Wo sind Sie stationiert? Wo wurden Sie ausgebildet? Wann erhielten Sie Ihr Offizierspatent? Wer ist Ihr kommandierender Offizier? Wie lange sind Sie schon in England? Er würde es noch einmal hinter sich bringen müssen: »Ich heiße Robert Burr Turner. Meine Nummer ist 312856. Mein Rang ist Lieutenant.« Er stand mit steifen Gliedern auf und fuhr sich über die kratzenden Stoppeln auf dem Kinn. Die Tür wurde geöffnet, und da stand der bebrillte Sonderführer mit seinem unvermeidlichen Formular: Diesmal war er allerdings nicht allein. Hinter ihm standen zwei Offiziere. Erschöpft versuchte Turner sich an die Rangabzeichen zu erinnern, die er in der Grundausbildung beim Geheimdienstkurs gelernt hatte. Er sah, daß beide Offiziere der Luftwaffe waren – ein Hauptmann und ein Oberleutnant, der geiche Rang wie er. Beide trugen das Eiserne Kreuz. Der Hauptmann starrte ihn ungläubig an. Er ging zornig auf den Sonderführer los: »Was soll das heißen?«
Der Mann stammelte nervös. »Verzeihung, Herr Hauptmann?«
»Ich meine das hier!« Der Hauptmann zeigte auf Turner. »Warum ist der Offizier in diesem Zustand?«
Er sah sich in der Zelle um, warf einen Blick auf den vollen Nachttopf neben dem Bett und rümpfte angewidert die Nase. »Hat man diesem Offizier kein Waschzeug gegeben und keine anderen sanitären Einrichtungen zur Verfügung gestellt?«
»Nein, Herr Hauptmann.«
»Und warum nicht?«
»Befehl, Herr Hauptmann!«
»Wessen Befehl?«
»Befehl von Oberleutnant Geiger, Herr Hauptmann.«
»Ist hiermit widerrufen. Sorgen Sie dafür, daß der Offizier sofort baden und sich rasieren kann. Und was ist das?« Weber trat neben das Bett, wo ein Blechbecher und Blechteller auf dem Fußboden standen. Mit spitzen Fingern hob er sie auf. Auf dem Teller lagen noch ein paar trockene Schwarzbrotkrumen, und im Becher schwamm ein Rest Kaffee-Ersatz. »Was ist das?« wiederholte er.
»Sein Frühstück, Herr Hauptmann.«
»Wirklich?«
Der Hauptmann wandte sich an Robert Turner und sagte in ausgezeichnetem Englisch: »Ich muß Ihnen mein Bedauern darüber ausdrücken, daß man Sie so traktiert hat, Lieutenant. Ich hoffe« – er zögerte einen Augenblick – »ich hoffe, Sie sind nicht körperlich mißhandelt worden?«

»Nein«, sagte Turner langsam.
»Nun, immerhin etwas Gutes. Sie sehnen sich bestimmt nach einem Bad. Nehmen Sie jetzt bitte eins. Und nach dem Zeug da« – er zeigte verächtlich auf Teller und Becher – »müssen Sie Hunger haben. Vielleicht machen Sie Oberleutnant Lange« – der zweite Mann schlug vorschriftsmäßig die Hakken zusammen – »das Vergnügen, mit uns zu speisen? Ich denke, wir können Ihnen etwas Besseres bieten als das hier. Wir sind Kollegen, jedenfalls in gewisser Hinsicht. Wir sind auch Flieger. Wir sind alle Flieger.«
»Nun...« sagte Turner zweifelnd.
»Gut«, sagte der Hauptmann. »Das wäre also geregelt.«
Er wandte sich an den Sonderführer. »Sorgen Sie dafür, daß Lieutenant Turner in einer Stunde zur Offiziersmesse gebracht wird. Ist seine Uniform gebügelt?«
»Ich glaube nicht...« begann der Sonderführer.
»Dann sorgen Sie dafür, daß sie gebügelt wird«, sagte Weber.

Vier Stunden später saß der Oberleutnant vom KG 200 wieder mit Weber in dem kleinen Büro, das letzterer im Dulag Luft hatte. Weber war mit sich zufrieden.
»War nicht leicht, etwas aus diesem amerikanischen Jungen herauszubekommen, nicht wahr? Aber wir haben es geschafft.«
»Sie meinen, Sie haben es geschafft«, sagte der Oberleutnant bewundernd. »Man sagte mir schon, hier seien gute Leute, aber ich hätte nie geglaubt, wie gut Sie sind. Diese Lehrgänge in Feindverbrüderung sind besser, als ich ahnte. Ich werde nie vergessen, was für ein Gesicht Lieutenant Turner machte, als Sie ihn fragten, ob *Arsen und Spitzenhäubchen* Kay gefallen habe und ob sie gemerkt habe, daß der Hochheimer im Trocadero jetzt viel mehr koste als vor ein oder zwei Monaten.«
»Wahrscheinlich hat er vergessen, daß er all die Sachen in der Tasche hatte«, sagte Weber. »Das ist die Grundregel... sie müssen glauben, daß man alles weiß, dann haben sie keine Schuldgefühle, wenn sie ein bißchen reden. Nun, wir wollen mal durchgehen, was es gebracht hat. Was haben wir erfahren?«
»Eine ganze Menge Slang«, sagte der Oberleutnant. »Genau das, was wir haben wollten. Ist Ihnen aufgefallen, daß sie das Trocadero *the Troc* nennen? Das hatte ich noch nie gehört. Und jene andere Redensart... ›*couldn't care less*‹. Das ist auch neu. Und dann noch der ganze Verwaltungskram. Sie bekommen jede Wochen einen Wochenendpaß, es sei denn, sie sind im Einsatz. Es ist gut, so etwas zu wissen.«
»Haben Sie aufgepaßt, was er sagte, als ich die B-17 lobte?« sagte Weber. »Er sagte etwas von B-24, nur ein oder zwei Worte, es rutschte ihm einfach heraus. Ich glaube, er hat es noch nicht einmal gemerkt. Ein paar Gläser

guten Wein auf leeren Magen wirken manchmal Wunder. Und es hat tatsächlich sehr lange gedauert, bis das Essen kam, stimmt's?«
»Stimmt«, sagte der Oberleutnant und lächelte.
»Das Dumme war, daß ich nicht richtig mitbekommen habe, was er sagte, und ich wollte nicht nachhaken, weil er dann vielleicht ganz den Mund gehalten hätte«, fuhr Weber fort. »Jetzt frage ich mich aber, ob sie ein ganzes Geschwader mit B-24 nach Polebrook verlegen.«
»Könnte sein«, sagte der andere zweifelnd. »Aber es ist nur ein schwacher Anhaltspunkt.«
»Es ist jedenfalls etwas, das wir beim nächsten Gefangenen verwenden können, den wir zum Essen einladen«, sagte Weber.
»Nun, ich muß sagen, daß ich eine Menge gelernt habe«, sagte der Oberleutnant. »Er stand so eigenartig da, mit den Daumen im Gürtel, als sei das typisch für seine Einheit. Und er grüßte auf eine spezielle Art, genau an der Nase vorbei. Ich habe es im Badezimmer geübt. Sehr schneidig.«
Weber sah ihn einige Zeit nachdenklich an. Dann sagte er: »Nun, ich werde nicht fragen, wozu Sie all das brauchen. Sie sind jetzt schon der zwanzigste Offizier von Ihrem Geschwader, mit dem ich hier den FV-Lehrgang mache, und ich habe immer gemeint, es sei besser, keine Fragen zu stellen. Ganz abgesehen von der Tatsache, daß das ein Befehl ist.«
Der Oberleutnant blickte auf. Sein Gesicht war plötzlich ausdruckslos. »Sie haben recht, Herr Hauptmann. Es ist besser, keine Fragen zu stellen.«

Zweihundert Meter von ihnen entfernt, wieder in der kleinen Zelle, legte Lieutenant Robert Burr Turner sich auf das Bett und rauchte eine der Zigaretten, die der deutsche Hauptmann ihm gegeben hatte. Kein übler Kerl, dachte er. Der andere auch nicht. Und was für ein gutes Englisch sie gesprochen hatten, besonders der junge Oberleutnant! Der war allerdings in Princeton gewesen. Turner dachte an seine Studentenzeit an der Cornell-Universität zurück. Zum Teufel, das war ein merkwürdiger Krieg. Ein Kommilitone von der Ostküste kämpft gegen den anderen... Das Essen war ausgezeichnet gewesen, sein Bett war frisch bezogen worden, und man hatte ihm versprochen, daß er jeden Morgen Seife und Rasierzeug und heißes Wasser bekommen würde, bis er ins Gefangenenlager überstellt wurde. Und eines war sicher: Sie hatten nichts von ihm erfahren. Absolut nichts...

8

»Wenn Sie nicht sofort das Verdunkelungsrollo in Ruhe lassen«, sagte Hannah Walters, »haben wir gleich den Luftschutzwart auf dem Hals, Herr Major. Und den können wir nicht gebrauchen.«

Wenn er noch einmal so durch die Wohnung tigert, dachte sie, fange ich an zu schreien. Ich habe meine Nerven in den letzten vier Jahren weiß Gott bis zum äußersten strapaziert, aber da war ich allein. Es ist schon schlimm genug, wenn einen die eigenen Nerven jeden Moment im Stich lassen können, aber es ist unmöglich, dazu noch jemanden zu ertragen, der ebenfalls kurz vor dem Durchdrehen ist.
»Sie haben recht«, sagte Warnow verdrossen. Er kam vom Fenster zurück und ließ sich in ihren einzigen Sessel fallen. »Und Sie... Sie sollen mich nicht ›Herr Major‹ nennen. Wir sind hier nicht bei einer Truppenparade. Außerdem könnte uns jemand hören. Sagen Sie Rolf zu mir. Das klingt so ähnlich wie Ralph. Deshalb haben sie den Namen ausgesucht.«
»Ich habe den Eindruck, Sie sind immer bei einer Parade... Rolf«, sagte sie ironisch.
»Nicht in diesem verdammten Land«, sagte Rolf Warnow. »Aber eines Tages werde ich es hoffentlich sein.«
»Das können Sie doch nicht im Ernst glauben«, sagte Hannah skeptisch. »Ich meine, daß Deutschland siegen wird? Wissen Sie denn nicht, was los ist? In Afrika und an der Ostfront? Deutschland wird keinen einzigen Sieg mehr erringen, weder dieses Jahr noch nächstes Jahr noch irgendein anderes Jahr. Vielleicht wird es einen Frieden geben, einen Frieden, den wir mit Mühe und Not akzeptieren könnten. Aber mehr nicht, jetzt nicht mehr.«
»Wenn die Fakten täuschen«, sagte Warnow ungerührt, »dann kümmere ich mich nicht um die Fakten. Wie steht es überhaupt mit Ihnen? Sie sind« – in seiner Stimme lag eine Spur von Bewunderung – »eine tapfere Frau. Warum machen Sie mit? Worauf hoffen Sie?«
»Ich mache mit, weil ich muß«, sagte Hannah Walters langsam. Lieber Herr Major, dachte sie, wenn Sie wüßten, was »mitmachen« heißt und was »müssen« heißt. »Und ich hoffe auf nichts.«
»Nun, ich hoffe jedenfalls, bald wieder Rolf Warnow zu sein«, sagte er. »Und ein Kampfflugzeug zu fliegen. Und das Glück zu haben, wieder einmal vor dem Führer zu stehen. Haben Sie den Führer je gesehen?«
Sie schüttelte langsam den Kopf.
»Er ist der größte Mann der Welt«, sagte Warnow ruhig. »Weitsichtig, unbesiegbar. Mehr kann man nicht sein.«
»Das stimmt wohl«, sagte Hannah Walters. Ich weiß, was ich möchte und was ich nie wieder bekommen werde, dachte sie. Ich möchte wieder Hanna Rutenberg sein, nicht Hannah Walters. Ich möchte dorthin zurück, wo wir früher lebten, unter den Linden, in jenem Haus in Dresden. Ich möchte wieder von Papa und Mama geliebt werden, einen netten jungen Mann aus Dresden heiraten, vier Söhne und eine Tochter bekommen. Aber Mama und Papa sind tot, und die jungen Männer aus Dresden sterben an der Ostfront, und die Ideale, für die ich gekämpft habe, sind verblaßt, und ich bin

jetzt in einer Situation, aus der ich nicht mehr herauskommen werde. Nun, es gäbe eine Möglichkeit, dachte sie. Aber Rolf Warnow würde es sicher nicht verstehen.

»Wann haben Sie es ihnen mitgeteilt?« fragte Warnow abrupt. Er kannte die Antwort längst, aber sie sagte es geduldig nochmals.

»Vor zwei Tagen, im regulären Rundfunk. Und heute abend werden sie antworten. Es muß den üblichen Gang gehen. Wir können keine Ausnahme machen, auch nicht für Sie.«

»Es ist aber wichtig«, sagte er. »Es ist wichtiger, als Sie denken. Ich muß zurück. Ich muß.«

»Das liegt bei Ihnen«, sagte Hannah Walters. Und auch bei mir, dachte sie.

»Um wieviel Uhr?« fragte er ungeduldig. Sie sah ihn überrascht an.

»Ich meine das Radioprogramm. Wann fängt es an?«

»Radio Hamburg, neun Uhr. Das Kodewort für ›ja‹ ist Goethe. ›Nein‹ ist Shakespeare.«

»Ist es nicht gefährlich, Radio Hamburg einzuschalten?«

»Nicht im geringsten. Wenn man den Apparat leise genug stellt, ist er nur in diesem Zimmer zu hören, und außerdem stellen viele Leute das Radio an, wenn der Mann, dieser abgesprungene Engländer, in Hamburg spricht. Man nennt ihn wegen seiner näselnden Art zu reden Lord Haw-Haw. Es ist noch nicht einmal verboten, ihn zu hören.«

»Sie meinen...«

Hannah Walters lachte und ging hinüber zum Spiegel, wo sie eine Bürste nahm und sich die blonden Locken zu bürsten begann. »Nein, Rolf, man trifft hier keine Vorbereitungen, um sich gegen Churchill zu erheben. Die meisten hören ihn, weil sie etwas zum Lachen haben wollen. Sie machen Witze darüber, wenn sie im Pub ihr Bier trinken.«

»Ich verstehe«, sagte er.

Nein, du verstehst nicht, dachte sie. Du gehörst zu denen, die immer nur das verstehen werden, was sie verstehen wollen. Sie lächelte immer noch, als sie plötzlich fühlte, daß seine Hände ihre Taille umfaßten und zu ihren Brüsten fuhren. Sein Mund streifte ihren Nacken. Er überrumpelte sie derart, daß sie sich einen Augenblick lang nicht rührte, während er sie an sich zog.

»Ich will dich haben«, sagte er hinter ihrem Kopf. »Jetzt.«

Er hatte ihr das Kleid schon halb nach oben gezerrt. Wütend, mit geballten Fäusten, stieß sie nach ihm. Seine andere Hand war zwischen ihren Oberschenkeln, zerrte am Strumpfhalter.

»Was machen Sie da, Sie Idiot? Nehmen Sie sofort die Hände weg.«

Er drückte sie auf das Bett in der Ecke des Zimmers, und jetzt war ihr Kleid schon bis zum Hals hochgeschoben, und er riß mit der rechten Hand daran. Er packte sie so fest, daß es schmerzte. Verdammt, er zerreißt das Kleid.

»Hören Sie, Kleider gibt es hier nur auf Bezugsschein, und ich habe diesen Monat keinen mehr. Sind Sie verrückt geworden?«
Vielleicht bin ich selbst verrückt, dachte sie hysterisch. Wie kann ich bloß an Bezugsscheine denken, während ich vergewaltigt werde?
Sein Knie preßte sich zwischen ihre Beine, und sie kam nicht gegen das Gewicht seines muskulösen Körpers an. Sie begann zu spät, es mit Argumenten zu versuchen. Sein Mund preßte sich auf ihren, während er an ihren Sachen zerrte. Sie konnte kein Wort mehr herausbringen. Endlich nahm er den Mund fort. Seine Hose war jetzt aufgeknöpft, und sie wußte, daß sie nicht viel länger Widerstand leisten konnte.
»Wenn Sie mich nicht sofort loslassen, werde ich... schreien!«
»Das wirst du nicht«, sagte er rauh.
Es war ohnehin zu spät. Er nagelte sie wie einen zappelnden Schmetterling auf das Bett. Irgendwie war sie nicht mehr sie selbst... Sie war jetzt ein Stück von dem, der in sie eindrang, sich rhythmisch hob und senkte, sie stieß, keuchte, mein Gott, wie weh das tut. Ich bin wirklich keine Jungfrau mehr, dachte sie benommen, aber ich habe nicht gewußt, daß es so weh tun kann, und er stieß sie, bis er kam. Dann ließ er sich zur Seite rollen und lag, sie in den Armen haltend, mit schweißnassem Gesicht auf dem Bett.
Einige Minuten schwiegen beide, und dann sagte er weich: »Ich brauchte das.«
Sie weinte ein bißchen und war wütend auf sich selbst. »Du verdammter, grober Klotz«, sagte sie.
»Es hat dir gefallen«, sagte er. »Du weißt, daß es dir gefallen hat.«
Sie sprang zornig aus dem Bett. »Gefallen?« sagte sie. »Gefallen? Jeder kleine Junge hätte es besser gemacht.«
»Hast du viele davon gehabt?« fragte er mürrisch. »Ich meine kleine Jungen.«
Sie sagte nichts, sondern begann, ihr Kleid nach unten zu ziehen und zu glätten.
»Ich habe es jedenfalls gebraucht«, sagte er nochmals.
Hannah sah auf ihre Uhr. Sie bemühte sich um Haltung. »In einer Viertelstunde fängt die Sendung an«, sagte sie ironisch. »Oder wollen Sie wieder ins Bett und den Mann aus Hamburg verpassen?«
Er setzte sich auf, knöpfte seinen Hosenschlitz zu und fuhr sich mit einem Kamm durch seine widerspenstigen blonden Haare. Sie ging ins Badezimmer, schloß hinter sich die Tür und wusch sich. Seine Stimme drang durch die Tür.
»Wissen Sie, wie wir in der Luftwaffe ein Mädchen wie Sie nennen?« sagte er. »Eine Matratze. Es gibt drei Kategorien – Offiziersmatratze, Feldmatratze und einfache Matratze.«

Sie sagte nichts und blickte in den Spiegel. Ihre Lippen fühlten sich dort, wo er sie geküßt hatte, geschwollen an – wenn man es überhaupt als Küssen bezeichnen kann, dache sie.
»Für mich sind Sie eine einfache«, sagte er.

Um zwei Minuten vor neun schaltete sie das Radio an und drehte den Senderknopf von der BBC-Station auf die Frequenz von Radio Hamburg. Man hörte die Schlußakkorde eines Konzerts – es klingt wie Beethoven, dachte sie, aber sie konnte es nicht genau sagen. Um Punkt neun ertönte die Stimme des englischen Sprechers: »*Gairmany calling, Gairmany calling*...«
Eigenartig, wie er den Vokal in die Länge zieht, dachte sie. Sie hatte ihn einmal kennengelernt, vor dem Krieg. Er hieß Joyce, William Joyce. Er war Mitglied der Britischen Faschistenunion gewesen, und sie war in Edgbaston zur Schule gegangen. Sie wohnten damals in Birmingham, das heißt, etwas außerhalb. Die Firma ihres Vaters hatte das Haus gekauft, als sie ihn von Dresden herüberschickten. Fünf Jahre... fünf Jahre mit all diesen eingebildeten englischen Misses in dieser blöden Schule. Einige von ihnen waren eigentlich gar nicht so übel gewesen. Aber ihre Arroganz... das größte Kompliment, das sie einem machen zu können glaubten, bestand darin, daß sie in zweifelndem Ton sagten: »Du sprichst ja genau wie eine von uns. Du bist genau wie wir.« Nun, das bin ich auch gewesen, seit ich 1938 von der Abwehr rekrutiert wurde. Eine von ihnen, mit einer neuen britischen Identität, Lebensmittelkarte, Ausweis, Arbeitsstelle, mit allem, was dazugehört. Und mit einem Funkgerät drüben in dem abgeschlossenen Schrank. Dreißig Sekunden Sendezeit, dreimal die Woche, hatte man ihr gesagt. Es ist unmöglich, einen Sender in so kurzer Zeit anzupeilen. Und wenn es eine große Sache zu melden gibt, benutzen Sie eine der anderen Methoden, nicht das Funkgerät. Dreißig Sekunden. Sie hatte sie nicht immer voll ausgenutzt. Soweit sie wußte, wurden die Peiltechniken ständig verbessert. Deshalb waren zwanzig Sekunden immer ihr Maximum gewesen, für alle Fälle.
»...weitere Reibereien zwischen der britischen Zivilbevölkerung und den amerikanischen Fliegern in Eastanglia«, sagte Joyce gerade. »In den dortigen Heereslagern, den britischen Heereslagern, erzählt man sich folgenden Witz: Drei Dinge stinken uns bei den Amis, sagt man: zuviel Sex, zuviel Geld und zu viele von ihnen hier. Gestern gab es Prügeleien in Ipswich – o ja, meine Freunde, *Gairmany is watching*. Und warum verachtet ihr die Amerikaner? Aus dem gleichen Grund, weshalb wir Deutschen sie auch verachten. Wo ist der amerikanische Goethe, wo ist der amerikanische Mozart, wo ist der amerikanische Milton? Ein Land ohne Tradition, ohne Vergangenheit und ohne Zukunft...«

Sie schaltete den Apparat ab. Warnow blickte sie fregend, besorgt an. Nun, Sie haben es selbst gehört«, sagte sie. »Goethe. Er hat Goethe gesagt. Das bedeutet, daß ich alles versuchen muß, um Sie hier hinauszubringen.«

Er war wie umgewandelt.

»Gut, gut«, sagte er. »Machen Sie es so schnell wie möglich. Ich kann es gar nicht erwarten, aus dieser Uniform herauszukommen.« Er warf einen verächtlichen Blick auf seine US-Adlerschwingen und die Hauptmannsbalken.

»Sie sind sich also klar darüber, daß man Sie hängen könnte, wenn man Sie in dieser Uniform findet«, sagte Hannah Walters leise. »Als Spion.«

»Sie aber auch«, sagte er. Sein Blick traf den ihren, und er lächelte. Das hatte er noch nicht oft getan, seit sie sich kennengelernt hatten.

»Offenbar haben wir doch etwas gemeinsam«, sagte er. »Sogar die Decknamen – Telemach und Kassandra.«

»Kassandra ist nicht mein Deckname«, sagte sie unwirsch. »Nicht mein persönlicher Deckname. Ich benutze ihn nur für den Fall Odysseus.«

»Was wissen Sie über Odysseus?« fragte er. Seine Stimme klang fast zu beiläufig.

»Ich weiß, daß es das Unternehmen Odysseus gibt«, sagte sie schnell. »Ich weiß, daß es Priorität eins hat. Man hat mir gesagt, daß Männer und Frauen mit bestimmten Decknamen unter bestimmten Umständen um Hilfe bitten könnten. Das ist alles, was ich weiß.«

Er sah sie einige Sekunden an.

»Und das ist gut so«, sagte er schließlich. Nicht gerade der Mann, der Geheimnisse preisgibt, dachte sie. Einer von den Männern, die ich in letzter Zeit oft getroffen habe. Und doch... vielleicht war er jetzt, wo er erfahren hatte, daß sie ihm helfen mußten, ein bißchen zu selbstsicher, zu euphorisch. Er fing nämlich an zu reden.

»Wenn der Tag Odysseus kommt, werden die Briten und Amerikaner einen Schock kriegen, den sie nie vergessen werden. Die Historiker werden noch lange nach unserem Sieg daran herumrätseln.«

Er lächelte wieder und fuhr sich mit der Hand durchs Haar. Zu ihrer Überraschung blitzte hinter dem Zorn, den sie auf ihn hatte, ein Funken Verständnis auf. Er ist wie ein Kind, dachte sie – nur mit sich und diesem Krieg beschäftigt. Das ist Warnow und Warnows Auftrag. Alles andere ist nur da, um gebraucht und ausgenutzt zu werden – seine Freunde, sie selbst, ihr Körper, alles. Ihr fiel etwas ein.

»Sind bei dem Absturz alle ums Leben gekommen?« fragte sie. »Alle sofort tot?«

Er antwortete nicht.

»Nicht alle... tot?« Sie flüsterte jetzt.

»Alle bis auf einen«, sagte er. Er versuchte, gleichmütig zu sprechen. »Aber er war praktisch auch schon tot.«
»Und...«
»Ich hatte keine andere Wahl. Notfalls hätte ich mich auch selbst getötet.«
»Ich verstehe...«
Sein Gesicht war bleich. Seine Hände zitterten leicht. Wieder fühlte sie den überraschenden Funken von Verständnis und Mitgefühl. Er war also auch verletzlich, dieser eiserne Major. Und sie wußte, daß er meinte, was er sagte. Er nahm keine Rücksicht auf andere, aber auch nicht auf sich selbst.
»Wie werden Sie es machen?« fragte er. »Über den Kanal? Vielleicht in einem Boot?«
»Können Sie mit Booten umgehen?« fragte sie zurück.
»Nein.«
»Dann wären Sie ziemlich schnell am Ende. Der Kanal ist kein Graben.«
Er stand auf und ging zum Fenster, wo ihm gerade noch rechtzeitig einfiel, das Rollo nicht zur Seite zu schieben.
»Aber wie...«
»Wir werden sehen. Zuerst muß ich den Befehl bestätigen.«
Sie ging zum Schrank, holte das Funkgerät aus einer Schublade und schaltete es ein. Der Apparat summte schwach, während er warm wurde. Sie setzte sich, schloß die Morsetaste an und funkte drei Worte: »Kassandra. Telemach. Goethe.«
Acht Sekunden, dachte sie. Nicht schlecht. Er stand neben ihr, und seine Lippen übersetzten die Morsezeichen stumm.
»Goethe«, sagte er. »Sie haben Goethe gefunkt.«
»Jetzt wissen sie, daß ich den Befehl empfangen habe«, sagte sie. Er setzte sich auf den Bettrand.
»Wie wollen wir es machen?« sagte er. Später dachte sie, wahrscheinlich war es dieses »wir« gewesen, das ihren Zorn endgültig vertrieben hatte. Auf jeden Fall mußte sie ihn sicher machen. Ihnen standen schwierige Tage bevor, und es sollte etwas mehr zwischen ihnen geben als die Erinnerung an ihre Rolle als »Matratze«. Impulsiv ging sie zu ihm.
»Ich werde morgen weiter darüber nachdenken«, sagte sie. »Jetzt brauchen wir ein bißchen Schlaf.«
Er ging zur Küchentür, hinter der das schmale Feldbett stand, das sie aufgestellt hatte, als er gekommen war.
»Nicht dort«, sagte sie. »Hier.« Sie klopfte auf ihr Bett. Er blieb verblüfft stehen, kam dann zurück und drückte sie an sich.
»Frauen«, sagte er, »ich werde sie nie begreifen.«
»Nein«, sagte sie, »das wirst du nicht schaffen.«
Diesmal ist er zärtlicher, beinahe aufmerksam, aber immer noch nicht sehr gut, dachte sie. Sie war sicher, daß ein Mann, der so ausschließlich mit sich

selbst beschäftigt war, nie gut sein würde. Später lag sie mit offenen Augen da und dachte nach. Einmal bewegte er sich und legte seine Hand einen Moment lang auf ihre nackte Brust.

»Gott sei Dank, daß Hamburg Goethe gesagt hat«, murmelte er schläfrig.

Ja, sie hatten Goethe gesagt. Und das bedeutete: »Helfen Sie dem Agenten, so gut Sie können.«

Aber, dachte sie und starrte ins Dunkel, da war noch etwas, das Rolf Warnow nicht wußte. Es gab sogar noch vieles, was er nicht wußte.

Sie hatten zwar Goethe gesagt. Aber sie hatten auch Mozart gesagt. Und Mozart bedeutete: »Bei der geringsten Gefährdung des Unternehmens werden Sie den Agenten umgehend töten.«

Winston Churchill saß im Raum des Kriegskabinetts, gut fünfzehn Meter unter der Rückseite des Schatzministeriums, gegenüber von St. James's Park, und betrachtete sinnend die Männer, die Britanniens Krieg leiteten. An diesem Morgen war das Kriegskabinett zwar nicht vollzählig versammelt, doch der Raum war auch so ziemlich voll. Die Tische vor ihm waren alle besetzt. Links von ihm saß Clement Attlee, Vorsitzender der Labour Party und Stellvertretender Premierminister der Koalitionsregierung. Zu seiner Rechten saß Sir Edward Bridges, der Kabinettssekretär, und hinter ihm sein dienstältester Militärberater, General Sir Hastings Ismay. Um den Tisch drängten sich einige von den Männern, die für wichtige Teilbereiche der Kriegführung zuständig waren: Ernest Bevin, Arbeitsminister, Lord Woolton, Ernährungsminister; Herbert Morrison, der Innenminister, der auch die Verteidigung Londons unter sich hatte; und, links von Attlee, die schlanke, gepflegte Gestalt des Außenministers Anthony Eden. Unmittelbar vor Churchill saßen die Stabschefs: Admiral Lord Louis Mountbatten, Chef der Vereinten Operationen; General Sir Alan Brooke, Chef des Generalstabs; Luftmarschall Sir Charles Portal, Chef des Luftstabes.

Tief unter dem Paradeplatz der Königlichen Gardekavallerie, geschützt durch mehrere Schichten Stahlbeton, in den die jeweils zweifachen Amtsleitungen aller wichtigen Behörden eingebettet waren, kam das Kriegskabinett ein- oder zweimal wöchentlich zusammen.

Sieben Glühbirnen in weißen Lampenschirmen warfen ihr grelles Licht auf die grün bezogenen Tische. Um dieses Nervenzentrum der britischen Kriegsplanung zu betreten, mußte man ein Labyrinth von stählernen Luftschutztüren und ein kompliziertes, ineinander verzahntes Wachsystem von Gardisten und Posten der Marineinfanterie passieren. Ein Stück weiter am Korridor lag das noch geheimere Kartenzimmer, wo eine Reihe von Offizieren rund um die Uhr die Bewegungen sämtlicher Konvois und aller alliierten und feindlichen Kriegsschiffe auf der ganzen Welt verfolgte. Und

dahinter befand sich der kleine, schmucklose Raum, in dem der Premierminister dann und wann schlief.
Churchill blickte abwesend auf das kleine braune Brett, das bei den Sitzungen des Kriegskabinetts immer schräg auf dem Tisch stand.
»Merken Sie sich bitte«, stand in weißen Buchstaben darauf, »daß es in diesem Haus keine gedrückte Stimmung gibt und daß wir uns nicht für die Möglichkeiten einer Niederlage interessieren. Sie existieren nicht.«
Er sprach gerade mit dem Stabschef der Royal Air Force. »Und dann noch eines«, waren seine letzten Worte, »ich bin zutiefst berunruhigt über die Berichte, die ich hinsichtlich der Verwendung unserer vom Feind erbeuteten Flugzeuge bekommen habe. Wer ist für diese neue Entwicklung verantwortlich und was für Anweisungen hat man ihm erteilt?«
»Im Augenblick befassen sich die Sicherheitsdienste mit ihm, Sir«, antwortete Portal. »Für die Royal Air Force gibt es noch nicht viel Greifbares – die Hauptlast hat offenbar die Achte US-Luftflotte zu tragen. Shevlin hatte vor ein paar Tagen eine Unterredung mit Hamel. Ich nehme an, Sie haben die Aktennotiz gelesen, Sir?«
Churchill nickte.
»Dann wissen Sie auch, daß man beide gebeten hat, so lange stillzuhalten, bis wir Näheres wissen.«
»Könnten wir diese ... diese verdammten trojanischen Pferde nicht in ihren Heimatbasen zerstören?«
»Wenn wir einige der Basen fänden, könnten wir es. Bestimmte Stützpunkte, von denen wir gerüchtweise – ich würde die diesbezüglichen Meldungen nicht höher einschätzen als Gerüchte – gehört haben, dürften keine leichten Ziele sein. Sie sollen zum Beispiel in Rumänien und der Ukraine liegen.«
»Man hat mich informiert, der letzte Zwischenfall sei von Stavanger ausgegangen.«
»Das stimmt wahrscheinlich, Sir. Stavanger wäre kein großes Problem. Wir könnten ein paar Mosquitostaffeln von Leuchars aus hinschicken. Aber die Sicherheitsabteilung hat uns gebeten, im Augenblick noch nichts zu unternehmen.«
»Der Vorsitzende ist ein schlauer Mann«, sagte der Premierminister nachdenklich. »Er hat zweifellos stichhaltige Gründe für eine solche Bitte. Ich gebe mich also« – er schichtete eine Reihe von Papieren zu einem Stapel und legte ihn vor Sir Edward Bridges auf den Tisch – »für den Augenblick zufrieden. Klemmen Sie bitte einen grünen Reiter auf diese Akte, Bridges – ›Wiedervorlage in drei Tagen‹. Ich danke Ihnen, Gentlemen.«

Frido von Altmark schnallte sich mit geübten Griffen auf seinem Sitz in der ME 109 G an und schloß das Kabinendach. Müller, sein Mechaniker,

wartete auf der linken, graublau gestrichenen Tragfläche. Altmark prüfte die Treibstoffmesser, regulierte die Trimmung, beugte sich nach unten und drückte den orangefarbenen Zündhebel auf den Boden des Cockpits. Dann hob er eine Hand und rief: »Los!« Draußen auf der Tragfläche winkte Müller als Antwort und begann, den Motor anzulassen. Als das Geräusch des Aggregats sich zu einem hohen Wimmern gesteigert hatte, brüllte Müller: »Frei!« Altmark winkte, und Müller sprang von der Tragfläche. Altmark zog den schwarzen Starthebel unter dem Kraftstoffmesser, und der 1500-PS-Motor von Daimler-Benz stotterte, hustete, röhrte. Qualm drang aus den sechs Auspuffrohren. Die drei Blätter des Propellers verschwammen zu einer durchsichtigen Scheibe. Altmark löste die Bremsen und rollte an.
Er blickte kurz zurück zum Kontrollturm, bog dann auf die Piste ein, prüfte noch einmal die Instrumente für den Motor und drückte den gelben Gashebel nach unten. Die ME 109 G machte einen Satz, als sei sie plötzlich von Fesseln befreit worden, rollte schneller und schneller auf der betonierten Piste dahin... hundert... zweihundert... dreihundert... dreihundertfünfzig Meter. Bodengeschwindigkeit hundertsechzig Kilometer in der Stunde – Altmark zog leicht am Steuerknüppel, und das Jagdflugzeug hob glatt ab. Ein bißchen Querneigung nach Steuerbord und rein mit dem Fahrwerk. Jetzt stieg er gleichmäßig durch die grauen Wolken des norwegischen Spätnachmittags, war bereits ein ganzes Stück über der Nordsee. Er drückte auf die beiden Feuerknöpfe. Ein rhythmisches, pochendes Vibrieren sagte ihm, daß die 20-Millimeter-Kanone und die beiden 12-Millimeter-Maschinengewehre funktionierten. Mechanisch warf er einen Blick auf den Kreis und die Balken des elektrischen Zielanzeigers auf dem Visier. In seinem Kopfhörer knisterte eine Stimme: »Abschnitt Berta-Ludwig acht. Zwei Mosquitoes mit westlichem Kurs. Abschnitt Berta-Quelle zehn: eine Mosquito schwenkt nach Nordwest. Entfernung zehn Kilometer.«
Die allein fliegende Mosquito interessierte ihn. Letzte Woche, bei dem Angriff der Tommys auf die beiden Erzfrachter im Boknfjord, war fast das gleiche passiert. Drei Mosquitoes waren aus einer Staffel von neun Maschinen ausgeschert und hatten sich ein paar Kilometer von den anderen entfernt. Eine von ihnen hatte anderthalb Kilometer vor Sola einen merkwürdigen Schwenk gemacht. Hier waren wieder drei Mosquitoes – und wieder kam eine davon ziemlich nahe an Sola heran. War es Zufall – ein unternehmungslustiger Pilot, der ein lohnendes Ziel suchte? Oder war es ein Aufklärungsflugzeug? Gut möglich. In Sola gab es jetzt nichts Besonderes zu sehen. Nur Maschinen, die auf jedem deutschen Flugplatz stehen konnten... ein paar Heinkel 111 und eine Condor. Alle anderen waren gut versteckt. Aber er würde den Tommy trotzdem gern erwischen.
Zehn Kilometer – ein ganz schöner Rückstand, und die Mosquito war um

die elf Stundenkilometer schneller als seine ME 109 G – mit Sicherheit, wenn es sich *wirklich* um ein Aufklärungsflugzeug handelte, das aus Tempogründen von allem überflüssigen Ballast befreit war.

»Eine Mosquito, Abschnitt Anton-Quelle drei, nimmt Westkurs«, sagte der Kopfhörer. Altmark faßte einen Entschluß. Er konnte die Mosquito nicht jagen. Aber er konnte nur eine Seite des Dreiecks fliegen, von dem die Mosquito zwei flog. Wenn sie das *tatsächlich* tat. Er stieg weit über die Wolken, in den Sonnenschein, auf sechstausend, siebentausend, achttausend Meter Höhe. Zehn Minuten später, er traute seinen Augen kaum, machte er die Mosquito als einen winzigen Tupfen im Osten aus, gut zweihundertfünfzig Meter unter ihm, auf einem Kurs, der seinen genau schneiden würde. Altmarks rechte Tragfläche sackte weg, als er abdrehte, und kehrte wieder in die Waagerechte zurück, als er zum Sturzflug ansetzte. Die Mosquito bemerkte ihn vier Sekunden später und setzte ebenfalls zum Sturzflug an.

Ich muß höllisch aufpassen, dachte Altmark. Die Tragflächen seiner Maschine konnten glatt abreißen, wenn er zu steil und zu lange wegtauchte, und diese Mosquito ließ sich fast auf Meereshöhe fallen, wo der Pilot seinen Geschwindigkeitsvorteil besser ausnutzen konnte. »Du kommst mir nicht davon, mein kleiner Engländer«, sagte er laut. »Weil ich vier Sekunden eher zum Sturzflug angesetzt habe als du, ich bin ein bißchen zu schnell. Ich habe aber nur eine kurze Chance.«

Die Mosquito zog eine dünne blauschwarze Rauchfahne hinter sich her, und als Altmark in Schußweite kam, war sie nur noch sechshundertfünfzig Meter über der Wasseroberfläche. Er starrte auf die rechteckige Glasscheibe seines Zielgeräts und beobachtete den farbigen elektrischen Lichtring und die Balken, die sich einander langsam näherten. Er war noch etwa fünfundsechzig Meter weit entfernt, und die Mosquito begann pfeilschnell davonzuziehen, aber da drückte er die beiden Feuerknöpfe, und ein Strom von Geschossen traf sie genau hinter der Pilotenkanzel. Ohne ihren Kurs zu ändern, raste die Mosquito mit fünfhundertsechzig Stundenkilometern in die Nordsee. Altmark zog seine Maschine allmählich hoch. Dann drehte er und flog über den dunklen Fleck auf den weißen Schaumkronen. Natürlich kein Fallschirm... keine Chance in der Höhe. Überhaupt nichts.

»Achtung, Elbe eins«, sagte er in sein Kehlkopfmikrophon. »Eine Mosquito abgeschossen. Abschnitt Cäsar-Kurfürst neun.«

Die Leute von der Luftrettung sollen ruhig nachsehen, dachte er. Es würde ihn aber überraschen, wenn sie etwas fänden. Eine Viertelstunde später war er wieder über Sola. Er drehte noch eine Ehrenrunde, bevor er zum Landen ansetzte.

Streng geheim

Hauptquartier: Strategische US-Luftwaffe
Büro des Obersten Nachrichtenoffiziers

Memorandum

An: General Dwight D. Eisenhower (siehe auch zusätzlichen Verteiler)

Betrifft: Kampfgeschwader 200

1. Es folgt die Zusammenfassung, die Sie bei unserem Gespräch vom 14. Juli angefordert haben.

2. In den ersten Stadien des Krieges erfolgte das Absetzen deutscher Agenten auf neutrales und feindliches Gebiet unter Major (damals Hauptmann) Edmund Gartenfeld, der seinerzeit offenbar der einzige mit dieser Aufgabe befaßte Pilot war. Im Juni 1943 hatte Gartenfeld jedoch unter dem Einfluß von Göring und Admiral Canaris von der Abwehr eine eigene Staffel bilden können, die später als 2 *Versuchsverbände OB. d. L.* bekannt wurden.

3. Ursprünglich gab es zwei solcher Versuchsverbände, von denen sich die *1. Staffel* mit Versuchen und der Entwicklung von Flugzeugtypen befaßte; die *2. Staffel* unter Gartenfeld befaßte sich mit dem Absetzen von Agenten und anderen Sonderaufgaben für den Geheimdienst und weitere Truppenteile. Gartenfeld arbeitete sowohl für die Abwehr als auch für den Sicherheitsdienst, unterstand jedoch der Abwehr.

4. Später wurde das Hauptquartier der beiden Versuchsverbände von Rangsdorf nach Finsterwalde verlegt, und die vereinigten Versuchsverbände erhielten die Sammelbezeichnung *Kampfgeschwader 200*, wobei aus dem 1. Versuchsverband merkwürdigerweise *II/KG 200* wurde, während der 2. Versuchsverband den Namen *I/KG 200* erhielt.

5. Das Absetzen von Agenten auf alliiertes Gebiet wird von I KG/200 ausgeführt, das in örtlich getrennten Sonderverbänden operiert, wobei – im allgemeinen – selten mehr als einige Besatzungen und Maschinen auf einem Stützpunkt stationiert sind. Eine dieser Sondereinheiten – *Kommando Süd* – soll in Kalamaki bei Athen stationiert sein und die Aufgabe haben, in Nordafrika eine Kette von drahtlosen Funkstationen zu errichten und dort Agenten abzusetzen. Ein Verband wurde auch in Marseille gebildet, aber später nach Parma verlegt, um an Einsätzen in Italien mitzuwirken. Kürzlich war in einem Bericht von einem Marineverband des KG 200 die Rede, über dessen Aufgaben allerdings nichts bekannt ist.

6. Obige Informationen, die eingestandenermaßen unvollständig sind, kommen aus Quellen auf dem Kontinent. Näheres ist über KG 200 nicht bekannt, obgleich uns gemeldet worden ist, daß es seine Aktivitäten in den letzten Monaten weiterentwickelt und sein Tätigkeitsgebiet ausgedehnt hat. Gefangengenommene Angehörige der regulären deutschen Luftwaffe scheinen keine Kenntnis von seiner Existenz zu haben.

Frank D. Lasker
Oberst, US-Air Force
Oberster Nachrichtenoffizier

Zusätzlicher Verteiler: General Paul C. Hamel
RAF-Bomberkommando

9

Der Vorsitzende wandte sich ab vom Fenster – ein kleiner grauer Herr im grauen Licht eines grauen Nachmittags. Croasdell und Vandamme saßen schweigend am anderen Ende des Tisches und warteten.
»Sie fragen sich inzwischen bestimmt, was Sie eigentlich untersucht haben, meine Herren«, begann er. »Und Sie werden erraten haben, daß es nicht nur um eine einzige ›Fliegende Festung‹ geht, die vom Feind erbeutet und von feindlichen Fliegern mit amerikanischer Uniform geflogen wird. Lassen Sie mich also sagen, womit wir es unserer Ansicht nach zu tun haben.«
Er hielt einen Moment inne, und Croasdell versuchte, sich unauffällig umzusehen. Ein schmuckloser kleiner Raum, dachte er – ein trostloser kleiner Raum. Er enthielt kaum mehr als den Schreibtisch des Vorsitzenden, einige Kartentische, ein paar Aktenschränke aus grünem Metall. Die einzige Konzession an die dekorativen Künste war die kolorierte Fotografie des Königs in Marineuniform an der Wand hinter dem Schreibtisch. An einer anderen Wand hing die vom *Daily Telegraph* gedruckte Kriegskarte Europas, aus der einige Nadeln mit bunten Köpfen hervorstanden.
Der Vorsitzende wirkte abgespannt. Sein Gesicht war eingefallen, und um die Augen, deren rötliche Ränder auf mangelnden Schlaf hindeuteten, zeichneten sich Linien der Erschöpfung ab. Er drückte den Summer auf seinem Schreibtisch, und kurz darauf kam die grauhaarige Dame mittleren Alters mit einem Teetablett aus dem Vorzimmer herein. Der Vorsitzende schenkte den Tee persönlich ein. Es war, wie Vandamme anerkennend registrierte, endlich einmal sehr guter Tee... stark und aromatisch. Dem Vorsitzenden entging die Überraschung im Gesicht des Amerikaners nicht, und er sagte lächelnd: »Es ist Earl Grey – ich weiß nicht, ob es ihn in Amerika auch gibt?«

»Ich bin nicht sicher, Sir. Ich habe nicht viel Ahnung von Tee. Aber ich habe ihn noch nie getrunken. Er ist ausgezeichnet.«
»Gott im Himmel weiß, wo Miß Bennett ihn auftreibt. Im Augenblick ist er hier nämlich knapp. Ich glaube, sie hat einen Schlüssel zu Harrods' Vorkriegsvorräten. Gott sei Dank.«
Er setzte seine Tasse ab und richtete den Blick auf die beiden Männer, die gegenüber von ihm saßen. »Ich nehme an, Sie haben beide die Zusammenfassung gesehen, die der Geheimdienst an General Hamel und Luftmarschall Shevlin geschickt hat?«
Croasdell und Vandamme nickten.
»Dann verliere ich nur Zeit, wenn ich noch einmal über die administrativen Ursprünge des Feindgeschwaders rede, das jetzt KG 200 heißt. Was mich im Moment interessiert und was Sie ebenfalls interessieren wird, ist Abschnitt 6 der Zusammenfassung.«
»Die Weiterentwicklung seiner Aktivitäten und die Ausdehnung seines Tätigkeitsgebiets«, sagte Croasdell nachdenklich.
»Genau. Ich fange an, mir immer mehr Sorgen um KG 200 zu machen. Und um die Maschinen, die es jetzt benutzt.«
»Sie meinen sicher die B-17 von Mersea?« sagte Vandamme. »Das Flugzeug beförderte Agenten – in diesem ›Holzsarg‹. Es ist natürlich nicht allzu schwer für sie, sich dann und wann eine B-17 zu schnappen. Es muß ab und zu welche geben, die nach einer Notlandung noch repariert werden können.«
»Wie viele sind das Ihrer Meinung?«
»Schwer zu sagen. Auf jeden Fall nicht sehr viele. Die Piloten brauchen viel freies Feld, um eine ›Fliegende Festung‹ heil hinunter zu bringen, wenn sie Schwierigkeiten haben. So ging es auch dem Deutschen in Mersea... obgleich er ein verdammt guter Pilot war.«
»Aber wir bekommen Meldungen, aus denen hervorgeht, daß der Feind nicht nur eine oder zwei, sondern viel mehr im Einsatz hat.«
Vandamme beugte sich vor: »Viel mehr?«
»Vielleicht zwanzig. Oder sogar noch mehr.«
Vandamme stieß einen Pfiff aus. »Die können nicht alle bei Notlandungen erbeutet worden sein. Wäre statistisch höchst unwahrscheinlich. Woher stammen sie also?«
»Das gehört zu den Dingen, die Sie für mich herausfinden sollen«, sagte der Vorsitzende.
»Vom Standpunkt der Deutschen eine ausgezeichnete Idee«, sagte Croasdell. »Sie schicken eine B-17 mit Agenten über unser Gebiet. Unser Radar registriert eine Maschine, deren Höhe und Geschwindigkeit den Leuten vertraut sind und nicht den geringsten Verdacht erregen. Und wenn sie zur selben Zeit kommt wie eine amerikanische Bombergruppe, die von einem

Einsatz zurückkehrt, ist es praktisch unmöglich, sie von den echten zu unterscheiden.«
»Und wenn sie RAF-Maschinen benutzen, ist es natürlich genauso«, sagte der Vorsitzende. »Wir haben eindeutige fotografische Anhaltspunkte dafür, daß die Deutschen mindestens zwei Short-Stirling-Bomber im Einsatz haben.«
Croasdell musterte ihn nachdenklich, sagte aber nichts. Nach einer kurzen Pause redete der Vorsitzende weiter: »Wir erreichen langsam ein Stadium, in dem wir, hm, in dem wir mit detaillierten logistischen Planungen für eine Invasion Europas beginnen. Es ist also ganz natürlich, daß der Feind seine Agententätigkeit verstärkt.«
Er holte ein langes, braungelbes Blatt Papier aus einer Schublade seines Schreibtisches.
»Soweit wir im Moment wissen« – er blickte kurz auf, und Vandamme begriff plötzlich mit einem eisigen Schauer, was seine Worte bedeuteten – »soweit wir im Moment wissen, haben die Deutschen in den letzten neun Wochen achtundsiebzig Agenten in unser Land geschickt. Zweiunddreißig mit U-Booten; sechzehn mit Schiffen aus der Republik Irland; den Rest per Flugzeug. Alle Agenten, die mit U-Boot geschickt wurden, sind jetzt in sicherem Gewahrsam. Zwölf von denen aus der Republik Irland ebenfalls – und auch ein paar von denen, die mit Flugzeugen gekommen sind. Die Verlustquote ist also sehr hoch. Die genauen Zahlen werde ich Ihnen nicht sagen. Sie sind für Ihren Auftrag unerheblich.«
Er hielt inne und legte die Fingerspitzen zusammen. Nach einer kurzen Pause fuhr er fort: »Wir wissen also, daß das KG 200 seine Aktivitäten entschieden ausweitet. Erstens springen immer mehr Agenten ab, wofür das Geheimgeschwader offenbar zuständig ist. Zweitens benutzen sie zu diesem Zweck erbeutete Flugzeuge – in welchem Ausmaß, wissen wir allerdings noch nicht. Und drittens geht etwas sehr Merkwürdiges vor. Was ist Ihnen zum Beispiel an dem Vorfall in Mersea besonders aufgefallen?«
»Nun, in Anbetracht der Dinge, die Sie uns eben gesagt haben – ich meine die B-17, die zum Absetzen von Agenten benutzt werden –, ist jene Bauchlandung in einer Hinsicht sonderbar«, antwortete Croasdell. »Wenn sich die B-17 nur unbemerkt von unserem Radar und unseren Jägern an eine unserer Staffeln anhängen sollte, die von einem Einsatz zurückkehrte... nun, das wäre vom Standpunkt der Deutschen aus ein sehr verständlicher Trick. Aber warum trug der entkommene Pilot eine amerikanische Uniform, und warum trugen die Leichen, die wir gefunden haben, ebenfalls amerikanische Uniformen? Sie wollten gar nicht landen – sonst hätten sie doch ihre Agenten nicht in dieses ›Personenabwurfgerät‹ gesteckt. Eine Landung wäre auf jeden Fall unsinnig gewesen. Warum trugen sie also Feinduniformen? Warum riskierten sie es, als Spione gehängt zu werden,

wenn sie uns doch aus irgendeinem Grund, wie zum Beispiel in Mersea, in die Hände fallen? Es ergibt keinen Sinn...«

Der Vorsitzende lehnte sich lächelnd zurück. »Genau«, sagte er. »Wenn wir von unserem augenblicklichen Wissensstand ausgehen, ergibt es keinen Sinn. Das heißt, wir wissen nicht genug. Zuerst möchte ich Ihnen aber ein bißchen mehr von dem sagen, was wir wissen.«

Nach einer kleinen Kunstpause fuhr er fort: »Gartenfeld ist nicht mehr beim KG 200 – oder er ist zu einer KG 200-Einheit versetzt worden, die wir nicht kennen. Sein Platz in der erweiterten Organisation wurde von einem Oberst – eingenommen. Den Namen dieses Oberst kennen wir noch nicht, obgleich einige vage Meldungen besagen, daß er so ähnlich wie Lertz oder Mertz heißt. Wir wissen allerdings, daß er, anders als Gartenfeld, kein Kampfflieger, sondern ein reiner Planer ist. Was ungewöhnliche Lufteinsätze betrifft, muß er sogar einer der besten Planer sein, die Hitler hat. Und einer der phantasiereichsten. Ich werde Ihnen ein Beispiel nennen, das heißt, in Wirklichkeit sind es zwei Beispiele. Die Deutschen erwägen seit einiger Zeit, New York oder Washington zu bombardieren. Nein« – er hob eine Hand und lachte über das Gesicht, das Vandamme machte – »Sie sind nicht hierhergebracht worden, damit Sie versuchen, das zu verhindern, Oberst. Der Plan steckt noch im Anfangsstadium – die logistischen Schwierigkeiten sind vorerst noch zu groß. Es scheint jedoch festzustehen, daß das KG 200 wichtige Teilaspekte des Plans ausgearbeitet hat. Ein reines Phantasieprojekt, werden Sie jetzt sagen. Stimmt. Aber dieser Krieg sollte uns inzwischen gezeigt haben, daß die Deutschen keineswegs so einfallslos sind, wie unsere Comic-Heftchen sie darstellen. Sie haben sehr phantasievolle Waffen.«

Er drückte wieder auf den Knopf auf seinem Schreibtisch. Kurz darauf kam die grauhaarige Dame mit einem grünen Kasten von der Größe einer Hutschachtel herein. Er nahm etwas heraus, das auf den ersten Blick wie das Modell von zwei Flugzeugen aussah. Als Croasdell und Vandamme sich interessiert vorbeugten, erkannten sie jedoch, daß es sich um ein Doppelflugzeug handelte – eine Maschine war auf die andere montiert.

»Unten ist eine JU 88«, sagte Vandamme.

»Und die obere sieht aus wie ein Jäger«, ergänzte Croasdell.

»Die Deutschen bezeichnen es als ›Mistel‹ oder Huckepackflugzeug«, sagte der Vorsitzende. »Manchmal nennen sie es auch ›Vater und Sohn‹, ein sehr passender Ausdruck. Ich habe dieses Modell nach Berichten und einer ziemlich schlechten Fotografie, die uns ein Agent der Résistance beschafft hat, bauen lassen, und zwar in Farnborough. Wir können also nur vermuten, welche Typen sie für diese Kombinationen benutzen.«

»Eine davon wird sicher funkgesteuert«, sagte Vandamme.

»Das muß die untere sein«, sagte Croasdell. »Ich könnte mir vorstellen,

daß die untere Hälfte eine Art Bombe mit Funksteuerung ist, die von dem Jagdflugzeug darüber ausgeklinkt und dann ins Ziel gesteuert wird. Es wäre also logisch, die größere Maschine mit Sprengstoff zu beladen. Mit der kleinen könnte sich der Pilot dann aus dem Staub machen. Das wäre wirklich eine verdammt wirkungsvolle Bombe.«
Er sah den Vorsitzenden an, und dieser nickte: »Sie haben begriffen, wie es funktioniert, Staffelführer. Ich habe nicht viel Ahnung vom Fliegen, aber die Experten haben mir gesagt, daß die Steuermechanismen miteinander verbunden sind. Der Pilot des Jägers fliegt also das Ding, bleibt in sicherem Abstand vom Ziel, klinkt die Bombenmaschine aus, steuert sie und versucht, sie auf dem Weg ins Ziel zu schützen.«
»Ich wünsche ihm viel Glück«, sagte Vandamme. »Ich möchte nicht mit dem Monstrum losfliegen, und ich möchte noch viel weniger von einer Ihrer Spitfires oder unserer P-40 darin erwischt werden.«
»Und doch haben die Deutschen bereits mit den Testflügen begonnen. Sie haben schon drei Piloten vom KG 200 verloren, aber sie machen Fortschritte«, sagte der Vorsitzende. »Sie machen Fortschritte, weil die Piloten dieses äußerst ungewöhnlichen Geschwaders offen gesagt absolute Spitzenklasse sind. Einen davon haben Sie ja in gewisser Hinsicht schon ein bißchen kennengerlernt. Der Mann, der die B-17 nach Mersea flog. Der seinen Kopiloten tötete und dann verschwand.«
»Unser Wunderpilot?« sagte Vandamme respektvoll.
Der Vorsitzende sah ihn fragend an.
»Nun, wir, das heißt John und ich, nennen ihn Wunderpilot, weil wir nicht begreifen, wie er es geschafft hat, die B-17 seitlich nach unten zu bringen. Aber wenn er die Huckepackdinger fliegen kann, nun...«
»Doch selbst dieses Huckepackding, wie Sie es nennen, ist nicht der Grund, weshalb ich Sie um Ihre Hilfe gebeten habe«, sagte der Vorsitzende. »Es befindet sich noch im Anfangsstadium der Entwicklung, aber es kann schon bald zu einer ernstzunehmenden Waffe werden, wenn wir uns dem Punkt nähern, wo wir Europa befreien. Außerdem bereitet dieser phantasievolle Planer vom KG 200 noch ein paar andere, hm, Neuerungen vor.«
»Mit einer einzigen Doppelmaschine könnte man einen ganzen Kreuzer versenken«, sagte Croasdell nachdenklich. »Oder eine Brücke auseinandernehmen.«
»Ich habe Ihnen dieses Modell nur gezeigt, weil ich Ihnen einen Eindruck davon verschaffen wollte, wie erfahren und raffiniert die Leute sind, mit denen wir es zu tun haben«, sagte der Vorsitzende. »Leute wie Ihr ›Wunderpilot‹, der jene B-17 in Mersea aufsetzte. Er heißt übrigens Warnow... Rolf Warnow. Er hat den Rang eines Majors.«
Vandamme beugte sich vor und sah den Vorsitzenden an: »Wie haben Sie das...«

»Ich habe von ihm gehört«, fiel Croasdell dazwischen. »Er flog 1940 in Lörzers Fliegerkorps II als Staffelkommandeur. Erwischte angeblich einmal an einem einzigen Tag drei Hurricanes – wir haben damals viel über ihn geredet.«

»Er ging im Dezember 1941 an die Ostfront«, sagte der Vorsitzende. »Und dann ist er von der Bildfläche verschwunden. Man gab keine weiteren Auszeichnungen bekannt. Und jetzt landet er plötzlich mit einer B-17 in Mersea, in amerikanischer Uniform. Übrigens, Oberst, er kam als kleiner Junge nach Chicago. Sein Vater war ein deutscher Geschäftsmann, der lange in den USA und Kanada lebte. Major Warnow spricht perfekt Englisch.«

»Ja«, sagte Vandamme. »Aber wie...«

»Wie ich das alles erfahren habe?« unterbrach ihn der Vorsitzende. »Nun, Sie wissen ebensogut wie ich, daß ich es Ihnen nicht sagen kann. Aber ich weiß mit absoluter Gewißheit, daß der Pilot der B-17 Warnow war, daß er jetzt ein Offizier vom KG 200 ist und daß er sich in London aufhält. Ich weiß sogar, wo er sich in London aufhält.«

»Also?«

»Ich lasse ihn nicht festnehmen, weil ich möchte, daß er uns hilft. Oh«, – er lächelte schwach, als Vandamme reden wollte – »ein Mann wie Warnow würde uns natürlich niemals wissentlich helfen. Ich hoffe aber, er wird uns führen, und zwar...«

»Wohin?« fragte Croasdell.

»Zu seiner Einheit beim KG 200«, sagte der Vorsitzende. »Nach Stavanger, hoffe ich, und noch viel weiter.«

»Woher die Fotos kamen«, sagte Vandamme. »Können wir die neuen Aufnahmen sehen, die die Mosquito gemacht hat? Ist darauf mehr zu sehen?«

»Es gibt keine neuen Aufnahmen«, sagte der Vorsitzende. »Die Mosquito, die die ersten gemacht hat, ist gestern wieder losgeschickt worden. Sie kam nicht zurück, Pilot und Navigator sind vermißt.«

Der Vorsitzende zuckte die Achseln und fuhr fort: »Es kann natürlich sein, daß sie zufällig abgeschossen wurde – oder weil man sie als Aufklärungsflugzeug identifiziert hat. Oder sie hatte einen Maschinenschaden und stürzte ins Meer. Es ist ein langer Flug. Wir haben aber keine Funkmeldung empfangen.«

»Wir wissen also nicht, ob Sie dort noch mehr B-17 haben?« sagte Croasdell.

»Ich vermute, sie *haben* mehr«, sagte der Vorsitzende. »Seit einiger Zeit bekommen wir dauernd Berichte von der Résistance und anderen europäischen Widerstandsbewegungen. Darin ist von deutschen Bergungsoperationen abgestürzter oder notgelandeter alliierter Maschinen die Rede. Diese Operationen sind so zahlreich, daß sie nicht allein Untersuchungszwecken dienen können.«

»Das erklärt vielleicht, wie sie zwanzig Maschinen bekommen haben, *wenn* sie so viele bekommen haben«, sagte Vandamme langsam.
»Das Dumme für uns ist, daß die Leute vom Widerstand und die anderen Agenten fast nie Techniker sind, die das, was sie sehen, auch begreifen«, sagte der Vorsitzende. »Sie haben gemeldet, daß abgestürzte oder notgelandete Maschinen von Bergungsmannschaften abtransportiert werden. Leider können sie uns in den meisten Fällen nicht mitteilen, um welche Typen es sich handelt, ganz zu schweigen davon, bis zu welchem Grad die geborgenen Maschinen noch flugtauglich waren.«
Er sah die beiden Männer vor sich forschend an.
»Sie sind sich sicher darüber klar, daß die Deutschen erschreckende Möglichkeiten haben, wenn es ihnen gelingt, sich alliierte Maschinen in größeren Zahlen zu beschaffen. Ich glaube, sie sind selbst von dem Erfolg überrascht worden, den das KG 200 in dieser Beziehung hatte. Wir wissen, daß sie zunächst eine oder zwei erbeutete und reparierte Maschinen benutzten, um B-17-Einsätze, die von England aus geflogen wurden, zu verfolgen und zu beobachten. Wir wissen außerdem, daß sie die Maschinen auch zum Absetzen von Agenten verwenden. Diese Aktivitäten sind schon für sich genommen gefährlich genug, aber sie bedeuten auch, daß amerikanische und britische Besatzungen in Kürze vielleicht den Befehl bekommen werden, auf merkwürdige ›Freundesmaschinen‹ zu schießen, die sie nicht mit letzter Sicherheit identifizieren können. Das ist natürlich schlecht für die Kampfmoral, und tragische Irrtümer sind in beinahe unbegrenzter Zahl möglich. Aber leider ist das noch nicht alles, so schrecklich es sein mag. Es gibt außerdem noch den Plan Odysseus.«
Croasdell beobachtete ihn unbewegt. Jetzt, dachte er, kommen wir endlich zum Kern der Sache.
»*Vor allem*«, betonte der Vorsitzende, »vor allem gibt es noch den Plan Odysseus. Ich habe Ihnen gesagt, wie viel oder wie wenig wir wissen. Und jetzt muß ich gestehen, daß ich über den Plan Odysseus – oder den Fall Odysseus, wie die Deutschen ihn nennen – so gut wie nichts weiß. Ich weiß nur, daß dabei Beutemaschinen der Alliierten eingesetzt werden sollen. Und daß Major Rolf Warnow daran beteiligt ist – sogar dabei beteiligt *war*, als er mit der B-17 in Mersea eine Bruchlandung machte.«
»Warum sind Sie dessen so sicher?« fragte Croasdell. »Ist es nicht möglich, daß er einfach Agenten absetzen sollte, wie Sie es eben beschrieben haben? Wir wissen schließlich, daß wenigstens ein Agent an Bord war... die Frau, deren Überreste wir im Leichenschauhaus von Colchester gesehen haben.«
»Und wie Sie folgerten, war aller Wahrscheinlichkeit nach mindestens ein zweiter Agent in der Maschine«, sagte der Vorsitzende. »Sonst hätten sie kein Personenabwurfgerät benutzt.«

»Aber Warnow?« sagte Croasdell langsam. »Warum Warnow?«

»Genau, Staffelführer. Warum Warnow? Major Warnow war Einsatzleiter von Gruppe 1 des KG 200, das heißt, er ist immer noch ihr Einsatzleiter. Und dieser Verband spielt eine taktische Schlüsselrolle. Warnow bekleidet also einen überaus wichtigen Posten und ist an der Planung und Ausführung sämtlicher Operationen der Gruppe beteiligt. Es ist nicht plausibel, daß er die B-17 bei einer einfachen Agentenmission flog – zwar nur ein Routineeinsatz, aber trotzdem gefährlich. Warnow saß nicht zufällig oder routinemäßig am Steuerknüppel des Bombers. Für einen solchen normalen Einsatz war er viel zu wertvoll. Er steuerte die Maschine, weil es aus irgendeinem Grund sehr wichtig war, sie nach Eastanglia zu fliegen – und sie *von ihm* nach Eastanglia fliegen zu lassen.«

»Aber warum?« sagte Vandamme.

»Ich weiß es nicht«, antwortete der Vorsitzende und legte die Fingerspitzen zusammen. »Ich habe aber das Gefühl, daß es eine Art Probeflug war. Er wollte irgendwelche Erkenntnisse sammeln, die etwas mit Fall Odysseus zu tun haben. Wahrscheinlich gehörten auch die Agenten, die er absetzen wollte, irgendwie zum Fall Odysseus. Sonst ergäbe das Ganze überhaupt keinen Sinn. Der Verlust Warnows muß das Unternehmen ernstlich gefährden, jedenfalls im Augenblick. Trotzdem sind die Deutschen das Risiko eingegangen.«

»Aber Sie haben ihn ausfindig gemacht, nicht wahr?« sagte Vandamme. »Und ohne Warnow kein Plan Odysseus. Habe ich recht?«

Der Vorsitzende lächelte müde. »Ich wünschte, es wäre so leicht, Oberst. Sicher, Warnows Abwesenheit könnte Odysseus durchaus verzögern – worum es sich dabei auch handeln mag. Aber es ist kaum wahrscheinlich, daß der ganze Plan mit ihm steht und fällt. Es gibt im KG 200 viele ausgezeichnete Piloten, viele hervorragende Flieger, so daß man bald einen anderen Einsatzleiter für Gruppe 1 finden könnte. Und ein anderes alliiertes Flugzeug über Eastanglia, eine getarnte Feindmaschine. Und womöglich haben wir mit der weniger Glück.«

»Einen anderen Einsatzleiter finden könnte...?« fragte Croasdell neugierig.

»Ja, *könnte*«, sagte der Vorsitzende. »Weil das nicht unbedingt so sein *muß*. Ich möchte, daß Warnow wieder seine Aufgabe in Stavanger übernimmt. Ich möchte, daß Plan Odysseus weiter nach Termin abläuft. Ich möchte, daß Warnow zu seinen Freunden zurückkehrt, und ich möchte, daß er glaubt, er hätte es allein seinem Unternehmungsgeist, seinem Mut und seiner Erfahrung zu verdanken. Ich möchte, daß der Kommandeur von KG 200, wer immer es auch ist, dasselbe denkt. Und all das«, fügte er lächelnd hinzu, »sind nur einige von meinen Wünschen, weil ich noch eine ganze Menge über diesen ›Stoßtrupp ohne Gesicht‹ erfahren will – zum

Beispiel, wie er unsere Invasion des Kontinents zu sabotieren gedenkt, wenn es so weit ist. Ich zweifle nicht daran, daß KG 200 so etwas plant.« Geistesabwesend nahm er das Modell des Mistelflugzeugs, hob und wog es in der Hand.

»Und deshalb sind Sie hier, meine Herren. In Ihrer jetzigen Funktion verstehen Sie ein bißchen von Geheimdienst und Spionage, aber viel mehr vom Fliegen. Ich verstehe eine ganze Menge von Geheimdienst und Spionage, habe aber praktisch keine Ahnung vom Fliegen. Ich brauche einen Mann, der die britische Seite versteht, und einen, der die amerikanische Seite versteht. Ich hoffe, daß wir einander ergänzen werden.«

Er hielt inne, um einen Moment später fortzufahren: »Man hat Sie ausgewählt, um die Ausforschungen von KG 200 zu leiten und zu koordinieren. Die Wahl ist auf Sie gefallen, weil Sie erstklassige Piloten und Experten in Luftabwehr sind und die taktischen Hilfsmittel der deutschen Luftwaffe genau kennen. Und weil Sie außer diesen Qualifikationen noch nützliche sprachliche Voraussetzungen mitbringen.«

Croasdell und Vandamme sahen sich gespannt an.

»Sie haben einen Großvater, der aus Deutschland eingewandert ist, Oberst«, sagte der Vorsitzende und hob den Zeigefinger, als wollte er dem Amerikaner einen Vorwurf daraus machen. »Nein, Sie brauchen sich dessen nicht zu schämen. Unsere Königsfamilie hat ganz ähnliche, hm, Verbindungen. Sie sprechen fließend Deutsch und recht gut Französisch.«

»Und Sie, Staffelführer«, wandte er sich an den Briten, »Sie sprechen Norwegisch, eine seltene Gabe für einen Engländer. Wir haben Ihrer Dienstakte entnommen, daß sie in Oxford Norwegisch unterrichtet haben und daß sie sich dort auch fließende Kenntnisse in Deutsch und Französisch aneigneten – obgleich Ihr Deutsch im Gegensatz zu dem von Oberst Vandamme einen gewissen Akzent hat.«

»Ja«, sagte Croasdell. »Mein Norwegisch aber auch. Es ist zwar grammatikalisch einwandfrei, aber ein Norweger würde den Unterschied erkennen.«

»Und ein Deutscher?« fragte der Vorsitzende.

»Ich glaube nicht«, antwortete Croasdell. Er zögerte und fügte dann hinzu: »Ich spreche auch ein bißchen Holländisch und Flämisch. Idiomatisch ganz gut, aber kein großer Wortschatz. Wir haben dort vor dem Krieg immer ein Ferienhaus gemietet, meine Mutter und ich.«

»Ihre Mutter?« sagte der Vorsitzende.

»Mein Vater ist 1918 in Amiens gefallen«, sagte Croasdell.

»Ach ja, das war mir entfallen«, sagte der Vorsitzende. »Also auch Holländisch und Flämisch? Das steht nicht in Ihrer Akte. Es wird immer besser.« Er sah die beiden Männer aufmerksam an. »Ihre Sprachkenntnisse können bei diesem Auftrag sehr nützlich sein, wenn Sie sie richtig einsetzen. In

Ihrem Fall wird besonders das Norwegisch wertvoll sein, Staffelführer – das heißt, wenn sich die Anhaltspunkte bestätigen, daß die B-17 von Mersea aus Stavanger kam. Zunächst möchte ich aber kurz hören, was Sie von der Sache halten.«
Er drückte auf den Knopf, und die Vorzimmerdame trat ein und heftete eine Karte auf den Zeichentisch neben dem Schreibtisch des Vorsitzenden. Dieser wartete, bis sie den Raum wieder verlassen hatte, und winkte Croasdell und Vandamme an seine Seite.
»Sagen Sie mir bitte zuerst, was Sie tun würden, wenn Sie Major Rolf Warnow wären«, sagte er. »Was würden Sie in der Situation machen, die ich Ihnen jetzt kurz schildern werde?«
Der Vorsitzende redete zehn Minuten. Dann verließ er das Zimmer, wo Croasdell und Vandamme bereits eifrig mit der Karte beschäftigt waren, nickte der Dame im Vorzimmer zu und öffnete eine Tür zu einem dahinter liegenden Raum. Dort saß ein kleiner Mann mit einem rötlichen Schnurrbart ins Studium einer Akte vertieft an einem Schreibtisch. Er stand auf, als der Vorsitzende hereinkam.
»Guten Tag, Strongman«, sagte der Vorsitzende. »Tut mir leid, daß ich Sie habe warten lassen. Ich mußte noch diese beiden Offiziere einweisen. Sie werden die beiden bald kennenlernen.«
»Ich verstehe«, sagte Major Edward Butler. Er war in Uniform und trug die Abzeichen eines berühmten Kavallerieregiments. »Ich muß sagen, daß es mir nicht leid tun wird, wenn dieses Unternehmen vorbei ist«, sagte er. »Habe etwas gegen den Namen.«
»Welchen Namen?« sagte der Vorsitzende. Er musterte den kleinen Herrn mit dem listigen Gesicht interessiert. Manche Leute hielten Major Edward Butler bei oberflächlicher Bekanntschaft für einen eingebildeten Narren. Aber manche Leute glauben auch, ein Mungo sei ein zutrauliches Haustier, dachte der Vorsitzende. Die Kobras wußten es besser. Major Edward Butler arbeitete für MI 5, die britische Gegenspionage.
»Strongman«, antwortete Butler. »Meinen neuen Decknamen. Paßt kein bißchen zu mir.«
»Darum würde ich mir keine Sorgen machen«, sagte der Vorsitzende fröhlich. »Als ich noch bei der Truppe war, erhielt ich einmal den Decknamen Wiesel.«
»Hm«, sagte der andere und lachte.
Der Vorsitzende nickte zu einer Tür hinter dem Schreibtisch. »Da drin?« fragte er.
»Ja«, sagte Strongman.
»Wie lange waren Sie Kontrollmann dieser Person?«
»Vier Monate«, sagte Strongman.
»Irgendwelche Schwierigkeiten? Irgendwelche Vorbehalte?«

»Keine Schwierigkeiten. Keine Vorbehalte, nur daß mich diese Person manchmal ansieht, als wäre ich gar nicht da. Mir sind die Leute lieber, die man leichter durchschaut.«
»So geht es uns allen«, sagte der Vorsitzende. »Nun, ich kann Ihnen die Mitteilung machen, daß das Unternehmen langsam beginnt, Form anzunehmen. Eine ganze Menge hängt allerdings von den beiden dort draußen ab.« Er machte eine Kopfbewegung zu dem Zimmer, in dem Croasdell und Vandamme arbeiteten.
»Ich sehe es zunächst so...«, sagte der Vorsitzende.
Zehn Minuten später stand er auf, verabschiedete sich und ging hinaus. Strongman tat seine Akten in eine abgewetzte lederne Aktenmappe. Dann klemmte er die Mappe unter den Arm, ging zu der Tür hinter dem Schreibtisch und öffnete sie. Der Raum, in den sie führte, glich dem, den er verlassen hatte, aufs Haar. Neben dem Schreibtisch saß eine Frau. Sie sah auf, als er hereinkam.
»Guten Abend, Miß Walters«, sagte Strongman. »Wie geht es Major Warnow heute? Er kann es sicher gar nicht abwarten, zu seinem geliebten Führer zurückzukehren?«

10

Pieter Banninck beugte sich tief über seine Lenkstange und radelte aufmerksam an der deutschen Flakbatterie am Rande des Dorfes Noordwelle vorbei. Es regnete. Er passierte den Posten, der ein Regencape trug und neben den Geschützen stand, die unter Planen steckten. Er radelte mit gleichmäßiger Geschwindigkeit, weder zu langsam noch zu schnell, ohne den Posten in auffälliger Weise zu übersehen, ohne ihm aber auch besondere Beachtung zu schenken. Der Mann blickte kurz zu ihm herüber, machte aber keine Anstalten, die darauf schließen ließen, daß er ihn kontrollieren oder nach seinen Papieren fragen wollte. Hinter Banninck fuhren seine Freunde Jan Bicker und Cornelis Duck, die weiten Pullover ganz durchnäßt von dem Nieselregen, der von der grauen Nordsee über die kleine niederländische Insel Schouwen geweht wurde. Der Posten sah ihnen mißmutig nach.
Holländische Bengels, dachte er... verrückt aufs Radfahren. Fahren bei jedem Wetter. Aber was soll's? Noch eine halbe Stunde, bis ich abgelöst werde. Und dann Kaffee im Wachzimmer – wenn man die Brühe überhaupt als Kaffee bezeichnen kann.
Als sie gut einen halben Kilometer von der Batterie entfernt waren, hielt Banninck, und die anderen blieben neben ihm stehen.
»Er ist irgendwo unten an der Straße nach Haamstede«, sagte er. »Adam

Steen, der Postmann, hat mir gesagt, er habe gehört, daß er nicht bewacht wird, noch nicht einmal von einer Streife.«
»Dann kann er auch nicht wichtig sein«, sagte Cornelis Duck.
»Wir sollten ihn uns trotzdem ansehen«, sagte Pieter Banninck. »Vielleicht ist er einen Karteneintrag wert.«
Er klopfte auf seine Lenkstange. In dem Metallrohr steckte die Karte, auf der Pieter und Jan und Cornelis alles eintrugen, was die lokale Widerstandsgruppe ihrer Meinung nach interessieren könnte. Pieter, Jan und Cornelis waren vierzehn, dreizehn beziehungsweise zwölf Jahre alt, in mancher Hinsicht aber schon erwachsen. Sie fuhren noch neun Kilometer, bis sie den Flugplatz erreichten. Er wurde durch eine hohe Hecke und auf der anderen Seite durch einen doppelten Stacheldrahtzaun geschützt. Hinter dem Stacheldraht begannen drei breite weiße Farbstreifen, die ein A zu bilden schienen und sich in der Ferne verloren.
»Sie sind so breit wie Rollbahnen«, sagte Jan Bicker nachdenklich. »Und sie sehen auch so aus wie Rollbahnen. Aber es ist nur überpinseltes Gras.«
»Da drüben steht was Großes«, sagte Pieter Banninck. »Ich glaube, es ist ein Flugzeug. Laßt uns um die Ecke fahren und nachsehen.«
Sie radelten um die Ecke des »Flugfelds« und kamen zur anderen Seite, wo sie ihre Fahrräder in den Graben legten. Dann ging Jan Bicker zur Kreuzung, um Schmiere zu stehen. Auf dem Platz war niemand zu sehen, und kein Geräusch deutete auf irgendwelche Betätigungen hin. Cornelis und Pieter kletterten in die triefnasse Hecke und spähten durch.
»Es *ist* ein Flugzeug«, sagte Cornelis Duck. »Ein großes ... vier Motoren.«
»Es ist eine amerikanische Maschine«, sagte Pieter Banninck. »Der Typ, den man ›Festung‹ nennt.«
»Bist du sicher? Woher sollen die Deutschen eine amerikanische Maschine haben? Sie hat keine Hoheitszeichen.«
»Natürlich bin ich sicher. Ich habe sie in den Illustrierten gesehen. Und ich habe sie fliegen gesehen. Die Deutschen haben kein Flugzeug, das so aussieht.«
Die Umrisse der gewaltigen, schwarzen Maschine hoben sich vom weißbemalten Gras ab. Sie war an der Erde festgepflockt, mit Kabeln, die zu tief im Boden steckenden Pflöcken liefen.
»Sie ist irgendwie merkwürdig«, sagte Pieter.
»Was meinst du damit?«
»Nun, guck dir den Regen an. Er bleibt fast darauf liegen wie auf einem Dach. Er tropft nicht so schnell ab wie von einem Auto. Wenn ich nur näher ran könnte ...«
»Sei kein Idiot. Man könnte dich sehen. Und durch den Stacheldraht oder die Hecke kommst du sowieso nicht.«
»Und da ist noch etwas. Hier ist doch niemand, der uns sehen könnte, oder?

Warum ist hier niemand? Hast du jemals einen Flugplatz gesehen, wo kein Mensch ist?«

»Nein.«

Pieter Banninck kroch in dem Graben herum und nahm einen spitzen Stein hoch.

»Was hast du vor?«

»Ich werde ihn draufwerfen.«

»Du bist verrückt. Vielleicht ist jemand drin, und dann geht's uns an den Kragen.«

»Ich glaube nicht, daß jemand drin ist.«

Er holte aus und warf den Stein mit aller Kraft. Als er den Rumpf traf, ertönte ein dumpfer Ton. Banninck nahm einen zweiten Stein und traf das große Flugzeug wieder. Der gleiche dumpfe Ton. Mit einer Mischung aus Triumph und Neugier in den Augen wandte er sich an Cornelis Duck.

»Das ist kein Metall. Wenn man Metall trifft, macht es peng. Es ist Holz. Das Flugzeug ist aus Holz.«

»Du meinst...«

»Es ist gar kein richtiges Flugzeug. Und die Rollbahnen sind keine richtigen Rollbahnen. Und ich wette, daß in den Gebäuden auf der anderen Seite kein Mensch ist. Es ist eine Flugplatzattrappe, und wenn ich zu Haus bin, werde ich ihn auf der Karte einzeichnen und Frans Janssens davon erzählen. Ich wette, daß es was Wichtiges ist.«

»Kann sein«, sagte Cornelis Duck widerstrebend.

Als sie wieder an der Flakbatterie in Nordwelle vorbeiradelten, stand ein anderer Posten davor. Dieser war jünger, wachsamer, und er ließ sich ihre Papiere zeigen, ehe sie weiterfahren durften.

»Ihr habt noch eine Stunde Zeit bis zur Ausgangssperre«, sagte er. »Wenn ihr dann nicht zu Hause seid, könnt ihr was erleben.«

Der Mann sah zu, wie sie davonradelten. Er war nicht auf die Idee gekommen, die Handgriffe von Pieter Bannincks Lenkstange abzuschrauben und in das Metallrohr zu schauen.

Oberst Adolf Pertz lächelte, sofern man bei ihm überhaupt von Lächeln reden konnte. Der Kommandeur von KG 200 stapfte durch die Frühsommersonne, die die Betonbunker von Rastenburg weiß färbte, zu Jeschonneks Hauptquartier auf dem Luftwaffengelände. Eine Gruppe von Zivilisten mit schwarzen Anzügen, Herren von der Auslandsabwehr, kam aus der anderen Richtung an ihm vorbei. »... türkische Neutralität kann selbstverständlich nicht garantiert werden«, hörte er einen von ihnen sagen. »Aber...« Dann waren sie schon wieder außer Hörweite. Reden, reden, das ist alles, wozu sie gut sind, dachte Pertz. Wenn wir den Krieg mit Reden gewinnen könnten, wären solche Männer unsere Geheimwaffe Nummer eins. Aber mit Reden gewinnt man keinen Krieg, obgleich Joseph Goebbels, ein Mann, vor dem er großen Respekt hatte, der Meinung war, es spiele eine überaus wichtige Rolle.

Steif erwiderte er den hackenknallenden Gruß des jungen Luftwaffengefreiten, der mit einer Schmeißer-MP im Anschlag neben der Tür zu Jeschonneks Büro stand. Im Vorzimmer erhob sich der Feldwebel, ein bebrillter Mann, der die Schreibarbeiten für Jeschonnek machte. Pertz, der von dem schnellen Marsch ein bißchen aus der Puste war, blieb vor seinem Schreibtisch stehen.

»Der Herr General erwartet mich«, sagte er und warf einen wohlwollenden Blick auf den ordentlichen Schreibtisch des Mannes und die sauberen Zahlenkolonnen, die er in ein großes Hauptbuch eintrug. Ein Mann, der seine Sache versteht, dachte er.

»Name?« sagte er scharf zu dem Feldwebel. Über das Gesicht des Mannes huschte ein Ausdruck, der wie Furcht aussah.

»Greiner, Herr Oberst, Oberfeldwebel Greiner.«

»Nun, Greiner«, sagte Pertz beinahe jovial, »würde es Ihnen gefallen, zu mir zu kommen? Als Hauptfeldwebel?«

»Selbstverständlich, Herr Oberst.«

»Gut. Ich brauche Männer, die arbeiten können. Ich werde General Jeschonnek bitten, Sie abzustellen.«

»Vielen Dank, Herr Oberst.«

Worum geht es da überhaupt, dachte der verwirrte Greiner, als Pertz Jeschonneks Zimmer betrat. Der ältere Oberst machte fast einen zufriedenen Eindruck. Sicher, man munkelte allgemein, Pertz sei ein übler Sklaventreiber. Aber, sagte er sich, während er sich wieder dem Hauptbuch zuwandte, *Hauptfeldwebel?* Kann nicht das Schlechteste sein.

Im Büro nahm Pertz in dem Sessel Platz, auf den Jeschonnek gezeigt hatte, und wartete, bis der an seinem Schreibtisch sitzende Generalstabschef der Luftwaffe zu Ende geschrieben hatte. Er musterte Jeschonnek genau. Der Mann wirkte ausgebrannt, fiebrig. Es war kein Spaß, es dauernd mit dem Reichsmarschall zu tun zu haben. Und er hatte gehört, daß Göring gestern bei Jeschonnek die Beherrschung verloren hatte, weil er vermutete, dieser habe sich über seinen Kopf hinweg an den Führer gewendet.

»Verzeihung, daß ich Sie warten ließ, Oberst Pertz«, sagte Jeschonnek verbindlich. »Nun, was für Nachrichten bringen Sie?«

»Ausgezeichnete«, antwortete Pertz. »Warnow ist heil und unversehrt und hält sich bei ... bei einer Freundin auf. Bei einer Freundin, die der Meinung ist, man könne ihn zurückschaffen.«

Jeschonnek rieb sich müde die Augen.

»Gut, gut«, sagte er. Er stand auf und trat ans Fenster, warf einen Blick zu dem Platz, wo die mit Tarnfarbe gestrichenen Mercedes-Limousinen des

Stabs hielten und abfuhren. Ein großer gelber Schmetterling schlug mit den Flügeln gegen die Scheibe. Jeschonnek öffnete das Fenster und ließ ihn hinaus.
Was war bloß mit dem Mann los? In Anbetracht dieser Neuigkeit keine große Reaktion. Ob er nicht begriff, was sie bedeutete?
»Das bedeutet«, sagte Pertz, »daß Odysseus wieder termingemäß ablaufen kann, falls es gelingt, ihn schnell zurückzubringen.«
Jeschonnek schien nicht zu hören. Er ging wieder zum Schreibtisch und ließ sich schwer auf seinen Armstuhl fallen. Er sah Pertz an.
»In einer Stunde werden wir beide bei der Lagebesprechung des Führers sein, Oberst«, sagte er. »Es empfiehlt sich also, daß ich Sie kurz vorab informiere. Sie sagen, Odysseus laufe. Ich werde Ihnen jetzt etwas erzählen. Unternehmen Zitadelle läuft. Der Führer hat es gestern nacht entschieden.«
»Zitadelle?« sagte Pertz. »Aber ich dachte, der Führer hätte beschlossen, es nicht...«
»General Zeitzler und General von Kluge haben ihn überredet«, antwortete Jeschonnek.
»Hm«, sagte Pertz nachdenklich. »Wie stehen die Chancen? Ich habe den Führer bereits informiert, daß die Russen von A bis Z über Zitadelle Bescheid wissen. Der Frontvorsprung um Kursk ist auf der ganzen Linie befestigt. Wir haben so viele Luftaufnahmen, daß man damit eine Bibliothek füllen könnte...«
»Ich weiß, ich weiß«, sagte Jeschonnek. »Wir werden den Vorsprung von Kursk mit zahlenmäßig unterlegenen Truppen angreifen, denen ein vorbereiteter, gut organisierter Feind gegenübersteht. Ich kann es kaum glauben. Wissen Sie, wie viele Flugzeuge uns für dieses Unternehmen zur Verfügung stehen? Zweitausend... nur zweitausend. Und die Iwans haben dreitausend – und außerdem die beste Luftabwehr der Welt. Und wissen Sie, was der Reichsmarschall sagte, als ich es dem Führer erzählte? Greifen Sie im Sturzflug an! Mit den Stukas! Mit den Stukas! Manchmal glaube ich, wir leben alle in der Vergangenheit. Die Stukas sind lahme Enten, und das nicht erst seit heute, sondern schon seit zwei Jahren. Und das gleiche wird Unternehmen Zitadelle in Kursk sein. Eine lahme Ente. Ich habe gestern mit meinem Panzergeneral gesprochen – von Mellenthin, erinnern Sie sich an ihn? Hat 1940 einiges geleistet.«
Pertz nickte.
»Er hat mir gesagt, Unternehmen Zitadelle würde für seine Panzer genauso ein Todeskommando sein wie für meine Flugzeuge.«
»Hm«, sagte Pertz.
Jeschonnek rieb sich das Kinn. »Nun, wir werden in einer Stunde vom Führer noch genug über Zitadelle hören. Ich muß aber doch sagen, daß die

Neuigkeiten von Warnow sehr erfreulich sind. Allerdings... wie können Sie hoffen, ihn heil zurückzuholen? Nein, nein« – er hob die Hand – »verzeihen Sie, das geht mich nichts an.«

»Ich sagte schon, daß wir Odysseus termingemäß ablaufen lassen können«, sagte Pertz.

»*Wenn* Sie ihn zurückschaffen«, antwortete Jeschonnek.

»Wir werden ihn zurückschaffen«, sagte Pertz. »Und er wird etwas für uns mitbringen, ich kenne doch meinen Rolf Warnow.«

»Hoffentlich«, sagte Jeschonnek. »Auf jeden Fall ist das eine gute Nachricht für den Führer. Obgleich er vom Unternehmen Zitadelle den Kopf so voll hat, daß er kaum zuhören wird.«

»Am Tag Odysseus werden sie zuhören«, sagte Pertz. Jeschonnek antwortete nicht und sah ihn sinnend an. Pertz stand auf. »Übrigens, Herr General...«

»Ja?«

»Der Mann in Ihrem Vorzimmer...«

»Greiner?«

»Ja, Herr General. Er gehört zu den Männern, die ich brauchen kann. Könnte ich ihn übernehmen?«

»Ich kann Greiner ebenfalls brauchen, Pertz«, sagte Jeschonnek scharf. »Nein, Sie können ihn nicht... Aber, nun ja... Nehmen Sie ihn, Sie können ihn haben.«

»Vielen Dank, Herr General«, sagte Pertz.

Joanna Croasdell bog mit ihrem Fahrrad in die kurze, kiesbelegte Zufahrt zu dem kleinen Haus ein. Ihr Herz machte einen kleinen Satz, als sie den parkenden Jeep bemerkte. John und Gene waren also wieder zu Haus – wie jeden Tag in der letzten Woche.

Es war immer gleich. Jeden Abend fuhren sie die vierzehn Kilometer zum RAF-Flugplatz in West Murford; bei Morgengrauen kehrten sie zurück und schliefen; am Nachmittag verschwanden sie im Gästezimmer, um zu arbeiten. Wenn sie außer Haus waren, war die Tür abgeschlossen, und John hatte ihr unmißverständlich erklärt: »Stöber hier nicht herum, wenn du Putztag hast, Liebling. Es sind alles Sachen, die niemanden etwas angehen. Auch dich nicht.« Sie hatte sich danach gerichtet. Alles, was sie gehört hatte, waren Satzfetzen, die keinen logischen Zusammenhang ergaben. Einmal hatte sie gehört, wie Vandamme sagte: »Nach jenem Burschen von der OTU sind die beiden besten Lücken dort... bei Dieppe... und dort... ein kurzes Stück die holländische Grenze hoch...« Und John hatte geantwortet: »Nun, bei Dieppe würde er es niemals versuchen. Nicht in tausend Jahren.« Und als sie ihnen Kaffee gebracht hatte, lagen auf dem Tisch Karten und lange gelbe RAF-Lineale und Papierbögen mit Zahlenkolonnen.

Als sie das Fahrrad an die Tür lehnte, kam Gene aus dem Haus, ergriff sie mit übertriebener Leidenschaft, gab ihr aber nur einen keuschen Kuß auf die Wange. Sie fühlte wie gewöhnlich, daß sie errötete, und hoffte, er würde es nicht bemerken. Doch Gene hatt einen scharfen Blick, was Frauen betraf. Irgendein Mädchen wird eines Tages sehr viel Glück haben, dachte sie und mußte plötzlich lachen. Sie würde die Kleidermarken dieses Monats darauf wetten, daß es schon eine Menge Mädchen gab, die Glück gehabt hatten.

»Worüber lachen Sie«, fragte Gene mißtrauisch. »Mädchen wie Sie dürfen nicht lachen, wenn sie von einem Kerl wie mir geküßt werden. Sie sollten zittern.«

»John, John, er beleidigt mich schon wieder«, rief sie, als sie das Haus betraten. Vandamme hatte den Beutel mit Kartoffeln vom Gepäckhalter genommen.

»Das macht nichts«, sagte Croasdell zerstreut, der gerade das Gästezimmer verließ und die Tür hinter sich zumachte und abschloß. »Gene, ich werde morgen nach Little Snoring fahren müssen, wenn wir anständige Radarbilder bekommen wollen. Dort steht Staffel 515, und sie haben Mossies. Sie müßten alle Nachrichten haben.«

»Gibt es wirklich einen Ort, der Little Snoring heißt?« fragte Vandamme. »Das kann nicht wahr sein.«

»Doch«, sagte Joanna. »Es ist wahr. Dort gibt es sogar eine prachtvolle Kirche. Nein, ich glaube, die Kirche ist in Great Snoring. Auf jeden Fall ganz in der Nähe.«

»Vandamme hielt die Hände hoch. »Schon gut, ich glaub's ja. Wollen Sie mir die Kirche zeigen?«

»Das wird sie sicher«, sagte Croasdell für sie. »Sie hat recht. Es ist eine sehr schöne Kirche...«

Sie aßen zu Abend, wobei die beiden Männer sich angeregt unterhielten, während sie zuhörte. Erstaunlich, wie gut sie jetzt miteinander auskommen, dachte sie. John war schließlich nicht der Unkomplizierteste. Er hatte eine kühle intellektuelle Selbstsicherheit, die manche Frauen und die meisten Männer abstieß – sie hatte sie allerdings sehr reizvoll gefunden. Ich bin kein sehr sinnlicher Typ, überlegte sie. Sicher, die Liebe macht mir Spaß – besonders die Zärtlichkeit zu Beginn... John war der erste Mann in ihrem Leben gewesen, so daß sie keine Vergleiche hatte, aber er war sicher ein recht guter Liebhaber – obgleich er sich manchmal in eine Sinnlichkeit treiben ließ, in die sie ihm nicht folgen konnte. Einige ihrer Freundinnen hatten ihr Dinge erzählt, die ganz anders klangen als das, was sie erlebte und empfand, aber wenn es um Sex ging, logen alle Leute. Sie beobachtete, wie Gene ihrem Mann ein Glas Bier einschenkte. Wie es wohl mit ihm sein würde? Sie rief sich zur Ordnung, konnte aber nichts Böses an ihrem Gedanken finden. Wenigstens nicht, solange es ein Gedanke blieb. Aber John war der einzige Mann, den sie je haben würde. Oder, dachte sie, den sie sich je richtig wünschen würde. Er war fünftausend Meter tief gefallen, hatte man gesagt, bevor er aufwachte und die Reißleine zog. Gott sei Dank. Sie hatte ihn von dem Augenblick an geliebt, an dem sie ihn zum erstenmal in seinem schmalen weißen Bett im RAF-Lazarett Chelmsford gesehen hatte. Es war einfach nicht anders möglich gewesen. Und er hatte sie geliebt. Sie wußte es – obgleich er immer sagte, er habe sie geheiratet, weil sie als einziges gutaussehendes Mädchen aus seiner Bekanntschaft gewußt habe, daß Plato keine Metallpolitur war.

»Ich mache den Abwasch«, sagte sie. »Ihr beide bleibt hier und trinkt euer Bier aus.«

Sie ging in die Küche, doch nach fünf Minuten kam Vandamme ihr nach.

»Ich werde abtrocknen«, sagte er. »Sie haben heute schließlich auch einen schweren Tag gehabt.«

Er stand dicht hinter ihr und beobachtete die Stelle, wo sich ihr glattes, glänzendes, braunes Haar im Nacken wellte. Bei ihr wird mir schwach in den Knien, dachte er. Der Drang, die Hand auszustrecken und ihre Taille zu umfassen, war beinahe unwiderstehlich. Er nahm ein Geschirrtuch und begann einen Suppenteller zu polieren. Sie drehte sich zu ihm und sagte lachend: »Nun, er soll nicht in einer Ausstellung gezeigt werden. Sie brauchen ihn nur abzutrocknen und ihn nicht in einen Spiegel zu verwandeln.«

»Ich vermute, es ist Ihr Perfektionismus«, sagte er. »Es färbt langsam auf mich ab. Nicht nur Sie, sondern auch er.« Er zeigte mit dem Daumen zum Wohnzimmer, wo Croasdell saß und las. Sie antwortete nicht.

»Ich will Ihnen etwas sagen«, sagte Vandamme. »Ihr Mann ist so ungefähr der beste Flieger, den ich kenne.« Mit einer Ausnahme, dachte er im stillen.

»Sie sind also zusammen geflogen?« fragte sie interessiert.

»Es gibt keinen Grund, weshalb Sie das nicht wissen dürfen, Joanna«, sagte er nach kurzem Zögern. »Ja, wir sind zusammen geflogen – meist nachts. Was ich bisher nur selten gemacht habe. Ich kann Ihnen sagen, Jo, es gefällt mir sonst nie, wenn ich von jemand anders geflogen werde. Aber mit John am Steuerknüppel kann ich mich zurücklehnen und schlafen.«

»Das ist merkwürdig«, sagte sie nachdenklich. »Er hat fast das gleiche von Ihnen gesagt. Vorgestern abend, im Bett.«

Warum hatte sie das sagen müssen? »Im Bett.« Ich könnte mich von dieser Frau verrückt machen lassen, dacht er, wenn ich nicht sehr, sehr aufpasse.

Sie fuhr fort: »Er sagte, wenn die anderen amerikanischen Piloten auch nur halb so gut wären wie Sie, dann säßen die Deutschen bald böse in der Tinte.

Er sagte, er hätte noch nie jemanden mit einer so schnellen Auffassungsgabe erlebt.«
Er fühlte sich wider Willen geschmeichelt. Croasdell war ein schwieriger Typ. Man würde kaum zwei Menschen finden, die weniger Interessen gemeinsam hatten als er und dieser nüchterne, introvertierte Brite. So ungefähr das einzige, was uns verbindet, ist das Fliegen, stellte er fest – und das Gefühl, das wir beide für Joanna haben. Und ich kenne sie erst seit einer Woche...
»Ich freue mich darauf«, sagte er dann, »daß Sie mir morgen die Kirche zeigen wollen... in diesem Snoring.«
»Ich auch«, erwiderte sie und wandte sich ab.

Es war ein wunderschöner Julimorgen – wie daheim in Connecticut, dachte Vandamme –, als sie mit dem Jeep nach Little Snoring fuhren, das etwa achtzig Kilometer nördlich von Chelmsford lag. Croasdell saß am Steuer, und Vandamme und Joanna saßen hinten. Es war eine lange Fahrt durch das flache Land von Suffolk. Einmal kamen sie an einem Teich vorbei, wo vor ihnen ein Reiher hochflatterte und eine Weile die leere Straße entlangflog. Dann erreichten sie die grüne, durch zahllose Hecken abgeteilte Welt von Norfolk, passierten friedliche Dörfer mit friedlichen Namen... Diss... Attleborough... Dereham... Fakenham, bis sie den Flugplatz von Little Snoring erreichten. Croasdell hielt am Tor, wo ein Corporal vom RAF-Regiment bereitstand, um seinen Ausweis zu prüfen. Hinter der Wachbaracke, zwischen einer Gruppe von Verwaltungsgebäuden aus rotem Backstein konnte Vandamme die grasgrün getarnten Umrisse von mehreren zweimotorigen Mosquitoes – »Mossies«, wie die Jungs von der RAF sie nannten – erkennen.
»Ich esse am besten hier«, sagte Croasdell. »Gene, du fährst mit Joanna nach Great Snoring und spendierst ihr dort ein Lunch, und dafür kann sie dich herumführen. Wir treffen uns dann um« – er sah auf die Uhr – »sagen wir, um halb vier wieder hier.«
»In Ordnung«, sagte Vandamme. »Und sie wird die erste Frau sein, die mich je in eine Kirche gebracht hat. Abgesehen von meiner Mutter.«
Vandamme und Joanna aßen in dem sonnigen Garten des alten grauen Pubs von Great Snoring Sandwiches und tranken ein Bier dazu. Dann schlenderten sie zur Kirche. Sie war still und behäbig, alt und irgendwie sehr trutzig, fand Vandamme. In dem Bauwerk hing ein großes Tafelbild mit Darstellungen von Himmel und Hölle, Tod und Jüngstem Gericht, das er lange betrachtete. Ungefähr zweihundert Jahre alt, erklärte Joanna ihm. Draußen im hohen Gras des Friedhofsrasens standen Butterblumen. »Es ist niemand da, der den Rasen mäht, weil die Männer im Krieg oder auf den Feldern sind und fast alle Frauen jetzt arbeiten gehen«, sagte sie. Eine

alte, zweimotorige Transportmaschine, die erst vor einer Minute vom Flugplatz in Little Snoring abgehoben hatte, donnerte über sie hinweg.
»Es kommt einem so vor, als sei hier in den letzten dreihundert Jahren nichts mehr geschehen«, sagte er. Sie lachte.
»Sie meinen, weil alles so alt ist? Das bedeutet aber noch nicht, daß nichts geschieht«, sagte sie. »In diesem Winkel der Erde sind Dinge geschehen, die den Lauf der ganzen Welt verändert haben. Da hinten« – sie zeigte mit einer schlanken sonnengebräunten Hand nach Süden – »ist Thetford, wo Thomas Paine seine Abhandlung *Die Rechte des Menschen* schrieb, ehe er nach Amerika ging und einige wichtige theoretische Grundlagen für Ihre Revolution lieferte. Und ein kleines Stück von unserem Haus entfernt liegt Writtle. Von dort schickte Marconi seine ersten Rundfunksendungen in den Äther.«
»Sie scherzen?« sagte er.
»Ich scherze nie«, antwortete Joanna, »weil – oh...«
Ihr Haar duftete nach Honig, und ihre Lippen schmeckten süß – richtig süß, dachte er später. Er küßte sie einmal, zweimal. Sein Herz hämmerte wie das eines Schuljungen. Sie schien seinen Kuß zu erwidern, und er schwankte zwischen Jubel und Furcht. Am Ende hatte sie die Situation besser unter Kontrolle als er.
»Nein«, sagte sie und schob ihn sanft fort.
»Verdammt noch mal, Jo, Honey«, sagte er. »Was werde ich noch alles anstellen?«
»Nichts«, sagte Joanna. »Überhaupt nichts. Und ich werde auch nichts anstellen.«
Er hielt immer noch ihre Hände. Langsam nahm sie sie fort. »Weißt du«, sagte er. »Weißt du, daß es mir ernster ist, als du vielleicht glaubst?« Erst während er die Worte aussprach, begriff er, was er sagte, und in dem Augenblick, als er sie sagte, wurden sie Wahrheit.
»Wirklich?« sagte sie. »Vielleicht. Mir aber nicht, mißversteh mich bitte nicht. Weißt du, Gene... du mußt doch gewußt haben, daß ich dich... mag?«
»Ich wollte dich schon gestern abend in der Küche küssen«, sagte er. »Um ein Haar hätte ich es getan.«
»John wäre aus allen Wolken gefallen«, sagte sie unsicher. John, John, dachte er, es läuft immer wieder auf John hinaus.
»Ich mag dich«, sagte sie ruhig. »Aber ich liebe John. Ich werde seine Kinder bekommen und sonst keine. Das ist mein Ernst.«
Vandamme ließ ihre Hände los und brachte ein Lächeln zustande. »Dieser Croasdell hat ein verdammtes Glück gehabt«, sagte er.
Als sie sich an jenem Abend im Schlafzimmer des kleinen Hauses entkleideten, um zu Bett zu gehen, sagte John zu ihr: »Gene wird mir immer

sympathischer. Man kann sehr gut mit ihm zusammen sein, weißt du. Er wirkt beruhigend – man weiß, daß er immer das Richtige tun wird.«
Sie saß an der Frisierkommode und bürstete sich die Haare.
»Ja«, antwortete sie. »Ich glaube auch, daß er solch ein Mann ist.«
»Dem Himmel sei Dank«, sagte John. »Zum erstenmal seit einer Woche kann ich nachts wieder zu Haus schlafen. Eine Chance, um endlich einmal rechtzeitig die Augen zuzumachen.«
Sie legte die Haarbürste hin, ging zum Bett, beugte sich über ihn und küßte ihn leidenschaftlich, lange und drängend.
»Aber nicht gleich«, sagte sie. Er warf ihr einen angenehm überraschten Blick zu...

Dreihundert Meter unter der Mosquito zeigte eine feine silbrige Linie an, daß sie den langen Strand von Suffolk überquerten und Kurs auf das offene Meer nahmen. Im Cockpit – verglichen mit dem der Beaufighters, in denen er ausgebildet worden war, kam es Croadell klein und fast behaglich vor – leuchteten die beiden kleinen Radarschirme schwach. Vandamme saß neben ihm und bediente das Radargerät. Es war das neueste Gerät, das in britische Nachtjäger eingebaut wurde, eine Weiterentwicklung des angloamerikanischen Airborne Interception Mark X. Der Geheimdienstoffizier in West-Murford hatte die beiden Männer ausdrücklich darauf hingewiesen, wer dieses Instrument über Feindgebiet mitnehme, werde unverzüglich vor ein Kriegsgericht gestellt.
»Ich gehe jetzt auf zweitausendfünfhundert, Kurs Ost«, sagte Croasdell. »Vielleicht kriegen wir einen guten Übungskontakt zu einer der Liberators, mit denen sie die holländische Widerstandsbewegung mit Material versorgen.«
»Aber nicht zu nahe«, sagte Vandamme. »Ich möchte mir nicht von irgendeinem nervösen Heckschützen die Hose wegpusten lassen.«
Das Dröhnen der beiden 1460 PS starken Merlins von Rolls-Royce klang tiefer, als Croasdell die Drosselklappen etwas öffnete, um die Maschine hochzuziehen. Die Mosquito kletterte schnell durch die dichte Wolkendecke, durchquerte mehrmals einen Streifen sternklaren Nachthimmels, stieg dann wieder in trübe Weiße. Sie waren bereits meilenweit von der Küste entfernt. Vandamme starrte auf die beiden kleinen Schirme des Geräts. Die eine Kathodenstrahlröhre verschaffte ihm einen Überblick der Fläche vor der Mosquito, und die andere würde ihm die Höhe des Kontaktflugzeugs angeben.
Sie flogen in gleichbleibendem Tempo über der Nordsee dahin. Außer dem schwachen Leuchten der Radarschirme und Cockpitinstrumente schien nichts zu existieren.
»Kein Aas zu sehen«, sagte Vandamme nach einer Weile. »Los, John, laß

uns umkehren. Zwei Stunden sind genug. Ich brauche ein Nickerchen. Habe gestern nacht kein Auge zugetan.«
»Was ist denn los?« fragte Croasdell. Er begann, die Maschine nach links, in einem weiten Bogen zur fernen Küste zu ziehen. »Ihr trinkt zuviel Kaffee, ihr Amerikaner. Du hast gestern abend noch drei Tassen getrunken – ich habe es gesehen. Kein Wunder, wenn du nicht schlafen kannst.«
»Das war es nicht«, sagte Vandamme. »Ich habe nur wach gelegen.«
»Hallo, Big Top 18«, sagte eine Stimme in ihren Kopfhörern. »Ich habe etwas für Sie, sechshundert Meter Höhe, 323, vierzehn Kilometer. Roger.«
»Big Top ... das ist eine Mossie aus Coltishall«, erklärte Croasdell, als Vandamme ihn fragend anblickte.
Eine andere Stimme knisterte in den Kopfhörern: »Hallo, Roundabout. Tut mir leid, alter Junge, aber ich kann nicht. Ich fliege nur noch mit einem Motor – der rechte läuft nicht mehr richtig. Pech. Ich muß zurück. Roger.«
»Big Top 18, Roger und Ende«, sagte die erste Stimme.
»Roundabout – das ist die HENRS in Corton, an der Küste. Wir müssen ganz nahe bei der Mossie sein«, sagte Croasdell begierig.
»Was zum Teufel ist HENRS?« fragte Vandamme.
»Heimkette, Extra-Niedrig-Radarstation«, antwortete Croasdell. »Wurde dort eigens für diese Bastarde aufgebaut.« Er begann die Mosquito scharf nach links zu ziehen.
»Was machst du da?« fragte Vandamme.
»Ich denke, wir schauen uns kurz nach diesem Milchmann um«, sagte Croasdell. Er schaltete auf Senden und sagte in sein Mikrophon: »Lighthouse 1 an Roundabout. Wir können die Sache übernehmen. Roger.«
»Lighthouse 1. O. K. Roger und Ende.«
»In drei Minuten müßten wir in der Nähe der Kiste sein«, sagte Croasdell. Die Mosquito bohrte sich mit einer Geschwindigkeit von über sechshundert Kilometern in der Stunde durch den Nachthimmel.
»Du weißt, daß wir Befehl haben, nicht zu kämpfen«, sagte Vandamme ohne große Überzeugungskraft. Ich habe mich bei diesem Jungen verschätzt, dachte er. Bisher ist er mir immer wie der Typ vorgekommen, der sich einzig und allein nach den Vorschriften richtet.
»Es sei denn, wir werden angegriffen«, sagte Croasdell. »Denk daran. Es sei denn, wir werden angegriffen.«
»Ich habe ein Signal«, sagte Vandamme plötzlich. »West 223, drei Kilometer, gut sechshundert Meter hoch.«
»Ich gehe auf neunhundert«, sagte Croasdell. »Da, da ist er. Ich kann ihn sehen.«
Vor der Mosquito zuckte ein schwaches Glühen in den Wolken auf.
»Ja, das ist er«, sagte Vandamme. »Das ist das Leuchten der Auspuffflämmchen von diesem Bastard.«

Einen Augenblick darauf sahen sie die Silhouette des Minenlegers so deutlich vor sich wie auf einer Schautafel im Flugzeuglehrbuch – eine zweimotorige Heinkel 111, die mit zweihundertneunzig Stundenkilometern auf Land zuhielt, um ihre Mine vor dem Hafen von Lowestoft zu plazieren.
»Anderthalb Kilometer«, sagte Vandamme.
Croasdell zog die Mosquito etwas nach Steuerbord, senkte die Ruderklappen, als er wendete, um zum Angriff anzufliegen. Sie gingen tiefer und hielten genau auf die Flanke des Bombers, der den Himmel unvermittelt wie ein großer schwarzer Schatten auszufüllen schien. Croasdells Daumen drückte den Feuerknopf, und die vier 20-Millimeter-Kanonen von Hispano-Suiza donnerten los. Die linke Tragfläche der Heinkel wurde von einer langen Flammenkante beleuchtet, die immer heller wurde, als die Mosquito vorbeiraste und zum zweitenmal wendete. Die Heinkel fiel nach links, und man konnte nicht erkennen, ob sie es absichtlich tat oder nicht. Einen Augenblick später füllte der lange schwarze Rumpf Croasdells Visier abermals. Erneut drückte sein Daumen auf den Geschützknopf. Große Stücke begannen sich vom rechten Motor der Heinkel zu lösen und wirbelten durch die Luft. Der linke Flügel stand nun lichterloh in Flammen. Langsam, beinahe majestätisch drehte sich der große Bomber auf den Rükken. Als Croasdell zum dritten Angriff ansetzte, sauste ein schwerer Gegenstand vor dem Bug der Mosquito vorbei. Vandamme registrierte mechanisch, daß es eine Flugzeugtür war. Einen Moment später folgte ein anderer Gegenstand. Ungläubig sah er, daß es ein Mann war, der die Arme weit ausgebreitet hatte und sich im Sternenlicht um die eigene Achse drehte. Er trug keinen Fallschirm und verschwand in der Wolke unter der Mosquito. Die Heinkel stürzte nun senkrecht, mit dem Bug zuerst. Hoch über ihr ging die Mosquito noch einmal in die Kurve, damit die beiden Insassen sehen konnten, wie die Heinkel ins Meer fiel, aber diese war noch fünfzehn Meter über den Wellen, als ihre Mine in einem großen, weißglühenden Feuerball explodierte. Vandamme warf Croasdell einen Blick zu und drehte den Daumen nach oben.
»Einer für das Erinnerungsalbum«, sagte er. »Laß uns zurückfliegen.«

11

»Sie könnten doch ein U-Boot herschicken«, sagte Rolf Warnow eigensinnig.
»Das würden sie noch nicht einmal für *dich* tun«, antwortete Hannah Walters. »Selbst der beste Pilot der Welt ist nicht den Verlust eines U-Bootes wert. Und das würden sie dabei riskieren.«
»Unter diesen Umständen wäre es das Risiko wert«, sagte Warnow. »Ich

kann dir sagen, du hast keine Ahnung, wie wichtig es ist. Ein U-Boot wäre nichts...«

»So leicht ist es jedenfalls nicht«, sagte das Mädchen. »Die Briten haben die Küste abgeriegelt. Ihr würdet das U-Boot nicht nur wahrscheinlich, ihr würdet es mit fast hundertprozentiger Gewißheit verlieren.«

Seine Eitelkeit ist beinahe köstlich, dachte sie. Nicht unterzukriegen. Sie gab ihm etwas Jungenhaftes, das unwiderstehlich war. Und soweit sie die Sachlage überblickte, konnte er sogar recht haben. Womöglich gingen sie das Risiko tatsächlich ein. Sie wußte nur sehr, sehr wenig vom Fall Odysseus und wünschte aus vielen Gründen, sie wüßte mehr. Aber sie mußte dafür sorgen, daß er sich den Unsinn mit dem U-Boot aus dem Kopf schlug.

»Ich habe eine bessere Idee«, sagte sie. »Du bist doch Flieger. Also fliegst du aus.«

Sie lagen zusammen in ihrem schmalen Bett, und seine Hand hatte das lokkige Haar zwischen ihren Schenkeln sanft liebkost. Ihr Kopf ruhte auf seiner Brust, und sein Gesicht war halb unter ihren blonden Locken vergraben. Bei ihren Worten fuhr er auf.

»Du meinst... natürlich, ich habe dauernd daran gedacht. Das wäre natürlich die beste Lösung überhaupt. Aber ich würde doch nie auf einen amerikanischen Stützpunkt kommen. Inzwischen hat man todsicher jedem Militärpolizisten in England eingebleut, auf einen Captain mit Papieren auf den Namen Ralph Hadley zu achten. Und es wird auch eine Beschreibung von mir geben. Wir tragen bei diesen Flügen nur deshalb Feinduniform, um im Notfall ein bißchen Zeit zu gewinnen. So war es auch bei dem Einsatz in Mersea. Kein Mensch hat je daran gedacht, daß man die Tarnung längere Zeit durchhalten könnte, ohne entdeckt zu werden.«

»Kein amerikanisches Flugzeug«, sagte sie geduldig. »Eine RAF-Maschine. Und du müßtest eine RAF-Uniform tragen.«

Er stieß ihren Kopf von seiner Schulter.

»Ich verstehe«, sagte er. »Aber wie?«

»Ich... ich kenne da einen RAF-Offizier. Einen Hauptmann.«

Während sie sprach, schien ihr Mund wieder das Drängen jenes borstigen britischen Schnurrbarts zu spüren, und sie meinte die heißen, gierigen Hände erneut an ihrem Körper zu fühlen. Unwillkürlich verzog sie angewidert das Gesicht. Es entging ihm nicht.

»Ich verstehe«, sagte er abermals. Und dann nach einigem Zögern: »Ich war nicht sehr nett, stimmt's? Ich hatte unrecht bei dir. Du bist keine Matratze. Es war gemein, das zu sagen. Ich bedaure es aufrichtig.«

Nun, dachte sie, eine formellere Entschuldigung hat Major Rolf Warnow sich bestimmt noch nie abgerungen. Sie war aber froh, daß er es gesagt hatte. Und daß er es in diesem Augenblick gesagt hatte.

»Ich müßte mir natürlich seine Sachen und Papiere beschaffen. Alles andere läge dann bei dir. Kannst du eine britische Maschine fliegen?«
»Ich kann jede Maschine fliegen.«
Sie zog seinen Kopf zu ihren Lippen hinunter und küßte ihn zärtlich. »Rolf, ich verspreche dir, daß ich es tun werde. Vielleicht schon bald, aber ich muß vorher noch eine Menge erledigen. Ich muß herausfinden, was für Flugzeuge er fliegt. Ich weiß, daß er Pilot ist. Er trägt...« Sie tippte auf ihre linke Brust. Er lachte.
»Die Flügel.«
»Ja, Flügel. Und dann wirst du fort sein, Rolf.«
Er legte sich auf sie. Sie packte ihn und atmete schwer.
»Ja«, flüsterte er frohlockend. »Dann werde ich fort sein, aber nicht für immer.«
Oh, Rolf Warnow, sagte sie sich, während er in sie eindrang, ich denke, ich fange an, mich in dich zu verlieben. Doch wenn du von mir gehst, wird es für immer sein – ganz gleich, was du jetzt denkst.

»Sie haben den fraglichen RAF-Offizier kennengelernt? So wie ich es vorgeschlagen habe?«
»Ja«, sagte Hannah Walters. Strongman zog eine Augenbraue hoch.
»Irgendwelche Schwierigkeiten?« Strongman gab nicht allzuviel auf Sex, fand es aber doch unwahrscheinlich, daß irgendwelche Schwierigkeiten aufgetreten sein könnten. Wenn eine attraktive Frau wie Hannah Walters einem jungen Offizier der RAF mehr oder weniger deutlich zu verstehen gab, daß sie... zu haben war, dann mußte die Sache einfach laufen, dachte er.
»Keine Schwierigkeiten«, sagte Hannah Walters.
»Sie haben doch nicht...?«
»Nein, ich habe nicht«, antwortete Hannah Walters kühl und nachdrücklich. »Ich ließ ihn nur ein bißchen herumspielen, um ihn auf Touren zu bringen. Er ist auf Touren, das versichere ich Ihnen. Wenn ich meine Wohnung vorschlage, wird er gar nicht schnell genug hinkommen können. Möchten Sie genau wissen, was er mit mir vorhat?«
Strongman lehnte sich befriedigt zurück. Draußen verblich das Sommerlicht über dem Oxford Circus.
»Nein, nein, natürlich nicht, Miß Walters. Ich wüßte allerdings gern, wie er heißt und wo er stationiert ist.«
Hannah Walters sagte es ihm. Er schrieb es in einen Notizblock, den er in seine Schreibtischschublade legte. »Sie sind sich darüber klar, daß Ihr junger Freund von der RAF vor ein Kriegsgericht gestellt werden könnte, wenn die Sache vorbei ist?«
»Na und?« sagte sie ironisch.

»Sie werden dagegen auf dem Weg nach Südamerika sein«, sagte Strongman, »fort vom Krieg. Besser als im Frauengefängnis Holloway gehängt zu werden.«
»Wenn Sie Wort halten«, sagte sie.
»Das werde ich. Vergessen Sie aber nie, daß ich Ihre Kontrollperson bin«, sagte Strongman. »Tun Sie alles, was ich Ihnen sage, dann können Sie nach Südamerika gehen. Wenn Sie nicht gehorchen, machen wir Ihnen den Prozeß, und Sie werden wahrscheinlich hingerichtet. Das stand fest, seitdem wir Ihre Agententätigkeit aufgedeckt haben, Miß Walters. Und bis jetzt *haben* Sie kooperiert.«
Sie sagte nichts. Er musterte sie.
»Ich hoffe, es gibt keine ... keine emotionalen Bindungen zwischen Ihnen und Major Warnow?« fragte er.
»Nein«, sagte sie hastig.
Er sah sie lange und durchdringend an. Ihr Gesicht war eine Maske. Es ist schon immer eine Maske gewesen, dachte er. Sie war auf ihre Weise beängstigend – genau wie einige von seinen Mädchen. Er betrachtete sie erneut. Ihre Finger fuhren, offenbar unbewußt, an ihren Nacken, und diese Geste machte ihn ganz sicher. Sie mochte beängstigend sein, aber sie wollte nicht gehängt werden.
»Ausgezeichnet«, sagte er. »Ich möchte, daß Major Warnow seine RAF-Papiere und seine Uniform auf diese Weise bekommt, wie Sie sie ihm beschaffen würden, wenn Sie immer noch für die Deutschen arbeiteten. Ich möchte, daß er denkt, die ganze Sache sei ein leuchtendes Beispiel für den Einfallsreichtum seiner Landsleute.«
»Und das Flugzeug?« fragte sie.
»Keine Sorge. Die Sache mit dem Flugzeug arrangiere ich, sobald Sie mir gesagt haben, wann Sie sich mit diesem unglücklichen jungen Fliegerhauptmann treffen. Wählen Sie die übliche Telefonnummer. Sie brauchen nur Ort, Datum und Uhrzeit zu sagen.«
»Danke«, sagte sie.
Er schritt durch das Zimmer und öffnete ihr die Tür, und sie ging hinaus und durchquerte das Vorzimmer, wo die grauhaarige Dame, die immer dort war, an ihrer Arbeit saß. Sie verließ das Gebäude auf die übliche Art – durch den Anbau, der vom Auslandsdienst der BBC benutzt wurde. Man hatte das Haus ausgesucht, weil es kein Aufsehen erregte, wenn hier viele Leute ein und aus gingen. Hier herrschte zu allen Stunden so viel Andrang, daß fremde Gesichter nicht auffielen.
Zwei ältere Männer vom Wachpersonal beobachteten, wie sie hinausging.
»Wer ist das?« sagte einer von ihnen.
»Sie macht irgend etwas bei der BBC im fünften Stock«, sagte der andere. »Arbeitet oft noch ziemlich spät. Das tun viele von ihnen.«

»Ganz netter Busen«, sagte der eine anerkennend. »Hast du gesehen, wie er auf und ab wippt? Erinnert mich an Jean Harlow. Wenn ich könnte...«
»Du könntest es bestimmt nicht«, sagte der andere verächtlich. »Noch nicht mal dann, wenn Sie sich auf den Rücken legte und sagte: ›Nimm mich.‹ Nicht in deinem Alter.«
»Wenn du wüßtest...«, sagte der alte Mann und fegte weiter.

Hannah Walters bahnte sich einen Weg durch die abendliche Menge in der Regent Street. Überall Uniformen: Ab und zu traf sie ein langer Blick aus abschätzenden Augen unter einer Mütze des Heeres oder der RAF. Am Beginn der Glashouse Street und vor allem in der Coventry Street fanden sich langsam die Prostituierten ein. Einige von ihnen waren erst fünfzehn oder sechzehn Jahre alt. Sie bog nach links ab, ging durch die großen Glastüren und betrat das Corner House. An einem Tisch mit drei Frauen mittleren Alters war noch ein Platz frei. Sie setzte sich und bestellte Kaffee. Er kam, und sie trank ihn durstig aus.
Ich werde Rolf Warnow verraten, dachte sie. Verraten? Er würde natürlich nicht sterben. Sie schaffte ihn einfach zurück nach Deutschland. Irgendwo tat sie ihm sogar einen Gefallen. Um Himmels willen, sagte sie sich, mach dir doch nichts vor. Sie war drauf und dran, ihn zu verraten – jedenfalls nach seinen Begriffen. Er würde sich und sie töten, wenn er die geringste Ahnung davon hätte, was man mit ihm im Schilde führte. Was sie wollten, war ganz klar. Sie glaubten, er würde sie zu Odysseus führen. Was immer Odysseus auch sein mochte.
Odysseus war ihr völlig gleichgültig. Hitler würde den Krieg nicht gewinnen, mochte er auch jedem Unternehmen den Namen eines antiken Helden geben. Deutschland hatte den Krieg bereits verloren. Nur daß man es in Deutschland noch nicht wußte – aber einige müssen es doch wissen, dachte sie. Es war nicht zu ändern. Daran mußte sie denken. Deutschland hatte den Krieg verloren. Es hatte keinen Sinn, jenen widerwärtigen, aberwitzigen, grauenvollen Drahtseilakt um einer verlorenen Sache willen fortzusetzen.
War Rolf Warnow eine verlorene Sache? Sei nicht töricht, hämmerte sie sich ein. Halte dich an die Tatsachen. Was für Chancen hat er? Der Krieg kann durchaus noch ein Jahr dauern – vielleicht auch länger. Er ist Pilot, sogar ein ganz besonderer Pilot. Er wird mitten drin sein. Er hat keine Chance. Und da dem so ist, ist er in Deutschland besser aufgehoben. Wenn man ihn hier erwischt, mit amerikanischer Uniform, wird man ihn zweifellos hängen. Ihr Entschluß stand fest. Er hatte schon festgestanden, ehe sie zu Strongman ging, aber sie hatte sich völlige Gewißheit verschaffen müssen. Sie stand auf, schob zwei Pence unter die Untertasse und fuhr dann zurück nach Chelsea, zu Rolf Warnow. Als sie das Haus betrat, lag

er auf dem Bett und döste. Sie küßte ihn auf die Stirn, ging zum Telefon und wählte die Nummer einer RAF-Einheit, die in Eastanglia stationiert war.

»Sie hatten eindeutigen Befehl, Oberst Vandamme, und sie haben nicht gehorcht«, sagte General Paul Hamel kalt. »Das ist eine Sache fürs Kriegsgericht.«
»Ja, General«, antwortete Vandamme. Was ist bloß in den gefahren, dachte er. Man könnte meinen, wir hätten eine Lancaster abgeschossen.
»Sie hatten Anweisung, nachts zu trainieren und sich unter keinen Umständen mit dem Feind anzulegen«, sagte Hamel.
»Es sei denn, wir werden angegriffen«, sagte Vandamme.
Hamel schlug mit der Faust auf den Tisch. »Wollen Sie mir vielleicht weismachen, daß eine Heinkel 111 mit einer Riesenmine unter dem Bauch einen Nachtjäger vom Typ Mosquito angreift, der doppelt so schnell ist wie sie? Machen Sie es nicht noch schlimmer für sich und Ihren Freund. Ich habe das Protokoll der Unterhaltung zwischen Staffelführer Croasdell und der Radarstation in Corton gelesen. Soweit ich weiß, hat Luftmarschall Shevlin es auch gelesen. Er hat heute morgen eine Unterredung mit dem Staffelführer«, fügte er befriedigt hinzu.
»Ja, General«, sagte Vandamme.
»Wir stellen Sie nur deshalb nicht vor ein Kriegsgericht«, fuhr der General ruhiger fort, »weil wir Sie noch nicht aus diesem Einsatz nehmen können. Sie erhalten deshalb einen strengen Verweis, der in Ihre Akte aufgenommen wird.«
»Ja, General«, sagte Vandamme.
»Hören Sie mir jetzt gut zu, Oberst«, sagte Hamel. »Sie sind kein Held aus einem Comic-book.« Vandamme erwog, abermals »Ja, General« zu sagen, beschloß jedoch, den Mund zu halten.
»Der springende Punkt ist folgender, mein Junge«, sagte der General versöhnlich. »Wir können es uns einfach nicht leisten, Sie zu verlieren.« Jedenfalls noch nicht, dachte er. »Es kann sogar sein«, fuhr er fort, »daß wir aus dieser Angelegenheit Kapital schlagen können.«
»Wie denn, General?« sagte Vandamme neugierig. »Ich meine, abgesehen von der Tatsache, daß die Deutschen jetzt eine Heinkel weniger haben?«
»Das möchte ich nicht gehört haben, Oberst Vandamme«, antwortete Hamel. »Nein, ich meine, irgendein deutscher Agent in Ihrem Gebiet – ich mache keinen Witz, Oberst, es gibt ein paar von der Sorte – könnte sich allmählich fragen, weshalb ein britischer Staffelführer und ein amerikanischer Oberstleutnant Nacht für Nacht mit einer Mosquito herumschwirren. Auf Ihrem Stützpunkt wird bestimmt schon über Sie geredet. Welcher war es doch gleich?«

»West Murford, General«, sagte Vandamme.
»Aha«, sagte Hamel. »Wir werden die Sache also als einen anglo-amerikanischen Erfolg hinstellen. Nachtjäger-Stoßtrupps – zumindest die Erprobung von Nachtjäger-Stoßtrupps. Ist nicht schlechter als einige von den anderen Geschichten, die mir hier dauernd auf den Schreibtisch flattern. Wir wollen jedenfalls nicht, daß die Deutschen sich irgendwie über die Mosquitos wundern.«
»Warum nicht, General?« sagte Vandamme.
»Das werden Sie herausfinden, wenn wir so weit sind«, sagte Hamel. »Bis jetzt ist es noch ein Problem der Briten. Aber diese B-17, diese trojanischen B-17, meine ich, die sind unser Problem. Hier bei der Achten Luftflotte. Wissen Sie, daß wir gestern noch ein paar B-17 verloren haben, vermutlich weil diese Bastarde unsere Formationen infiltrierten? Und daß den Briten gestern auf dem Weg nach Turin eine Stirling weggeschossen worden ist von einer anderen Stirling?«
»Das wußte ich nicht, General«, sagte Vandamme ruhig.
»Nun, dann wissen Sie es jetzt«, sagte Hamel. »Was Sie tun, ist verdammt wichtiger, als Jagd auf eine einzelne Heinkel zu machen. Ich will also nicht, daß so etwas noch einmal vorkommt.«
»Nein, General«, sagte Vandamme. »Übrigens...«
»Ja?«
»Was *tun* ein britischer Staffelführer und ein amerikanischer Oberstleutnant denn eigentlich Nacht für Nacht in einer Mosquito?«
»Psychologische Aufklärung. Sie versetzen sich in die Lage von Rolf Warnow – falls er die Chance bekommt, auszufliegen.«
»Ja, General, aber...«
»Mehr kann ich Ihnen nicht sagen. Sie werden es noch herausfinden. Nun gehen Sie und suchen Sie diesen Croasdell. Wie ist er übrigens?«
»General«, sagte Vandamme, »er ist ungeheuer tüchtig. Mehr würde ich jetzt lieber nicht sagen.«
»Hm«, brummte Hamel.

»Zwei Mosquitoes?« sagte Luftmarschall Shevlin. »Und eine muß von vornherein abgeschrieben werden?«
»Ja«, sagte der Vorsitzende.
»Nun, ich nehme an, die Sache ist es wert.«
»Es steht eine Menge auf dem Spiel.«
»Ich will nicht leugnen, daß mich die Art und Weise, auf die wir gestern eine Stirling verloren haben, ein bißchen mitgenommen hat«, sagte Shevlin nachdenklich. »Der Pilot hat sie zwar noch heruntergebracht, aber es war ein Totalschaden. Er ist kurz danach gestorben. Nur zwei Überlebende.«

»Es wird nicht die letzte Maschine sein«, sagte der Vorsitzende.

Shevlin erhob sich von seinem Armstuhl, schritt zum Fenster und starrte über die Dächer von London hinweg. Am Horizont hoben sich silberne Tupfen im Dunst ab – acht Sperrballons, die die westliche Bomberroute bewachten. Von dort waren letztes Jahr die Heinkels und Dorniers gekommen.

»Natürlich wird die Mosquito, ich meine seine Mosquito, mit einem Radargerät ausgerüstet, oder?« sagte er unvermittelt.

»Zur Not geht es auch ohne«, sagte der Vorsitzende.

»Es ist nicht weiter schwierig«, überlegte Shevlin laut. »Das übliche Schild am Instrumentenbrett: ›Radar zu Wartungszwecken entfernt.‹ Oder etwas Ähnliches. Er wird keinen Verdacht schöpfen.«

Er kam zurück und setzte sich wieder. »Zwei Dinge gefallen mir nicht, Vorsitzender. Erstens soll die andere Mosquito mit der weiterentwickelten Version des Mark X AI ausgerüstet werden. Sie sind sich doch darüber klar, daß dieses Gerät streng geheim ist? So geheim, daß es – noch – nicht über Feindgebiet mitgeführt werden darf? Wenn die Deutschen eines von den Dingern bekommen könnten, würden sie dafür wahrscheinlich sogar Warnow herausrücken.«

»Das bezweifle ich«, sagte der Vorsitzende gelassen.

»Zweitens stinkt mir die Sache mit unserem Fliegerhauptmann«, fuhr Shevlin fort, als hätte er den Vorsitzenden nicht gehört.

»Es muß absolut überzeugend sein«, sagte der Vorsitzende. »Das erreicht man am besten, wenn man die Sache so laufen läßt, als ob sie von den Deutschen selbst inszeniert worden wäre.«

»Dieser Junge wird einfach geopfert«, sagte Shevlin. »Er wird ruiniert – Kriegsgericht, unehrenhafte Entlassung und so weiter. Und wofür? Für eine völlig normale Reaktion auf eine hübsche Frau, denn mehr ist es im Grunde nicht. Er kann nicht wissen, daß sie eine deutsche Agentin ist, und er kann es noch nicht einmal ahnen.«

Er legte sich die Hände vor die Augen und sah den Vorsitzenden durch die Finger hindurch an.

»Der Fliegerhauptmann wird eine Reihe von Vorschriften mißachten, wenn er mit dem Mädchen zusammen ist«, sagte der Vorsitzende. »Vor allem die, die seine Uniform und seine Papiere betreffen. Ein Kriegsgericht wäre die natürliche Folge. Das wird die Abwehr überzeugen, wenn sie irgendwelche Zweifel haben sollte.«

»In diesem Punkt bleibe ich trotzdem hart«, sagte Shevlin ruhig. »Kein Kriegsgericht.«

Der Vorsitzende sah ihn an und erwiderte nach einer Weile gelassen. »Ich glaube, daß wir Ihren ersten Einwand, also die Sache mit dem Radar, aus dem Weg räumen können. Wir können das Gerät mit einer Sprengladung verbinden, die gezündet wird, wenn die Besatzung die Maschine ... verläßt. Es wird keinerlei Spuren geben. Es sei denn, es kommt etwas Unvorhergesehenes dazwischen.«

»Beim Fliegen kommt dauernd etwas Unvorhergesehenes dazwischen, Vorsitzender«, sagte Shevlin. »In Ordnung, Sie können Ihre beiden Mosquitoes haben. Und das Radargerät. Und Ihren Fliegerhauptmann, aber den nur bis zu einem gewissen Grad. Ich werde mich anschließend mit ihm befassen – und es wird kein Kriegsgericht geben.«

Der Vorsitzende zuckte die Achseln. Shevlin stand auf.

»Vielen Dank noch für den Tee, Vorsitzender. Wenden Sie sich an Pink, meinen Adjutanten. Er wird alles in die Hand nehmen. Und jetzt muß ich zurück ins Hauptquartier. Ich habe noch eine kleine Unterredung mit Staffelführer Croasdell.« Bei den letzten Worten preßte er die Lippen zusammen.

»Andy Shevlin hat mir heute morgen ganz schön die Hölle heiß gemacht«, sagte Croasdell, als er mit Vandamme die Kieseinfahrt zur Offiziersmesse in West Murford entlangging. »Hast du Hamel gesehen?«

»Das kann man wohl sagen«, antwortete Vandamme. »Er hat mich heruntergeputzt wie den letzten Rekruten.«

»Wenn sie sich so aufregen, weil wir eine Heinkel heruntergeholt haben«, sagte Croasdell, »was hätten sie dann wohl gesagt, wenn wir danebengeschossen hätten?«

Vandamme lachte und klopfte ihm auf die Schulter. Ein großgewachsener, grauhaariger Offizier mit den RAF-Flügeln und Ordensbändern aus dem letzten Krieg verließ das Verwaltungsgebäude und schritt ihnen entgegen.

»Gene, ich glaube, du hast Oberstleutnant Egglestone noch nicht kennengelernt«, sagte Croasdell. »Er war gerade auf Urlaub, als du hier ankamst. Er ist der kommandierende Offizier des Stützpunkts. Denis, das ist Gene Vandamme.«

»Ich freue mich, Sie kennenzulernen«, sagte der Oberstleutnant. »Darf ich Sie zu einem Drink einladen?«

Sie gingen auf die Messe zu, aus der Gesang ertönte.

»Lassen Sie sich dadurch nicht stören, Gene. Sie feiern«, sagte Egglestone. »Wir hatten gestern nacht ein paar Blumenflüge, und sie haben über dem Flugplatz Ostende zwei Ju 88 erwischt. Die ersten in diesem Monat – Grund genug zur Freude.«

»Blumenflüge?« sagte Vandamme.

»Oh, das ist unser Kodewort für Nachtpatrouillen über Feindgebiet«, sagte Egglestone. »Wir schicken zwei oder drei Mosquitoes zu einem Flugplatz der Luftwaffe, und sie lauern den Hunnen auf, die landen wollen.«

»Schmutzig«, sagte Vandamme.
»Irgendwie schon, aber Sie wissen ja, was unsere Jungs sagen«, entgegnete der Oberstleutnant gelassen. »Einen Hund muß man mit seinen eigenen Waffen schlagen.«
Lautes Gelächter tönte ihnen entgegen, als sie die Tür zur Messe öffneten.
»Hört mal«, sagte Vandamme angenehm überrascht. »Sie singen *John Brown's Body*. Das ist eines von unseren Liedern.«
»Nun...« sagte der Oberstleutnant. Er machte einen verlegenen Eindruck.
Einige Köpfe wandten sich in ihre Richtung, als sie hineingingen, Vandammes amerikanische Uniform stach vom Graublau der RAF-Jacken ab.
»Seht mal, da kommt einer von ihnen«, rief jemand, und ein Offizier mit einem gewaltigen Knebelbart, wie aus einem Comic-Heft, sprang auf einen Tisch und begann heftig mit den Armen zu dirigieren. Der Gesang schwoll an:

...fliegen Fliegende Festungen in zehntausend Metern,
Wir fliegen Fliegende Festungen in zehntausend Metern,
Wir haben Säcke mit .5-Munition und eine klitzekleine Bombe,
Und wir klinken sie so weit oben aus, daß wir nicht sehen können, wo sie bleibt...

»Was zum Teufel soll das?« sagte Vandamme.
Der Oberstleutnant ergriff ihn am Ellbogen. »Was trinken Sie?« sagte er. »Wir haben einen guten Scotch da – ist gestern hereingekommen. Drei Scotch, Beckett«, sagte er zu dem Feldwebel, der hinter der Theke stand. »Doppelt.«
Das Singen wurde lauter, und man stimmte die zweite Strophe an:

Glory, glory, sollen wir sie ausklinken?
Glory, glory, sollen wir sie ausklinken?
Glory, glory, was für ein schöner Heldentod.
Und wir klinken sie so weit oben aus, daß wir nicht sehen können, wo sie bleibt...

»Entschuldigen Sie den Blödsinn, Gene«, sagte Egglestone unbehaglich. »Ich denke, jetzt reicht es langsam. Kurz bevor Sie kamen, hatte ich einen Anruf vom Oberkommando. Man sagte mir, ich könne etwas mitteilen.«
Er nahm einen schweren Aschenbecher aus Metall und knallte ihn auf die Theke: »Schon gut, Jungs. Wenn ich um ein bißchen Ruhe bitten darf?«
Das Singen verstummte langsam.
»Wir wissen alle, was wir feiern: Gestern abend haben wir zwei Hunnen abgeschossen. Nun, es waren nicht nur zwei. Es waren drei.«
Donnernder Applaus ertönte.

»Wer hat den dritten erwischt?« rief der Offizier, der auf den Tisch gesprungen war.
»John und sein amerikanischer Kollege Gene Vandamme«, sagte Egglestone. »Vor Lowestoft. Eine Heinkel, die den Milchmann machte.«
Man sah den Männern an, daß es ihnen jetzt peinlich war, den Amerikaner mit dem Lied auf den Arm genommen zu haben.
»Prima«, rief eine Stimme hinten im Raum, gefolgt von zustimmendem Gemurmel. Die Männer sammelten sich zu kleinen Gruppen, bestellten Drinks, setzten sich, Vandamme und die beiden RAF-Offiziere wandten sich wieder zur Theke. Einen Augenblick später tippte jemand Vandamme auf die Schulter. Er drehte sich um und erblickte neben sich den Offizier mit dem Knebelbart.
»Darf ich Ihnen ein Glas spendieren?« sagte der Engländer.
»Ich trinke noch, vielen Dank«, sagte Vandamme. Er spürte Zorn in sich aufsteigen.
»Einen sehr großen Scotch für den Obersten, Beckett«, sagte der andere ungerührt. »Sie brauchen wirklich einen – ich habe immer gefunden, daß er den Ärger wegspült.«
Vandamme grinste plötzlich. »Nun, wenn er das tut ... Aber was sollte das Ganze eben? Ich meine das Lied. Wozu die Sticheleien?«
»Oh, wir werden manchmal ein bißchen übermütig, wenn wir etwas zu feiern haben. Hat nichts weiter zu bedeuten. Es herrscht immer eine gewisse Rivalität zwischen uns und euch Yankees, nicht wahr? Ist ganz natürlich.«
»Ja, aber ...«
»Es ist nur, daß wir ... daß wir nicht recht verstehen, warum eure ›Festungen‹ so wenig Bomben laden und sie aus so großer Höhe abwerfen, wenn Sie verstehen, was ich meine. Ist natürlich Unsinn. Ihr habt nur eine andere Methode.«
»Ich verstehe«, sagte Vandamme langsam.
»Zeit für die Nachrichten ... ich glaube, sie haben schon angefangen«, sagte jemand. Das Radio wurde eingeschaltet.
»... an der Kursk-Orel-Front wird weiterhin heftig gekämpft. Sowjetische Stellen behaupten, den deutschen Truppen schwere Verluste zugefügt zu haben«, sagte der BBC-Sprecher und machte eine Pause.
»Ein großer Pulk amerikanischer Bomber vom Typ ›Fliegende Festung‹ griff heute die Flugzeugfabriken in Regensburg und im ostdeutschen Hadow an. Die ersten Berichte lassen erkennen, daß an beiden Zielen schwere Schäden verursacht wurden. Beide Fabriken brannten. Bei dem Angriff wurden achtundzwanzig Feindflugzeuge in der Luft abgeschossen. Vierundvierzig amerikanische Maschinen kehrten nicht von dem Einsatz zurück ... Das Ernährungsministerium gibt bekannt, daß die wöchentliche Käseration ...« Jemand schaltete den Apparat ab.

»Mein Gott«, stöhnte eine Stimme. »Vierundvierzig Maschinen.«
»Hadow«, sagte der knebelbärtige Offizier, »das ist doch eine Messerschmitt-Fabrik, oder?«
»Ja«, sagte Croasdell.
»Fliegt ihr heute nacht wieder?« sagte der andere. »Was für ein Einsatz ist das überhaupt? Warum fliegt ihr zusammen?«
»Anglo-amerikanische Kooperation«, sagte Croasdell. »Nachtpatrouillen von Abfangjägern.«
»Man weiß nie, was sie sich als nächstes ausdenken«, sagte der Offizier. Er wandte sich an Vandamme: »Haben Sie etwas dagegen, wenn ich Ihnen ein paar Kameraden vorstelle? Sie können uns zeigen, wie Sie pokern.« Als sie zu einem der Tische gingen, fügte er noch hinzu: »Vielleicht ist es doch keine so klitzekleine Bombe.«

Hauptquartier

Feindgerät Untersuchungsstelle 5
Mitteilungsblatt Nr. 8

An: Kommandierenden Offizier, Lw. Bergebataillon 4
Neustadt an der Weinstraße

1. Wichtige technische Voraussetzungen zur Bergung feindlicher Flugzeuge werden von Ihrer Einheit nicht voll erfüllt.
2. Die Industrie hat folgende Punkte hervorgehoben.
3. Flugzeugrümpfe wurden ohne Stützen transportiert, so daß sie beschädigt oder ineinandergeschoben wurden.
4. Waffen und Munitionsbehälter wurden mit scharfer Munition transportiert.
5. Die Entnahme von »Andenken« oder das Abmontieren von Geräten und Instrumenten zu angeblichen »Sicherheitszwecken« wird künftig nicht mehr geduldet werden.
6. Schutzschilder und Bildtafeln sind nicht abzuschrauben, sondern zu kopieren.
7. Beschädigte Stahlpropeller von Maschinen der Typen Thunderbolt und Marauder lassen sich oft für andere Einsätze wiederverwenden, so schwer die Schäden auch aussehen mögen. Sie werden in Zukunft gesammelt und zum Versand gebracht werden. Es ist streng verboten, sie als Trophäen einzubehalten.

H. H. Stoeckle, Oberst

Durchschriftlich an: Generalquartiermeister Luftwaffenbergung
Luftgaukommando: Bergestab
Alle Bergebataillone

12

Der Bürgermeister von Seebruck hieß Hans Klamroth. Er sagte seinen Namen zweimal in die Sprechmuschel, um sich bei dem diensthabenden Offizier des Kieler Flugplatzes der Luftwaffe zu identifizieren, wobei er vor Aufregung ins Stottern kam.
»Einen Augenblick, ich schreibe es auf«, sagte die gelangweilte Stimme am anderen Ende der Leitung. Bürgermeister Klamroth schwitzte etwas, weil er die letzten fünfzig Meter bis zu seinem Büro gelaufen war, und sah über seinen Schreibtisch weg zum Fenster hinaus. Jähe Böen peitschten gegen die Scheiben und wühlten das kabbelige Wasser der Kieler Bucht noch mehr auf. Ein Unwetter braute sich zusammen, registrierte er abwesend, während er die grauen Wolkensäulen im Osten betrachtete, wo die Kieler Bucht in die Ostsee überging. Im Hörer meldete sich wieder die Stimme.
»Nun, was haben Sie zu berichten?«
»Ein amerikanischer Bomber, Herr Hauptmann.«
»Ich bin Leutnant. Und ich glaube, Sie irren sich. Wir haben keine Meldung...«
»Nein, nein. Nicht in der Luft... er fliegt nicht. Der Bomber ist hier, er liegt bei Seebruck am Strand. Ein sehr großer Bomber, mit vier Motoren.«
»Haben Sie Besatzungsmitglieder gesehen?« fragte die Stimme.
»Zwei Tote, Herr Leutnant. Sonst niemanden.«
»Was haben Sie in Seebruck an Polizei oder Volkssturm?«
»Ein paar Leute vom Volkssturm, wenn ich sie erreichen kann. Die meisten arbeiten jetzt.«
»Schaffen Sie so viele heran, wie Sie können, Bürgermeister, und lassen Sie das Flugzeug bewachen. Die Maschine darf nicht angerührt werden. Verstehen Sie... es ist sehr wichtig. Keine Andenkenjäger. Niemand.«
»Selbstverständlich.«
»Wie ist das Wasser?«
»Auflaufend, Herr Leutnant.«
Die Stimme wurde ungeduldig: »Ja, das weiß ich. Kommen die Wellen bis zur Maschine? Wie weit muß sie auf den Strand gezogen werden, bis sie in Sicherheit ist?«
»In vier Stunden ist hier Hochwasser, aber das Wetter sieht nicht allzu gut aus. Ich schätze, das Flugzeug muß ungefähr hundert Meter weit gezogen werden.«
»Gut... Warten Sie... geben Sie mir bitte Ihre Nummer. Und sorgen Sie dafür, daß jemand am Telefon bleibt.«
»Außer mir ist niemand im Büro.«
»Dann werden Sie zurückkommen müssen, sobald Sie den Männern vom Volkssturm Bescheid gesagt haben.«

»In Ordnung, Herr Leutnant«, sagte Klamroth resigniert.

Der diensthabende Offizier im Ordonnanzraum des Flugplatzes bei Kiel nahm den Hörer wieder ab. »Geben Sie mir das Kommando Flughafenbereich in Flensburg. Den diensthabenden Offizier.«

Es knackte in der Leitung, als ein Unteroffizier den Anruf entgegennahm. Dann ertönte eine andere Stimme.

»Kommando Flughafenbereich, diensthabender Offizier.«

»Guten Morgen, hier diensthabender Offizier Kiel. Kann ich bitte den Luftgauingenieur sprechen – es ist dringend. Wer hat heute Dienst?«

»Oberleutnant Förster. Er ist in der Messe. Was ist denn los?«

»Wir haben einen amerikanischen Bomber am Strand von Seebruck, und ich mache mir Sorgen um die Flut. Er wird sich beeilen müssen, wenn er ihn noch bekommen will...«

Der diensthabende Luftgauingenieur in Flensburg machte gerade ein paar lasche Flirtversuche bei der Kellnerin und beendete sein Mittagessen, als er an das Telefon gerufen wurde. Als er die Neuigkeit erfuhr, riß er vor Aufregung die Augen auf. Oberleutnant Förster gehörte zu einem ganz besonderen Offizierstyp – er war nicht nur tüchtig, sondern auch ausgesprochen ehrgeizig. Er überlegte kurz und griff dann wieder zum Hörer.

»Geben Sie mir Bergebataillon neun. Ich glaube, es steht im Moment in Eutin.«

Im gut dreißig Kilometer entfernten Hauptquartier des technischen Bergebataillons klingelte das Telefon, und dann erklärte Förster sein Problem.

»Das verdammte Ding wird nicht still liegen bleiben«, sagte er. »Wenn es eine B-17 ist, wofür alles spricht, wiegt es mit Ladung über zwanzig Tonnen. Ich hatte noch keine Gelegenheit, die Maschine zu sehen, aber ich habe mir die Karten angesehen, und die Küste ist dort praktisch ungeschützt. Neben dem Strand scheint es eine recht gute Straße zu geben. Wieviel Kilometer sind Sie entfernt?«

Während der Bergungsleutnant in Eutin auf seine Karte schaute, entstand eine Pause.

»Etwa siebenundzwanzig Kilometer, Herr Oberleutnant. Wir könnten es in einer Stunde schaffen, vielleicht ein paar Minuten schneller. Aber Sie haben Glück.«

»Wieso?«

»Wir haben hier einen Bergungspanzer stehen – einen alten Mark III ohne Geschützturm. Wir haben ihn als Bergungsgerät erprobt. Er kann eine B-17 ohne weiteres hundert Meter weit ziehen, falls wir rechtzeitig dort sind. Ich muß ihn aber zuerst auftanken lassen, und ich bezweifle, daß er mehr als zwanzig Stundenkilometer schafft.«

»Tun Sie bitte, was Sie können. Wir sehen uns dann in Seebruck. Ich werde mir jetzt einen Wagen besorgen und nach Kiel fahren und dort einen Storch

nehmen. Wenn der Strand einigermaßen aussieht, werde ich dort landen.«
»In Ordnung, Herr Oberleutnant.«

Anderthalb Stunden später betrachtete Luftgauingenieur Förster das Wrack der B-17 bei Seebruck aus etwa hundertfünfzig Metern Höhe. Der olivgrüne Bomber lag am Ufer, und der blauweiße Stern auf seiner linken Tragfläche glänzte im Regen. Die lange, tiefe Furche dahinter zeigte, daß der Pilot versucht hatte, ihn parallel zum Meer aufzusetzen.
Förster beobachtete die weiße Linie des auflaufenden Wassers. Sie schien die Maschine beinahe erreicht zu haben. Heftige Böen beutelten die einmotorige Fieseler Storch, die jetzt dicht über dem Strand dahinfegte. Hinter der B-17, die von Männern umschwärmt wurde, war ein längeres Stück Sand- und Kiesstrand. In einiger Entfernung standen ein paar neugierige Zivilisten herum, doch wegen des schlechten Wetters waren nicht viele gekommen. Zwischen den Zuschauern und dem Bomber hielten zwei oder drei Männer in Volkssturmuniform Wache. Auf der Straße neben dem Strand parkten zwei lange Transporter und drei Militärlaster. Der Leutnant vom Bergebataillon 9 war ein Mann, der schnell reagierte.
Das kleine Flugzeug flog den Strand anderthalb Kilometer weit entlang, drehte dann landeinwärts und folgte der Straße nach Eutin, die von hier oben wie ein graues geschlängeltes Band aussah. Nach drei Kilometern erblickte Förster eine Wolke aus Regenspritzern, die die Straße entlangkroch. Das war der Bergungspanzer, dem man dort, wo früher der Geschützturm gewesen war, eine große Winde aufmontiert hatte. Er rollte langsam auf die Küste zu. Noch mindestens zwanzig Minuten, dachte Förster. Er tippte dem jungen Feldwebel, der die Fieseler Storch flog, auf die Schulter und machte mit den Händen eine Geste, als wolle er landen, und wies dann zum Strand zurück. Der Pilot nickte und drehte den Daumen nach oben. Die Fieseler schwenkte nach rechts, flog in geringer Höhe über den Strand und setzte dann mit einem leichten Ruck sechzig Meter von der B-17 entfernt auf dem kiesigen Sand auf. Die Maschine war kaum zum Stehen gekommen, als der Pilot auch schon hinaussprang und große Eisenkrampen in den Sand trieb, um das kleine Flugzeug festzumachen, damit es nicht von dem stetig auffrischenden Wind fortgerissen wurde.
Förster kletterte steifbeinig aus der Maschine und ging zur B-17 hinüber. Die Männer ringsum machten sich an dem langen, olivgrünen Rumpf zu schaffen. Sie bauten die .5-Maschinengewehre vom Typ Browning aus, schraubten Öl- und Benzinleitungen auseinander. Oben auf den großen Tragflächen löste eine Gruppe von Mechanikern die Flügelverankerungen. Dann und wann erbebte der Rumpf unter dem peitschenden Wind. Förster ging zu der Stelle hinüber, wo ein Leutnant vom Bergebataillon sorgfältig

einzelne Teile der B-17 fotografierte. Auf den Rumpf der Maschine war einer der üblichen komischen amerikanischen Namen gepinselt: »Lulubelle«. Sie wechselten ein paar Worte, und dann steckte der Leutnant seine Kamera wieder in das Etui und führte Förster zu dem stacheligen Strandhafer hinter dem Strand. Dort standen zwei ältere Männer vom Volkssturm auf ihre Gewehre gestützt.

»Der war im Pilotensitz«, sagte der Leutnant und zeigte auf die eine Leiche.

Förster betrachtete das tote Gesicht des jungen Mannes. Der Hals hing in einem unnatürlichen Winkel zur Seite.

»Hat sich wahrscheinlich das Genick gebrochen«, sagte der Leutnant. »Gut für uns – sonst hätte er sicher noch versucht, die Maschine in Brand zu stecken. Ich glaube, er war erledigt, als sie schief aufkam und er mit dem Kopf hochsauste. Es war eine Bauchlandung mit eingezogenem Fahrwerk, und er hatte bestimmt noch hundertfünfzig Stundenkilometer drauf. Ich nehme an, er gehörte zu dem Pulk, der Regensburg angegriffen hat – daß er hier landete, bedeutet aber, daß er kilometerweit vom Kurs abgekommen ist.«

»Ich frage mich, warum er nicht mit den anderen Besatzungsmitgliedern ausgestiegen ist«, sagte Förster nachdenklich. »Ich habe gehört, daß man bei Lübeck ein paar aufgelesen hat.«

Der Leutnant zuckte die Achseln. »Vielleicht hat er versucht, dem anderen zu helfen«, antwortete er und zeigte auf die zweite Leiche. »Sehen Sie, der konnte nicht mehr abspringen. Er bekam eine Kugel in den Unterleib, und es sah von Anfang an böse aus. Wir fanden ihn in der mittleren Kanzel. Ich nehme an, der Pilot befahl den anderen, sie sollten aussteigen, und er versuchte dann zu landen, um ihm eine Chance zu geben. Aber die Maschine kam schief auf, und er brach sich selbst das Genick. Und der hier wäre ohnehin verblutet. Sie sollten sich ansehen, wie es im Gefechtsstand aussieht.«

Von der Straße ertönte lautes Kettengerassel.

»Gott sei Dank«, sagte der Leutnant. »Da kommt der Panzer. Jetzt können wir vielleicht was unternehmen. Wird auch höchste Zeit – sehen Sie sich die Wellen an!«

Die voranktriechende Linie des aufsteigenden Wassers war jetzt nur noch etwa fünfzehn Meter vom Bomber entfernt. Der Bergungspanzer wühlte eine Wolke von Sand und Kieselsteinen auf, als er wendete und sich auf die B-17 zubewegte. Der Leutnant lief ihm entgegen und begann Befehle zu erteilen, wie die Männer die Kabel der Winde am Rumpf der Maschine befestigen sollten. Wenige Minuten später brüllten die beiden 350-PS-Motoren des Panzers auf, und die Kabel spannten sich. Langsam, mit einem schleifenden, knirschenden Geräusch setzte sich die B-17 in Bewegung, entfernte sich von der heranrückenden Flut. Als das Flugzeug weit genug gezogen war, machten sich die Techniker wieder an die Arbeit und montierten die Tragflächen ab. Der Luftgauingenieur beobachtete sie ein paar Minuten und war zufrieden. Er wandte sich wieder an den jungen Leutnant: »Das war ausgezeichnete Arbeit. Diesmal werden wir keinen Rüffel vom Hauptquartier bekommen«, sagte er. Der junge Mann errötete vor Stolz. Förster warf einen Blick zurück zum Bomber. Eine Tragfläche wurde bereits auf einen der Transporter geladen.

»Ich schreibe jetzt am besten meine Meldung«, sagte er. »Sie ist zweifellos nicht flugtauglich. Die Unterseite des Rumpfes ist stark beschädigt, und im Heck sind die Einschläge von der Flak, die sie heruntergeholt haben. Und die Propeller sind natürlich hin. Aber das ist auch alles – sie kann bestimmt repariert werden. Ich werde sie in Kategorie Zwei einstufen, lassen Sie sie also nicht aus den Augen. Ich möchte nicht, daß irgendein Idiot Kategorie Vier draufpinselt und sie zur Demontage nach Grevenbroich schickt.« Er hielt inne, zog ein rosa Formular aus der Tasche seines Uniformrocks und kritzelte etwas darauf. »Hier, nehmen Sie das. Sobald Sie die Motoren aus dem anderen Flügel genommen und Tragflächen und Rumpf verladen haben, lassen Sie die Einzelteile nach Kiel bringen. Ich werde inzwischen dafür sorgen, daß ein paar Männer von Focke-Wulf kommen und sich die Kleine anschauen. Ich wette, daß sie in Kürze wieder fliegen wird...«

Er kletterte in die Fieseler Storch zurück. Eine halbe Stunde später landete er wieder auf dem Kieler Flugplatz. Er ging in den Funkraum und bat die Ordonnanz um ein Fernschreibformular.

»An den kommandierenden Offizier Luftzeuggruppe«, schrieb er. »Ich habe die Ehre, die erfolgreiche Bergung einer Maschine vom Typ B-17 zu melden. Fundort Seebruck. Kategorie Zwei...« Er fügte eine Reihe von Einzelheiten hinzu, konsultierte eine Akte und gab der B-17 eine Nummer.

Eine Stunde später klingelte im Büro von Oberst Pertz auf dem Luftwaffengelände der Wolfsschanze bei Rastenburg das Telefon. Greiner reichte dem Obersten den Hörer. Pertz lauschte.

»Ausgezeichnet«, sagte er. »Wir brauchen jede, die wir bekommen können.« Dann runzelte er die Stirn.

»Nein, sechs Wochen ist viel zu lange. Vierzehn Tage, mehr nicht.«

Er lauschte wieder, während die Stimme am anderen Ende der Leitung einige Sekunden lang redete. Dann sagte er barsch: »Dann besorgen Sie eben sechzig Männer. Vierzehn Tage. Es ist ein ausdrücklicher Befehl des Reichsmarschalls.«

Hauptmann Werner Lutz blickte starr durch das Plexiglasfenster der Pilotenkanzel seiner B-17 und beobachtete, wie die Spitzen der Tannen, Fichten

und Kiefern wie die Stützen einer gewaltigen Achterbahn auf ihn zusausten, während das Flugzeug in nur zwanzig Metern Höhe den Bodenkonturen folgte. Rechts von ihm, ebenfalls in Höhe der Baumwipfel, rasten die anderen drei B-17 seiner Vierergruppe dahin. Genau tausend Meter hinter Lutz' Gruppe flog noch eine Halbstaffel von B-17 auf gleicher Höhe. Das Gefühl, in diesem Tempo so dicht über der Erde zu fliegen, war unglaublich. Lutz machte fast vierhundertfünfzig Kilometer in der Stunde, und die Motoren gaben her, was sie konnten. Der kleinste Fehler, und die Einzelteile seiner Maschine würden in einem Umkreis von ein paar Kilometern im norwegischen Nadelwald verstreut werden.
»Der See kommt gleich«, sagte er in die Bordsprechanlage. »Noch zwanzig Sekunden.«
Dann kam er in Sicht, das Wasser glitzerte in der Nachmittagssonne... ein sandiger Uferstreifen, und dann sausten sie das dritte Mal in dieser Woche auf das riesige, mitten in dem fünf Kilometer langen See vertäute Modell zu. Die erste der langen Flächen aus Holz und Stoff schoß unter dem Bug der B-17 vorbei.
»Zielanflug«, sagte Lutz zu dem Bombenschützen. »Jetzt gehört sie dir.«
»Sehr gut«, ertönte die Stimme des Schützen in Lutz' Kopfhörer. Der Mann beugte sich gespannt über seine Instrumente. »Ich zähle...«
Hinter ihnen erreichte die zweite Halbstaffel den See.
»Elf... Bombenklappe geöffnet... neun... acht... sieben...«
Unter sich, fast auf gleicher Höhe wie seine Maschine, sah Lutz den großen weißen Kreis des Ziels näher kommen.
»... vier ... drei... zwei... Bombe los!«
Befreit von der schweren Last der Bombe, hüpfte die B-17 sieben Meter in die Luft. Lutz drückte den Steuerknüppel vor und stieg wieder in den hellblauen nordnorwegischen Himmel. Er drehte nach links und übernahm die Backbordposition der Viererformation, zu der sich die Gruppe jetzt formierte. Hinter der Tragfläche sah er die zweite Gruppe, die ihre Bomben soeben abgeworfen hatte und zu steigen begann.
»Bombenklappe dichtmachen!«
Unten im Rumpf ertönte das dumpfe Summen der Hydraulik.
»Bombenklappe dicht.«
Die Maschinen hatten jetzt vierhundert Meter erreicht und flogen zum anderen Ende des Sees zurück. Gespannt blickte Lutz auf das Wasser und das vertäute Modell hinab und stieß dann einen enttäuschten Fluch aus. Zehn Meter hinter dem weißen Kreis auf dem Holzmodell zeigte ein langsam sich beruhigender Wasserstrudel, wo seine Bombe gelandet war. Er suchte das sechshundert Meter lange Modell ab. Kein Flugzeug seiner Gruppe hatte den ihm zugeteilten weißen Kreis getroffen, obgleich die Bombe der B-17 vom Ende der Reihe immerhin die Holzkante abrasiert hatte. Ver-

drossen registrierte er, daß die zweite Gruppe drei Treffer erzielt hatte – und die Heckflosse einer der Bombenattrappen steckte genau in der Mitte des weißen Zielkreises. Das war die Halbstaffel von Trobitius. Heute abend würde er dem eingebildeten Fatzken wieder Schnäpse spendieren müssen. Er drehte mit seiner Gruppe nach Westen und stieg auf dreitausend Meter. Dann begann seine Formation zu kreisen, sie wartete darauf, daß die Begleitstaffel FW 190 über ihn in Position ging. Sobald er sie gesehen hatte, vier Dreiergruppen, die sich wie kleine Tupfen vom strahlenden Blau abhoben, nahm er südlichen Kurs. Inzwischen hatten die Jungs in den Jägern sich bestimmt den See angeschaut und lachten über ihn. Sie können es ja selbst versuchen, dachte er böse. Tiefflüge und Präzisionsbombardierungen waren mit einem viermotorigen, gut zwanzig Tonnen schweren Bomber ein bißchen schwieriger als mit diesen verdammten Mücken. Fast die ganze Strecke nach Sola bedachte er seinen Bombenschützen mit bösen Bemerkungen, obwohl er genau wußte, daß der Junge eigentlich keine Schuld hatte. Bei diesen Übungsflügen standen sie vor einem Problem, mit dem sie bisher noch nie konfrontiert gewesen waren. Die amerikanischen Maschinen waren größer als alle normalen Kampfflugzeuge der Luftwaffe – mit Ausnahme der Condor. Und bis jetzt war Gott sei Dank noch niemand auf die Idee gekommen, die Condor für Bombardierungen aus geringer Höhe einzusetzen. Er schaute durch die Wolken, die über der Küste dahinzogen. Dort lag der Boknfjord, und im Süden kamen Stavanger und Sola in Sicht. Er fädelte die B-17 ein, bis ihm der Turm in Sola Landeerlaubnis gab. Dann begann er mit dem Kopiloten den Landeanflug.
»Klappen zwanzig!«
Die B-17 senkte sich langsam und verminderte das Tempo auf rund zweihundertsiebzig Kilometer in der Stunde.
»Etwas mehr Saft.«
Von den Motoren kam dröhnend Antwort.
»Fahrwerk ausfahren...«
Vor ihm tauchte die Rollbahn auf, deren grüne Markierungen im Nachmittagslicht aufglühten. Der Kopilot, der neben Lutz saß, blickte auf das grüne Licht auf dem Instrumentenbrett.
»Fahrwerk ausgefahren.«
Lutz drückte den Bomber nach unten. »Volle Klappen.«
Der Bug der B-17 hob sich, und Lutz justierte die Trimmung. Jetzt glitt der Bomber perfekt ausbalanciert der Piste entgegen.
»Gib mir Höhe und Tempo«, sagte er zum Kopiloten.
»Fünfundzwanzig... hundertachtzig... fünfzehn... hundertsiebzig.«
»Drosseln.«
Die B-17 sank mit knatternden Auspüffen auf die Rollbahn. Langsam betätigte Lutz die Bremsen... dreihundert... fünfhundert... tausend Meter.

Die B-17 blieb quietschend stehen. Zum erstenmal, seit er das Ziel verfehlt hatte, lächelte Lutz.
»Sehr gut«, sagte er. »Wir fliegen eine ordentliche Formation. Und es war eine perfekte Landung.«
Gerhard, der Geheimdienstoffizier von Sola, trat auf Lutz und seine Besatzung zu, als sie zu den Verwaltungsgebäuden und der Baracke für die Einsatzbesprechungen gingen.
»Gehen Sie nicht mehr in die reguläre Messe«, sagte er. »Von jetzt an dürfen Sie nur noch in die Spezialmesse. Wir sind im Einsatz – kein Urlaub, keine Anrufe. Bis zu neuen Befehlen.«
»Wir sind wieder im Einsatz?« fragte Lutz überrascht.
»Das Führerhauptquartier hat Anweisung gegeben, als Sie oben waren«, sagte Gerhard. Lutz stieß einen Pfiff aus.
»Nun, Sie werden meine Meinung bei der Einsatzbesprechung hören«, sagte er. »Ich habe nämlich den Eindruck, daß wir noch einen weiten Weg vor uns haben.« Er warf einen Blick auf die Mechaniker, die sich fluchend an der B-17 zu schaffen machten.
»Die Jungs müssen noch einiges lernen – bei dem, was wir von den Maschinen verlangen. Als Warnow noch da war, kamen wir besser zurecht, aber das hat uns wirklich zurückgeworfen.«
»Ich weiß, ich weiß«, sagte Gerhard. »Aber wenn Sie Schwierigkeiten haben wollen, brauchen Sie nur mit dem Führerhauptquartier zu telefonieren.«
Lutz öffnete die Tür zur Spezialmesse. Auch heute wieder, selbst nach vielen Stunden, die er hier verbracht hatte, empfand er eine Art Schock, als er den Raum betrat: lässige Offiziere, Flaschen mit amerikanischem Bourbon und englischem Gin auf den Regalen hinter der Theke, amerikanische Illustrierte – *Esquire*, *Life* und die *Saturday Evening Post* – auf dem großen Tisch. An den Wänden hingen Fotos von Churchill und Roosevelt. Alle Leute sprachen englisch – einige von ihnen ziemlich erbärmlich, wie er mißbilligend konstatierte. Er entdeckte den triumphierenden Trobitius und spendierte ihm an der Theke einen Tom Collins; dann diskutierten sie kurz darüber, weshalb Trobitius' Halbstaffel drei Treffer und seine keinen einzigen erzielt hatte. Er fand, daß Trobitius ein bißchen zu dick auftrug, und wünschte sich plötzlich in sein früheres Luftwaffengrau zurück, zu seiner alten Staffel in einem Bombergeschwader, wo man Freund von Feind unterscheiden konnte. Was hatte der Psychologe vom KG 200 gesagt? »Sie müssen amerikanisch denken, amerikanisch reden, amerikanisch fliegen. Sie müssen es so gut tun, daß die amerikanische Bodenkontrolle und das britische Radar keinen Augenblick Verdacht schöpfen, so gut, daß amerikanische Jägerpiloten ihr Leben lassen würden, um Sie zu schützen. Sie müssen Amerikaner *sein* – bis zu jenen letzten achtzehn Minuten.« Bei

Gott, es waren nicht die letzten achtzehn Minuten, die ihm Sorgen machten, sondern die ersten fünf Stunden. Er blickte sich in der Messe nach Kameraden um, die mehr auf seiner Wellenlänge lagen als Trobitius, und entdeckte von Altmark, der ganz allein an einem Tisch saß, Cola mit Rum trank und *Reader's Digest* las. Er durchquerte den Raum und ließ sich in den Sessel neben ihm fallen.
»Wir sind also glücklich wieder im Einsatz, Frido.«
Der andere blickte auf. »Ja, aber Gott weiß, warum. Und über die Ziele ist immer noch nichts durchgesickert. Kein Sterbenswörtchen. Selbst 1940 war die Geheimhaltung nicht so streng wie heute. Übrigens, wie bist du heute zurechtgekommen?«
»Dreimal daneben und einmal gestreift«, sagte Lutz angewidert. »Und die Halbstaffel von Max Trobitius hat drei Treffer gehabt.«
Altmark lachte: »Er hat eben drei Wochen länger mit Warnow gearbeitet als du. Er muß einfach besser abschneiden, jedenfalls im Augenblick.«
Lutz zuckte die Achseln. Er war entmutigt.
»Warum mußte Warnow auch ausgerechnet abstürzen, als er Odysseus richtig ins Rollen gebracht hatte? Ich kann es immer noch nicht glauben. Und trotzdem sitzen wir wieder in der Spezialmesse und sind erneut im Einsatz.«
»Ja«, sagte der andere nachdenklich. »Es ist merkwürdig...«
»Wieso merkwürdig?«
»Nun, als Gerhard heute den Anruf vom Führerhauptquartier hatte, machte er ein Gesicht wie ein zufriedener Kater. Es hat mich ein bißchen nachdenklich gemacht, das ist alles...«
Lutz nahm das Heft *Reader's Digest*, das sein Kamerad auf den Tisch gelegt hatte, und starrte auf eine Bildseite, ohne etwas zu sehen.
»Du meinst, Warnow könnte...?« fragte er.
»Genau«, erwiderte von Altmark.

13

»Dafür gibt es nur ein einziges Wort«, sagte Vandamme und sah müde von seinem Schreibtisch auf, der mit Karten und Papieren bedeckt war. »Die Organisation – man kann sie einfach nicht als Geschwader im üblichen Sinn bezeichnen – ist wie ein verdammter Krake. Wohin man auch auf der Karte tippt, überall ist ein Greifarm.«
Croasdell nickte abwesend. Sie saßen nebeneinander in der Baracke, die man ihnen auf dem Stützpunkt der Achten Luftflotte in Polebrook zugeteilt hatte.
»Aber selbst ein Krake ist nach einem bestimmten Schema gebaut«, sagte

er. »Und je mehr ich ihn betrachte, desto mehr fange ich an, das Schema zu durchschauen.«
Er stand auf und ging unruhig zu dem staubigen Fenster. Irgendwo in der Ferne hörte er das typische heulende Donnern eines Wright-Cyclone-Motors, in das wenige Sekunden später ein zweiter einstimmte. B-25 Mitchell, dachte er.
»Sieh dir an, was wir bis jetzt haben«, sagte er. »In diesem Spinnennetz werden bereits bestimmte Fäden sichtbar. Diese vorgetäuschten Flugplätze zum Beispiel.«
»Die holländischen Jungen?« sagte Vandamme. »In... wie hieß der Ort doch noch... in Haamstede?«
»Ja«, antwortete Croasdell. »Und fast die gleiche Meldung aus Ålborg in Nordwestdänemark, wo sie zwei oder drei Kilometer weiter sogar Wohnhäuser gebaut haben, wie bei einem richtigen Flugplatz. Ganz ähnlich in Stavanger – dort deutet jedenfalls alles auf einen falschen Flugplatz hin. Und dann St. Manvieu, ein kompletter Flugplatz mit Luftwaffenhangars, Pistenbefeuerung und Maschinen auf Abstellplätzen.«
»Vorgetäuschte Flugplätze sind nichts Neues«, sagte Vandamme zweifelnd. »Wir haben auf den Philippinen selbst welche angelegt. Und ihr habt einen großen falschen Flugplatz in Kent.«
»Das Interessante sind nicht die Plätze«, sagte Croasdell. »Interessant sind die Maschinen, die darauf stehen – das heißt, die Maschinen, die wir nach dem Willen der Deutschen darauf vermuten sollen. Sieh dir nun die Berichte von den Widerstandsbewegungen an. Das Holzding, das die holländischen Jungen mit Steinen beworfen haben – was sollte es darstellen? Eine B-17? Ålborg... wie hieß es doch gleich in der Funkmeldung? Eine B-24 aus Holz und der Rumpf einer B-17 mit angesetzten Holzflügeln. In St. Manvieu waren es zwei B-17, die offenbar niemals fliegen, obgleich sie dann und wann zu einer anderen Stelle des angeblichen Flughafens geschleppt werden. Mit fast hundertprozentiger Sicherheit Imitationen. Bei Stavanger ist es, wie gesagt, nicht ganz so eindeutig, aber auch dort scheinen ein paar B-17 zu stehen, die nie starten. Es *gibt* also ein Schema.«
»Du meinst, es sind immer...« sagte Vandamme nachdenklich.
»Ja, es sind immer amerikanische Maschinen«, antwortete Croasdell. »Oder fast immer. Ich weiß, daß auf den Fotos eine Stirling von der RAF zu sehen ist, und neulich abend haben sie zweifellos eine Stirling in unseren Turiner Einsatz geschleust. Aber in diesen Meldungen ist praktisch nur von amerikanischen Flugzeugen die Rede.«
»Aber warum zum Teufel gehen sie damit hausieren, daß sie amerikanische Flugzeuge haben?« sagte Vandamme. »Wenn sie all die falschen Maschinen auf falschen Flugplätzen herumstehen lassen, wecken sie doch erst unser Interesse.«

»Ich glaube, der Kommandeur von KG 200 ist ein ganz ausgekochter Bursche«, sagte Croasdell langsam. »Er geht davon aus, daß wir bestimmt herausfinden, daß er B-17 und B-24 im Einsatz hat. Er weiß, daß er es auf lange Sicht nicht geheimhalten kann. Irgendwann passiert bestimmt etwas, das er nicht verhindern kann – zum Beispiel die Notlandung unseres Wunderpiloten in Mersea. Er weiß, daß wir dann neugierig werden und daß wir eines Tages versuchen werden, irgend etwas dagegen zu unternehmen. Das ist ihm alles klar. Also versucht er, zwei Dinge zu erreichen. Erstens möchte er, daß wir die falschen Ziele bombardieren, wenn wir zurückschlagen. Der zweite Punkt ist noch wichtiger. Er möchte uns nämlich glauben machen, daß er nicht viele B-17 und B-24 hat und daß die Maschinen, die er hat, überall in Nordeuropa von Frankreich bis Norwegen verteilt sind. Deshalb zeigt er uns die falschen Maschinen – wie er es auch dann tun würde, wenn er seine echten B-17 ausschließlich zum Absetzen von Agenten benutzen würde. Er will uns auf eine falsche Spur locken.«
»Wozu werden sie aber benutzt?« fragte Vandamme. »Und wie viele hat er? Wo sind sie stationiert?«
Croasdell schüttelte besorgt den Kopf. »Ich weiß es nicht. Ich muß aber immer wieder daran denken, was uns der Vorsitzende gesagt hat, und dabei fällt mir jedesmal das Wort ›Odysseus‹ ein.«
»Sie haben zweifellos B-17 und B-24 in unsere Einsätze eingeschleust«, sagte Vandamme. »Bei dem Angriff auf die Raffinerien von Ploesti ging es los. Damals setzten sie B-24 mit gefälschten Hoheitszeichen ein. Nicht sehr viele – im August 1943 hatten sie einfach noch nicht so viele B-24. Aber bei den Einsatzbesprechungen nach der Mission von Ploesti stellte sich heraus, daß unsere Leute einige sehr verdächtige Dinge bemerkt hatten. Wie ich weiß, vermutet unser Geheimdienst, daß wir einige unserer Maschinen durch ›unidentifizierte‹ Flugzeuge verloren haben.«
»Und es gab auch auf diesem Platz einige hochinteressante Einsatzberichte«, sagte Croasdell und zeigte mit dem Daumen zum Fenster hinaus. »Aber jedesmal, wenn merkwürdige B-17 gemeldet werden, sind sie entweder allein oder zu zweit geflogen. Nie in Formationen.«
»Formationen?« fragte Vandamme ungläubig.
»Das ist es, worüber ich mir allmählich Sorgen mache«, sagte Croasdell. »Formationen.« Er stand auf und verstaute die Dokumente sorgfältig in einer abgewetzten Aktenmappe aus Leder.
»Nun, wir haben eine ganze Menge für den Vorsitzenden zusammengestellt«, fuhr er nach einer Weile fort. »Stützpunkte in Ålborg, Sola und Silistra – das ist der Flugplatz in Rumänien, den sie wahrscheinlich für ihre trojanische Mission gegen unseren Einsatz von Ploesti benutzt haben.«
Vandamme nickte. »Und dann noch diese seltsame Meldung aus Deutschland. Der Agent, der auf einem Flugplatz in Finsterwalde neun gelb gestri-

chene B-17 gesehen haben will. Erstaunlich viele. Ich würde sage, daß es in Wirklichkeit Heinkel He 177 waren. Sie haben zwar nur zwei Motoren, aber sonst sehen sie ganz ähnlich aus.«
Als sie zur Tür gingen, schüttelte Croasdell den Kopf. »Vielleicht. Aber ich bin nicht sicher, Gene. Von Finsterwalde ist nicht zum erstenmal die Rede. Erinnerst du dich an den Bericht von dem Unteroffizier der Luftwaffe, der letzte Woche über Birmingham abgeschossen wurde? Er sagte, er habe gesehen, wie eine B-17 mit deutschen Hoheitszeichen über Echterdingen explodierte. Er behauptete, es sei eine Maschine aus Finsterwalde gewesen. Sicher, er war ziemlich durcheinander und wußte nicht mehr recht, wovon er redete. Aber warum hätte er ausgerechnet so etwas Ausgefallenes erfinden sollen?«
»Haben die Russen schon geantwortet?« fragte Vandamme.
»Nein«, sagte Croasdell. »Aber es wäre nicht das erstemal, daß sie sich nicht rühren. Trotzdem wäre es gut, wenn sie sich melden würden, denn ich bin ziemlich sicher, daß KG 200 auch an der russischen Front operiert. Auf jeden Fall am südlichen Ende, im Gebiet der Krim. In der Türkei hat man achtmal angeblich russische Bomber gesichtet, die deutsche Flugplätze auf der Krim anflogen. Meist Tupolews. Das sieht sehr verdächtig aus. Es läge im Interesse beider Seiten, wenn die Russen uns mitteilten, ob sie ähnliche Beobachtungen gemacht haben wie wir. Aber in diesem Bereich gibt es praktisch keinerlei Zusammenarbeit zwischen den Geheimdiensten. Sie scheinen uns fast genauso zu mißtrauen wie den Deutschen. Aber wir werden es trotzdem noch mal versuchen.«
Vandamme sah auf seine Armbanduhr.
»Wenn wir noch nach London wollen, um den Vorsitzenden zu besuchen, sollten wir uns langsam auf die Socken machen. Die Fahrt dauert länger, als man denkt. Wir können uns unterwegs über Warnow unterhalten. Hoffentlich ist unser Wunderpilot nicht unberechenbarer, als wir glauben.«

»Angenommen Warnow hat ein Flugzeug«, sagte Croasdell, »dann gibt es unserer Meinung nach nur zwei Routen, die er wählen kann. Er muß sich wegen des deutschen Radars Sorgen machen. Und er hat bestimmt keine Lust, sich von einer patrouillierenden Ju 88 abfangen zu lassen. Wir gehen davon aus, daß er nicht länger als unbedingt nötig fliegen will. Wenn Sie sich also jetzt bitte die Karte ansehen würden, Sir.«
Croasdell nahm einen Bleistift und zeichnete an der nordfranzösischen Küste einen Kreis. Der Vorsitzende beugte sich über den Kartentisch. Croasdell sprach weiter: »Wir wissen, daß die Deutschen an der holländischen, belgischen und französischen Küste eine Kette von Radarstationen haben, das Himmelbett-System. Diese Stationen sind mit den weitreichenden

Freya-Geräten und mit neuen Kurzstrecken-Präzisionsgeräten ausgerüstet, die laut unserem Geheimdienst ›Würzburg‹ heißen. Diese Radarkette ist nicht hundertprozentig dicht. Nach dem Nachrichtendienst des Bomberkommandos hat sie zwei Lücken, die unsere Kampfflugzeuge benutzen, wenn es möglich ist. Die eine befindet sich bei Pointe d'Ailly, genau hier, außerhalb von Dieppe.«

Croasdell zeigte auf den Kreis. »Wenn er die Küste an dieser Stelle ziemlich tief überquert, kann er schnell die Flugplätze der Luftwaffe in Elbeuf oder Evreux erreichen«, fuhr er fort. »Dann könnte er seine Flucht schon eine Stunde nach dem Start mit einem Drink begießen. Die andere Lücke ist hier...«

»Ich werde Major Warnow höchstens bis zur Küste fliegen lassen«, erklärte der Vorsitzende und rieb sich das Kinn.

Er sieht aus wie eine Katze vor dem Mauseloch, dachte Vandamme.

»Angenommen, ich kann Ihnen sagen, von welchem Flugplatz er abfliegt«, fuhr der Vorsitzende fort. »Und angenommen, ich sage Ihnen, mit welchem Typ er fliegt und wieviel seine Maschine wiegt – könnten Sie mir dann genau sagen, wieviel Treibstoff im Tank sein müßte, damit Warnow einen Punkt an der Küste erreicht, wo er sich dann blitzschnell entscheiden muß, wenn er noch eine Notlandung schaffen will?«

Croasdell überlegte kurz.

»Nun, jedes Flugzeug hat seine Eigenheiten«, sagte er dann. »Genau wie die Menschen. Auch Maschinen vom selben Typ haben eine unterschiedliche Reichweite. Man könnte sich aber ein ausführliches Mechanikerprotokoll besorgen, in dem genau steht, wieviel Treibstoff eine bestimmte Maschine verbraucht. Dann rechnet man einfach aus, wie weit diese Maschine mit soundsoviel Sprit kommt. Es gibt aber noch zwei unbekannte Faktoren.«

»Und die wären?« fragte der Vorsitzende.

»Nun, der eine liegt auf der Hand, Sir. Wenn wir annehmen, daß er Pointe d'Ailly oder aber den zweiten Punkt, nämlich Egmond anfliegt, wissen wir immer noch nicht, für welches von beiden Zielen er sich letztlich entscheidet. Und bei beiden braucht er jeweils eine andere Menge Treibstoff, um es bis zur Küste davor zu schaffen. Wenn er aber sieht, daß er kaum noch Sprit hat, kann er seinen Entschluß noch ändern und etwas anderes versuchen.«

»Und das wäre...?« fragte der Vorsitzende.

»Sie haben uns gesagt, daß er ausgezeichnet fliegt – und in Mersea haben wir selbst gesehen, daß er eine schier unmögliche Landung geschafft hat. Ein guter Pilot kann selbst mit leerem Tank noch weiter kommen als ein durchschnittlicher Flieger. Andererseits müssen wir aber auch davon ausgehen, daß er einen Typ fliegt, mit dem er nicht vertraut ist, und daß er

noch nicht alle Eigenschaften der Maschine kennt. Es gibt also eine Menge Imponderabilien«, gab Croasdell zu bedenken.
Der Vorsitzende trat an das mit Klebestreifen gesicherte Fenster, nahm seine übliche nachdenkliche Pose ein und schaute auf den Oxford Circus hinunter. Es war das Ende eines Wochentages, und viele Menschen strömten in die Eingänge der U-Bahn – heim zu der wöchentlichen Käseration oder einer Portion Rührei aus Eipulver. Kein sehr angenehmer Feierabend. Viele von ihnen arbeiten jetzt viel länger als früher, dachte er, und sind bestimmt müde und abgespannt. Bis dieser Krieg gewonnen ist, müssen wir noch einen weiten und blutigen Weg zurücklegen. Er wandte sich wieder an Vandamme und Croasdell, die auf seine Stellungnahme warteten.
»Wir könnten Major Warnow so viel Treibstoff mitgeben, daß er sich nur für eine der beiden Routen entscheiden kann, die kürzere. Welches Ziel liegt näher bei West Murford?«
»Egmond«, sagte Vandamme.
»Sehr gut, dann soll es Egmond sein«, sagte der Vorsitzende.
»Damit ist das Problem aber immer noch nicht gelöst«, sagte Croasdell. »Wir wissen nämlich trotzdem nicht genau, was er schafft, wenn man ihm eine bestimmte Treibstoffmenge gibt.«
Der Vorsitzende lächelte. »Sie meinen, wir können nicht sicher sein, daß er *tatsächlich* gezwungen wird, eine Bruchlandung an dem bestimmten Punkt der Küste zu machen? Das ist richtig. Ich glaube jedoch, daß wir uns auf eines verlassen können, und das ist Warnows Tüchtigkeit. Wir werden einfach dafür sorgen, daß ihm sein Treibstoffmesser sagt, er hätte genug Saft bis Egmond. Aber der Messer wird lügen. Der Sprit wird ihm schneller ausgehen, als er denkt. Es ist ein bißchen wie japanischer Ringkampf, wo es darum geht, die Stärke des Gegners gegen ihn selbst zu wenden. Major Warnows Stärke ist seine fliegerische Tüchtigkeit.«
»Sie wollen also seine Instrumente manipulieren, damit es zu einem Notfall kommt, mit dem nur ein sehr guter Pilot fertig wird, und zwar nur auf eine ganz bestimmte Weise?« fragte Croasdell. Seine Stimme war unbewegt. Vandamme beobachtete ihn aus den Augenwinkeln heraus. Mein Gott, er ist nicht damit einverstanden, dachte er. Dieser überkorrekte Brite will nicht, daß man einem Piloten einen üblen Streich spielt. Abschießen würde er ihn sofort, wenn er könnte, aber es gefällt ihm nicht, daß man an seinen Instrumenten herumfummelt.
»Genau das habe ich vor, Staffelführer«, antwortete der Vorsitzende.
»Und angenommen, Warnow wird nicht damit fertig?«
»Dann wird er sterben«, sagte der Vorsitzende. »Ich glaube aber nicht, daß dieser Fall eintreten wird. Ich denke, er wird an der holländischen Küste landen – dort gibt es viele geeignete Sandstrände. Ich denke, er wird seine Maschine ohne großen Schaden runterbringen, und ich denke, für die

Deutschen – besonders für die Leute vom KG 200 – wird es aussehen wie ein Geschenk des Himmels. Eine brandneue Mosquito, gekapert von einem erfahrenen Piloten, an dessen Loyalität nicht zu rütteln ist.«
»Und dann?«
»Und dann werden wir präzis erfahren, was mit alliierten Flugzeugen passiert, wenn der Feind sie intakt oder so gut wie intakt erbeutet hat... Wir werden sehen, wer dafür zuständig ist, wohin sie kommen, wie und zu welchem Zweck sie eingesetzt werden. Und vielleicht werden wir auch etwas über Unternehmen Odysseus erfahren.«
Vandamme und Croasdell sagten noch nichts, blieben aber wartend sitzen. Croasdell hatte, mit einem leichten Gefühl des Schwindels, begriffen, was kommen würde. »Sie werden bereits erraten haben, wie das geschehen soll«, fuhr der Vorsitzende fort. »Wie Sie wissen, sind wir den Deutschen gegenüber in einer Beziehung beträchtlich im Vorteil. Wir haben in Europa viele Helfer. Wir können den holländischen Widerstand überall dort alarmieren, wo Warnow vermutlich notlanden wird, und wir können mit den Augen dieser Agenten sehen, was passiert. Wenn Warnows Mosquito von Holland in das besetzte Frankreich transportiert wird, was ziemlich wahrscheinlich ist, sorgen wir dafür, daß die Leute von der Résistance sie nicht aus den Augen lassen. Die Männer und Frauen von den Widerstandsbewegungen bilden eine lückenlose Kette – in jedem Land.«
»Ist es nicht wahrscheinlicher, daß man die Maschine zur Untersuchung nach Deutschland bringt?« gab Croasdell zu bedenken. »Zum Beispiel nach Rechlin?«
»Wir haben selbst in Deutschland Kommunikationskanäle«, antwortete der Vorsitzende. »Sobald wir wissen, wann ein Flugzeug der Alliierten in relativ gutem Zustand an einem bestimmten Punkt gelandet ist, können wir unsere Maschinerie in Bewegung setzen.«
Er machte eine Pause. Wenn dieser Mann jemals verlegen gewesen ist, dachte Vandamme, dann jetzt. Er malte etwas auf ein Stück Papier und fuhr dann fort: »Die Sache hat allerdings einen Haken...« – »Ja?« sagte Croasdell.
»Sie wissen, daß es in den Widerstandsbewegungen nur wenige Flugzeugexperten gibt, die sofort verstehen, was sie zu Gesicht bekommen. Um unserer Mosquito zu folgen, brauchen wir also erfahrene Augen. Ihre, Croasdell, und auch Ihre, Vandamme.«
Vandamme wurde plötzlich klar, daß der Vorsitzende seine Reserve zum erstenmal so weit aufgegeben hatte, daß er sie vergleichsweise persönlich, auf britische Art, mit Nachnamen anredete, statt das offizielle »Oberst« und »Staffelführer« zu benutzen.
»Wir können Sie nach Frankreich, Belgien oder Holland schaffen und jederzeit wieder herausholen. Wir werden Sie mit Kontaktpersonen zusam-

menbringen, die Ihnen die eigentliche Arbeit abnehmen – Sie brauchen das, was sie Ihnen zeigen, nur noch zu beurteilen. Sie sprechen beide Deutsch und andere Sprachen, die Ihnen nützlich sein werden.«
Er machte eine Pause, spielte mit einem Bleistift auf dem Schreibtisch, sah sie dann nacheinander an.
»Ich weiß, das haben Sie sich nicht träumen lassen, als Sie die Arbeit an diesem Projekt begannen. Mir ist durchaus klar, daß sich Ihre geheimdienstlichen Erfahrungen bisher auf den Schreibtisch, auf Auswertungen und die Entwicklung, hm, taktischer Hypothesen beschränkt haben. Sie haben noch nie in der Praxis gearbeitet. Am Schreibtisch waren Sie bei diesem Projekt sehr nützlich. In der Praxis sind Sie unbekannte Größen. Aber es ist ein Glücksspiel, das wir wagen müssen.«

Die »Fliegende Festung« mit der Nummer BB-A-7G »Choctaw Charlie« zog in sechstausendsiebenhundert Metern Höhe durch den sommerlichen Nachmittagshimmel Richtung Hannover. »Choctaw Charlie« gehörte zu den dreihundertdrei amerikanischen B-17, die von der Achten US-Luftflotte für den Bombereinsatz 77 zusammengefaßt worden waren. Ziele: U-Boot-Werften in Hamburg, eine große Gummifabrik in Hannover und ein Konvoi im Hamburger Hafen.
»Zielanflug... jetzt«, sagte der Kopilot, der durch die Windschutzscheibe in die schwarzen und rotbraunen Rauchwolken vor der Maschine blinzelte. Die Formationen vor ihnen hatten ihre Bomben bereits ausgeklinkt.
»Nach rechts... rechts. Louis, du bist noch fünf Kilometer vom Ziel entfernt.«
Der Pilot betätigte den Schalter, der den Zielsucher an das automatische Pilotgerät anschloß.
»Achtung, Hal, wir sind gleich so weit«, sagte der Pilot scharf in die Bordsprechanlage. Vorn in der Bugkanzel starrte der Bombenschütze gespannt auf die leuchtenden Markierungspunkte des Zielgeräts, die langsam aufeinander zukrochen.
»Okay, Leutnant.«
Unten, in der mittleren Kanzel, betrachtete Sergeant Leroy Mitchellman das phantastische Schauspiel des Flugabwehrfeuers. »Choctaw Charlie« flog vor der dritten Formation von zehn Maschinen. Der Himmel vor und neben dem Bomber wurde von den krepierenden Flakgranaten rot, gelb und weiß gefärbt. Am Ende der Reihe scherte eine B-17 plötzlich aus der Formation aus und fiel zurück. Dann schloß sie wieder auf und war nun ungefähr hundert Meter unter der rechten Tragfläche von »Choctaw Charlie«. Zugleich fasziniert und abgestoßen von dem Anblick, beobachtete Mitchellman, wie die in der Bugkanzel wütenden Flammen in den Rumpf der Maschine zu schießen begannen. Die B-17 flog weiter, von dem bren-

nenden Piloten mit übermenschlicher Willenskraft auf gleicher Höhe gehalten, während ein Mann nach dem anderen ausstieg. Er sah einen, zwei, drei durch die Bombenklappe springen, und ein vierter verließ die Maschine durch die mittlere Tür. Alle vier Fallschirme öffneten sich, doch mehr sah er nicht. Menschenhand konnte jetzt nichts mehr in der Flugkanzel ausrichten. Die B-17, deren linke Tragfläche inzwischen ein einziger gelber Flammenkeil war, drehte sich langsam zur Seite und stürzte wie ein brennender Pfeil aus sechs Kilometer Höhe zur Erde. Sie hatte Mitchellmans kleines Sichtfeld schnell verlassen. Fünfundfünfzig Sekunden später schlug sie auf freiem Heideland auf, und die deutschen Fachleute, die am nächsten Tag geholt wurden, notierten routinemäßig, daß sie einen neun Meter tiefen Krater gebohrt hatte.
In der Bordsprechanlage ertönte wieder die Stimme des Bombenschützen von »Choctaw Charlie«: »Schalter eins, zwei, drei, vier okay. Bombenklappen öffnen.«
Die Hydraulik ächzte.
»Bombenklappen geöffnet.«
»Weiter mit Autopilot fliegen, Lieutenant. Ich schicke sie alle hinaus. Halten, halten.«
»Um Himmels willen, beeil dich, Hal. Ich komme mir vor wie eine gottverdammte Schießscheibe.«
»Gut, gut, halten... Bomben los... *jetzt!*«
Die Anzeigenadel glitt die Zahlenreihe entlang, 6-5-4-3-2-1, als die sechs Fünfhundertpfünder durch die Bombenschächte sausten. Die Nadel erreichte die Null, und der Bombenschütze rief: »Klappen dicht!« Das Quietschen der Hydraulik ging im Aufheulen der Motoren unter, da der Pilot hart nach rechts schwenkte und außer Reichweite der Flak stieg, wobei er versuchte, seine Position in der Formation zu halten, während sich die Gruppe neu formierte. Er zählte – von zehn Maschinen waren noch sieben übrig. Sie ließen den Flakriegel von Hannover hinter sich. Jetzt warteten sie auf die Abfangjäger. Schon beim Anflug hatten sie mehr als genug gesehen, mehrere Staffeln von gelbnasigen Me 109, die sich allerdings aus dem Staub gemacht hatten, als die Festungsformationen den Flakkorridor vor der Gummifabrik erreichten.
Mitchellman schaute durch das Plexiglas des mittleren Gefechtsstands. Die amerikanischen Formationen flogen jetzt nicht mehr so geschlossen, sie hatten Lücken, und aus zwei Flugzeugen quoll dichter Qualm. Dann und wann waren Flammen zu sehen. Während er sie beobachtete, explodierte die Maschine rechts von »Choctaw Charlie« in einem gewaltigen weißglühenden Feuerball, als die Flammen ihre Treibstofftanks erreicht hatten.
In seinem Kopfhörer ertönte die gepreßte Stimme des Schützen aus der oberen Kanzel: »Zwei Me 109, zwei Uhr, Lieutenant.«

Dann rief der Pilot: »Gut, behalte sie im Auge. Nicht aufregen. Nicht...«
Die Stimme des Heckschützen: »Jäger, fünf Uhr. Drei... nein, vier...«
Das Heckgeschütz begann zu knattern, und auch die Brownings aus dem oberen Stand feuerten jetzt. Mitchellman, der verzweifelt aus dem mittleren Stand spähte, konnte aus seinem toten Winkel heraus keine Jäger ausmachen, doch dann sah er einen scheckigen, blaugrünen Flugzeugrumpf und einen gelben Bug an seinem Ausguck vorbeisausen, »Choctaw Charlie« scherte unvermittelt nach links aus. Irgendwo vorn ertönte ein krachendes, splitterndes Donnern, und dann hatte er plötzlich einen beißenden Geruch in der Nase. Der Pilot rief wieder, diesmal schrill: »Ich rieche Öl.«
Drei Stimmen gleichzeitig:
»Der rechte Motor spuckt Öl.«
»Die Hydraulik funktioniert nicht mehr, Lieutenant.«
»Ich bin getroffen, Lieutenant.«
Die letzte Stimme gehörte dem Schützen aus dem oberen Gefechtsstand. Er fuhr schwach fort: »Mein Gott, mit mir ist es aus.«
Dann nichts mehr. Der Heckschütze schrie wieder: »Jäger... elf Uhr, ein Uhr, zwei Uhr. Verdammt noch mal, sie sind überall. Oh, Herrgott, es sind ja Spitfires. Und P-47... Oh, diese wundervollen Maschinen, Lieutenant. Ist das nicht herrlich...?«
»Schon gut, schon gut, hör auf mit dem Gequassel. In Ordnung, Jungs, das ist unsere Eskorte. Wir gehen ein bißchen tiefer. Ich fahre den äußeren Propeller auf Segelstellung. Wir werden die Formation verlassen müssen.«
»Eine B-17 fällt zurück, Lieutenant. Sieht aus wie eine vom 97. Jedenfalls keine von uns. Scheint ein netter Mensch zu sein. Sieht aus, als wolle er uns Geleitschutz geben.«
»Sind noch Me 109 zu sehen?«
»Nein, Lieutenant. Schätze, sie beschäftigen sich mit der Eskorte.«
»Kann jemand zum oberen Gefechtsstand kriechen und nachsehen, was mit Jim Broster los ist?«
Der Bombenschütze antwortete: »Ich mache es.«
Der Heckschütze: »Die B-17 kommt näher. Ihr mittlerer Gefechtsstand sieht wie leer aus. Vielleicht hat sie auch einen Treffer.«
»Vielleicht.«
Der Bombenschütze, aus dem oberen Gefechtsstand: »Ich glaube, Jim Broster ist tot, Lieutenant. Es hat ihn in der Brust erwischt. Die Knochen stehen richtig hervor.«
Der Pilot antwortete gereizt: »Hör schon auf, hat keinen Sinn, lange darüber zu reden.«
Mitchellman starrte aus dem mittleren Gefechtsstand von »Choctaw Char-

lie«. Langsam schob sich die dunkle Masse der B-17 in sein Blickfeld. Ihr mittlerer Gefechtsstand war in der Tat leer, wie der Heckschütze gesagt hatte. Sie war jetzt etwa hundert Meter neben ihm, und in der Bugkanzel konnte er Männer sehen, die zu ihm herüberschauten. Er hob die Hand, und sie winkten zurück. Er sagte in sein Mikrophon: »Sie ist schwarz, Lieutenant. Ich dachte, alle Maschinen vom 97. seien grün, wie unsere... oh, mein Gott!«

Im selben Augenblick richteten sich die oberen Kanonen der B-17 auf »Choctaw Charlie« und begannen zu schießen. Das erste Geschoß durchschlug die Bugkanzel und riß dem Kopiloten den Kopf vom Rumpf. Der Pilot wurde von dem Blut bespritzt, das aus der Halsschlagader schoß.

»Jesus Christus«, schrie Mitchellman. »Der Kerl ist verrückt geworden. Er feuert auf uns...«

In einem immer steileren Winkel, Rauch und Funken hinter sich her ziehend, überquerte »Choctaw Charlie« die deutsche Nordseeküste und nahm Kurs auf England.

»Was ist los mit dir?« fragte Vandamme.

Er steuerte den Jeep geschickt die kurvenreiche Straße entlang, die durch Eastanglia zum Stützpunkt der Achten US-Luftflotte in Polebrook führte.

»Schuster, bleib bei deinem Leisten«, erwiderte Croasdell kurz.

»Was meinst du damit?«

»Ich bin kein Spion, Gene. Ich bin Pilot – auch wenn man mich zwischendurch zum Schreibtischagenten gemacht hat.«

»Aber er gibt dir die Chance, vom Schreibtisch wegzukommen.«

»Hör zu, Gene. Ich werde miserabel sein. Ich hasse die Vorstellung, den Agenten zu spielen.«

»Hast du Angst?« sagte Vandamme nach einer Pause ruhig.

»Ja. Auch davor, mich lächerlich zu machen. Du etwa nicht?«

»Doch natürlich.«

»Nun, ich werde mich nicht als Spion betätigen. Ich möchte so schnell wie möglich zurück zu einer Staffel, wo ich Freunde am Boden und Feinde in der Luft habe. Und wo die Freunde rot-weiß-blau markiert sind und die Feinde schwarz-weiße Kreuze haben.«

»Aber es ist nicht immer so, habe ich recht?«

»Ja, heutzutage ist der Feind manchmal auch rot-weiß-blau, das stimmt.«

»Und was passiert, wenn du dich weigerst, den neuen Job anzunehmen?«

Croasdell zögerte. »Sie können mich UKM einstufen«, sagte er dann langsam.

»Was ist das?«

»Ungenügende Kampfmoral. Vielleicht würden sie mir sogar mein Offizierspatent nehmen, aber das dürfte ihnen doch schwerfallen.«

»Ich dachte, du möchtest wieder zu einer Staffel?«
»Das möchte ich auch.«
»Nun, die ungenügende Kampfmoral wird dir dazu kaum verhelfen.«
»So leicht ist es auch wieder nicht, mich UKM einzustufen«, sagte Croasdell trotzig. »Nicht damit.« Er tippte auf das Band des Distinguished Flying Cross auf seiner Brust. »Und wenn er es versuchen sollte, würde ich reden. Ich glaube, ich hätte eine Chance, wieder zu einer Staffel zu kommen, und sei es, weil sie mich nur damit zum Schweigen bringen könnten.«
Vandamme warf ihm einen ungeduldigen Blick zu. »Was ist eigentlich mit dir los?« fuhr er ihn an. »Da kommt etwas Neues auf dich zu, und du machst in die Hose. Du willst einen gemütlichen kleinen Krieg haben und dich in einer gottverdammten Schwadron oder in einer gottverdammten Maschine verkriechen. Reiß dich zusammen, alter Junge, und mach mit.«
Der anfeuernde Ton in Vandammes Stimme überraschte Croasdell. Er sah ihn verstohlen an. Der Amerikaner hatte die Lippen zusammengepreßt und die Mundwinkel nach unten gezogen. Aus schmalen Augenschlitzen beobachtete er die Straße.
Croasdell warf einen Blick auf den Tacho des Jeeps. Sie hatten einen geraden Abschnitt der Straße erreicht und fuhren mit hundertfünfzehn Stundenkilometern.
»Du brauchst deine Wut nicht am Wagen auszulassen«, sagte er ruhig. »Oder willst du gleich abheben?«
Vandamme schaute auf den Tacho, lachte und nahm dann den Fuß vom Gaspedal.
»Warum regst du dich eigentlich auf?« fragte Croasdell. »Glaubst du vielleicht, der Sieg hängt davon ab, ob wir mitmachen oder nicht?«
»Ich mache jedenfalls mit.«
»Oh!«
»Ich will es wenigstens versuchen.«
Croasdell antwortete nicht. Sie erreichten das letzte Dorf vor Polebrook. Auf dem Platz standen ein paar Leute und schauten in den Nachmittagshimmel. Vandamme nahm Gas weg und fuhr an den Bordstein. Die beiden Männer stiegen aus, hoben die Hand an die Augen und starrten in das strahlende Blau. Dicht über den Wipfeln der Bäume, die das Dorf umgaben, zeichneten sich die unverkennbaren Umrisse von »Fliegenden Festungen« ab, die den Flugplatz in Vierergruppen umkreisten.
»Die kommen sicher von einem Einsatz zurück«, sagte Vandamme. »Ich nehme an, sie haben einiges hinter sich. Die Formationen sehen ziemlich zerrupft aus.«
»Als sie abflogen, waren es viel mehr«, sagte eine Frau, die neben dem Jeep stand. »Ich weiß es. Wir zählen sie nämlich immer«, fügte sie erklärend hinzu. »Wenn sie abfliegen und wenn sie zurückkommen. Der Freund

meiner Tochter ist auf dem Stützpunkt stationiert. Er fliegt in den ›Festungen‹.«
»Ihm ist sicher nichts passiert«, sagte Vandamme beruhigend.
»Bestimmt nicht«, sagte die Frau. »Er ist heute nicht mitgeflogen.«
Croasdell und Vandamme stiegen wieder in den Jeep und fuhren die restlichen zweieinhalb Kilometer zum Flugplatz. Die Wachen in Polebrook waren freundlich, paßten aber genau auf. Die Papiere der beiden Männer wurden sorgfältig geprüft, ehe der weißbehelmte Militärpolizist am Tor endlich die doppelte Schranke hochdrehte, um den Jeep durchzulassen. Sie fuhren zum Verwaltungsgebäude. Mit einem gewaltigen Getöse senkte sich über ihnen eine B-17 herab und glitt der nächsten Piste entgegen. Der äußere Steuerbordmotor sprühte Funken, und sein Propeller war, wie Croasdell sah, auf Segelstellung gedreht. Als sich die Maschine mit ausgefahrenem Fahrwerk der Rollbahn näherte, konnte man durch ein großes Loch im Heckflügel ein Stück blauen Himmel sehen. Sie machte eine schlechte, holperige Landung, und lange bevor sie ausgerollt war, folgten ihr bereits zwei laut klingelnde Krankenwagen.
Croasdell und Vandamme waren auf dem Weg zur US-Offiziersmesse, als Vandamme plötzlich innehielt und die Richtung änderte. Er ging zu dem großen runden Kontrollturm.
»Ich möchte gern zusehen, wie die anderen Maschinen dieses Einsatzes herunterkommen«, sagte er. »Du nimmst am besten einen Drink.«
»Nein, ich komme mit«, sagte Croasdell.
»Ich habe so was wie eine Schwäche für die B-17«, sagte Vandamme. »Ich habe in der 19. Gruppe auf den Philippinen die alte B-17 geflogen, ehe ich auf Jäger umstieg und ehe die Japaner die meisten der restlichen B-17 auf den Flugfeldern zerstörten. Beim Army-Luftkorps war die B-17 eine Art Lieblingskind. Sie hatte einen schweren Start – stürzte vor ein paar Jahren bei einem Demonstrationsflug ab, wobei beide Testpiloten ums Leben kamen. Zum Glück gab es in der Air Force ein paar Jungs, die wußten, was diese großen Dinger schaffen konnten, wenn man ihnen eine Chance gab.«
»Sie sind sicher gute Flugzeuge«, sagte Croasdell. »Aber Tagesbombardierungen... nun, ich nehme an, ihr werdet erst durch Schaden klug. Ihr habt bestimmt noch schwere Verluste. Wir haben schon nachts böse Ausfälle gehabt, obwohl die deutschen Jäger in der Dunkelheit nicht richtig zum Zuge kommen. Jedenfalls nicht so wie am Tag.«
»Was wir brauchen, ist ein echter Langstreckenjäger«, sagte Vandamme. »Keine Spitfire oder P-47. Eine Maschine, die den ganzen Weg mitfliegen kann und genauso schnell ist wie die FW 190 und die Me 109. Auf etwas anderes könnten wir dagegen sehr gut verzichten.«
»Auf was denn?« fragte Croasdell.

»Auf diese gottverdammten deutschen B-17, die in Seattle oder Long Beach oder Burbank fabriziert worden sind. Besonders auf die deutschen B-17 mit amerikanischen Hoheitszeichen.«

Über dem Flugplatz kam eine andere B-17 in Sicht. Sie war etwa fünfhundert hoch, viel zu hoch für den Landeanflug, und sie schien vom Bug bis zum Heck in Flammen zu stehen. Männer kamen aus den Verwaltungsgebäuden gelaufen und sahen nach oben. Links von Vandamme und Croasdell kletterte eine Bodencrew, die in einem Hangar an einer B-17 gearbeitet hatte, hastig von den Tragflächen. Die Mechaniker blieben in der Tür des großen Schuppens stehen und starrten zum Himmel. Die B-17 flog weiter und zog eine lange schwarze, mit Flammen durchsetzte Rauchwolke hinter sich her.

»Runterbringen, runterbringen«, schrie Vandamme. »Mein Gott, Junge, bring sie runter. Er steigt. Sieh nur, er versucht zu steigen. Was zum Teufel...«

»Er will mehr Höhe gewinnen, um abzuspringen«, sagte Croasdell. »Ich glaube aber nicht, daß sein Ruder noch richtig funktioniert. Da, da steigt jemand aus!«

Ein dunkler Punkt hatte sich von der Mittelluke der Fliegenden Festung gelöst und sauste durch den Himmel. Beide Männer beobachteten die herabstürzende Gestalt. Die weiße Seide des Fallschirms flatterte hinter ihr, öffnete sich allmählich, unendlich langsam, drei Sekunden ehe der Mann auf die Erde prallte. Irgendwo in der Ferne begann eine andere Krankenwagenglocke zu bimmeln.

»Das war verdammt nahe dran«, sagte Vandamme. Er schaute nach oben, schirmte die Augen gegen die grelle Sonne ab. »Keine anderen?«

»Ich glaube, er ist der einzige«, sagte Croasdell.

»Was ist mit dem Jungen, der sie fliegt?« fragte Vandamme. »Was zum Teufel macht er da? Warum steigt er nicht aus... Er zieht sie nach oben. Sie wird überziehen, sie wird gleich überziehen...«

Die brennende B-17 gewann über der Mitte des Flugplatzes an Höhe. Die großen Wright-Cyclone-Motoren heulten mit voller Kraft, aber sie konnten den aerodynamischen Gesetzen nicht trotzen. Die B-17 kam ins Trudeln, schien einen langen, schrecklichen Augenblick lang in der Luft zu hängen und fiel dann seitlich zur Erde. Sie kam mit der Tragfläche zuerst auf. Der gewaltige Bomber drehte sich wie ein Feuerrad und explodierte krachend. Die Hitze und die Druckwelle erreichten die Zuschauer ungefähr eine Sekunde später. Feuerwehrglocken ertönten.

Vandamme wandte sich ab. Seine Stimme bebte, und sein Gesicht war weiß geworden.

»Warum ist der Kerl nicht zusammen mit dem anderen ausgestiegen?«

sagte er. »Warum hat er bloß versucht, noch höher zu gehen? So ein Irrsinn.«
Croasdell antwortete erst nach einiger Zeit, und als er es tat, war seine Stimme monoton, resigniert. »Er war nicht irrsinnig, Gene. Er ist absichtlich höhergegangen, weil er wußte, daß sie mitten über dem Flugplatz überziehen würde.« Er drehte sich um und zeigte zu dem weit entfernten Tor.
»Siehst du, wohin er flog? Genau zum Dorf. Ich nehme an, er konnte nicht abdrehen, und er wollte nicht einfach aussteigen und sie auf das Dorf stürzen lassen. Er war ein sehr guter Pilot. Er hat es sich genau überlegt.«
Sie kehrten um und gingen am Lazarett des Stützpunkts vorbei. Glocken schrillten, ein Krankenwagen hielt, und Sanitäter zogen eine Bahre heraus. Der Mann, der darauf lag, war von Kopf bis Fuß feuergeschwärzt, seine Fliegerkluft war total verkohlt, sein Gesicht schrecklich zugerichtet, sein Kopf praktisch haarlos. Er war bei Bewußtsein.
»Das ist der, der ausgestiegen ist«, sagte Vandamme.
»Oberst«, sagte der Mann auf der Bahre mit schwacher Stimme. »Oberst Vandamme. Erinnern Sie sich an mich? Mitchellman. Sergeant Mitchellman. Wir waren zusammen auf Luzon, ungefähr vor einem Jahr. Erkennen Sie mich nicht?«
Vandamme schluckte. »Doch, natürlich«, sagte er. »Aber was...«
»Oberst, ich nehme an, man wird mich gleich mit Morphium vollpumpen. Obgleich es dafür schon zu spät ist. Aber ich muß Ihnen vorher noch etwas sagen...«
»Ja?«
»Wissen Sie, wer ›Choctaw Charlie‹ auf dem Gewissen hat? Es war eine B-17 vom 97. Kam einfach längsseits, nicht mehr als achtzig Meter von uns entfernt, und ballerte los... wie ein gottverdammter Amokläufer. Das hat uns fertiggemacht. Es waren nicht die Deutschen. Es war das 97.«
Die Sanitäter nahmen die Bahre hoch und gingen los. Mitchellmans Augen, in dem verkohlten, haarlosen Gesicht, suchten wieder Vandammes Blick.
»Ich nehme an... Louis, der Lieutenant... er hat es nicht...«
»War er der Pilot?«
»Ja.«
»Nein, er ist mit abgestürzt. Ist nicht ausgestiegen.«
Mitchellman seufzte, bewegte seine rissigen, blasigen Lippen. Er schloß die Augen. »Davor hatte Louis immer Angst... mit einer B-17 irgendwo in eine Schule voller Kinder zu rasen...«
Die Sanitäter brachten ihn hinein, und Croasdell und Vandamme gingen weiter zur Offiziersmesse. Kurz bevor sie die Tür erreichten, fing Croasdell an zu reden.

»Siehst du jetzt, was ich meine?« sagte er gereizt.
»Schon gut, schon gut«, sagte Vandamme. »Komm erst mal mit und nimm einen doppelten Whisky.«
In diesem britischen Jungen verschätze ich mich dauernd, dachte er. Wahrscheinlich verschätze ich mich in allen Briten.

»Wißt ihr, wann ihr zurückkommt?« fragte Joanna, die in der Küche herumhantierte.
»Keine Ahnung«, antwortete John Croasdell aus dem Wohnzimmer. Er beugte sich neben Gene Vandamme über den Tisch und studierte eine Karte.
»Wir müssen uns ab morgen früh in Bereitschaft halten – voll einsatzbereit. Der übliche Schlauch, Liebling, du weißt ja, kein Urlaub, keine Entfernung von der Truppe, keine Anrufe.«
»Hat es Zweck, nach der Art des Einsatzes zu fragen?« sagte sie.
»Nein«, antwortete Croasdell.
Verdammt noch mal, dachte sie. Es war himmlisch, die letzten vierzehn Tage, als ich die beiden hier hatte, himmlisch – und zugleich höllisch. Wenn man mit einem Mann von der RAF verheiratet ist, gibt es nie einen Moment, wo man ihn nicht vor Augen hat oder an ihn denkt. Das war das Dumme. Wenn man dagegen mit jemandem von der Achten Armee verheiratet ist, der irgendwo in der Wüste sitzt, ist man natürlich auch unruhig, kann sich aber immer etwas vormachen und sagen, er tue gerade nichts besonders Gefährliches. Eine RAF-Ehefrau weiß aber immer, was los ist. Wenn sie in der Nähe des Stützpunktes wohnt – wie es bei ihr der Fall war –, wird sie buchstäblich Zeuge, wie er in die Schlacht fliegt. Und wartet darauf, daß er zurückkommt. Und jetzt haben John und Gene wieder einen Einsatz vor sich.
Sie wußte, daß Gene es kaum abwarten konnte. Er hatte in den letzten Tagen einen so beschwingten Gang – genauso wie an dem Tag, an dem er und John die Heinkel abgeschossen hatten, um die man soviel Wind gemacht hatte. Aber John ... bei John konnte man nie wissen. Er hatte eine schlimme Zeit durchgemacht, nachdem er vor drei Jahren abgeschossen worden war. Er konnte sehr gereizt sein – und die letzten paar Tage war er so teilnahmslos, so undurchdringlich, so unverbindlich gewesen, daß sie wußte, es braute sich etwas zusammen. Ich weiß, daß ich John körperlich und seelisch näher stehe als jedem anderen Menschen, und das wird sich auch nie ändern; aber in vieler Hinsicht wird er für mich immer ein Buch mit sieben Siegeln bleiben.
Und Gene? Irgendwie fühlte sie so etwas wie Liebe für ihn. Zumindest sexuelle Anziehung, vielleicht aber auch mehr. In sexueller Beziehung war er vielleicht reizvoller für sie als John, darüber war sie sich klar. Aber er

war ein ganz anderer Mann als John – ein bißchen verwöhnt, zu jung, zuviel Geld. Wenn man einen Vater hat, der Vizepräsident einer Eisenbahngesellschaft ist, entgehen einem im Leben einige Erfahrungen, die John gemacht hatte. John zum Beispiel hatte um alles kämpfen müssen, das er erreicht hatte. Es hatte ihn härter, klüger, irgendwie männlicher gemacht als Gene.

Gene hatte seit jenem Tag auf dem Friedhof noch nicht einmal ihre Hand berührt. Sie hatte ihn dabei ertappt, daß er sie ein- oder zweimal verliebt angeschaut hatte, und sie fragte sich, ob John irgend etwas bemerkt hatte. Nicht daß es viel zu bemerken gab, sagte sie sich und hob etwas den Kopf. Es wäre aber peinlich, wenn ihm doch etwas aufgefallen wäre. Er und Gene schienen an einer wichtigen Sache zu arbeiten, und Eifersucht war sicher das letzte, was sie jetzt brauchen konnten. Aber John hatte nichts gemerkt, da war sie ganz sicher. Er war viel zu sehr mit sich selbst beschäftigt.

»Ich habe eine Flasche Wein im Jeep«, sagte Vandamme und trat in die Türöffnung zur Küche. »Ich dachte, wir feiern heute abend ein wenig.«

»Feiern?«

»Weil wir wieder im Einsatz sind, Joanna.«

»Wein?« fragte Croasdell. »Was für Wein?«

»Kalifornischen«, sagte Vandamme. »Roten. Ein Bekannter von mir hat ihn gestern aus den Staaten mitgebracht.«

»Was soll das heißen, kalifornischer Wein? Das ist kein Wein, das ist nur Traubensaft.«

Vandamme ging hinaus zum Jeep und kam mit dem Wein zurück. Croasdell nahm die Flasche und entkorkte sie, wobei er sie kritisch betrachtete. Er schenkte ein Glas ein und nippte daran.

»Ich habe schon schlechteren Traubensaft getrunken, muß ich zugeben. Also kalifornischer Wein. Hab' noch nie davon gehört.«

»Ich habe dir neulich schon gesagt, Croasdell, das Dumme an euch Briten ist, daß ihr vor allem, was neu ist, die Augen verschließt.«

»Traubensaft ist nichts Neues, alter Junge. Wahrscheinlich gab es ihn schon in der Steinzeit. Ihn in Wein zu verwandeln, war die ganze Leistung der Zivilisation.«

»Wenn ihr zwei Kenner mit eurem Disput fertig seid«, sagte Joanna, »kommt bitte zu Tisch. Eine Wochenration Fleisch wartet auf euch. Und ich möchte einen großen Schluck von dem Traubensaft. Ich habe einen schweren Tag hinter mir.«

»Bitte«, sagte Vandamme und schenkte ihr ein Glas ein. »Nimm einen Schluck Sonne. Kommt direkt aus dem Tal von San Fernando.«

»Was für Fleisch ist das, Joanna?« fragte Croasdell. »Vielleicht paßt dieser Traubensaft nicht dazu.«

»Ich glaube, das Fleisch kommt direkt vom Südpol«, sagte sie. »Es ist Walfleisch. Das können wir außer der regulären Zuteilung in jeder Menge kaufen.«

»Der Krieg ist die Hölle«, sagte Croasdell und verzog sein Gesicht.

Streng geheim

Strategische US-Luftwaffe
Büro des Obersten Nachrichtenoffiziers

Memorandum

Betrifft: Zweck und Verwendung der B-17 in Feindeshand

1. Eine erhebliche Zahl von britischen Bombern und Jägern ist in die Hände der Deutschen gefallen und von ihnen instand gesetzt worden. Rechlin hat seit langer Zeit Wellingtons, Stirlings, Spitfires und andere Typen repariert und getestet.
2. Mit wenigen Ausnahmen sind diese Maschinen nie im direkten Kampf gegen die Briten eingesetzt worden. Schon die Art der britischen Einsätze hindert die Deutschen daran, nachts taktische Vorteile aus der Benutzung dieser Maschinen zu ziehen.
3. Der Feind hat seine Aufmerksamkeit in den letzten Monaten zunehmend auf das Erbeuten und die Reparatur amerikanischer Bomber der Typen B-17 und B-24 gewendet.
4. Die Benutzung von B-17 bietet dem Feind Möglichkeiten, die einen Versuch wert sind. Die bisherige Verwendung der erbeuteten Maschinen geht aus der anliegenden Zusammenfassung hervor (Auswertung von Einsatzberichten von April 1943 bis heute).
5. Wie diesen Berichten zu entnehmen ist, benutzten die Deutschen die Festungen zunächst zu Aufklärungszwecken, wobei sie in sicherer Entfernung von der Reichweite unserer Kanonen blieben. Später beobachteten sie unsere Einsätze aus größerer Nähe. Bei Wolkenbildung oder Lücken in unseren Formationen haben sie sich diesen unmittelbar angeschlossen und andere Feindflugzeuge oder ihre Bodenstationen per Funk über alle unsere Bewegungen unterrichtet.
6. Da die Luftwaffe nicht über genügend Munition vom Kaliber .50 verfügt, hat sie die erbeuteten B-17 und B-24 mit 20-Millimeter-Kanonen ausgerüstet. Das ist wenigstens die Überzeugung unserer Besatzungen.
7. Es ist wider Erwarten nicht leicht, eine vom Feind geflogene B-17 zweifelsfrei als solche zu identifizieren. Bei Einsatz 86 trug die fremde B-17, die sich unserer Formation anschloß, das Erkennungszeichen des Tages auf dem hinteren Leitwerk.

8. Da die feindlichen Festungen keine schwere Bombenladung befördern, sind sie schneller und wendiger als unsere schwer beladenen Maschinen.
9. Durch Eindringen in unsere Festungsformationen kann der Feind die Formationen nicht nur sprengen, sondern auch feindliche Abfangjäger und Flugabwehrgeschütze auf abgetrennte Gruppen oder beschädigte Bomber lenken.
10. Die Fähigkeit der Deutschen, eine Reihe von schwer identifizierbaren B-17 und B-24 auf unerwartete Weise gegen uns einzusetzen, stellt eine Bedrohung dar, die sich noch gar nicht richtig abschätzen läßt, mit der wir aber in Zukunft jeden Tag konfrontiert werden können.
11. Es wird empfohlen, Abschriften dieses Berichts zur sofortigen Kenntnisnahme an alle betroffenen Einsatz-, Ausbildungs- und Ausrüstungsstäbe weiterzuleiten.

Frank D. Lasker
Oberst, Luftkorps
Oberster Geheimdienstoffizier

Durchschriften an: General Paul C. Hamel
Kommandierender Offizier, RAF-Jägerkommando
RAF-Bomberkommando
RAF-Küstenkommando

14

»Und jetzt kommen wir zu Einsatz 77«, sagte Oberst Frank Lasker.
Er raschelte mit seinen Papieren, und die anderen drei Männer, die an dem langen, mit grünem Flanell überzogenen Tisch im Geheimdienstraum von Polebrook saßen, richteten sich gespannt auf. Einsatz 77 war eine Mission, von der sie wahrscheinlich schon etwas wußten, und Oberst Frank Lasker war genau der Mann, der ihnen *alles* darüber beibringen würde. Er war der oberste Geheimdienstoffizier aller im Vereinigten Königreich stationierten US-Bombergeschwader. Hohe Kommandeure der amerikanischen Luftwaffe wie zum Beispiel Eaker und Spaatz und Arnold beherzigten alles, was er zu sagen hatte: Durchschriften seiner Berichte gingen an die höchsten Offiziere der britischen Luftwaffe und – jedenfalls manchmal – an den Premierminister persönlich. Nur wenige Männer mit einem vergleichsweise so niedrigen Rang konnten sich eines solchen Publikums rühmen.
»Einsatz 77«, las er mit seinem monotonen Wisconsin-Akzent. »Dreihundert B-17 losgeschickt – hundertneunundneunzig gelang es, ihre Bomben

abzuwerfen. Zweiundneunzig trafen die Gummiwerke in Hannover; vierundfünfzig trafen die U-Boot-Werften in Hamburg; dreiundfünfzig bombardierten Gelegenheitsziele. B-24 vom Achten US-Unterstützungskommando und Typhoons und Bostons der Royal Air Force flogen Ablenkungseinsätze.«

Er sah kurz zu den drei Männern auf. Einer von ihnen war ein Nachrichtenverbindungsoffizier der RAF – ein Oberstleutnant.

»Die RAF traf die Jäger-Flugplätze um Hannover«, fuhr er fort. »Luftbilder zeigen, daß sie großen Schaden anrichteten. Aber wir hatten schwere Verluste – sehr schwere Verluste.«

Er hielt inne und fuhr mit dem Finger eine Zahlenkolonne entlang.

»Die Ziele in Hannover waren die beiden Hauptfabriken der Continental Gummiwerke, die wir mit insgesamt zweihundertneun Tonnen hochexplosiven Materials belegten. Nach Schätzungen des Geheimdienstes wird die Produktionskapazität aus diesem Grund in den nächsten sechs Wochen um zwanzig Prozent vermindert sein. Die Hamburger Resultate sehen ebenfalls recht gut aus, obwohl wir noch keine Berechnungen des Nachrichtendienstes haben. Hamburg hat die Folgen zweier nächtlicher Luftangriffe der RAF noch nicht überwunden, und über dem Ziel liegen so dichte Rauchwolken, daß wir noch keine Aufnahmen machen konnten.«

Einen Augenblick später fuhr er fort: »Wir haben insgesamt vierundzwanzig B-17 verloren – dreizehn an feindliche Abfangjäger und sieben an Luftabwehrgeschütze.«

»Und die anderen vier?« fragte der RAF-Mann.

»Darauf komme ich gleich zu sprechen«, antwortete Lasker. »Im Moment laufen sie unter der Rubrik ›Ursachen unbekannt‹.«

»Der Einsatz hatte natürlich keine Eskorte?« sagte einer der beiden anderen Offiziere von der US-Air Force.

»So ist es«, sagte Lasker. »Außer... wir haben drei YB-40 probeweise als Begleitflugzeuge eingesetzt.«

»Und?«

»Die Ergebnisse werden als schlecht qualifiziert«, sagte Lasker ruhig.

»YB-40?« sagte der Oberstleutnant von der RAF. »Das ist doch die neue Festung, die als eine Art fliegendes Arsenal konstruiert worden ist, nicht wahr?«

»So ist es«, sagte Lasker wieder. »Wir haben sie bauen lassen, weil sie unser Begleitproblem lösen sollte. Im Grunde ist sie eine B-17F, die keine Bomben geladen hat und dafür mit vierzehn Brownings vom Kaliber .5 ausgerüstet ist – statt der üblichen zehn. Außerdem ist sie zusätzlich gepanzert. Vega, das Unternehmen, das sie baut, hat auch versucht, das Bugfeuerproblem zu lösen, indem sie unmittelbar unter dem Bug einen Gefechtsstand für zwei Kanonen konstruierten.«

»Und die Resultate waren trotzdem schlecht?«
»Das sind jedenfalls die Angaben, die die Besatzungen gemacht haben. Die zusätzliche Panzerung macht die Maschinen schwerer und langsamer als die B-17, die sie begleiten – besonders auf dem Rückflug, wenn die Bomber ihre Last abgeworfen haben und bedeutend leichter sind als vorher. Die YB-40 fallen hinter die Bomberformationen zurück... sieht so aus, als brauchten sie eine eigene Eskorte.«
Er lächelte ironisch und fuhr dann fort: »Ich komme jetzt zu den vier B-17, die aus ›unbekannten Ursachen‹ runtergefallen sind. Diese Maschinen wurden von anderen Besatzungen auf dem Rückflug gesichtet – zwei kamen aus Hamburg, zwei aus Hannover. Alle vier hatten einen Treffer, aber nicht die Art von Treffer, die einer Festung gefährlich werden kann. Die Festungen sind sehr hart im Nehmen, wie Sie sicher wissen, meine Herren. Es gibt aber etwas, das alle vier gemeinsam hatten: Sie mußten alle ihre Formationen verlassen. Sie waren über dem Meer, es gab keine Flak, keine feindlichen Jäger. Zwei von ihnen wurden von anderen B-17 begleitet – Maschinen, von denen die Beobachter mit Sicherheit annahmen, daß es sich um B-17 von einem anderen Geschwader handelte. Sie wissen, wie das ist, wenn Massen von B-17 über die Nordsee zurückfliegen und die Formationen von der Flak und den Feindjägern aufgelöst worden sind. Dann geraten die einzelnen Staffeln durcheinander, und die Männer können sich oder die Maschinen einfach nicht alle kennen.«
Er hielt inne und suchte in einem neuen Stapel von Papieren, die er einer grauen Mappe entnommen hatte. Vor den anderen Offizieren lag jeweils eine ähnliche Mappe.
»Ich nehme an«, sagte Lasker, »daß Sie Ihr Exemplar dieser nachrichtendienstlichen Zusammenstellung gelesen haben. Die Zusammenstellung enthält meine Auswertung von Besatzungsmeldungen, die vom 21. April 1943 bis heute gemacht worden sind. Ich möchte Sie bitten, Ihr Exemplar nach der Besprechung wieder abzugeben – das ist sogar ein ausdrücklicher Befehl von General Hamel. Diese Informationen haben die höchste Geheimhaltungsstufe. Jetzt möchte ich Ihnen nur einige der wichtigsten Punkte ins Gedächtnis zurückrufen...«
Unvermittelt zog er eine Brille aus der Tasche und rückte sie sorgfältig auf seiner Nase zurecht.
»Wir können mit der Auswertung von Meldung Nr. L 86 beginnen, die auf Seite drei Ihrer Zusammenstellung, nach den Zusammenfassungen über die einzelnen Einsätze, beginnt«, sagte Lasker. »Ich zitiere: ›...am 21. 4. 1943 (Auswertung Meldung Nr. L 75) wurde eine Festung zunächst in Rechlin fotografiert und am selben Tag mit einer Gruppe deutscher Flugzeuge in der Nähe von Gebäuden im nördlichen Teil des Geländes gesichtet. Letztere Aufnahmen zeigen die Festung bei den nordwestlichen Hangars,

die für Reparaturarbeiten benutzt werden. Sie ist ziemlich hell gestrichen, und am Rand der Tragfläche sind die Einheitenmarkierungen zu erkennen‹.«

Er sah auf.

»Das meine Herren, ist die Meldung, die wir über eine B-17 in den Händen des Feindes bekamen. Seitdem sind immer wieder entsprechende Berichte eingegangen – von Einsatz 53 am 1. Mai, einem Angriff auf Hafenanlagen in St. Nazaire, bis Einsatz 77, von dem gerade die Rede ist, sind von Bomberbesatzungen der Achten US-Luftflotte insgesamt achtundzwanzig unidentifizierte B-17 gesichtet worden. Darf ich Sie auch noch« – er suchte in seinen Papieren – »auf das Geheimdienstmemorandum des Achten Bomberkommandos vom 28. April hinweisen? Es befaßt sich mit den neuen Aufnahmen von Rechlin. Ich zitiere: ›Unter den auf dem Flugfeld identifizierten Maschinen befanden sich mehrere Wellingtons, eine Stirling und eine B-17. Bei RAF-Einsätzen gab es diesen Monat zwei Berührungen und drei Begegnungen mit Wellingtons und einer Halifax…‹«

Er warf dem britischen Offizier einen Blick zu.

»Diese Meldungen haben wir natürlich auch bekommen«, sagte der Oberstleutnant der RAF. »Und sie sind bei uns ebenfalls ›top secret‹, denn sie könnten verheerende Folgen für die Moral unserer Besatzungen haben. Für Ihre Jungen ist es tagsüber schon schlimm genug, aber – verzeihen Sie meine Offenheit – nachts ist es noch viel schwerer, Freunde von Feinden zu unterscheiden.«

Lasker nickte.

»Unser umfassendster Bericht über feindgeflogene B-17«, sagte er, »stammt vom Einsatz 67, einem Angriff auf einen Schiffskonvoi vor den Friesischen Inseln. Ich zitiere wieder: ›Eine stark getarnte B-17 wurde über der Elbemündung gesichtet. Ihre Farbe war heller als die unserer Maschinen. Zur Zeit des Angriffs auf den Konvoi wurden drei vermutlich feindgeflogene B-17 mit Kurs auf Deutschland gesichtet. Außerdem wurden vier andere, allein fliegende B-17 gemeldet, die vermutlich von Deutschen geflogen wurden und sich in der Nähe unserer Formationen befanden beziehungsweise versuchten, sich diesen anzuschließen.‹«

Er klappte die Mappe zu.

»Wir haben an jenem Tag achtzehn B-17 verloren, und bei einigen von ihnen wissen wir nicht zweifelsfrei, wie oder warum sie heruntergekommen sind. Die Verlustquote war höher als sonst – achtzehn von hundertsiebenundsechzig Maschinen. Das ist mehr als zehn Prozent. Bei einer solchen Quote können wir nicht mehr lange weitermachen.«

»Vermutlich«, sagte der Oberstleutnant von der RAF, »haben Sie diese Konferenz einberufen, weil Sie inzwischen noch etwas Konkreteres in der Hand haben? Etwas Konkreteres als diese Besatzungsmeldungen?«

Lasker runzelte die Stirn.
»Ich würde diese Besatzungsmeldungen außerordentlich konkret nennen, Sir. Aber Sie haben recht, wir verfügen tatsächlich über neue Indizien dafür, daß der Feind zunehmend unsere eigenen Maschinen – vor allem B-17 – gegen uns einsetzt. Gestern ist in Polebrook eine B-17 bei der Rückkehr vom Einsatz 77 abgestürzt. Ein Mann hat überlebt, ein gewisser Sergeant Mitchellman. Er hat Verbrennungen dritten Grades, vierzig Prozent seiner Haut sind hin, und man hat mir vor einer Stunde mitgeteilt, daß er es wahrscheinlich nicht überstehen wird, der arme Kerl. Bevor er jedoch in den Operationssaal gebracht wurde, erzählte er einem Offizier von unserem Kommando, daß seine Maschine von einer anderen B-17 aus einem anderen Geschwader unter Feuer genommen wurde – einer schwarz gestrichenen B-17. Er dachte, sie sei vom 97. Wir haben die Sache natürlich sehr genau untersucht. Erstens: Die Mannschaften aller zurückgekehrten Maschinen vom 97. sind eingehend befragt worden, und niemand wußte etwas von einer solchen Berührung. Zweitens: Keine einzige Maschine vom 97. ist schwarz oder auch nur dunkelgrau gestrichen, und keine war jemals so gestrichen. Sie sind olivgrün wie unsere anderen Flugzeuge. Drittens: Bei der Besprechung nach Einsatz 77 hatten wir eine weitere Meldung, die auf eine feindgeflogene B-17 hinweist. Ich zitiere: ›Eine merkwürdige B-17 schloß sich über Deutschland einer Formation an und flog mit, bis unsere Flugzeuge etwa fünf Minuten von der deutschen Küste entfernt waren. Dann tauchten zwei zweimotorige Jäger auf, und die merkwürdige B-17 scherte aus und flog mit ihnen landeinwärts.‹«
Zum erstenmal sagte der ranghöhere der beiden amerikanischen Fliegeroffiziere etwas. Es war ein relativ junger Brigadegeneral, der ein Geschwader kommandierte. Seine Stimme klang besorgt: »Frank, Sie wissen doch, daß es unmöglich ist, diese Geschichte auf lange Sicht geheimzuhalten? Wir können den Jungs nicht einfach den Mund verbieten. Zum Teufel, sie reden ja bereits darüber. Und inzwischen werden alle möglichen Leute gehört haben, wie dieser Mitchellman phantasierte – Sanitäter, Ärzte, Krankenschwestern und so weiter. Diese Leute werden ebenfalls reden und Gerüchte in die Welt setzen. Außerdem ist in den letzten paar Wochen schon genug geredet worden.«
»Ich weiß«, sagte Lasker.
»Eines ist mir schleierhaft«, sagte der RAF-Offizier bedächtig. »Warum haben sie so viele B-17? Warum ausgerechnet Maschinen von diesem Typ? Ich meine, wir hatten zwar auch Meldungen von Stirlings und Halifaxes und Wellingtons – sogar von einem Bomber des Typs Breguet 69, komplett mit französischen Hoheitszeichen, der am 18. September 1940 bei einem Angriff auf Lyneham eingesetzt wurde. Ich habe in unseren Geheimdienstberichten nachgesehen, nachdem ich Ihre Zusammenstellung gele-

sen hatte. Unlängst ist eine Stirling unter sehr eigenartigen Umständen über den Alpen abgeschossen worden, und eine andere über Essen. Wenn Ihre Berichte jedoch zutreffen, und wir haben keinen Grund, das Gegenteil anzunehmen, dann scheinen sie weit mehr B-17 als RAF-Maschinen zu haben. Warum aber? Ich meine, ich möchte nichts unterstellen, aber...«

»Sie tun verdammt gut daran, nichts zu unterstellen«, sagte der amerikanische Brigadegeneral zornig, doch Lasker unterbrach ihn schnell.

»Nein, General, unser Freund hat vollkommen recht«, sagte er. »Sie scheinen tatsächlich verdammt viele Festungen und auch B-24 Liberators zu haben. Mir ist das auch aufgefallen, und ich habe eine Antwort gefunden, die mir einigermaßen plausibel vorkommt. Das heißt, eigentlich sind es zwei Antworten. Erstens ist die B-17 sehr hart im Nehmen, wie wir bereits festgestellt haben. Bitte« – er hielt eine Hand hoch, da der RAF-Offizier protestieren wollte – »ich weiß, daß die Lancasters und Stirlings ausgezeichnete Maschinen sind. Es gibt aber einen Unterschied. Wir fliegen tagsüber, und Sie fliegen nachts. Für uns beide persönlich gilt das zwar nicht, aber im allgemeinen. Einverstanden?«

Der RAF-Offizier nickte langsam.

»Sie sind Pilot, Sir, und zwar ein sehr guter Pilot, nach den Dekorationen auf Ihrer Brust zu urteilen. Sie wissen also genau, wenn Sie über Deutschland oder Frankreich oder sonst irgendwo sind und wenn zwei Ihrer Motoren ausfallen und das Leitwerk nicht mehr richtig funktioniert, haben Sie tagsüber eine viel größere Chance, heil herunterzukommen – ich meine, weil Sie den Boden unter sich sehen. Nachts ist es weit schwerer, vor allem bei der Verdunkelung überall. Sie brauchen nur einen Jeep zu nehmen und einmal in der Umgebung unseres Stützpunktes spazierenzufahren, dann verstehen Sie, was ich meine. Es gibt viele B-17, die nach einem Einsatz eine Notlandung auf unserem Boden geschafft haben. Sie sind fast alle repariert worden und fliegen wieder. Wir haben beim 444. Instandsetzungsdepot einen Oberst, der fast jede Maschine wieder hinkriegt. Ich war neulich unten, weil ich genau sehen wollte, wie die Deutschen es bei sich machen, und er setzte gerade den hinteren Teil einer abgestürzten B-17 an den vorderen einer anderen. Ich bin verdammt sicher, daß man drüben auch solche Spezialisten hat.«

»Ein guter Gedanke«, sagte der Mann von der RAF nachdenklich.

»Zweitens«, sagte Lasker, »scheinen sich die Deutschen aus irgendeinem Grund, den wir noch nicht kennen, auf die Bergung von B-17 zu konzentrieren. Und auf ihren Umbau.«

»Umbau?« fragte der Brigadegeneral.

»Aus Sicherheitsgründen mußte ich bei meiner Zusammenstellung des Berichts den interessantesten Punkt auslassen«, antwortete Lasker kurz. »Wie Sie wissen, ist uns nur eine dieser ›feindlichen‹ B-17 wieder in die

Hände gefallen – die Maschine, die in Mersea notlandete. Es blieb verdammt wenig von ihr übrig, aber Ihre Jungs in Farnborough« – er nickte dem Staffelführer von der RAF zu – »haben versucht, die Reste wieder zusammenzusetzen. Sie haben gute Arbeit geleistet und etwas Hochinteressantes herausgefunden. Die Bombenschächte waren geändert worden – die Deutschen hatten sie verlängert. Leider war vom Auslösemechanismus praktisch nichts mehr übrig, woraus wir eindeutige Schlußfolgerungen hätten ziehen können, aber die Jungs aus Farnborough vermuteten, die Deutschen hätten die Maschine auf eine einzelne Spezialbombe umgerüstet. Auf eine Bombe, die rund zweitausend Kilo wiegt, sagten sie.«
»Dann müßten sie auch das Zielsuchgerät geändert haben«, sagte der Brigadegeneral. »Haben sie das?«
»Wir wissen es nicht, General. Von dem Zielsucher ist so wenig übriggeblieben, daß man daraus überhaupt keine Schlüsse ziehen kann. Es wurde bei dem Feuer praktisch eingeschmolzen. Offenbar handelte es sich aber nicht um das übliche Norden-Gerät.«
Der Brigadegeneral stand auf und ging ans Fenster. Ganz rechts konnte er eine B-24 Liberator sehen, die sich von dem helleren Grün der Einfassungshecke abzeichnete, während sie langsam zur Piste rollte. Nach einer Weile wandte er sich wieder den anderen zu: »Was zum Teufel haben die Krauts eigentlich vor?«
Es war der RAF-Offizier, der antwortete.
»Sie haben doch in letzter Zeit Scherereien mit Luft-Luft-Bombardierungen gehabt, oder nicht, Sir? Erbeutete Flugzeuge, die über Ihren Formationen flogen und Ihre Maschinen mit Splitterbomben belegten. Ich habe es in einigen neueren Einsatzberichten gelesen.«
Der General nickte.
»Nun, Sir, da fällt mir etwas ein. Wenn die Deutschen eine gewaltige Splitterbombe konstruieren könnten, die sich im richtigen Augenblick zünden ließe – das wäre eine äußerst unangenehme Waffe. Damit könnten sie drei oder vier Festungen – vielleicht noch mehr – auf einen Schlag erledigen. Und von wo aus könnte man sie besser abwerfen als von einer falschen Formation, die in besonders großer Höhe fliegt, wo wir sie nicht vermuten.«
»Sie könnten recht haben.«
Der General wandte sich an Lasker. »Frank, glauben Sie denn wirklich, daß sie genug B-17 für eine ganze Formation haben?«
»Es ist nicht auszuschließen, daß sie noch viel mehr haben.«
»Verdammt...«
»Sie setzen sie ja auch noch zu anderen Zwecken ein, General. Offenbar benutzen sie B-17 und B-24, um unsere Formationen zu beschatten und deren Höhe, Kurs und Geschwindigkeit zu melden – lange bevor wir in

Reichweite ihres Radars sind. Sie verwenden sie zum Absetzen von Agenten – das war sehr wahrscheinlich die Aufgabe der Maschine von Mersea. Und sie knallen Flugzeuge ab, die ihre Formationen verloren haben – wie neulich ›Choctaw Charlie‹. Andererseits machen sie aber auch ein paar ziemlich dumme Sachen. Selbst ihnen unterlaufen Fehler.«

»Zum Beispiel?«

»Nun, sie streichen ihre trojanischen Pferde offenbar häufig in einer Farbe, die bei uns nicht üblich ist. Unsere Jungs könnten sie daran erkennen. Und noch etwas... Wenn Sie sich die Zusammenstellung noch einmal anschauen, werden Sie sehen, daß die Mittelkanzeln der dreiundzwanzig falschen Maschinen in vielen Fällen abgedeckt waren. Das haben unsre Männer bei den Einsatzbesprechungen immer wieder bezeugt.«

»Was hat das für einen Grund?«

»Dafür kann es viele Gründe geben, General. Es ist bestimmt nicht leicht, komplette Besatzungen für diese Aufgabe auszubilden. Die Mittelpositionen sind die schwächsten Gefechtsstände der Maschinen, da man von dort aus nur einen kleinen Ausschnitt unter Feuer nehmen kann. Außerdem haben sie wahrscheinlich nicht genug Munition vom Kaliber .5. Sie stellen sie nicht selbst her, und sie müssen einen großen Teil der Beutemunition zu Übungszwecken einsetzen, damit ihre Schützen zielsicher werden. Ich glaube, sie reduzieren einfach die Zahl der Besatzungsmitglieder und der Kanonen und MGs. Das verschafft ihnen sogar einen gewissen Vorteil.«

»Inwiefern?«

»Macht sie leichter und damit wendiger. Und da sie auch meist keine Bomben an Bord haben, sind sie bedeutend schneller als unsere Maschinen.«

Der Raum erbebte leicht, als die B-24, die der Brigadegeneral beobachtet hatte, über ihnen dahinflog und in östlicher Richtung verschwand. Lasker wartete, bis das Dröhnen abgeklungen war, und fuhr dann fort.

»Ich habe Sie hauptsächlich deshalb gebeten, sich heute hier zu versammeln, weil ich Ihre Meinung zu zwei Empfehlungen hören möchte, die ich dem Oberkommando der Achten Luftflotte machen werde.«

»Empfehlungen, die Sie machen *werden?*« sagte der Brigadegeneral trokken. »Unsere Meinung ist also nur für die Akten bestimmt. Das entspricht ganz Ihrem Arbeitsstil, Frank.«

Lasker lächelte zum erstenmal seit Beginn der Konferenz. Als er weitersprach, war seine Stimme jedoch ernst: »Sie, meine Herren«, er nickte den beiden amerikanischen Offizieren zu – »befehligen je ein Bombergeschwader. Und Sie, Sir«, er wandte sich an den Mann von der RAF – »sind als Vertreter der Royal Air Force hier. Was ich zu sagen habe, betrifft uns alle.«

Er fuhr einen Augenblick lang abwesend mit einem Bleistift über den Tisch.

»Wir... sind einfach gezwungen, den Befehl zu geben, das Feuer auf verdächtige Flugzeuge zu eröffnen.«
»Aber...«, begann der amerikanische Oberst. Es war das erste Wort, das er bisher geäußert hatte.
»Es gibt einen ganzen Haufen von Einwänden«, sagte Lasker. »Aber dieses, sagen wir, trojanische System, das sie benutzen – bei uns heißt es übrigens in der Tat ›Unternehmen Troja‹ –, wird uns allmählich gefährlich. Wir verlieren Flugzeuge und Männer, wir werden abgefangen, ehe wir unsere Ziele erreichen, und bald werden unsere Jungs das Gefühl haben, sie seien bloße Zielscheiben für den Feind.«
»Aber auch bei Ihrer Empfehlung ergibt sich eine Reihe schwerwiegender Probleme«, sagte der Oberst. »Unsere Männer müssen verdammt sicher sein, ehe sie das Feuer auf eine andere B-17 eröffnen.«
»Das müssen sie«, sagte der Brigadegeneral. »Aber ich bin derselben Meinung wie Frank. Der Feind kann mit diesen erbeuteten Festungen praktisch tun, was er will. Wir müssen Mittel und Wege finden, um ihm einen Strich durch die Rechnung zu machen – damit er Angst davor bekommt, unsere Formationen zu infiltrieren. Er kann sich den Verlust einer B-17 viel weniger erlauben als wir.«
»Stimmt«, sagte der RAF-Offizier gelassen. »Aber was geschieht, wenn Ihre Besatzungen Fehler machen, was nur zu verständlich wäre? Nicht gerade gut für die Kampfmoral, wenn sie eine – oder mehrere eigene Maschinen abschießen.«
»Im Krieg werden immer wieder Fehler gemacht«, sagte der General resigniert. »Das stammt nicht von mir, sondern von Napoleon oder von General Lee oder von irgend jemand anderem. Wer es auch gesagt hat, es stimmt jedenfalls. Sie haben allerdings recht, was die Kampfmoral betrifft. Wir müssen also auch Mittel und Wege finden, um die Kampfmoral möglichst intakt zu halten.«
»Wir hätten, praktisch gesehen«, sagte Lasker, »vielleicht einen Trumpf, über den der Feind noch nicht viel weiß, weil wir ihn bisher kaum ausgespielt haben. Auf den ersten Blick scheint es übrigens kein besonders guter Trumpf zu sein.«
»Worum handelt es sich?«
»Um die YB-40 – die ›Festungen‹ mit der Zusatzbewaffnung. Die feindlichen Bomber greifen offenbar besonders gern abgekommene Maschinen an. Warum geben wir nicht jeder Formation ein oder zwei Flugzeuge mit, die zum Schein abkommen – eben YB-40? Wir könnten sogar dafür sorgen, daß sie künstlichen Rauch ablassen. Dann sieht es echter aus.«
»Und wenn sich die feindlichen B-17 nähern, werden sie von den YB-40 abgeschossen?« sagte der General nachdenklich. »Nun, die Idee klingt nicht mal schlecht...«

»Ich habe sie bereits in der Zusammenstellung berücksichtigt, die ich an das Oberkommando der Achten Luftflotte geschickt habe«, sagte Lasker.
»Sie sagten vorhin, daß Sie General Hamel *zwei* Dinge empfehlen würden«, sagte der General. »Welches ist die zweite Empfehlung?«
Lasker lächelte.
»Der Name der Maschine, die neulich abgeschossen wurde, hat mich wieder daran erinnert«, antwortete er. »Ein Mann, der inzwischen nicht mehr lebt, hat mich schon vor langer Zeit darauf gebracht.«
»Wie hieß die Maschine noch?« fragte der General.
»›Choctaw Charlie‹«, sagte Lasker. »Ich mußte bei diesem Namen an Indianer denken...«
»An Indianer?«
Lasker wandte sich an den Obersten von der Achten Luftflotte: »Ed, wie viele Navajos haben wir bei unseren Besatzungen, nicht nur hier, sondern auch in den Staaten?«
Der Oberst lachte ungläubig. »Kann ich leider nicht auf Anhieb sagen, Frank. Einige sind es bestimmt. Aber ich kann es feststellen lassen. Ich frage gleich an.«
»Machen Sie das, Ed. Ich glaube nämlich, daß es eine fabelhafte Idee ist.«
Die drei Männer hörten aufmerksam zu, während er einige Minuten lang redete. Dann lehnte sich der General lächelnd zurück. Auch der Oberstleutnant von der RAF mußte grinsen, wenn auch etwas widerwillig.
»Nun, es ist einen Versuch wert«, sagte der General. »Nehmen Sie alles in die Akte auf, und dann werden wir sehen, was Ira dazu sagt. Übrigens, welchen Kodenamen benutzen Sie für diese Sache?«
»Nun, General, wie ich schon sagte, lief die Sache bisher bei uns unter dem Kode ›Unternehmen Troja‹. Warum sollte die erweiterte Operation nicht folgerichtig ›Unternehmen Doppeltroja‹ heißen?« antwortete Lasker.
»Gefällt mir nicht«, sagte der General.
»Warum nicht, Sir?«
»Ich mag keine Kodenamen mit einer bestimmten Bedeutung. Kodenamen sprechen sich herum, und eines Tages bekommt vielleicht auch der Feind Wind davon. Und wenn ein deutscher Nachrichtenoffizier, der nicht auf den Kopf gefallen ist, zufällig hört, daß ein Unternehmen den Namen ›Doppeltroja‹ hat, wird er anfangen zu überlegen. Und er würde nicht lange brauchen, um dahinterzukommen, stimmt's?«
»Ich glaube, Sie haben recht.«
»Ich werde Ihnen sagen, wie wir die Sache nennen, Frank. Wir benutzen einfach die Anfangsbuchstaben. Nennen Sie es Unternehmen ›DT‹.«
»Steht in der medizinischen Literatur für *Delirium tremens*, oder?« sagte der amerikanische Oberst. »Scheint mir ein sehr passender Deckname zu sein...«

15

»Ich sehe das Hauptproblem darin«, sagte Strongman, »daß wir uns für zwei Fälle rüsten müssen, weil wir nicht zweifelsfrei wissen, welcher Fall eintritt. Zwei komplette Sätze verschiedener Identitäten, Kommunikationskanäle, Treffpunkte, Sende- und Empfangsstationen. Einer für Holland und einer für Frankreich. Weil wir nicht sicher sein können, daß dieser Bursche sich tatsächlich für die Egmond-Route entscheidet. Nun, ich glaube Ihnen, daß Sie Ihre Hausaufgabe gründlich gemacht haben, und Ihr Argument für die Egmond-Route scheint mir ganz einleuchtend zu sein. In Anbetracht der geringen Treibstoffmenge, die wir ihm geben, könnte es aber auch sein, daß er ganz einfach beschließt, geradewegs über den Kanal nach Frankreich zu hüpfen und die Flak zu riskieren. Wir bereiten uns also besser auf beide Möglichkeiten vor.«
Croasdell und Vandamme musterten ihn verstohlen. Er hatte sich als Major Edward Butler vorgestellt. Er war ein kleiner Mann mit einem listigen Gesicht und einem dünnen rötlichen Schnurrbart, der zu seiner Uniformjacke ausgerechnet Reithosen aus der Vorkriegszeit trug und in einem stark affektierten, schleppenden Tonfall redete. Für Vandamme gehörte er zu den Engländern, die man in Amerika nicht ausstehen kann. Aber er arbeitete für MI 5, die britische Gegenspionage, also konnte er unmöglich so weltfremd sein, wie er aussah.
»Wann kann das Unternehmen Ihrer Meinung nach beginnen?« fragte Croasdell. Butler schüttelte mißbilligend den kleinen, spitznasigen Kopf.
»Es hat bereits begonnen, mein Freund«, antwortete er, »als Sie vor ein paar Tagen hier eintrafen. Sie wollen sicher wissen, wann wir Sie in die Wüste schicken, stimmt's? Ich weiß es nicht. Keine Ahnung. Hängt von zu vielen Dingen ab. Unter anderem von einer Dame. Und Sie wissen ja, wie Damen sind...«
»Von einer Dame?« sagte Vandamme.
»Kann ich Ihnen jetzt nicht näher erklären, Oberst. Aber ich bin im Grunde nur ihretwegen hier. Wir können nichts anderes tun, als uns in dieser Sache langsam voranzutasten. Sie haben eine ziemlich ungewöhnliche Aufgabe vor sich – und Sie sind auf die Mitarbeit von Sonderagenten angewiesen. Wir haben eine Art Ad-hoc-Komitee gebildet, um die Sache auszuarbeiten. Wird an amerikanischen Schulen eigentlich Latein unterrichtet, Oberst?«
»Ich weiß, was *ad hoc* heißt, wenn es das ist, was Ihnen Sorge macht«, sagte Vandamme barsch.
»Sehr schön. Bei euch Jungs kann man nie wissen. Nichts trennt uns so wie die Sprache, stimmt's?«
»Da haben Sie recht.«
Butler stand auf und ging zu dem großen bleiverglasten Fenster des behag-

lich möblierten Zimmers mit den Bücherwänden, in dem die drei saßen. Er schaute in den grünen Garten hinaus und zu den sanft gewellten Hügeln dahinter. Links führte eine kiesbestreute Einfahrt um das Haus herum zu den Stallungen. Ein Soldat führte eine Fuchsstute den Weg entlang. Dies war das ländliche Hauptquartier des Oberkommandos für Sondereinsätze im Herzen Englands. Die Männer und Frauen, die hier Kurse machten oder in Häusern der näheren Umgebung auf ihren Einsatz warteten, wurden nachts in verhängten Limousinen und auf Umwegen hergebracht.
»Er hat den verdammten Gurt schon wieder zu straff gezogen«, sagte Butler griesgrämig und warf einen kritischen Blick auf die Stute. Er kehrte zu seinem Sessel zurück und nahm händereibend wieder Platz.
»Reden wir vom Geschäft.«
Plötzlich klingt er härter, kälter, gerissener als vorhin, dachte Vandamme. Butler ergriff eine flache, schwarze Ledermappe, die neben seinem Sessel gestanden hatte, und nahm einige Dokumente heraus.
»Ich gebe jedem von Ihnen einen Satz Kodeworte und Kontakte für Frankreich und Holland. Mit den holländischen Papieren werden Sie auch in Belgien zurechtkommen, da die Deutschen die Grenze kaum dichtgemacht haben. Lernen Sie alles auswendig. Dann geben Sie mir die Papiere zurück, und wir machen einen kleinen Test – und morgen noch einmal dasselbe. Sie dürfen sie nicht mit auf Ihre Zimmer nehmen, sie bleiben bei mir. Aus den Papieren geht hervor, mit wem Sie sich unter den verschiedensten Umständen in Verbindung setzen können, wohin Sie gehen müssen und was Sie sagen müssen. Sobald Sie drüben sind, befolgen Sie die Instruktionen genau.« Seine Stimme wurde einen Augenblick lang noch kälter. »Den Rest werden andere für Sie erledigen. Wir rechnen nicht damit, daß Ihr Aufenthalt länger dauert. Vielleicht ein paar Tage, vielleicht eine Woche oder mehr. Man wird Ihnen drüben das meiste mundgerecht servieren müssen, weil Sie nur die Grundausbildung haben. Aber wir haben keine Zeit für eine monatelange Zusatzausbildung, wie Agenten sie normalerweise bekommen. Diese Kodenamen benennen die Leute, die Ihnen helfen werden. Alles, was wir von Ihnen wollen, ist Ihr fachmännisches Wissen. Keine Heldentaten. Keine Heinkels. O ja«, fuhr er fort, als er Croasdells überraschtes Gesicht bemerkte, »ich habe von der Geschichte gehört.«
Er nahm zwei Bündel mit grauen und grünen Ausweisen aus der Aktenmappe, gab Croasdell das eine und Vandamme das andere. Croasdell streifte das Gummiband ab und breitete die drei Dokumente auf seiner Sessellehne aus. Es handelte sich um eine *carte d'identité*, ausgestellt von der Pariser Polizeipräfektur, um eine *feuille de démobilisation* vom 18. Januar 1941 und um eine gültige französische Lebensmittelkarte. Aus den Papieren ging hervor, daß er Jean Renaudin war, geboren am 10. August 1916 in Grenoble. Militärdienst als *caporal* im 14. Bataillon, Armée de l'Air, im

Mai 1940 für ein Sonderkommando in das Lufthauptquartier der Zone Nord in Chauny abgestellt, demobilisiert am 29. September 1940 in Soisson, jetzt wohnhaft in Paris, Rue Berthelet 18. Er arbeitete als Angestellter in einer Lebensmittelgroßhandlung.
Vandamme war laut seinen neuen Papieren ein gewisser Pierre Blanquet. Er war *sergent-secrétaire* im *état-major* des 4. Bataillons, 3. Division Légère Mécanique gewesen und am 21. September 1940 in Troyes demobilisiert worden. Geboren am 8. Juli 1916 in Nîmes, lebte er jetzt ebenfalls in Paris – Avenue Grouchy 23 – und war Schalterbeamter in der Metrostation Passy.
Die holländischen Papiere, die mit ähnlichen Geburtsdaten versehen waren, gaben ihre Identität mit Adriaen Wynants beziehungsweise Martin Layster, wohnhaft in Haarlem und Groningen, an. Nach diesen Dokumenten hatten sie nicht gedient und arbeiteten als Beamte der holländischen Eisenbahn. Grüne Lebensmittelkarten und rote Passierscheine waren beigefügt.
Butler wartete, während sie die Dokumente studierten, und fuhr dann fort: »Sie bekommen außerdem Decknamen, für beide Länder dieselben. Sie gelten übrigens auch für alle anderen Länder im besetzten Europa. Sie, Oberst Vandamme, heißen ›Träumer‹.«
Vandamme mußte lächeln.
»Und Sie, Staffelführer, sind ›Tipperary‹. Diese Namen dürfen nie irgendwie geschrieben werden – ich wiederhole: *nie!* Wir haben sie bereits an alle größeren Zellen der Widerstandsbewegungen in Nordeuropa und an unsere Kontaktpersonen in Deutschland weitergeleitet. Setzen Sie sich aber nur mit mir in Verbindung, da ich Ihr Kontrollmann bin. Ich habe ebenfalls einen Decknamen, den Sie in Zukunft jedesmal benutzen werden, wenn Sie sich an mich wenden oder auf mich beziehen. Er lautet ›Strongman‹.«
Vandamme lächelte wieder. »In Ordnung, Strongman«, sagte er.
»Lassen Sie uns das Unternehmen kurz besprechen. Es erhält die Kodebezeichnung ›Operation Schiffswrack‹. Auch hier setze ich voraus, daß Sie die technischen Details bereits kennen... sie fallen ohnehin nicht in mein Ressort. Wenn Sie irgendwelche Fragen haben, zum Beispiel was das Radar angeht, dann wenden Sie sich an die technischen Offiziere.«
»Im Grunde ist es recht einfach«, fuhr er nach einer kurzen Pause fort. »Wir ermöglichen dem deutschen Piloten, diesem Warnow, an einem der nächsten Abende auf dem Flugplatz West Murford eine Mosquito zu stehlen. Sie werden dort in einer anderen Mosquito warten. Warnows Maschine wird kein funktionierendes Radargerät haben, und das von seinem Treibstoffmesser angezeigte Benzin wird nur für die eine der beiden Routen reichen, die er Ihrer Meinung nach einschlagen kann, nämlich für Eg-

mond. In Wirklichkeit wird sein Tank aber noch weniger Sprit enthalten, und zwar nur so viel, daß er schon vor Egmond irgendwo an der Küste notlanden muß, was er nur schaffen kann, wenn er seine ganze Erfahrung als Pilot einsetzt. Ihre Maschine wird mit den neuesten Radar-Suchgeräten ausgerüstet sein und so viel Treibstoff im Tank haben, daß Sie Warnow überallhin folgen und dann wieder nach West Murford zurückfliegen können. Dort wird dann eine startklare Lysander vom OKS auf Sie warten. Sie wird Sie sofort wieder dorthin bringen, wo Warnow gelandet ist – das heißt zur nächstgelegenen Gruppe des holländischen oder französischen Widerstands. Wenn kein geeigneter Landeplatz in der Nähe ist, müssen Sie unter Umständen mit dem Fallschirm abspringen. Sie werden sich bei der Widerstandsgruppe identifizieren, die Sie abholt, welche es auch sein mag. Die Deutschen werden Warnows Mosquito mit größter Wahrscheinlichkeit nicht vor Tagesanbruch abtransportieren, und wenn alles klappt, haben Sie inzwischen Position bezogen und können genau beobachten, was passiert. Sie werden alles berichten, was Ihnen über den weiteren Verbleib der Mosquito zu Ohren kommt. Wir müssen aber auch noch eine andere Möglichkeit bedenken, zum Beispiel die, wenn auch wenig wahrscheinliche, daß Warnow beschließt, seine Maschine zu wassern. In diesem Fall sollten Sie unbedingt versuchen, ihn zu töten, weil er dann für unseren Plan wertlos geworden ist. Wir haben kein Interesse daran, daß er von den Deutschen aus dem Wasser gefischt wird und außerhalb unserer Kontrolle wieder in das Spiel einsteigt. Ist das klar?«

»Es wäre gegen die Genfer Konvention, auf gewasserte Flieger zu schießen«, sagte Croasdell ernst. »Und außerdem ist es für jeden anständigen Piloten einfach undenkbar, so etwas zu tun.«

»Ach ja, die Genfer Konvention«, sagte Butler. Sein Gesicht wirkte in diesem Augenblick besonders listig und erinnerte beinahe an einen Fuchs. »Ja, ich kenne natürlich die Genfer Konvention. Sie gehört allerdings nicht zu den Dingen, über die wir hier viel reden. Und ich fürchte, die Deutschen tun es überhaupt nicht.«

»Was ich fürchte, ist, daß Sie mir keinen illegalen Befehl geben dürfen, Strongman.«

Butler blickte Croasdell zehn lange Sekunden an. »Vergessen Sie nicht, daß Warnow in erster Linie kein Flieger, sondern ein Spion ist – und unter falscher Flagge fliegt. Ich glaube aber nicht, daß die genannte Möglichkeit überhaupt eintritt. Warnow ist der beste Pilot vom KG 200 und wird sich die Gelegenheit nicht entgehen lassen, eine brandneue Mosquito mitzubringen.«

Er hielt inne und musterte die beiden.

»Ich bezweifle nicht, daß Ihnen die ganze Sache ziemlich mulmig vorkommt. Mir geht es nicht anders. Wir wissen nicht, wann und wo sie an-

fangen wird, obwohl wir eine ungefähre Vorstellung haben. Wir wissen auch nicht, wo sie enden wird. Falls Sie gezwungen sind, nach Deutschland zu gehen, was meiner Meinung nach sehr gut möglich ist, dann müssen Sie sich auf die Widerstandszelle verlassen, die Sie gerade unter ihre Fittiche genommen hat – und notfalls müssen Sie auch Befehle von ihr entgegennehmen. Das wichtigste ist, daß Sie gut hinkommen und schnell wieder zurückkommen. Je länger Sie bleiben, desto größer wird das Risiko. In gewisser Beziehung kann Deutschland für Sie aber auch leichter sein als Frankreich oder Holland. Sie sprechen beide gut deutsch – zumindest so gut, daß Sie als sogenannte Beutegermanen durchgehen können. Deutschland ist jetzt voll von solchen Leuten. Sie werden dann deutsche Papiere brauchen, und die können wir Ihnen beschaffen, sobald wir genau wissen, zu welchem Zweck und wo Sie sie benötigen. Haben Sie irgendwelche Fragen?«
Croasdell und Vandamme schüttelten den Kopf.
»Gut, das wäre es also«, sagte Butler, seine Papiere einsammelnd und in die Aktentasche schiebend. »Wir sehen uns ... nun, ich denke, wir sehen uns bald wieder. Aber erst nach ›Unternehmen Schiffswrack‹. Ich werde Ihnen jetzt nicht die Hand geben. Das tue ich nie. Da bin ich abergläubisch.«
Er lächelte sie verschmitzt an, als er die Tür öffnete und die beiden durch die kahle Halle zum Portal des Hauses gingen.
»Wie ist ein solcher Kerl bloß zu einem anständigen Regiment gekommen?« sagte Croasdell draußen, als sie außer Hörweite waren. »Man hat mir gesagt, es sei eines der besten Regimenter, die wir hätten. *Mir* kommt er vor wie ein giftiger Gartenzwerg.«
»Hat sicher in Cambridge studiert«, sagte Vandamme.
Croasdell sah ihn an. »Bei dir weiß ich nie, wann du einen Witz machen willst«, sagte er. »Auf jeden Fall scheinst du eine verdammt seltsame Vorstellung von uns Briten zu haben.«
»Ihr Briten«, antwortete Vandamme, »seid aber auch ein verdammt seltsamer Haufen.«

Als Butler wieder in seinem Zimmer war, nahm er den Hörer des Telefons ab und rief den Vorsitzenden an. Der stellte drei Fragen, die Butler alle mit »Ja« beantwortete.
»Es gab nur eine kleine Meinungsverschiedenheit mit Tipperary, Sir«, fügte er hinzu.
»So?«
»Ja, er wies auf die Genfer Konvention hin.«
Am anderen Ende der Leitung ertönte ein kurzes Lachen.
»Ich muß sagen, daß mir das Unternehmen nicht sehr gefällt, Sir. Es paßt

nicht zu MI 5. Kein bißchen. Nicht daß uns die Leute vom OKS nicht geholfen hätten. Im Gegenteil, das haben sie getan, wenn auch auf ihre Weise.«

»MI 5 ist nur deshalb an dieser Sache beteiligt, weil es für Doppelagenten zuständig ist«, sagte der Vorsitzende. »Und wenn es um Doppelagenten geht, würden Sie die Sache doch auch nicht dem OKS übergeben, und sei es nur dieses eine Mal. Habe ich recht?«

»Du lieber Gott, nein.«

»Die Dame ist sehr kooperativ.«

»Ja – offenbar in jeder Beziehung.«

Ein Lachen war zu hören.

»Lassen Sie sich nicht vom Leben verderben, Strongman.«

»Ich will es versuchen, Sir. Aber noch zehn Tage hier, und ich kann nichts mehr versprechen.«

»Zehn Tage, glauben Sie?«

»So ungefähr.«

Es entstand eine Pause, und dann sagte der Vorsitzende: »Die Funkkodes welcher Länder haben Tipperary und Träumer bekommen?«

»Keine, Sir. Wir brauchen ihnen Holland oder Frankreich nicht zu geben, weil sie sich über die üblichen Kanäle melden werden. Wir könnten ihnen die von Deutschland und Norwegen geben, falls...«

»Geben Sie sie ihnen, Strongman. Halt, nein, nicht alle. Geben Sie ihnen nur die für Nord- und Westeuropa.«

»Sie glauben...«

»Wir gehen besser auf Nummer Sicher.«

Strongman legte den Hörer auf und begann zu schreiben. Er war, wie schon so oft in letzter Zeit, abgespannt und müde. Und seine Brust schmerzte wieder.

Eine halbe Stunde später gab eine Marineordonnanz Croasdell und Vandamme, die in ihrem Zimmer über den Stallungen saßen, eine Liste. Die Überschrift lautete »Länderkodes: Bereiche 4 und 5. Nur für Ihren persönlichen Gebrauch. Um Punkt 0 Uhr dem Offizier der Registratur zurückzugeben.«

Es folgte eine Aufstellung:

»Frankreich, nördlich von Ost-West-Linie bis einschließlich Bordeaux: Helen.

Frankreich, südlich von obiger Linie: Josephine.

Deutschland, östlich von Nord-Süd-Linie bis einschließlich Nürnberg: Berta.

Deutschland, westlich von obiger Linie: Claudia.

Polen: Edna.

Dänemark: Shirley.

Norwegen: Margaret.
Schweden: Ursula.
Finnland: Madelaine.
Ukraine: Maureen.«

»Sie glauben anscheinend, wir hätten eine Rundreise bei Cook's gebucht«, sagte Croasdell. »Noch mehr auswendig lernen – es ist, als gingen wir wieder zur Schule.«
»Ich kannte einmal ein Mädchen, das Maureen hieß«, sagte Vandamme sinnend. »Sie hatte so merkwürdige Knie.«
»Gott sei Dank, daß keine Joanna dabei ist«, sagte Craosdell. »Ich hätte etwas dagegen, wenn sie ›Deutschland, westlich von obiger Linie‹ wäre.«
»Das Dumme bei dir, Tipperary«, sagte Vandamme, »ist folgendes. Du hast noch einen langen Weg bis...«
»Bis wo?« unterbrach Croasdell mißtrauisch.
»Bis zu dem süßesten Mädchen, das du kennst«, sagte Vandamme und duckte sich, als Croasdell zu einem Kissen griff.

»Wir haben den Kerl erwischt«, sagte Captain Angelo Romero. »Und wir haben ihn richtig erwischt. Er stürzte genau ins Meer, nicht weit draußen, ungefähr fünfundfünfzig Kilometer vor Yarmouth, würde ich sagen.«
»Die genaue Stelle können Sie mir nachher angeben«, antwortete der Offizier, der die Einsatzbesprechungen in Bassingbourn leitete. »Beschränken Sie sich jetzt auf das Wesentliche. Wie haben Sie die Maschine identifiziert?«
»Nun, zuerst einmal war sie silbern gestrichen. Sie hatte zwar das Erkennungszeichen der 965. Gruppe – rot und gelb, aber sie hatte es kurz vor der Heckflosse, genau auf dem Verkleidungsblech und nicht auf der Flosse selbst, wo es hingehört. Ich war letzte Woche drüben in Grafton Underwood, und dort standen etwas zwanzig Maschinen von der 965. Gruppe. Sie waren alle in einem stumpfen Olivgrün gestrichen. Dort fliegt kein Mensch silberne Maschinen.«
»Und?«
»Nun, als sie längsseits kam, fingen die Jungen wie verrückt an zu winken und machten Andeutungen, ihr Funkgerät sei ausgefallen. Ich glaube, sie hatten keine Ahnung, daß unsere ›Bells a'Ringin'‹ eine YB-40 ist. Und bei ihrem etwas merkwürdigen Gehabe mußte ich daran denken, was mit ›Choctaw Charlie‹ passiert ist. Erinnern Sie sich?«
Der Einsatzoffizier nickte.
»Nun, wir konnten ihren linken Gefechtsstand nicht sehen, weil sie links von ›Bells a'Ringin'‹ flog, aber unser linker Mittelschütze sah ihn und sagte, der linke Stand sei leer und hätte ein paar Stellen, die wie Flakschä-

den aussähen – aber irgendwie vorgetäuschte Schäden, wenn Sie verstehen, was ich meine?«
»Ich verstehe«, sagte der Einsatzoffizier kurz.
»Plötzlich sahen wir, wie die obere Kanone anfing, sich zu bewegen. Da haben wir losgefeuert. Konnten einfach nicht danebentreffen, der Kerl war höchstens fünfzig Meter von uns entfernt. Dann pustete ihm Paul aus der oberen Kanzel fast den ganzen Bug weg, und sie sauste ins Meer. Wir haben niemanden aussteigen gesehen, aber wir waren auch nicht sehr hoch – höchstens zweitausendfünfhundert Meter.«
»Klingt wie sehr gute Arbeit«, sagte der Offizier.
»Das kann man wohl sagen«, erwiderte Romero. »Aber es ist ein verdammt komisches Gefühl, auf eine B-17 zu feuern. Der Mittelschütze hatte einen guten Riecher. Ich meine, er hat die Luftmedaille verdient, Hauptmann. Es war sein erster Abschuß, und es ist nicht leicht, vom mittleren Stand aus jemanden zu treffen.«
»Ich werde es im Bericht erwähnen«, sagte der Einsatzoffizier. »Sie können jetzt sicher einen Kaffee brauchen.«
»Ja«, antwortete Romero. »Aber nicht nur Kaffee. Heute abend brauche ich noch etwas anderes. Habe eine Verabredung mit dem schönsten Mädchen von Bassingbourn ...«
»Passen Sie auf, daß die Sexbombe nicht in die Luft geht«, sagte der Einsatzoffizier, und Romero lachte, als er die Baracke verließ.
Als der Einsatzoffizier allein war, las er die Meldung aufmerksam durch, griff zum Telefonhörer und führte drei Gespräche. Zuerst telefonierte er mit dem Hauptquartier der 965. Bombergruppe in Grafton Underwood. Vier Stunden später, als er in seinem Quartier auf der Pritsche lag und eine Illustrierte las, kam ein Corporal und bat ihn ans Telefon.
Er schlüpfte in seinen Uniformrock, ging zur Baracke für die Einsatzbesprechungen und schloß die Tür hinter sich ab. Dann nahm er den Hörer. Er redete kurz mit einem jüngeren Offizier am anderen Ende der Leitung, und dann wurde er mit einer Stimme verbunden, die er kannte.
»Hier Frank Lasker. Ich fürchte, ich habe schlechte Nachrichten. Ist jemand bei Ihnen?«
»Nein, Sir.«
»Es geht um die abgeschossene B-17 aus Ihrer letzten Einsatzmeldung.«
»Ja, Sir.«
»Es war eine von unseren. Eine Maschine von der 965. Silbern gestrichen, weil man nicht genug Zeit hatte, um sie olivgrün umzupinseln – eine Ersatzmaschine, die direkt aus den Staaten kam. Und ich habe mich bei der 965. Gruppe erkundigt: Ein paar von ihren Flugzeugen sind tatsächlich mit dem Erkennungszeichen auf dem Verkleidungsblech der Heckflosse losgeflogen. Irgendein Versehen vom Bodenpersonal.«

»Oh – Gott – im – Himmel... Hat es jemand überlebt?«
»Ich fürchte nein. Ein RAF-Tender ist sofort losgefahren und hat zwei Leichen aufgefischt. Sie sagen, die See sei verdammt rauh, und es bestehe keine Chance, daß noch jemand am Leben sei. Die Leichen, die sie mitgebracht haben, sind identifiziert worden. Beides Jungs von der 965. – der Pilot und der Heckschütze.«
»Was, um Gottes willen, sollen wir jetzt sagen?«
»Das ist das Problem. Wir sagen am besten nichts. Überhaupt nichts. Sie und die Besatzung der Maschine... wie hieß sie doch gleich?«
»›Bells a'Ringin'‹, Sir.«
»Sie und die Besatzung wissen nur, daß es eine von Deutschen geflogene Maschine war. Ich habe mit dem Geheimdienstmann von der 965. gesprochen, und die RAF-Leute reden mit den Männern von ihrer Luftrettung. Verstanden?«
»Ja, Sir.«
»Nun, ich hoffe es für Sie. Wenn bei Ihnen etwas durchsickert, dann gnade Ihnen Gott.«
Nach einer Pause redete Lasker weiter. Seine Stimme klang sehr müde: »Dieser Mittelschütze...«
»Ja, Sir?«
»Er bekommt seine Luftmedaille. Ich werde dafür sorgen. Und die anderen Männer von der Besatzung werden im Tagesbefehl lobend erwähnt. Verstanden?«
»Ja, Sir.«
»Es war Pech, aber es könnte wieder passieren. Ich nehme an, das Funkgerät der Maschine war tatsächlich ausgefallen. Und der Pilot wußte, daß ›Bells a'Ringin'‹ eine YB-40 war. Deshalb kam er längsseits. Er hoffte, die YB-40 würde ihm auf dem Rückflug Geleitschutz geben.«
»Aber sie haben gesagt, das obere Geschütz hätte sich bewegt...«
»Ach, wissen Sie, wenn man ein Geschütz lange genug anstarrt und darauf wartet, daß es sich bewegt, wird es sich schließlich auch bewegen. Und wenn man den Daumen am Abzugknopf seiner eigenen Kanone hat, genügt der kleinste Reflex, und man drückt. Das Überlegen kommt erst danach.«
»Da können Sie recht haben, Sir.«
»Ich will nicht, daß unsere Männer auch noch wegen dieser Geschichte graue Haare bekommen. Es ist schon schlimm genug, daß sie sich Sorgen um feindliche B-17 machen. Wenn sie sich auch noch Sorgen um ihre Kameraden machen müssen, wird es die Hölle. Sie müssen also glauben, daß es eine feindliche Maschine war.«
»Ja, Sir.«
»Ich berufe für übermorgen eine Gruppen-Einsatzbesprechung ein. Sie

werden ein Memorandum darüber bekommen. Wir werden es dann durchsprechen.«
»Ja, Sir.«

Der Fliegercaptain war betrunken. Nicht so betrunken, daß er nicht mehr reden und gehen konnte, aber betrunken genug, um auf der schmalen Treppe zu Hannah Walters Wohnung ins Straucheln zu kommen.
»Psst«, sagte sie lachend. »Ich habe keine Lust, auch noch den Rest meines guten Rufs zu verlieren. Die Wände sind so dünn, daß die Nachbarn praktisch alles hören können.«
»Dann«, sagte er leicht lallend, »dann werden sie in den nächsten Stunden eine verdammt lustige Party miterleben.«
»In den nächsten paar Stunden, wirklich?« antwortete sie. »Es soll also eine lange Nacht werden?«
»Ja, Liebling, komm her.«
Er streckte die Hand aus, als sie vor ihm die oberste Stufe erreichte, faßte sie um die Taille und zog sie an sich. Sie kicherte, als sie gegen die Wand stießen, und tat so, als wollte sie sich wehren. Sie stieß ihn zurück, ließ sich dann aber doch küssen, wobei sie den Kopf so weit nach hinten warf, daß sie kaum noch Luft kriegte.
Er war ein großgewachsener junger Mann – sieht gar nicht mal so übel aus, dachte sie, als er an ihren Schenkeln zu tasten begann. Doch innerlich blieb sie kühl, war völlig unbeteiligt.
»Nein, nein, nicht hier, Peter. Du tust mir weh ... hier ist es zu unbequem. Laß uns zuerst noch ein Glas trinken.«
»Ich will aber nicht trinken. Ich will dich.«
»Ich will aber etwas trinken.«
Sie löste sich von ihm, nahm seine Hand und führte ihn ins Wohnzimmer.
»Du gehst jetzt ins Bad, und ich hole den Scotch.«
Er ging zu einer der Türen und drückte die Klinke hinunter.
»Sie ist abgeschlossen.«
»Da nicht. Hier ist es.«
»Was ist da drin?«
»Oh, ein Haufen Krimskrams und Sachen, die ich aufbewahre. Nichts Wichtiges.«
Sie ging in die Küche und füllte zwei Gläser. In das eine tat sie von dem Pulver, ein bißchen mehr, als man ihr gesagt hatte. Aber sie wollte, daß es schnell wirkte, möglichst schnell. Dann ging sie hastig ins Schlafzimmer, zog sich aus und schlüpfte in einen weiten Kimono. Wenn es nicht schnell wirkte, mußte sie Peter zu Willen sein, und er gehörte zu den Männern, die dazu neigten, die Kontrolle zu verlieren, wenn sie erregt waren. Es hätte ihr nicht halb soviel ausgemacht, wenn Rolf nicht in der Wohnung gewesen

wäre – nur gut einen Meter von ihrem Bett entfernt. Was sie über die Wände gesagt hatte, entsprach den Tatsachen. Rolf würde alles hören. Ob er etwas unternehmen würde? Er behauptete, daß er sie mochte, und wahrscheinlich mochte er sie wirklich, jedenfalls auf seine Art. Aber »seine Art« bedeutete, daß er vor allem daran dachte, nach Deutschland zurückzukehren. Rolf Warnow würde also zuhören und vielleicht ein bißchen unruhig werden, aber er würde nichts tun, was seine Chancen zerstören konnte. Sie ging wieder ins Wohnzimmer. Peter hatte seinen Uniformrock ausgezogen und wartete.

»Da bin ich wieder, Liebling. Nimmst du auch einen Scotch? Ich habe aber auch andere Sachen da.«

»Ich möchte nichts anderes. Jedenfalls nichts anderes zu trinken.«

Sie registrierte erfreut, daß er sein Glas in einem Zug leerte.

»Komm her.«

Sie war in seinen Armen, und sie lagen auf dem Gästebett.

»Zieh das verdammte Ding aus.« Er zerrte an ihrem Kimono.

So schnell würde das Pulver also doch nicht wirken...

»Aber es ist kalt, und ich habe es gern...«

»Zieh ihn aus, Süße. Du wirst nicht frieren – oh, komm her.« Er schien überall Hände zu haben.

»Nein, laß mich...«

»Nur ein...«

»Nein... so. Das ist besser.«

Es wirkte also nicht schnell genug. Sie versuchte, keinen Ton von sich zu geben, aber Peter war ein großer, kräftiger Mann. Es ist, als würde ich von einem wilden Tier besprungen, dachte sie. Er schrie auf, als er kam, und wenn Rolf das nicht aus der Reserve locken konnte, dann war er durch nichts aus der Ruhe zu bringen. Aber die Tür zum Gästezimmer blieb verschlossen.

Jetzt wirkte das Pulver. Der Fliegercaptain hatte sein heißes Gesicht auf ihre nackte Brust gelegt, und eine Hand war immer noch in den Locken ihres Hinterkopfs. Er begann zu schnarchen. Sie rutschte unter ihm hervor. Seine Hose lag unordentlich am Fußende des Bettes. Schnell knöpfte sie sein blaues RAF-Hemd auf und zog es ihm über den Kopf. Dann ging sie zur Tür des Gästezimmers, holte einen Schlüssel aus der Tasche und schloß auf.

»Er schläft«, sagte sie.

Warnow kam herein und nahm ihr Uniformrock, Hemd und Hose ab. Er warf eine kurzen Blick auf den Schnarchenden und sagte. »Was wird aus ihm?«

»Er wird stundenlang weg sein, und wenn er wieder zu sich kommt, wird er es sich nicht leisten können, viel Wind zu machen. Ich werde ihm einfach sagen, es sei eingebrochen worden, während ich etwas zum Frühstück besorgt hätte. Er wird es glauben.«

»Er wird ganz schön in der Tinte sitzen, ohne seine Papiere.«

»Das ist sein Problem.«

Warnow sagte nichts mehr und begann, die RAF-Uniform anzuziehen. Sie paßt ganz gut, dachte sie. An jenem Tanzabend hatte sie Peter ausgesucht, weil er ungefähr Rolfs Figur hatte.

»Laß uns die Papiere ansehen.«

»Er fliegt Mosquitoes in West Murford. Mit dem Zug ist man in ungefähr anderthalb Stunden da. In einer Stunde geht ein Zug von Liverpool Station, wir müssen uns also beeilen. Hör zu, Rolf. Wir haben gegessen, ehe wir... du weißt schon. Dabei hat er mir eine Menge erzählt. Sie stellen die Mosquitoes an der nördlichen Ecke des Flugfelds ab, weil sie diese Einsätze fliegen – wie heißen sie doch noch?«

»Nachtschwärmer?«

»Ja. Sie fliegen meist nachts, ohne lange Vorwarnung, weil sie sich nach dem Wetter richten müssen. Die Maschinen stehen also oft aufgetankt da, damit sie sofort starten können. Kannst du eine Mosquito fliegen?«

»Ich kann jede Maschine fliegen.«

»Gut. Brauchst du eine Fliegerkluft, oder wie man das nennt? Ich weiß nämlich nicht, wie ich eine beschaffen soll.«

»Es wäre ganz gut, weil ich dann hoch fliegen und unserer Flak aus dem Weg gehen könnte. Aber ich weiß auch nicht, wie du mir eine Fliegerkombination besorgen kannst, Hannah. Ich werde also tief fliegen und mich durchschlängeln.«

»Wohin willst du eigentlich?«

»Keine Ahnung. Wahrscheinlich nach Frankreich. Es kommt auf die Maschine an und auf den Treibstoff. Wir können nicht sicher sein, daß ich eine Mosquito bekomme. Vielleicht muß ich ein anderes Flugzeug nehmen.«

»Ich weiß, daß dort nachts fast nur Mosquitoes stehen. Peter hat es jedenfalls gesagt.«

»Peter?«

Sie zeigte mit dem Daumen zu der schnarchenden Gestalt auf dem Bett. Warnow betrachtete den Schläfer zum erstenmal etwas genauer.

»Dieser Lümmel. Ich würde ihn gern mal in meinen Zielsucher bekommen. Wie solche Leute sich einbilden können, uns zu schlagen, ist mir schleierhaft.«

»Glaubst du, ein Deutscher hätte sich nicht auf diese Weise reinlegen lassen?«

Er zuckte die Achseln. »Keine Ahnung. Bei einer Frau wie dir...«

Er nahm sie unvermittelt in die Arme und küßte sie einmal, zweimal, dreimal... sehr zärtlich, jedenfalls für seine Begriffe.

»Weißt du«, flüsterte er, »das macht keinen Unterschied. Für uns. Für meine Gefühle. Ich werde zurückkommen – noch dieses Jahr, spätestens nächstes Jahr.«
Dieses Jahr, spätestens nächstes Jahr, dachte sie. Wie hieß doch das englische Sprichwort? Dieses Jahr, nächstes Jahr, irgendwann, nie... Ihre Hände streichelten seinen Nacken.
»Magst du mich wirklich?« fragte sie.
»Es ist Schicksal«, sagte er. »Ich habe immer an das Schicksal geglaubt. Unsere Wege haben sich gekreuzt und werden sich nie mehr trennen. Aber es gibt noch andere Schicksale, zum Beispiel das Schicksal, das wir alle teilen, das Schicksal Deutschlands. Wir sind ein Teil davon und müssen alles dafür geben. Wie du es eben getan hast.«
»Hast du mich nicht dafür gehaßt?«
Er lachte auf.
»Dich hassen? Ich habe in meinem ganzen Leben noch nie soviel Respekt vor einer Frau gehabt. Ich habe mich geschämt, weil ich so wenig geben kann, während du soviel gibst. Ich glaube...« Er hielt inne, als falle es ihm schwer, die Worte auszusprechen. Endlich sagte er: »Ich liebe dich.«

»Ich liebe dich, John«, sagte Joanna Croasdell. Sie sah, daß er den Mund wieder zu jenem sonderbaren kleinen Lächeln verzogen hatte. Es bedeutete, daß seine Nerven zum Zerreißen gespannt waren.
»Paß gut auf dich auf, ganz gleich, was du tust. Weißt du immer noch nicht, wann du zurückkommst?«
»Nein, Liebling, tut mir leid.«
Er beugte sich schnell hinunter und küßte sie. »Auf bald.«
Gene Vandamme trat aus der Türöffnung und wollte ihr einen Kuß auf die Wange geben, doch sie drehte schnell den Kopf und küßte ihn leicht auf den Mund.
»Du auch«, sagte sie. »Paß auf dich auf.«
»Oh, Unkraut vergeht nicht«, antwortete er leichthin. »Vielleicht werden wir ein bißchen gerupft, aber wir sind nicht kleinzukriegen. Wenn wir uns wiedersehen, werde ich dir wieder eine Flasche kalifornischen Traubensaft mitbringen.«
»Mach das«, sagte sie. Sie saßen bereits im Jeep, und Croasdell, der Abschiedsszenen haßte, hatte es eilig, fortzukommen. Er hob die Hand, und ehe einer der beiden noch etwas sagen konnte, fuhr der Jeep an und schleuderte losen Kies von der Einfahrt auf. Vandamme, der neben Croasdell saß, winkte kurz. Dann sausten sie um die Ecke und waren nicht mehr zu sehen.
Joanna ging in das kleine Haus zurück. Später fiel ihr ein, daß es der erste Abschied gewesen war, nach dem sie auf ihr Zimmer gehen und weinen mußte.

Geheim

Testkommando der Heeresluftwaffe,
Eglin Field, Florida

Memorandum

An: Oberster Nachrichtenoffizier, Achte Luftflotte, Europ. Kriegsschauplatz

Betrifft: Willie Baby

1. Es folgen die für Ihre Nachricht 235/21/2 relevanten Informationen.
2. Willies (»Kriegsmüde«) sind Maschinen (vom Typ B-17 und B-24), die sich nicht mehr für Kampfzwecke eignen und zur Beförderung großer Mengen von Sprengstoff (etwa 8500 kg) eingesetzt werden können. Bisher sind verschiedene Methoden zur Fernlenkung solcher Maschinen entwickelt worden. Bei Willie Orphan wird das Flugzeug vom Boden gesteuert, während es bei Willie Baby von einer Begleitmaschine gelenkt wird.
3. Im Augenblick untersucht obiges Kommando, ob Willie Baby sich für die von den strategischen Planungsstäben festgelegten Zwecke eignet. Sie ist bisher die einzige Methode, die bei der vorgeschlagenen Reichweite eine zufriedenstellende Zielgenauigkeit verspricht.
4. Das benutzte Luftlenksystem wird als Rindensystem bezeichnet. Einsatzbereit ist erst Phase 1 des Systems. Zwei weitere Phasen befinden sich im Entwicklungsstadium. Bei ihnen werden verbesserte Entfernungsmesser benutzt.
5. Zu dem Rindensystem gehört auch eine Fernsehkamera im Bug der Maschine, die dem Fernpiloten die Möglichkeit gibt, das Gebiet zu beobachten, in das die Maschine fliegt.
6. Die Maschine wird mit Hilfe einer UKW-Funkverbindung gesteuert. Sie wird auf Sicht fünfzehn Kilometer an das Ziel gesteuert, und beim Zielanflug richtet man sich nach dem von Fernsehkamera Block 3 gesendeten Bild.
7. Die bei diesem System nötige Sichtnavigation setzt gute Wetterbedingungen während des Einsatzes voraus. Wie die Wetterverhältnisse beschaffen sein müssen, hängt wiederum von der Art des geplanten Einsatzes ab, da sie darüber entscheidet, wie weit das Lenkflugzeug von der Maschine entfernt bleiben muß, um Feindberührungen zu vermeiden.
8. Wie zielgenau das System sein kann, wurde bei einer Demonstration im Oktober 1943 gezeigt, als man eine Maschine vom Typ YPQ-12A, die mit der weniger leistungsfähigen Fernsehkamera Block 1 ausgestat-

tet war, zu einem knapp hundert Quadratmeter großen Ziel lenkte. Der Explosionspunkt lag nur zehn Meter vom Ziel entfernt.

9. Bei dem Rindensystem werden Lenkflugzeuge vom Typ B-17 eingesetzt, die mit den nötigen UKW- und Fernsehgeräten ausgerüstet sind. Es läuft unter dem Tarnnamen »Blaufisch«.
10. Die Einsatzbewertung von Willie Baby und die Ausbildung der Besatzungen werden mit Dringlichkeitsstufe Eins von diesem Kommando fortgesetzt. Im weiteren Verlauf dieser Woche werden der Achten Luftflotte, europ. Kriegsschauplatz, vier Besatzungen überstellt werden.
11. Im Verlauf der nächsten Woche werden wir Sie über die weiteren Tests informieren, die wir auf dem Eglin Field mit System Willie Baby durchführen.

John D. Hamlyn
Brigadegeneral, Luftkorps
Oberster Auswertungsoffizier

16

»Wir werden es in dreizehn Kilometern versuchen«, sagte Major Paul Dore. »Drehen Sie jetzt ab, Lieutenant, und dann schicken wir diese Willie genau dahin, wohin sie gehört.«

Der Pilot drückte den Steuerknüppel zur Seite. Langsam ging die schwere B-17 auf den neuen Kurs, wobei die linke Tragflächenspitze in den strahlendblauen Himmel von Florida kletterte.

»Achttausendsiebzig Meter, Major«, sagte der Pilot in sein Kehlkopfmikrophon. Mal sehen, wie es diesmal klappt, dachte er, als er durch das Plexiglas des Bugs blickte, wo der Major vor dem kleinen, leuchtenden Fernsehschirm hockte.

Unter der B-17 zog das grünbraune, schachbrettartige Muster des 320000 Hektar großen, von Buschwerk und spärlichen Baumgruppen bedeckte Übungsgelände von Eglin wie eine undeutliche, schimmernde Landkarte vorbei. Weit, weit vor ihm, etwas links, brach sich ein Sonnenstrahl in einer Plexiglaskanzel. Das war die Willie, die jetzt etwa acht Kilometer entfernt war und mit dreihundertzwanzig Stundenkilometern ihrem Ziel entgegenflog. Man hatte alles abmontiert und herausgenommen, was man konnte, und die Maschine mit Sprengstoff vollgepackt. Von unten sah sie aus wie eine gewöhnliche B-17. In der Kanzel saß jedoch kein Pilot, und im Bug hockte kein Bombenschütze. Der Mann, der sie flog, saß hier, in diesem Flugzeug, und betätigte dann und wann die Kippschalter an dem

Funkgerät, mit denen die Ruder des Roboterflugzeugs bewegt wurden, das jetzt gut neun Kilometer von ihnen entfernt war.
»Willie Mother Vier an Eglin Field«, sagte Major Dore in sein Mikrophon. »Hört ihr mich?«
»Eglin an Willie Mother Vier. Wir hören.«
»Roger. Ich schicke jetzt Willie Eins auf fünfzig Meter hinunter. Noch drei Kilometer.«
»Kontrolle.«
Dores Finger berührten die Schalter am Funkgerät. Die Ruder der anderen B-17 bewegten sich, und ihre Trimmung wurde wie von Geisterhand justiert. Die ferngesteuerte Maschine richtete ihren Bug nach unten und ging tiefer, als wollte sie zum Landen ansetzen.
»Wir haben jetzt einen Kurs von neunzig Grad, Major«, sagte der Pilot.
»In Ordnung.«
Dore starrte wie gebannt auf den Bildschirm neben der UKW-Fernsteuerung und beobachtete das rote, streifige Flackern auf dem Bild, das von der Kamera im Bug des Roboterflugzeugs gesendet wurde. Als er vor zwei Monaten mit der Ausbildung an Willie Baby begonnen hatte, war das Bild noch ein mysteriöser Lichtschimmer von wechselnder Intensität gewesen. Inzwischen hatte er gelernt, es zu lesen. Oben links auf dem fünfundzwanzig Zentimeter großen Bildschirm war ein weißlicher Tupfen. Schnell drückte er den Schalter wieder nach unten. Der weiße Fleck wurde immer größer, bis er zuletzt den halben Bildschirm ausfüllte.
Dore schickte ein Stoßgebet zum Himmel – wie immer in diesem Augenblick. Der Tupfen nahm jetzt praktisch den ganzen Bildschirm ein.
»Gut, Lieutenant, die Willie ist dran. Sie gehört jetzt Ihnen. Machen Sie einen kleinen Fluchtversuch.«
Der Pilot grinste, und Willie Mother ging tiefer, drehte scharf ab, reckte eine Tragfläche steil in die Höhe, als würde sie von feindlichen Abfangjägern angegriffen. Das Fernsehbild verschwamm kurz, doch Dore betrachtete es nicht mehr. Er hielt sich an einem Griff im Bug fest und starrte durch das Seitenfenster seiner Kanzel. Links von ihm stieg ein schmutzigbrauner, mit Flammen durchsetzter Rauchpilz vom Boden auf. Dore warf einen Blick zurück zum Lieutenant und hob den Daumen. Zwanzig Minuten später landete Willie Mother Vier in Eglin Field. Dore ging zum Auswertungsbüro.
»Ganz gut, Paul«, sagte der diensthabende Offizier, als er den Raum betrat. »Scheint genau der richtige Anflugwinkel gewesen zu sein – allerdings zwölf Meter vor dem Ziel. Macht bei achttausend Kilo aber keinen großen Unterschied.«
Dore schüttelte den Kopf.
»Das Dumme ist, daß die Block-3-Kamera im Tiefflug nicht mehr so prä-

zise ist. Zu viele Störungen. Wenn wir steiler anfliegen dürften, könnten wir die Willie genau aufsetzen.«
»Unmöglich«, sagte der Offizier. »Ist eine ausdrückliche Anweisung von der Achten. ›Flacher Anflug wie beim Landen, aber mit Höchstgeschwindigkeit.‹ Daran ist leider nicht zu rütteln.«
Dore zuckte die Achseln.
»Na ja, dann können sie auch nicht mehr erwarten. Was soll eigentlich das Ganze? Sieht so aus, als sollten wir die alten Klapperkisten tatsächlich auf richtige Ziele fallen lassen. Vielleicht auf U-Boot-Bunker?«
»Schon möglich«, sagte der Auswertungsoffizier.

Sommerlicher Nieselregen trieb über das Luftwaffengelände in Rastenburg, und den SS-Posten vor Jeschonneks Bürokomplex troff das Wasser von den Mützen, als sie salutierten. Oberst Pertz hob unwillig die Hand und erwiderte den Gruß. Insgeheim verachtete er das Salutieren. Es erinnerte ihn an ein Rudel Affen, die sich jedesmal an der gleichen Stelle kratzten wie ihr Anführer. Es gab ein paar Leute, die dachten, und der Rest fuchtelte mit den Armen. Man mußte wissen, zu welcher Kategorie man gehörte.
Jeschonnek wandte ihm den Rücken zu und schaute aus dem Fenster, als der Feldwebel Pertz hineinführte.
»Guten Abend, Herr General«, sagte Pertz höflich, doch es dauerte einige Sekunden, bis Jeschonnek sich endlich umdrehte. Die hohe, schlanke Gestalt des Generalstabschefs der Luftwaffe war leicht gebeugt. Seine Augen rotgerändert.
»Sie erinnern sich an das Unternehmen, über das ich Sie letzte Woche unterrichtet habe, Herr General? Das Unternehmen, mit dem wir Major Warnow zurückholen?«
»Selbstverständlich«, antwortete Jeschonnek. Der Mann ist manchmal mit den Gedanken ganz woanders, dachte Pertz ärgerlich.
»Nun, Herr General, ich dachte, ich sollte Ihnen sagen, daß es heute nacht stattfindet. Die Abwehr hat es bestätigt – ich bekam heute nachmittag eine Nachricht vom Tirpitzufer. Der ... Kontakt in London hat die Vorbereitungen getroffen. Außerordentlich schwierig, soweit wir es beurteilen können. Wenn es klappt, ist Major Warnow heute nacht wieder unter meinen Fittichen.«
»Mit ein bißchen Glück«, sagte Jeschonnek.
Pertz blickte ihn scharf an. »Glück sollte beim KG 200 keine Rolle spielen, Herr General«, antwortete er.
»Glück spielt immer eine Rolle, im Leben, in der Liebe und im Krieg«, sagte Jeschonnek langsam. Wenn dieser Mann für mich im KG 200 arbeitete, dachte Pertz, würde ich versuchen, ihn loszuwerden. Manchmal kann man

sich nur wundern über diese bemitleidenswerte Luftwaffe, die zwischen einem optimistischen, dicken Träumer wie Göring und einem neurotischen Pessimisten wie Jeschonnek hin und her gerissen ist. Gott sei Dank, daß wir den Führer haben. Er weiß wenigstens noch, worum es in diesem Krieg geht.

»Nun, ich dachte, Sie sollten es erfahren, Herr General«, sagte er endlich. »Weil Odysseus wieder laufen kann, wenn wir Warnow zurückhaben.«

»Natürlich. Vielen Dank, Pertz.«

Der verdammte Kerl läßt mich einfach wegtreten, dachte Pertz. Er versuchte es noch einmal: »Der Führer wird sich freuen, Herr General. Er glaubt an Odysseus.«

»In Notlagen glaubt man oft an ein Wunder«, sagte Jeschonnek. Pertz wollte seinen Ohren nicht trauen.

»Man hat auch jahrhundertelang geglaubt, Alchimisten könnten Blei in Gold verwandeln. Intelligente, vernünftige, sogar weitsichtige Männer haben das geglaubt, Pertz. Aber ihr Glaube änderte nichts. Das Blei blieb Blei.«

»Und?« sagte Pertz unwillig. Wohin sollte dieses Gespräch führen?

»Deutschland braucht jetzt mehr als Odysseus, Pertz. Wir brauchen viel mehr, eine unmögliche Menge von dem Glück, das Sie so verachten.«

»Unmöglich«, erwiderte Pertz, »es ist ein Wort, das ich aus dem Mund des Führers noch nie gehört habe.«

»Stimmt«, sagte Jeschonnek.

Winston Churchill stieg ächzend aus dem schmalen Eisenbett, das in seinem Zimmer fünfzehn Meter unter dem Paradeplatz der Königlichen Gardekavallerie stand. Er hatte seinen gewohnten Mittagsschlaf gehalten. Er zog den Reißverschluß seines von vielen bespöttelten Overalls aus Drillich zu, ging zur Waschschüssel und spritzte sich ein bißchen kaltes Wasser ins Gesicht.

Er fühlte sich erfrischt und ausgeruht... nicht übel für einen alten Mann, dachte er. Er schlüpfte in seine Slipper und ging zu der großen Karte von Westeuropa, die an der Wand gegenüber hing. Er zog den Vorhang zurück, der sie bedeckte, und betrachtete sie einige Minuten. Er holte ein Lineal aus einer Schublade und rechnete eine Entfernung aus. Dann zog er den Vorhang wieder zu und ging an den Schreibtisch. Links waren drei Knöpfe mit kleinen Schildern, auf denen »Detective«, »Butler« und »Secretary« stand. Er drückte auf einen der Knöpfe und wartete, bis die Sekretärin hereinkam.

»Nehmen Sie bitte ein vertrauliches Memorandum auf. ›Premierminister an Stabschef der Luftwaffe‹:

1. Ich bin informiert worden, daß ›Unternehmen Schiffswrack‹, das ich

letzten Freitag nach dem Zusammentreffen des Kriegskabinetts mit dem Leiter der Nachrichtendienste und Luftmarschall Harris besprochen habe, heute abend stattfinden soll.
2. Welche Vorsichtsmaßnahmen hat man für den Fall getroffen, daß das Unternehmen nicht nach Plan verläuft?
3. Ich empfehle Ihrer Aufmerksamkeit die Berichte aus Châteaufort in Frankreich, aus Silistra in Rumänien und aus Sola-Stavanger in Norwegen, die Ihnen am 19. zugeleitet wurden. Sie scheinen auf eine ungewöhnliche Konzentration erbeuteter Flugzeuge auf diesen Stützpunkten hinzuweisen.
4. Ich fürchte, der Feind will uns glauben machen, daß sich der Einsatz dieser Maschinen auf zwar ärgerliche, aber nebensächliche Aktivitäten wie die Zerstörung des amerikanischen Bombers vom Typ B-17 letzte Woche beschränkt.
5. Ich kann nicht ganz Ihrem Memorandum zustimmen, in dem Sie in den diesbezüglichen Aktivitäten einen Verstoß gegen die Genfer Konvention sahen. Technisch gesehen, mag es sich um einen solchen handeln, aber die Verwendung feindlicher Farben hat seit Jahrhunderten als legitime Kriegslist gegolten. Was diesen Punkt betrifft, möchte ich auf die Tätigkeit einiger unserer berühmtesten Marineoffiziere in den Napoleonischen Kriegen hinweisen. Falls der Feind seine Einsätze auf andere Gebiete erstrecken sollte, müßten wir unsere Haltung selbstverständlich überdenken.
6. Ich mache mir große Sorgen darum, daß der Feind sich auf die Bergung von amerikanischen B-17 und B-24 zu konzentrieren scheint. Der Grund dafür ist nicht klar, aber es kann nichts Gutes bedeuten. Ich verfolge mit Interesse die scharfsinnigen Berichte der Nachrichtenabteilung der Achten US-Luftflotte, kann mich aber nicht der Ansicht anschließen, es sei allein die technische Stärke der amerikanischen Maschinen, die den Feind veranlasse, ihnen derart den Vorzug zu geben.
7. Lassen Sie mir bitte unverzüglich eine Zusammenfassung darüber zukommen, welche taktische Reichweite diese Maschinen *unter den Umständen haben, unter denen der Feind sie fliegt*, und teilen Sie mir mit, welche Ziele er von den drei oben erwähnten Stützpunkten aus belegen könnte.
8. Informieren Sie mich bitte laufend über den Fortgang von Unternehmen ›Schiffswrack‹.«
Die Sekretärin verließ den Raum, und Churchill wandte sich abermals zu der Wand mit der Karte und zog erneut den Vorhang zurück. Er betrachtete sie eine oder zwei Minuten lang sehr aufmerksam und schüttelte dann den Kopf. Er öffnete die Tür, und der Posten nahm Haltung an, während der Premierminister gemächlich den Gang zu dem großen Kartenraum hinunterging.

Admiral Wilhelm Canaris, der Chef der deutschen Abwehr, sah durch das Fenster seines Zimmers in dem imposanten, braunen, stuckverzierten Gebäude am Tirpitzufer auf das Wasser des Landwehrkanals hinunter, das zwischen den grünen Blättern der Kastanienbäume aufglänzte. Canaris war ein kleiner, gedrungener Herr mit glatten weißen Haaren. Er ergriff die Glocke aus Messing, die auf seinem Schreibtisch stand, und klingelte. Ein jüngerer, glatzköpfiger Mann in einem grauen Anzug kam herein und blieb neben ihm am Schreibtisch stehen.

»Ah, Helmut«, sagte Canaris. Seine Stimme war sanft, beinahe feminin – überraschend bei einem Mann, der 1914 auf dem Zerstörer *Dresden* und auf U-Booten gedient und seine Marinelaufbahn als Kommandant eines Schlachtschiffes beendet hatte. Canaris war jedoch kein Mann des Militärs. Sein Verstand ging verschlungene, labyrinthische Wege. Kein Mensch, noch nicht einmal sein Vertrauter Helmut, wußte genau, was er dachte oder welchen Standpunkt er in bestimmten Dingen bezog. Unterstütze er zum Beispiel in diesem Augenblick Adolf Hitler? Diese Frage hatte Helmut sich seit 1935, als Canaris seinen Raum am Tirpitzufer bezogen hatte, immer wieder gestellt. Obgleich Helmut sich bemüht hatte, diese Tatsache zu verdrängen, wußte er, daß Canaris vor dem Krieg Kontakt zu den Briten gehabt hatte. Stand er immer noch mit ihnen in Verbindung? Es gab nur ein konsequent befolgtes Prinzip, das aufmerksame Beobachter im Verhalten des Chefs ausmachen konnten: Er steuerte die komplizierte Maschinerie der Abwehr mit ihren Hunderten von Agenten durch die Strudel des Dritten Reiches, als wäre sie seine Privatarmee. Die Loyalitäten des Abwehrchefs waren kaum zu durchschauen und führten letzten Endes alle zu ihm selbst zurück.

»Bringen Sie mir die Akte über Siegfried und Kassandra – die Zusammenfassung, nicht die ausführliche.«

»Ja, Exzellenz.«

Das war ein altmodischer Titel, doch Helmut wußte, daß Canaris sich gern damit anreden ließ. Als die Akte kam, blätterte der weißhaarige Herr sie kurz durch.

»Wie lange ist Siegfried jetzt schon in Stockholm?«

Warum hat er sich Siegfrieds Akte kommen lassen, dachte Helmut. Siegfried war der Mann, der im neutralen Schweden arbeitete und die Aufgabe hatte, alle erreichbaren Informationen über Flugzeuge und Flugtechniken der Alliierten zu sammeln. Siegfrieds Berichte wurden vom Tirpitzufer automatisch an Oberst Dietrich Stahl, den ranghöchsten technischen Berater der Luftwaffe, weitergeleitet. Die Geheimdienstabteilung der Luftwaffe, die unter der Bezeichnung Abteilung X bekannt war, erhielt sie ebenfalls.

»Zwei Jahre und drei Monate, Exzellenz.«

»Aha. Und wie lange ist Kassandra schon in London?«

»Seit 1938, Exzellenz.«
Das war es also. Natürlich. Kassandra hatte etwas mit der Verbindung zwischen Odysseus und dem KG 200 zu tun – Helmut hatte die Kopien der Funkmeldungen gesehen. Das würde erklären, warum der Chef auch Siegfrieds Akten haben wollte.
»Seit 1938... das ist eine lange Zeit, Helmut.«
»Ja, Exzellenz, aber bedenken Sie, wo sie arbeitet. Daß wir sie überhaupt dort haben, ist schon eine fabelhafte Leistung. Beinahe unglaublich.«

Canaris seufzte und fuhr sich mit der Hand über die weißen Haare. Wenn seine glänzenden kleinen Augen nicht gewesen wären, hätte er wie der typische nette Onkel gewirkt. Aber die Augen waren merkwürdig ausdruckslos: niemals zeigten sie Zustimmung oder Mißbilligung... Sie zeigen überhaupt keine Gefühlsregung, dachte Helmut.
»Unglaublich? Ja, Sie haben recht, Helmut.«
Canaris tippte auf die Akte und fuhr fort: »Sie wissen natürlich, welches Unternehmen heute abend läuft. Der Plan scheint ausgezeichnet zu sein, viel besser, als wir vor einer oder zwei Wochen vermuten konnten. Trotzdem ist er irgendwie sonderbar...«
»In welcher Hinsicht, Exzellenz?«
»Immer hängt alles von Kassandra ab. Die ursprüngliche Planung des Falls Odysseus hing von Kassandra ab, weil nur sie das Zeichen für den Einsatz geben konnte. Und überlegen Sie einmal, was jetzt passiert ist. Warnow ist in England... und wieder hängt alles von Kassandra ab. Sie muß ihn hinausschaffen. Und *wenn* er draußen ist, fängt die ganze Sache wieder dort an, wo sie unterbrochen wurde. Und auch dann hängt wieder alles von Kassandra ab.«
Helmut machte ein nachdenkliches Gesicht. Er war außerordentlich scharfsinnig, und Canaris hatte ihn aus eben diesem Grund zu sich abstellen lassen.
»Aber man konnte doch nicht... Ich meine, kein Mensch konnte wissen, wo Warnow runtergehen würde. Das gilt nicht nur für uns, sondern auch für die Briten. Außerdem kennt Kassandra die Einzelheiten von Odysseus nicht. Sie hat nur die Aufgabe, das Zeichen zu geben.«
Canaris schwieg eine Weile. Er blickte zu den rauschenden Wipfeln der Kastanienbäume vor dem Fenster hinaus. Dann redete er wieder: »Welches Kodewort haben wir gesendet, als sie Warnows Eintreffen mitteilte?«
»Goethe und Mozart, Exzellenz.«
»Mozart war das Kodewort für ›notfalls töten‹, nicht wahr?«
»Ja, Exzellenz.«
Canaris spielte mit seinem silbernen Drehbleistift. »Sie hat sich sehr schnell entschlossen.«

»Sie ist immer sehr schnell, Exzellenz.«
»Natürlich. Und... sie macht ihre Sache zweifellos ausgezeichnet. Ohne...« – Canaris sprach dieses und die folgenden Worte sehr langsam und betont – »ohne Hilfe von irgendeiner Seite.«
Helmuts Augen weiteten sich.
»Aber sie ist doch bestimmt...«
»Bestimmt, bestimmt. Das ist ein Wort, das es in unserem Beruf nicht gibt.«
Canaris reichte ihm die Unterlagen zurück und fuhr fort: »Sehr eindrucksvoll, Kassandras Akte. Schade, daß sie geschlossen werden muß.«
»Warum muß sie geschlossen werden?«
»Weil ihre Tarnung bald auffliegen wird. Was wird geschehen, wenn dieser RAF-Offizier feststellt, daß seine Uniform und seine Papiere nicht mehr da sind? Er wird sagen, daß er bei ihr war. Und sie wird unter die Lupe genommen werden, zuerst von der Nachrichtenabteilung der RAF, dann von MI 5. Ein hoher Preis für Major Warnow, aber beim KG 200 ist man offenbar der Meinung, daß er ihn wert ist.«
»Wir stehen nicht unter dem Befehl von KG 200, Exzellenz.«
»Nein, nein, natürlich nicht. Aber KG 200 ist ein Lieblingskind des Führers. Es gibt Zeiten, wo man ein Lieblingskind gewähren lassen muß...«
»Und Kassandra?«
»Wir werden sie herausholen müssen. Es sei denn« – er richtete sich ein bißchen auf, als habe er plötzlich einen Einfall gehabt – »es sei denn, sie konnte die Sache selbst in die Hand nehmen.« Bei den letzten Worten hatte seine Stimme sich kaum merklich geändert.
»Ich verstehe«, sagte Helmut.

»Diese Haltestelle ist es«, sagte Hannah Walters. Sie bemerkte amüsiert, daß die Busschaffnerin dem großgewachsenen blonden Mann in der RAF-Uniform mit einem anerkennenden Lächeln nachsah, als er elastisch von der Plattform sprang. Die Uniform steht ihm fabelhaft, dachte sie. Rolf Warnow ist für die Uniform geboren.
Sie waren am Bahnhof von West Murford in den Bus gestiegen, nachdem der Zug wider Erwarten pünktlich eingetroffen war. Der RAF-Stützpunkt lag ungefähr drei Kilometer von der kleinen Ortschaft entfernt. Sie gab sich wegen Rolf Mühe, ein unbewegtes Gesicht zu machen, aber sie war nervös. Der Vorsitzende hatte einzig und allein dafür sorgen wollen, daß an der Nordwestecke des Flugfelds eine geeignete Mosquito stand. Alles andere mußten sie und Warnow erledigen, so als wäre es eine richtige Flucht... Was es für Rolf ja auch war. Der Vorsitzende wollte nicht das Risiko eingehen, daß Rolf Verdacht schöpfte, weil er zu leicht durch die Flugplatzkontrolle kam. Jetzt lag alles bei Rolf.

»Ich fürchte immer noch, die Posten am Tor spüren, daß ich nicht der echte RAF-Captain bin«, sagte er leise.
»Ich glaube nicht«, antwortete sie ruhig. »Er war erst seit fünf Tagen hier stationiert, und du siehst ihm ziemlich ähnlich. Außerdem ist es fast dunkel. Es klappt bestimmt.«
»Wenigstens ist kein Foto auf den Papieren«, sagte er, »nur Name und Rang.«
»Die Briten haben etwas gegen Ausweisfotos«, sagte sie.
»Sie halten sie für eine Einschränkung ihrer persönlichen Freiheit.«
Er lachte leise und nervös, und sie hakte sich bei ihm ein und ging mit ihm in Richtung Tor.
»Geh nicht sofort hinein«, sagte sie. »Spazier mit mir auf und ab – damit es so aussieht, als verabschiedeten wir uns voneinander.«
Das tun wir ja auch, Rolf Warnow, dachte sie. Langsam schritten sie am Rand des Flugplatzes entlang. In der Nähe der Hecke stand eine große zweimotorige Maschine, deren Rumpf teilweise von einer Plane bedeckt war.
»Ist das...«
»Nein, nein, das ist eine Anson. Gott steh mir bei, wenn ich keine bessere erwische. Sie wäre für unsere Flak wie eine Tontaube. Und sie hat nur eine sehr geringe Reichweite.«
»Weißt du immer noch nicht, wohin du fliegst?«
»Das kann ich erst entscheiden, wenn ich in der Kanzel sitze.«
Er warf einen Blick auf das schwache Glühen am Abendhimmel, das die Stelle anzeigte, wo die Sonne untergegangen war.
»Ich habe jedenfalls gutes Flugwetter. Leider auch gutes Flakwetter. Ah, da scheint eine zu sein.«
»Nicht hinzeigen«, warnte sie schnell.
»Ja«, sagte er, »es ist eine Mosquito.«
Sie stand genau an der Nordwestecke des Platzes. Warnow starrte die Maschine mit hungrigen Augen an.
»Ich glaube, sie ist startklar«, sagte er dann. »Sie hat keine Plane, und vor den Rädern liegen Keile. Sieht so aus, als seien die Motoren schon vorgewärmt worden.«
»Er sagte, es stünden immer zwei oder drei Maschinen an diesem Teil des Platzes. Einsatzbereite Maschinen«, sagte Hannah Walters.
»Wie heißt der nächste Flugplatz – es muß aber einer sein, von dem Einsätze geflogen werden?« fragte er plötzlich. Sie gingen Arm in Arm zum Haupttor zurück, allem Anschein nach ein junger Mann, der sich von seinem Mädchen verabschiedete.
Sie überlegte einen Augenblick.
»Little Snoring«, sagte sie. »Warum?«

»Ich weiß nicht«, sagte er. »Könnte nützlich sein, es zu wissen.« Er nickte zu der Stacheldrahtumzäunung hin.
»Sieh nur, wie lose der Draht ist. Fast zu schön, um wahr zu sein.«
Oh, denk das nicht, Rolf Warnow, sagte sie sich. Denk das bloß nicht.
»Siehst du?« sagte er. »Keine Streife zu sehen. Und kein Suchscheinwerfer. Kein Sicherheitsposten an der Straße neben dem Zaun. Jeder Flugplatzkommandant der Luftwaffe bekäme einen Wutanfall.«
»Eure Flugplätze liegen meist im besetzten Europa«, sagte sie. »Hier gibt es keine Widerstandsbewegung.«
Er reagierte nicht auf ihre Worte.
»Möchte wissen, ob die Mosquito voll aufgetankt ist«, sagte er. »Wenn sie Einsatzbereitschaft hat, müßte sie es sein. Unsere Ju 88 sind es jedenfalls.«
Lässig hob er eine Hand an die Mütze, um den Gruß eines vorbeigehenden Fliegers zu erwidern. Sie registrierte bewundernd, daß er es genau richtig machte – nicht zu zackig, aber auch nicht lasch. Er bemerkte ihren Blick und sagte sanft:
»Weißt du, sie bringen es uns bei ... wir von den Spezialeinheiten bekommen Unterricht in solchen Dingen. Wir sehen auch Filme ... Und wir üben es. Außerdem beobachten wir in den Stalags Kriegsgefangene. Und belauschen sie.«
Sie wußte jetzt, daß sie ihn liebte, und sie begann gleichzeitig Bewunderung für ihn zu empfinden. Er machte einen wachsamen und trotzdem völlig entspannten Eindruck. Jeder andere Mann, den sie kannte, wäre nervös gewesen und hätte sich verzweifelt gefragt, ob es ihm gelingen würde, durch das Tor und an die Mosquito zu kommen. Jeder andere Mann hätte sich in der Feinduniform nicht wohl gefühlt ... weil man ihn wahrscheinlich erschießen würde, wenn man ihn darin erwischte. Aber Warnow schlenderte vor dem Posten von West Murford auf und ab, als hätte er schon fünfzigmal Urlaub vom Stützpunkt gehabt. Seinen Augen entging nichts. Dann und wann lachte er leise und vertraulich – ein typischer Verliebter mit seinem Mädchen. Nur die Mitglieder der Frauenhilfskorps, die gelegentlich vorbeigingen, warfen ihm Blicke zu. Er ist ein schöner Mann, dachte sie.
»Da drüben rechts sind die Verwaltungsgebäude, nehme ich an«, flüsterte er. »Und zwischen ihnen und uns stehen die Hangars. Und das Ding« – er zeigte auf die langen, niedrigen Konturen eines Tanklastzugs – »bringt den Sprit von den Zapfstellen. Diese Idioten installieren die Zapfstellen also auch nicht genau neben den Hangars, das gibt's bei uns auch. Also müssen sie dahinter liegen, wo wir sie nicht sehen können.«
Pistenbefeuerungen blitzten auf, oben in der Dämmerung brummte eine Maschine und setzte zur Landung an. Warnow beobachtete sie jetzt aufmerksam.

»Eine Beaufighter«, sagte er. »Es könnte auch damit gehen, wenn er sie an einem günstigen Platz abstellt.«
Die Beaufighter rollte am anderen Ende der Piste außer Sicht und tauchte nicht wieder auf. Warnow zuckte die Achseln.
»Bist du sicher, daß du sie fliegen könntest?« fragte sie.
»Ich habe dir doch gesagt, daß ich alle Maschinen fliegen kann. Hör zu, Hannah. Ich komme zurück.«
Er geht, dachte sie.
»Ich komme zurück zu dir... ich schwöre es. Ich weiß genau, wie ich es anstellen werde. Ich versuche jetzt, diese Mosquito zu bekommen, und wenn es nicht klappt, lasse ich mir etwas anderes einfallen.«
»Es ist dir doch klar, daß ich nicht warten kann?« sagte sie. »Man hat mich hier draußen vor dem Tor mit dir gesehen, und wenn sie dich erwischen, werden sie auch anfangen, nach mir zu suchen.«
»Stimmt... Ich werde jetzt nicht sagen, was ich für dich empfinde. Du weißt es.«
Er beugte sich vor und küßte sie leicht auf die Lippen. Sie drehte sich um, ließ ihn zurück und ging die lange Straße zum Bahnhof von West Murford hinunter. Er sah ihr eine oder zwei Sekunden nach und ging dann hinüber zu dem RAF-Sergeant mit dem weißgefärbten Gürtel und den Gurten über den Schultern, der neben dem Tor und der Nissenhütte Wache stand. Warnow holte seine Ausweispapiere aus der Tasche. Der Sergeant warf einen kurzen Blick darauf.
»Schöner Abend, Sir.«
»Ja... fast zu schön. Hoffentlich passiert nichts mehr.«
Der Sergeant gab ihm die Papiere zurück. Langsam und ein bißchen umständlich steckte er sie wieder in die Tasche seines Uniformrocks.
»Können Sie mir sagen, wo das Büro des Stationskommandanten ist, Sergeant? Ich bin erst vor ein paar Tagen gekommen und kenne mich noch nicht besonders aus.«
»Da drüben, Sir, rechts von der Offiziersmesse. Aber er wird jetzt nicht da sein, Sir. Er ist sicher in seiner Wohnung oder in der Messe.«
»Nein, ich will nur einen Wisch loswerden, um den er mich gebeten hat. Vielen Dank, Sergeant. Gute Nacht.«
»Gute Nacht, Sir.«
Warnow stellte ärgerlich fest, daß seine Hände feucht waren, als er die Zufahrt zu den Verwaltungsgebäuden entlangging. Er hatte lang und hart an sich gearbeitet, um diese Reaktion unter Kontrolle zu bekommen, weil sie jedem Mißtrauischen sofort auffallen würde. Aber die Psychologen in Rechlin hatten gesagt, er könne nichts daran ändern. »Es ist ein Reflex«, hatte man ihm erklärt. »Und einen Reflex können Sie nicht kontrollieren...« Stimmt wahrscheinlich, dachte er. Man kann es aber versuchen.

Er blickte sich unauffällig um. Es war niemand in der Nähe. Ohne sein Tempo zu ändern, verließ er die Zufahrt und ging über den kurzgemähten Rasen des Flugfelds. Die Verwaltungsgebäude lagen jetzt hinter ihm. Ohne Hast, aber entschlossen schritt er durch das Dunkel auf die Mosquito zu.

»Das ist er«, sagte Vandamme. »Ich bin sicher, daß er es ist. Er hat die letzten zehn Minuten mit dem Mädchen dort draußen geredet und ist mit ihr auf und ab gegangen. Ich kann ihr Gesicht nicht sehen, weil sie ein Kopftuch umgebunden hat. Aber sie hat sehr gute Beine.«
Er reichte Croasdell das starke Ross-Nachtglas. Sie standen tief im Schatten eines Hangars etwa hundert Meter von der Flugplatzumzäunung an die Tragfläche einer Mosquito gelehnt. Sie hatten beide ein Sakko und eine Flanellhose an – abgetragene, anonyme Kleidungsstücke hatte man ihnen befohlen, mit denen sie weder in einer Stadt noch auf dem Land auffallen würden. In ihren Taschen steckten die holländischen und französischen Papiere, damit sie sofort mit der Lysander starten konnten, wenn sie von der Verfolgung Warnows zurückgekehrt waren. Die Sommernacht, dachte Croasdell, ist kurz, und wir werden uns beeilen müssen. Aber Warnow würde nicht zu lange fliegen.
»Jetzt geht sie«, sagte Croasdell. »Und Warnow – wenn es tatsächlich Warnow ist – kommt durch das Tor.«
Gespannt, beinahe gierig starrte er durch das Fernglas auf die hochgewachsene, schlanke Gestalt vor der Wachbaracke.
»Da, er zeigt seinen Ausweis. Jetzt geht er weiter... hast du den Gruß gesehen? Ich glaube nicht, daß es Warnow ist. Das ist ein richtiger RAF-Mann.«
»Es ist bestimmt unser Wunderpilot«, sagte Vandamme. »Sieh nur, jetzt geht er über den Rasen. Er hat es auf die Mossie abgesehen. Ich kann ihn nicht mehr sehen... es ist zu dunkel, verdammt noch mal.«
»Er muß sie zur Piste rollen, wenn er starten will«, sagte Croasdell. »Wir steigen jetzt besser ein.«
Sie schnallten sich an. Croasdells Sitz war etwas weiter vorn, schräg links vor dem anderen – die Position des Piloten. Vor Vandamme war die Konsole mit den beiden Radarschirmen des AI Mark X. Vandamme schaltete das Gerät ein: die Kathodenstrahlröhren leuchteten auf. Croasdell warf einen Blick auf den Temperaturmesser der Motoren. Man hatte die beiden Merlins von Rolls-Royce bereits aufgewärmt, und die Mosquito war startklar.
»Wir werden verdammt aufpassen müssen«, sagte Vandamme. »Sonst verwechseln wir unseren Wunderpiloten möglicherweise mit einem Jungen, der einen normalen Einsatz fliegt.«
»Das wird nicht passieren«, antwortete Croasdell. »Der einzige, der über

die Sache Bescheid weiß, ist der kommandierende Offizier dieser RAF-Einheit. Und er wird nur dann einschreiten, wenn etwas schiefgeht. Man hat dem Kontrollturm mitgeteilt, es sei eine Sicherheitsübung, und in der nächsten halben Stunde werde keine andere Maschine starten oder landen. Alle Flugzeuge, die herunter wollen, werden nach Snoring umdirigiert. Ich nehme an, ein paar Damen aus der Gegend werden denken, man hätte sie versetzt.«

Vandamme drückte das Nachtglas gegen die Plexiglasscheibe der Kanzel. »Ich glaube, er setzt die Mossie in Bewegung«, sagte er plötzlich. »Sieht aus wie Abgase. Ja, er rollt an.«

Einen knappen halben Kilometer von ihnen entfernt zeichnete sich der schlanke Rumpf der Mosquito pechschwarz von dem dunklen Sommerhimmel ab. Unter den Tragflächen schossen kleine, bläuliche Blitze hervor.

»Noch nicht anrollen«, sagte Croasdell. »Er darf uns nicht sehen. Funktioniert dein Radar?«

»Es wird funktionieren, sobald wir hundertfünfzig Meter hoch sind«, antwortete Vandamme. »Wenn wir genau hinter ihm starten, kann er uns nicht entdecken. Er wird sich voll auf die ungewohnte Maschine konzentrieren. Wir geben ihm genügend Vorsprung, und außerdem haben wir ihn auf dem Radarschirm... Hei, was macht er denn?«

Warnows Mosquito fuhr nicht mehr auf die Rollbahn zu, sondern rollte langsam hinter die Hangars.

»Das verstehe ich nicht«, sagte Vandamme. »Er muß die Piste gesehen haben, die Markierungen sind deutlich genug und außerdem brennt die Befeuerung.«

»Das ist doch wohl unser Wunderpilot?« sagte Croasdell besorgt. »Oder spielt da irgendein Idiot mit einer Mossie herum?«

»Nein, es gibt nur die eine Mossie, und zwar die präparierte«, erwiderte Vandamme.

»Wenn es also niemand anderem eingefallen ist... Mist, jetzt ist er genau hinter dem Hangar. Was, zum Teufel, hat er vor? Und warum lachst du?«

»Kapierst du denn nicht?« sagte Croasdell mit einem leicht hysterischen Klang in der Stimme. »Verstehst du nicht? Unser Wunderpilot bestätigt nur sein Image... Er tut immer das, was man am wenigsten von ihm erwartet. Er macht den schönen Plan des kleinen Strongman zunichte.«

»Aber wieso?« fragte Vandamme verwirrt.

»Weiß du, was hinter den Hangars ist?« antwortete Croasdell.

Vandamme schüttelte den Kopf.

»Die Zapfstellen, Gene. Die verdammten Zapfstellen. Warnow hat etwas an seinem Treibstoffmesser auszusetzen. Und er hat Nerven wie Drahtseile. Er will die Mossie einfach volltanken.«

»Verdammt noch mal«, sagte Vandamme langsam. »Er wird also keine Notlandung an der Küste machen, und all die Jungs werden vergeblich warten?«
»Genau«, sagte Croasdell. »Warnow weiß zwar von nichts, aber er hält in diesem Augenblick den Leiter des britischen Geheimdienstes zum Narren.«
»Eine Mosquito kann mit vollen Tanks gut zweitausendzweihundert Kilometer weit fliegen«, sagte Vandamme.
»Genau«, sagte Croasdell wieder. »Und damit kommt er praktisch überall hin, wo er will.«

17

Rolf Warnow saß im Cockpit der Mosquito und zwang sich zum Nachdenken. Jede Faser in ihm brannte darauf, mit der Maschine zur Piste zu rollen und zu starten, irgendeinen südlichen Kurs zu nehmen. Angestrengt musterte er die Instrumententafel. Es war kein Radargerät vorhanden – an der Halterung, die vermutlich für die Konsole bestimmt war, hing ein entsprechender Hinweis. Er schaltete den Treibstoffmesser an: Die Nadel schlug kurz aus und zeigte nur relativ wenig Treibstoff an, der vielleicht für zweihundertvierzig Kilometer reichen würde, wie er schnell überschlug. Er wußte nicht genau, wieviel Sprit die Merlin-Motoren verbrauchten, aber bei der Leistung britischer Triebwerke mußte der Verbrauch ziemlich hoch sein. Irgend etwas war aber mit dem Treibstoffmesser los. Er schaltete ihn probeweise noch einmal an, dann wieder ab. In einer deutschen Maschine hätte die Nadel höchstens eine Sekunde gebraucht, um zur Ruhe zu kommen – ein kurzer Ausschlag, nicht mehr. Und bei den ganz anders konstruierten Treibstoffmessern der B-17, die er geflogen hatte, war es genauso. Hier stieg die Nadel aber ganz langsam anderthalb Zentimeter hoch und blieb dann stehen, als sei sie auf ein Hindernis gestoßen. Er mußte mit der Möglichkeit rechnen, daß das Instrument nicht richtig funktionierte. Aber wenn das der Fall war, worin bestand dann der Defekt? Zeigte es mehr Treibstoff an, als in den Tanks war, oder vielleicht weniger? Es lag auf der Hand, daß er sich in einer Hinsicht getäuscht hatte. Die Mosquito war bestimmt nicht einsatzbereit – nicht mit einem Tank, der nur zu einem Sechstel voll war, und ohne Radar. Aber er wollte nicht einfach starten, um dann plötzlich festzustellen, daß ihm der Saft ausging und er eine Bruchlandung machen mußte, nach der man ihn schnappen konnte. Er war zu wichtig. Odysseus war zu wichtig, als daß er dieses Risiko hätte eingehen können. Dasselbe galt für eine Notwasserung.
Die Schlußfolgerung, dachte er fast verzweifelt, ist klar. Er mußte sicher-

gehen – und das konnte er nur, indem er zur Tankstation rollte und seine Tanks füllte. Er schaute aus dem Fenster der Kanzel. Niemand war in der Nähe der Maschine – diese Ecke des Flugplatzes war völlig menschenleer. Weit vorn, rechts von ihm, bewegten sich die blauen Lichter eines Fahrzeugs über das Flugfeld. Vermutlich noch ein Tankwagen, dachte er. Zu seiner Linken liefen die schwachen glühenden Lampen der Pistenbefeuerung in das Dunkel, ein langer, leuchtender Pfad. Warum war die Befeuerung angeschaltet? Nun, auf diesem Platz starteten und landeten viele Maschinen – nicht zuletzt deshalb würde es kein Aufsehen erregen, wenn er abhob. Der Kontrollturm würde natürlich reagieren, wenn er ohne Erlaubnis startete, aber dann wäre er bereits mit einer Geschwindigkeit von sechshundert Kilometern in der Stunde auf dem Weg nach Süden. Es war allerdings auch möglich, daß die Befeuerung brannte, weil man ein Rudel Jäger oder Nachtbomber von irgendeinem Einsatz zurückerwartete, aber er hatte keine andere Chance. Er verdrängte den Gedanken sofort und kalkulierte die Möglichkeit einer Kollision auf der Rollbahn gar nicht erst ein. Er mußte es wagen.

Er drückte den Startknopf für den rechten Motor. Der Merlin röhrte donnernd los und begann dann gleichmäßig zu brummen, als er Gas wegnahm. Dann startete er das linke Triebwerk und warf einen Blick auf die Instrumente. Er hatte beschlossen, diese Maschine so zu behandeln wie eine Ju 88 – ein Typ, den er gut kannte und der seiner Mosquito in vieler Hinsicht ähnelte. Die Temperaturmesser für die Motoren zeigten an, daß die Glykolmischung ungefähr 90 Grad heiß war. Die Propeller waren in Flugstellung. Er zog den roten Hebel, mit dem die Bremsen gelöst wurden, und gab Gas. Die Mosquito erbebte heftig, bewegte sich aber nicht. Verdammt, die Keile. Das Fahrwerk wurde von den Keilen blockiert. Seine Nachlässigkeit verwünschend, schaltete er die Motoren aus, kletterte aus seinem Sitz, sprang auf das Flugfeld und gab den beiden Hindernissen einen Tritt. Dann schaute er sich wieder um. Soweit er sehen konnte, hatte man das Anlassen der Motoren nicht bemerkt. Er kletterte wieder in die Kanzel und startete die Maschine erneut, ließ die Mosquito langsam vorwärts rollen, über die Piste hinweg hinter die Hangars. Als er mit Hannah am Flugfeld auf und ab gegangen war, hatte er den sicheren Eindruck gewonnen, daß die Zapfstellen irgendwo in jener Gegend waren, und nun, nachdem er um die Ecke gebogen war, erkannte er zu seiner Erleichterung die blauen Lichter der Tankstation. Eine zweimotorige Maschine – wahrscheinlich das Flugzeug, das vor einer Viertelstunde gelandet war – wurde gerade von ihr fortgeschleppt. Er rollte die Mosquito neben die Zapfstelle, stellte die Motoren ab und sprang hinaus. Der diensthabende Corporal sagte mit mühsam beherrschter Stimme: »Wissen Sie, daß das eine schwerwiegende Übertretung ist, Sir?«

»Was?«
»Mit laufenden Motoren hierherzukommen. Sie können uns eines Tages alle in die Luft jagen, wenn Sie so weitermachen, Sir.«
»Ach, natürlich. Ich bitte um Entschuldigung. Ich habe es aber verdammt eilig. Muß sofort nach Snoring und meinen Navigator abholen. Ich bin im Einsatz.«
»Darf ich um Ihren Tankschein bitten, Sir?«
»Hören Sie... ich habe keinen. Ich habe eben erst den Auftrag bekommen – bei der Patrouille ist jemand ausgefallen. Trank gerade in der Messe einen Scotch – und ich habe den verdammten Schein nicht. Sie können sich aber darauf verlassen, daß es seine Ordnung hat. Oder glauben Sie vielleicht, ich lande mit der Mossie auf der Straße und fülle den Sprit in mein Auto um?«
Der Corporal sah ihn neugierig an. »Sind Sie Amerikaner, Sir?« fragte er.
»Nein, wieso?«
»Sie haben eine leichten amerikanischen Akzent.«
»Ach, deshalb... nein, ich bin kein Amerikaner, aber ich war als Junge jahrelang in Kanada. In Toronto. Da bleibt immer etwas hängen, wissen Sie.«
Der Corporal wurde plötzlich eifrig. »Wirklich, Sir?« sagte er. »Wo in Toronto?«
»Nahe beim South Park. Wir hatten dort eine schöne Wohnung. Mein Vater arbeitete bei der Shell.«
Der Corporal nahm den Schlauch aus der Halterung.
»He, Jeff«, rief er in das Dunkel, und ein Mann tauchte neben ihm auf. »Gib ihr Saft. Wieviel, Sir?«
»Voll«, antwortete Warnow.
»In Ordnung, Sir. Wissen Sie, mein Sohn und meine Tochter sind drüben, und sie wohnen auch am South Park. Sehr nette Leute, die Familie, bei der sie sind. Sie haben dort in mancher Beziehung ein besseres Leben als zu Haus. Interessant, daß Sie auch dort gewohnt haben.«
»Ihr Sohn und Ihre Tochter?«
»Evakuiert, als der Krieg anfing«, sagte der Corporal kurz. »Drüben sind sie besser aufgehoben. Das wär's, Sir. Vollgetankt. Keine Sorge wegen der Genehmigung. Wir haben immer eine gewisse Fehlmenge, wie wir es nennen. Gute Reise – und holen Sie einen von den Bastards für mich herunter.«
»Wird gemacht«, sagte Warnow.
Er kletterte wieder ins Cockpit. Der Corporal und der Flieger schoben am Heck der Maschine, bis ihr Bug von der Zapfstelle fortzeigte. Dann ließ er die Motoren an, erst den einen, dann den anderen, und rollte die Mosquito langsam zum Ende der Piste zurück. Er suchte sorgfältig den Himmel ab. Keine Spur von einer Maschine, kein Aufblitzen von Landelichtern.

Oben im Turm wandte sich der Kontrolloffizier an den rangniedrigeren Offizier neben sich.
»Was macht die Mossie da auf Piste Zwei?«
Der Mann sah auf eine Liste, die an die Wand geheftet war.
»Keine Ahnung. Hier ist kein Start eingetragen.«
»Er rollt an. Hat er das Startsignal gegeben?«
»Nein, Sir.«
»Nun, der Idiot will anscheinend starten. Erwarten wir gleich Maschinen?«
Der Radar-Corporal in der Ecke des Kontrollturms hob kurz den Blick von dem leuchtenden Schirm und schüttelte den Kopf.
»Nichts in Sicht, Sir.«
»Na gut. Notieren Sie seine Nummer. Der kann morgen etwas erleben.«
Auf der Piste gewann die Mosquito an Geschwindigkeit. Mechanisch musterte Warnow noch einmal die Instrumententafel. Der Treibstoffmesser zeigte immer noch etwa ein Sechstel an, also hatte er recht gehabt – er funktionierte tatsächlich nicht. Glykoltemperatur 95 Grad: sehr gut. Propellerstellung richtig. Jetzt... Vollgas. Die Pistenbefeuerung flog neben der Maschine dahin, wurde zu einem leuchtenden Doppelband, als die Mosquito Abhebegeschwindigkeit erreichte. Warnow schob den Steuerknüppel jetzt leicht nach vorn, bis er fühlte, wie das Heck hochkam. Dann zog er den Knüppel zurück und spürte, wie die Mosquito abhob. Unter der linken Tragfläche sauste schattenhaft das Band einer Straße vorbei. Das Fahrwerk glitt langsam in sein Gehäuse, und die Maschine nahm Kurs Süden. Mit einer Steiggeschwindigkeit von gut siebenhundertfünfzig Metern in der Minute zog Warnow sie in den nächtlichen Sommerhimmel. Unten bogen Croasdell und Vandamme auf die Startpiste ein. Croasdell gab Vollgas, und auch ihre Mosquito begann die Rollbahn hinabzurasen.

Im Kontrollturm wandte sich der Offizier nun völlig irritiert an seinen Kameraden.
»Bin ich verrückt geworden?« sagte er, »oder startet da etwa noch eine Mossie ohne Erlaubnis?«
»So ist es, Sir«, sagte der rangniedrigere Offizier verständnislos. »Man hat uns doch was von einer Sicherheitsübung erzählt. Vielleicht hängt es damit zusammen... wie soll ich das wissen?«
»Vielleicht...«, erwiderte er zweifelnd. »Schreiben Sie aber trotzdem die Nummern und die Startzeiten auf. Ich werde mich morgen früh erkundigen.«

Auch Croasdell und Vandamme waren inzwischen in der Luft.
»Hast du ihn?« fragte Croasdell.

»Ich habe da einen weißen Fleck«, antwortete Vandamme und starrte auf die beiden Radarschirme. »Noch nichts Präzises. Es sind noch zu viele Bodenstörungen da, weil wir noch nicht hoch genug sind.«
»Ich werde ungefähr fünf Kilometer hinter ihm bleiben. Welche Reichweite hat das Ding – etwa vierzehn Kilometer?«
»Ungefähr«, antwortete Vandamme. »So weit darfst du aber nicht zurückfallen. Wenn ich den Bastard erst einmal verloren habe, habe ich ihn verloren, und wir werden ihn nicht mehr erwischen. Bleib ihm auf den Fersen, bis wir wissen, was er vorhat.«
»In Ordnung«, sagte Croasdell.
»Ich wünschte, wir hätten genug Zeit gehabt, um mehr Nachtflüge zu machen«, sagte Vandamme.
»Wäre ganz gut gewesen«, sagte Croasdell. Plötzlich klingt er entspannt, dachte Vandamme, sogar gutgelaunt, beinahe fröhlich.
»Man kann nie wissen«, sagte Croasdell. »Vielleicht hätten wir dann noch eine Heinkel erwischt.«

Warnow ging nur auf knapp achthundert Meter, behielt den südlichen Kurs bei und begann zu überlegen. Er hatte weder Helm noch Sauerstoffmaske und wußte, daß es töricht wäre, auf große Höhe zu gehen. Er würde die deutsche Küste also ziemlich tief überfliegen müssen – eine gute Zielscheibe für Flakgeschütze.
Er dachte daran, was Hannah ihm gesagt hatte: Die deutschen Stellen wußten, daß er versuchen würde, heute abend zurückzufliegen. Das beruhigte ihn allerdings nicht. Es war unmöglich, daß Hunderte von Flakstellungen eines von den zahllosen Flugzeugen identifizierten, die die Küste im Schutz der Dunkelheit überquerten. Man hätte ihnen höchstens befehlen können, überhaupt kein Feuer zu eröffnen – und das war undenkbar. Nein, er mußte sich damit abfinden, daß er für die eigene Flak – und für die eigenen Jäger – eine Feindmaschine war.
Da gab es zwar die beiden Radarlücken bei Egmond und Pointe d'Ailly. Aber sie wurden neuerdings gelegentlich von Abfangjägern bewacht, und Abfangjäger fürchtete Warnow mehr als die Flak. Außerdem wäre es besser, auf einem Flugplatz des KG 200 zu landen; es gab einen in Châteaufort, in der Nähe von Versailles, einen anderen bei Nantes, und auch in Schiphol bei Amsterdam war ein Verband des KG 200. Aber Schiphol und Châteaufort kamen kaum in Frage, die Flugplatzflak dort war zu stark. Nantes ging vielleicht. An dem Teil der Atlantikküste standen die Abwehrstellungen nicht so dicht, und wenn er über Cornwall und den Scillyinseln nach Südwesten flog und sich dann vom Atlantik näherte, könnte er vielleicht landen, ehe sie richtig merkten, was los war. Das bedeutete jedoch, daß er sich über Südwestengland den britischen Radarstationen aussetzen mußte,

und womöglich würde man ihn von Abfangjägern verfolgen lassen, sobald seine Mosquito als vermißt gemeldet wurde. Er überlegte nur kurz, dann stand sein Entschluß fest. Seine Hände packten den Steuerknüppel, und die Mosquito drehte langsam ab. Es würde ein langer Flug werden, und er hatte keine Karten. Aber er hatte den Kompaß, dessen Scheibe sich vor ihm drehte, und er hatte den Mond. Und was am wichtigsten war: Er hatte endlich wieder eine Maschine.

»Sieh dir das Bild an!« sagte Vandamme hastig. »Was, zum Teufel, führt er im Schilde?«
Croasdell warf einen Blick auf den Radarschirm. Warnows Flugzeug hatte die Richtung geändert. Es bewegte sich jetzt gleichmäßig nach Nordnordost. Sie hatten inzwischen das Meer erreicht.
»Jetzt dämmert's mir«, sagte Vandamme. »Der Bursche fliegt weder nach Egmond noch nach Pointe d'Ailly. Er richtet sich nicht nach unseren Plänen. Er fliegt geradewegs nach Norwegen – also in das Land, das wir nicht einkalkuliert haben, weil wir nicht im Traum daran dachten, daß er die Nerven haben würde, seine Mossie aufzutanken.«
Croasdell lachte. Diesmal klingt es, als amüsiere er sich königlich, dachte Vandamme.
»Man muß den Kerl einfach bewundern.«
»Ich nicht«, sagte Vandamme.
»Doch, Gene, gib es zu. Er spielt Katze und Maus mit uns und weiß es noch nicht einmal. Denk daran, in West Murford steht eine startklare Lysander, und der Pilot wartet auf uns. Wenn wir jetzt umkehren, finden wir ihn garantiert nicht wieder. Und die Lysander kommt ohnehin nicht bis Norwegen. Und wenn wir an ihm dranbleiben, wie sollen wir dann zurückkommen? Wir haben zwar genug Saft, um einen der norwegischen Flugplätze zu erreichen – Sola, Bergen, Trondheim oder Narvik, irgendeinen Stützpunkt der deutschen Luftwaffe. Aber wir haben nicht genug für den Rückflug, weil wir keine Zusatztanks haben. Weil wir nämlich alle glaubten, er würde nicht weit fliegen. Und unser Wunderpilot hat natürlich keine Ersatztanks nötig, braucht keine Rückfahrkarte.«
»Mist.«
»Wir werden weiterfliegen müssen«, sagte Croasdell ruhig. Sein Magen zog sich zusammen, als er das nächste Wort aussprach, aber er zwang sich dazu: »Fallschirme. Wir haben Fallschirme. Wenn es geht, springen wir irgendwo bei seinem Landeplatz ab. Die einzige Alternative ist, das ganze Unternehmen abzublasen und Warnow sausen zu lassen.«
»Er fliegt jetzt normalen Marschflug«, sagte Vandamme nachdenklich. »Ungefähr vierhundertdreißig Stundenkilometer. Wir könnten an den Kerl ran und ihn abschießen.«

»Wir könnten – aber dann wäre der ganze Plan im Eimer. Außerdem dürfen wir es nicht.«
»Warum nicht?«
»Er ist nicht bewaffnet. Sie haben die Geschütze herausgenommen.«
»Oh«, antwortete Vandamme nur.
»Zeigt das Radar die richtige Entfernung?« fragte Croasdell. »Ich möchte bei diesem Mondschein nicht zu nahe an ihn herankommen; er ist Jäger, und Jäger drehen sich aus Gewohnheit ab und zu um. Wenn er uns hier draußen sieht, weiß er sofort, daß das kein Zufall ist.«
»Ich habe ihn gut im Bild«, sagte Vandamme. »Warte, warte... da kommt etwas auf den Bildschirm. Es ist auf dem Wasser. Ein Schiffskonvoi.«
Unter der linken Tragfläche der Mosquito sahen sie etwas später die Gischt des Kielwassers mehrerer Schiffe. Irgendwo vor ihnen begann eine Morselampe zu blinken.
»Hoffentlich entdecken die uns nicht«, sagte Croasdell. »Wir sind beide deutlich zu sehen und fliegen schön tief. Es wäre eine Kleinigkeit, uns abzuknallen.«
Doch der Konvoi fiel schnell zurück, ohne daß ein Schuß gefallen wäre.
Vandamme sagte nachdenklich: »Ich weiß, daß für diesen Einsatz strikte Funkstille befohlen ist, aber ich glaube, wir werden uns darüber hinwegsetzen müssen. Wir sollten ihnen wenigstens mitteilen, wohin wir fliegen.« Er nahm das Mikrophon. »Wie war noch der Länderkode... der Kode fur Norwegen?«
»Margaret«, sagte Croasdell.
»Ich werde es so kurz machen, wie ich kann«, sagte Vandamme. Seine Finger stellten die Frequenz ein, die man ihm für den Notfall genannt hatte.
»Schiffswrack, Träumer, Margaret«, sprach er laut und deutlich in das Mikrophon. Er sagte die drei Worte noch einmal und schaltete dann das Funkgerät ab.
»Hoffentlich sagt das den Leuten in England so viel wie uns«, meinte er skeptisch. »Bist du dir übrigens darüber klar, daß sie unsere Mosquito – inklusive Radar – ebenfalls abschreiben müssen?«
»Natürlich.«
»Und daß wir bei einer Widerstandsbewegung abspringen, die uns gar nicht erwartet! Das heißt, wenn es in Norwegen überhaupt eine Widerstandsbewegung gibt. Außerdem haben wir keine Ahnung, wie wir zurückkommen sollen.«
»Natürlich gibt es eine norwegische Widerstandsbewegung«, sagte Croasdell. »Sie heißt Milorg. Und da du das Kodewort gefunkt hast, wird man ihr vermutlich Bescheid geben.«
»Wie soll man ihr denn Bescheid geben?« sagte Vandamme. »Nur Warnow weiß, wo er landen wird.«

»Es gibt nicht sehr viele Plätze, wo er runtergehen kann«, sagte Croasdell.
Vandamme schwieg einige Zeit. Dann sagte er: »Weißt du, John, noch vor ein paar Tagen wolltest du die Sache beinahe hinschmeißen. Jetzt hast du eine fabelhafte Chance, es zu tun, und willst unbedingt weitermachen. Was ist eigentlich mit dir los?«
»Mir ist einfach danach, Warnow kaltzustellen«, antwortete Croasdell.

Kurz nach Mitternacht begann das rote Lämpchen am Telefon auf dem Schreibtisch im Arbeitszimmer des Vorsitzenden in seiner Wohnung nahe der Downing Street aufzuleuchten. Der Vorsitzende blickte von einem Stoß maschinenbeschriebener Blätter hoch und nahm ab.
»Strongman«, ertönte es am anderen Ende der Leitung.
»Ja, Strongman?«
»Wir haben vor zehn Minuten eine etwas... unerwartete Nachricht von Träumer bekommen. Er hat die Funkstille gebrochen, und zwar mit gutem Grund. Er hat Margaret durchgegeben. Warnow hat offenbar Kurs auf Norwegen genommen.«
»Durchaus möglich. Wir haben vorhin die Meldung bekommen, daß er in West Murford aufgetankt hat.«
Am anderen Ende der Leitung entstand eine Pause.
»Tipperary und Träumer scheinen weiterzumachen«, sagte Strongman dann.
»Welche norwegische Widerstandszelle steht am dichtesten bei Sola?« fragte der Vorsitzende.
»Es ist eine Milorg-Gruppe in Vigestrad, etwas weiter unten an der Küste. Allerdings nur zwei Männer und ein Junge... Und es gibt einen Sender, zwei Männer, die rund um die Uhr bereitstehen, oben an den Seen über Ov Sirdal. Das ist knapp fünfzig Kilometer von Stavanger. Kein leichtes Land.«
»Wenn Sie Tipperary wären und diese Maschine flögen und sich entscheiden müßten, irgendwo außer Reichweite von Stavanger auszusteigen – wo würden Sie es versuchen?«
»Ich würde es im Gebiet westlich davon versuchen«, sagte Strongman wie aus der Pistole geschossen. »Es ist bergig und menschenleer und bietet ausgezeichneten Schutz. Allerdings nicht sehr angenehm für einen Fallschirmabsprung. Ich bin froh, daß ich nicht dabei bin.«
»Sie sagen den beiden Zellen schnell Bescheid«, sagte der Vorsitzende.
»Vigestrad kann ich nicht erreichen, weil sie heute nacht nicht auf Empfang geschaltet sind«, sagte Strongman. »Aber Ov Sirdal wird in etwa fünfunddreißig Minuten am Gerät sein.«
»Geben Sie ihnen alles durch und sagen Sie ihnen, sie müssen Vigestrad warnen«, sagte der Vorsitzende.

»Warum sind Sie so sicher, daß er in Sola landen wird?« fragte Strongman. »Er könnte es doch auch in den Bergen oder sogar in Trondheim versuchen.«

»Major Warnow ist vom KG 200 in Sola gekommen«, antwortete der Vorsitzende kurz. »Und dorthin wird er auch zurückkehren.«

»Eins begreife ich nicht, Sir«, sagte Strongman langsam.

»Und das wäre?«

»Wenn Sie... ich meine, wenn wir es für möglich gehalten haben, daß Warnow auftanken und versuchen würde, nach Norwegen zu fliegen, warum haben wir Träumer und Tipperary dann nicht auch norwegische Papiere mitgegeben?«

»Weil es nur eine *Möglichkeit* war«, antwortete der Vorsitzende. »Und nehmen wir einmal an, er wäre nach Frankreich geflogen, und Träumer und Tipperary wären ihm gefolgt und erwischt worden. Dann hätte die Gestapo die norwegischen Papiere entdeckt, und sie wären schnell darauf gekommen, daß wir in der Gegend von Sola etwas vermuten.«

»Aber nur, wenn Träumer und Tipperary geredet hätten«, wandte Strongman ein.

»Es ist oft schwer, nicht zu reden«, sagte der Vorsitzende.

»Nun, Sie sind ein großes Risiko eingegangen, Sir. Der eine von ihnen spricht nicht norwegisch, und sie haben keine Ahnung, wie, wann und durch wen die Milorg-Leute mit ihnen in Verbindung treten werden. Ich würde ihre Chance höchstens auf fünfzig zu fünfzig schätzen. Scheint ein bißchen hart zu sein. Absolut nicht unsere Art.«

»Über Berlin war es vor ein paar Tagen auch ein bißchen hart«, sagte der Vorsitzende gelassen. »Wir haben neununddreißig Lancasters verloren. Und vorgestern war es über Schweinfurt hart für die Amerikaner. Sie haben sechzig Maschinen eingebüßt. Es ist ein harter Krieg.«

Die zur Himmelbettkette gehörende Radarstation in Egersund bekam das Signal von Warnows Mosquito zuerst auf den Schirm. Die Maschine flog fünfzehn Kilometer von der Küste entfernt nach Norden. Der Gefreite am Würzburg-Gerät war sich eine Minute lang nicht sicher, ob das Signal überhaupt ein Flugzeug war. Die Mosquito bestand aus Holz, und Holz reflektierte ein viel verschwommeneres Bild als Metall. Aber er hatte schon vorher Mosquitoes auf seinem Gerät gesehen und brauchte nicht lange, um Klarheit zu gewinnen. Er wandte sich schnell an den diensthabenden Hauptmann.

»Eine Mosquito, Bereich Dora-Dora, auf Nordkurs, Herr Hauptmann.«

Der Hauptmann ging zu ihm und warf einen Blick auf den Radarschirm. Dann nahm er einen Telefonhörer ab und sprach mit dem Einsatzkommando in Sola-Stavanger, fünfundsechzig Kilometer weiter im Norden.

»Wir haben da etwas für Sie«, sagte er, »eine Mosquito... sie müßte in einer Minute im Bereich Dora-Kurfürst sein. Fliegt nördlich.«
»Der Pilot benimmt sich ziemlich merkwürdig«, sagte der Gefreite am Radar. »Er fliegt auffallend langsam und bleibt genau parallel zur Küste. Versucht nicht, weiter landeinwärts zu kommen.«

Der Operationsoffizier in Sola drückte auf den Alarmknopf. Die Sirene begann aufzuheulen, und unter ihm rollte eine gelbnasige Me 109 zur Piste und ging schnell in Startposition. Drei Minuten später war sie in der Luft, wendete am Ende des Flugfelds und flog genau über dem Kontrollturm hinweg, kletterte über dem Meer in die Höhe. Der Operationsoffizier im Turm überlegte. Gestern hatten sie schon eine vage, allgemeine Warnung über einzeln fliegende Maschinen bekommen... und diese Mosquito benahm sich wirklich seltsam. Beinahe so, als ob... Er griff zum Mikrophon.
»Bodo an Mosel Eins. Kurs null-sieben-null. Abfangen.«
Die Antwort kam sofort: »Viktor, Viktor.«
»Überstürzen Sie nichts, Altpeter. Passen Sie genau auf, was er macht, ehe Sie das Feuer eröffnen. Verstanden?«
»Viktor, Viktor.«
Leutnant Heinz Altpeter starrte angestrengt durch das Fenster seiner engen Kanzel und sagte sich, daß die Kontrolle in Sola manchmal wirklich überflüssige Befehle gab. War doch ganz klar, daß er aufpaßte, was der andere machte. Jetzt hatte er den Punkt der Mosquito auf seinem Radarschirm... und kurz darauf sah er sie. Die Maschine flog gemächlich dahin und hob sich als dunkler Schatten von dem Nachthimmel ab, der vom Nordlicht gefärbt wurde. Sie machte ungefähr vierhundert Kilometer in der Stunde – für eine Mosquito ungewöhnlich langsam. Vielleicht ein Motorschaden. Er schwenkte nach rechts und traf Vorbereitungen zum Sturzflug, um anzugreifen. Die Mosquito schaukelte langsam von rechts nach links, und während er sie beobachtete, wurde ihr Fahrwerk ausgefahren. Altpeter nahm den behandschuhten Daumen vom Geschützknopf. Ein ausgefahrenes Fahrwerk war das internationale Zeichen für Kapitulation. Er lachte vor sich hin. Daß jemand eine Mosquito abschoß, war nichts Neues, aber er, Heinz Altpeter, würde als erster deutscher Pilot eine schnappen, ohne daß ein einziger Schuß fiel. Er flog hinter der Mosquito her und behielt sie genau im Visier, als sie abdrehte und mit dem Landeanflug auf Sola begann.

Vandammes Stimme klang gepreßt: »Ich habe eine Maschine auf dem Schirm. Ich nehme an, sie haben einen Abfangjäger alarmiert. He, was machst du?«
Croasdell drehte nach Nordwesten ab. »Der Kerl darf uns auf keinen Fall

sehen«, sagte er. »Im Augenblick kann er es noch nicht, weil unser AI Mark X weiter reicht als sein Radar. Denk daran, wenn er uns sieht, erfährt Warnow, daß er verfolgt worden ist.«

»Verdammt noch mal, jetzt habe ich ihn verloren«, sagte Vandamme böse.

Die Mosquito flog weiter nach Nordwesten, und der Abstand zwischen ihnen und Warnow vergrößerte sich um rund zehn Kilometer in der Minute.

»Hör zu, Gene, wir brauchen ihm nicht mehr auf den Fersen zu bleiben«, sagte Croasdell. »Wir wissen, was mit ihm passiert. Der Abfangjäger wird ihn entweder abschießen oder zwingen, in Sola zu landen. Du kannst also deinen kostbaren Radar vergessen – jedenfalls, was unseren Wunderpiloten betrifft.«

»Manchmal bist du richtig schlau«, sagte Vandamme fast etwas ironisch.

»Eines gefällt mir nicht«, sagte Croasdell. »Es wird zu hell. Hier oben ist es um diese Jahreszeit nie richtig dunkel.«

Er begann abzudrehen, wieder in Richtung Küste zu fliegen.

»Wenn sie uns nicht beim Absprung zusehen sollen, dann bringen wir es am besten so schnell wie möglich hinter uns. Soweit ich weiß, gibt es zwischen Stavanger und Bergen keine Radarstation. Wenn wir also möglichst tief über Hagesund einfliegen, wird man uns wahrscheinlich nicht entdekken. Und dann müssen wir hinter Stavanger eine menschenleere Gegend suchen, wo wir aussteigen können.«

»Und dann?« sagte Vandamme.

»Das werden wir sehen«, sagte Croasdell. Ich habe noch nie im Leben soviel Angst gehabt, dachte er. Vandamme hatte inzwischen einen Schraubenschlüssel genommen und begonnen, die Haltemuttern der Radarkonsole abzuschrauben. Es waren vier, und als er die letzte abnahm, zog er das schwere Gerät von der Platte auf seine Knie. Dann öffnete er die Kanzel. Kalte Morgenluft heulte ins Cockpit.

»Wie weit sind wir jetzt draußen?«

»Gut sechs Kilometer.«

»Das wird reichen. Geh ein bißchen in Schräglage.«

Die linke Tragfläche der Mosquito sackte nach unten. Vandamme schob das Radargerät auf den Rand, stieß es mit aller Kraft hinaus und schaute zu, wie es schnell in das graue Licht über den Wellen fiel.

»Das wäre das«, sagte er.

Zwei Minuten später erreichten sie in einer Höhe von gut hundert Metern die Küste. Croasdell wurde immer unruhiger – die Helligkeit im Osten nahm stetig zu. Der Mond stand tief. Er stieg auf tausendzweihundert Meter und konzentrierte sich auf die Berge im Osten. Auf den oberen Hängen glänzte noch Schnee: Es war in ganz Europa ein strenger Winter gewesen.

Er zog die Mosquito hart nach rechts, als sich vor ihm im Halbdunkel ein baumbestandener Gipfel abzeichnete. Sie flogen weiter durch dunkle, schattige Täler und entdeckten dann und wann ein einzelnes Licht oder Gruppen von zwei oder drei Lichtern, Bauernhöfe oder kleine Dörfer, deren Bewohner schon wach waren. Die Menschen lauschten jetzt sicher dem Donnern der Merlin-Motoren und wunderten sich. Endlich verließen sie ein Tal und sahen unter sich einen kleinen See und eine felsige, strauchbedeckte Ebene. Croasdell kreiste in ungefähr vierhundert Metern Höhe und entschied sich. Er legte die Fallschirmgurte an, und Vandamme folgte seinem Beispiel.
»Einen besseren Platz finden wir nicht«, rief er laut, denn das Pfeifen des Windes durch die offene Kanzel machte die Verständigung schwierig.
»Wir müssen gleichzeitig abspringen«, schrie er. »Sonst landen wir kilometerweit voneinander entfernt und finden uns nicht wieder.«
Croasdell drehte die Mosquito langsam auf den Rücken und nahm wieder Kurs auf die Berge, die sie eben hinter sich gelassen hatten. Vandamme zögerte nicht. Er machte das Daumenzeichen, grinste und war fort. Croasdell stemmte sich aus seinem Sitz, achtete selbst in diesen letzten Sekunden noch auf das glänzende Wasser des Sees zu seiner Linken und folgte ihm. Die Heckflosse versetzte ihm einen kurzen, heftigen Schlag an die Schulter, als er fiel. Einen Augenblick dachte er voll Entsetzen, es würde wieder so gehen wie vor drei Jahren mit der Spitfire. Dann wurde er vom Wind umtost und drehte sich langsam im Sog der Mosquito, die führerlos nach Westen sauste. Mit einem Ruck öffnete sich sein Fallschirm. Unter sich sah er links den großen weißen Pilz von Vandammes Fallschirm. Sie fielen schnell auf das sandige Ufer des schimmernden Sees zu und waren schon so niedrig, daß sie nicht weit abtreiben würden. Einen Augenblick später landete Croasdell auf hartem Heideland und empfand einen jähen Schmerz, da das Nachtglas, das er sich um den Hals gehängt hatte, gegen seine Brust gerammt wurde. Seine Schulter tat ebenfalls weh. Keuchend drückte er den Knopf des Lösemechanismus und lief zu der siebzig Meter entfernten Stelle, wo Vandamme in einer großen Seidenbahn zappelte. Der See war ungefähr vierhundert Meter weiter. Es war nicht richtig kalt, nur ein bißchen frisch, und es wurde immer heller. Vandamme befreite sich fluchend von seinen Gurten. Inzwischen war Croasdell bei ihm, und Vandamme grinste.
»Bis jetzt ist es gutgegangen«, sagte er. »Nun müssen wir uns nur noch überlegen, wie wir wieder zurückkommen.«
Weiter westlich, auf einem Berghang, zuckte ein greller Blitz auf, dem einige Sekunden später eine dumpfe Explosion folgte.
»Das war unsere Mossie«, sagte Vandamme. »Ich weiß nicht, wie du dich fühlst, aber ich komme mir sehr einsam vor.«

»Miß Walters, ich muß Ihnen gratulieren«, sagte Strongman. Sie saßen am Schreibtisch seines Zimmers, das er in London benutzte. »Sie haben ausgezeichnete Arbeit geleistet. Major Warnow war übrigens doch unberechenbarer, als wir dachten. Das heißt, eigentlich hätten wir damit rechnen müssen.«
»Inwiefern?« fragte Hannah Walters. Es darf nicht zu interessiert klingen, sagte sie sich.
»Nun... ich nehme an, Sie werden es ohnehin bald erfahren müssen«, sagte Strongman. »Also kann ich es Ihnen genausogut jetzt sagen. Major Warnow... besorgte sich Treibstoff und flog nach Norwegen.«
»Oh?« sagte Hannah Walters zögernd. »Ist ihm... ist er...«
»Er ist sicher gelandet«, sagte Strongman. »Wenn Sie das meinen.«
»Ja... Nun, wann fahre ich? Und wie?«
»Fahren, Miß Walters?«
»Nach Argentinien. Das war abgemacht«, antwortete sie ungeduldig.
»Miß Walters, Sie sind 1938 als deutsche Agentin nach England gekommen. Vor neun Monaten haben wir Sie enttarnt und vor eine Alternative gestellt. Sie konnten sich entscheiden zwischen Prozeß und Hinrichtung einerseits und Zusammenarbeit mit uns andererseits. Sie haben sich verständlicherweise für die zweite Möglichkeit entschieden. Sie haben sehr gute Dienste geleistet... aber Ihre Arbeit ist noch nicht getan.«
»Aber...«
»Miß Walters, Sie können sich hier kein ›aber‹ leisten. Sie müssen tun, was ich sage, nicht wahr?«
Wenn sie ihn nicht gekannt hätte, wäre sie der Meinung gewesen, seine Stimme klinge freundlich.
»Fahren Sie jetzt wieder zu Ihrer Wohnung. Sie werden feststellen, daß die Militärpolizei Ihren jungen Fliegerhauptmann abgeholt hat. Schlafen Sie ein bißchen. Und...«, er hielt inne und musterte sie, »weinen Sie ein bißchen.«
»Sie wissen doch, daß die Abwehr sich wundern wird, wenn man mich nicht festnimmt«, sagte sie wütend. »Dieser idiotische Hauptmann hat doch bestimmt meinen Namen angegeben. Meine Tarnung ist durchschaut. Ich habe nicht mehr den geringsten Nutzen für Sie.«
»Das müssen Sie schon mir überlassen«, sagte Strongman. »Und was Admiral Canaris angeht, nun, wir werden ihm neue kleine Geschichten erzählen müssen...«
Er stand auf und öffnete ihr die Tür.
»Guten Tag, Miß Walters.«
Sie ging wortlos hinaus. Er setzte sich wieder an den Schreibtisch. Er wirkte plötzlich älter, abgespannter. Er schenkte sich Wasser aus einer Karaffe ein und verzog das Gesicht, als er davon trank. Es war lauwarm. Strongman

verspürte wieder die Schmerzen in seiner Brust, und er fühlte – was in letzter Zeit gelegentlich vorkam – sein Alter. Er nahm das dicke Bündel maschinebeschriebener Blätter, begann zu lesen und machte dann und wann mit roter Tinte eine Anmerkung an den Rand.

18

Generaloberst Alfred Jodl, Chef des Wehrmachtsführungsstabes beim OKW, stand am Fenster von Pertz' Büro und blickte nachdenklich in den sonnigen Himmel von Rastenburg. Draußen, auf einem betonierten Weg, der zu einem dichten Baumgürtel führte, machte Hitlers Schäferhündin Blondi, von einem SS-Mann an der Leine gehalten, gerade ihren täglichen Spaziergang. Er beobachtete die beiden mit unbewegtem Gesicht, bis sie aus seinem Blickfeld verschwunden waren. Dann wandte er sich an Pertz, der abwartend neben seinem Schreibtisch stand: »Wie spät ist es?«
»Zehn Uhr, Herr Generaloberst.«
»In einer Stunde ist Lagebesprechung beim Führer. Und ich habe noch viel zu tun.«
»Der Reichsmarschall wollte an unserer Konferenz teilnehmen, Herr Generaloberst.«
Jodl seufzte. »Also, ich wünschte...«
Im Vorzimmer entstand Bewegung, und einen Augenblick später füllte Görings massige Gestalt die Türöffnung. Pertz und Jodl schlugen die Hakken zusammen und salutierten. Wie Pertz aus dem Augenwinkel heraus beobachtete, streckte Jodl den Arm nicht zum »Heil Hitler« hoch, sondern grüßte mit der Hand am Mützenschirm. Göring schien es nicht zu bemerken. Er gab sich betont leutselig.
»Es tut mir leid, daß ich Sie warten ließ, meine Herren. Generaloberst, ich schlug Pertz vor, daß Sie heute morgen anwesend sein sollten, weil er mir etwas zeigen will, was Sie auch sehen sollten. Aber ich glaube, Sie wollen sicher zuerst über Unternehmen Elefant sprechen?«
Jodl nickte. »Ja, Herr Reichsmarschall. Ich kann es Ihnen schnell auf der Karte zeigen.«
Er ging zu der großen Karte an der Wand hinter Pertz' Schreibtisch und fuhr mit dem Zeigefinger die lange Ostfront herunter, von der Ostsee an der Dwina, der Beresina und am Dnjepr entlang, bis er die Nadeln mit den bunten Köpfen erreichte, die die Stadt Nikopol im Norden der Krim umgaben.
»Sie sehen, wie unsere Front auf der ganzen Linie nach Westen gedrückt wird«, sagte er grimmig. »Aber heute geht es um den Brückenkopf Nikopol. Schauen Sie sich das an... hundertzwanzig Kilometer lang und acht

bis zehn Kilometer tief. Dann stehen wir mit dem Rücken zum Dnjepr. Und überall Partisanen – in den Sümpfen von Plewna wimmelt es von ihnen.«
»Weiß der Führer es schon?« fragte Göring.
»Der Führer wird es nachher bei der Besprechung erfahren«, sagte Jodl müde. »Es gibt aber noch eine weitere Komplikation.«
»Und?«
»Wir haben in Nikopol ein geändertes Modell des Panzerjägers Elefant erprobt. Sie erinnern sich doch an den ursprünglichen Tiger-Prototyp von Porsche, den wir zu einem Panzerknacker entwickeln wollten, bevor wir uns für das Tiger-Modell von Henschel entschieden?«
Göring nickte.
»Im Brückenkopf Nikopol stecken acht Techniker von den Porsche-Werken«, fuhr Jodl fort. »Einer von ihnen ist Professor Lilienthal. Außer ihm sind noch Hacker und Koll vom Heereswaffenamt da.«
Göring stieß einen leisen Pfiff aus.
»Lilienthal? Das ist doch der, der...«
»Ja«, sagte Jodl, »zusammen mit Koll hat er sich mit den neuen Panther-Modellen beschäftigt. Wir dürfen ihn nicht verlieren. Die anderen auch nicht.«
»Können sie nicht ausbrechen?« fragte Göring.
Jodl schüttelte den Kopf. »Sicher, eine Straße ist noch offen. Aber sie wird von morgens bis abends von Schturmovik-Kampfflugzeugen bestrichen und nachts von Partisanen bewacht. Vielleicht schafft man es, sehr wahrscheinlich aber nicht. Und die Sache ist so wichtig, daß wir dieses Risiko nicht eingehen dürfen.«
Göring sah Pertz fragend an.
»Es ist also eine Aufgabe für Ihre neue Staffel Andromeda...«
»Ja«, sagte Pertz. »Ich habe bereits den Befehl gegeben.«
»Für wann? Morgen?«
»Ja.«
»Glauben Sie, daß Sie alle herausschaffen können?« fragte Jodl. »Ich warne Sie, die Bedingungen sind schlecht. Es gibt zwar eine Landepiste, aber sie steht unter Mörserbeschuß.«
»Sind sie schon so nahe?« fragte Göring überrascht.
»Schukow nicht, aber die Partisanen. Sie haben eine Stalinorgel, mit der sie von Zeit zu Zeit feuern. Schorner sagt, seiner Meinung nach seien sie mit Fahrzeugen ausgerüstet«, erklärte Jodl.
»Könnten unsere Jäger nicht...«
Jodl lächelte grimmig.
»Es gibt in Nikopol keine Jäger. Jedenfalls keine von der Luftwaffe. Dafür sind mehr als genug russische da. Deshalb können wir die Leute auch nicht mit ein paar Heinkels ausfliegen. Es wird bei Ihnen liegen, Pertz.«

Pertz antwortete nicht. Betretenes Schweigen entstand, und dann rieb Göring sich kurz die Hände.
»Nun, mehr können wir im Augenblick nicht machen. Jetzt möchte ich Ihnen etwas Erfreulicheres zeigen, Generaloberst. Sie haben sicher schon davon gehört, aber die Einzelheiten kennen Sie noch nicht.«
»Odysseus?« fragte Jodl. Ein Ausdruck des Interesses huschte über sein unbewegtes Gesicht.
»Genau«, antwortete Göring. Er durchquerte den Raum, öffnete die Tür und sagte etwas zu dem SS-Offizier, der sich im Vorzimmer aufhielt. Kurz danach schob der Mann einen Tisch auf Rädern ins Zimmer. Als Jodl das darauf liegende Modell sah, trat er vor.
»Das ist ja...?«
Pertz nickte. Göring lächelte.
»Erklären Sie dem Generaloberst, wie Sie es machen werden«, sagte der Reichsmarschall.
Pertz, der neben Jodl stand, beugte sich über das Modell.
»Hier... und hier... und hier, Herr Generaloberst, werden wir die Spezialbomben mit den neuen Zündern einsetzen. Hier... und hier... und dort – konventionelle Bomben, aber natürlich haargenau gezielt. Das heißt, eigentlich sind es doch keine konventionellen Bomben. Sie sollen besonders tief gehen – tiefer als gewöhnlich. Beim KG 200 gibt es einen bestimmten Namen für sie... ›Jungfrauenschreck‹.«
Göring wieherte los, doch Pertz verzog keine Miene, als er das Wort aussprach. Oberst Adolf Pertz gehörte nicht zu den Männern, die sich etwas aus anstößigen Witzen machten.
»Diese Bomben... wo werden sie hergestellt?« fragte Jodl.
»In Dserschinsk«, antwortete Pertz. »Dort sind alle Bomben für Odysseus hergestellt worden. Sie wurden natürlich in Marienfelde konstruiert, von der Bombenabteilung des Luftwaffenamtes.«
»Hergestellt *worden*, sagten Sie?« fragte Jodl.
»Ja, Herr Generaloberst. Ich glaube, sie sind fast alle fertig.«
»Sehr gut. Ich würde Dserschinsk höchstens noch ein paar Monate geben, bis die Russen es wiederhaben.«
Er seufzte.
»Nun, es liegt bis heute wenigstens außer Reichweite der Briten und Amerikaner«, sagte Göring. »Und die russischen Bomber haben sich nicht darum gekümmert. Sie müssen noch eine Menge über strategische Bombardierungen lernen.«
»Sie *werden* noch eine Menge lernen«, sagte Jodl.
Er beugte sich wieder über das Modell. Dann schüttelte er langsam den Kopf und wandte sich an Pertz: »Es scheint... unmöglich. Wie sollen Ihre Leute das schaffen? Mit welcher Geschwindigkeit fliegen sie an?«

»Ungefähr vierhundert Kilometer in der Stunde«, sagte Göring.
»Dreihundertachtundachtzig«, sagte Pertz.
»Mit den richtigen Maschinen und der richtigen Ausbildung kann man Erstaunliches leisten«, sagte Göring. »Zugegeben, in dieser Beziehung haben wir viel vom Feind gelernt. Besonders was den Einsatz der großen Maschinen im Tiefflug – beinahe Bodenflug – betrifft. Die B-17 hat den unschätzbaren Vorteil, daß sie außerordentlich präzis beim Zielanflug ist. Es gibt natürlich ein paar Probleme. In dieser geringen Höhe geben sie eine riesige Zielscheibe ab. Und wie Sie sehen« – er deutete auf das Modell – »müssen sie schon verdammt genau zielen, wenn sie es erreicht haben.«
Jodl mochte Göring nicht. Es gibt kaum einen Offizier in der Truppe, der ihn mag, dachte er. Aber dann und wann, gestand er sich beinahe unwillig ein, scheint der Reichsmarschall doch noch zu wissen, wovon er redet.
»Die B-17 hat noch andere Vorteile«, sagte Pertz gerade. »Die Tatsache, daß es B-17 sind, heißt nämlich, daß wir sie ziemlich nahe ans Ziel bringen können, ehe die Briten oder Amerikaner merken, was los ist. Zweitens eignen sich ihre Bombenschächte mit Abstand am besten für den Umbau, der für unsere Spezialbomben notwendig ist. Als wir es mit den Ju 88 versuchten, haben wir zwei gute Piloten verloren – weil sich die Flugeigenschaften der Ju 88 drastisch ändern, wenn sie mit den Spezialbomben beladen sind. Die B-17 hat die Kraftreserve, die wir bei unseren Maschinen nicht erreichen können. Das einzige vergleichbare Flugzeug wäre die Lancaster – von der wir aber keine haben. Wir verfügen zwar über acht Stirlings, die sich nach dem Untersuchungsbericht der Techniker von Rechlin nicht für dieses Unternehmen eignen, aber keine Lancaster.«
Jodl begann seinen schwarzen Aktenkoffer zu schließen. »Wenn Sie es schaffen...«
»Wir werden es schaffen«, sagte Göring.
»Wenn Sie es schaffen«, wiederholte Jodl, »dann wird die Wirkung auf das Kriegsgeschehen beträchtlich sein.«
»Zweifellos.« Jodl wandte sich zur Tür.
»Dann viel Glück. Wir könnten wirklich ein bißchen Glück gebrauchen. Wenn wir ein paar von den Divisionen hier hätten, die hinter dem Atlantikwall festsitzen, brauchten wir uns nicht so viele Sorgen um Städte wie Dserschinsk zu machen. Oder Nikopol.«
Seine Hand fuhr an die Mütze. Göring nickte lächelnd, und Jodl ging hinaus. Der Reichsmarschall erhob sich mühsam von dem gepolsterten Armstuhl und ging zu dem Modell. Er blickte darauf hinunter, schien es aber kaum zu sehen. Das Lächeln war von seinem Gesicht geschwunden.
»Da sitzen sie in London und lassen in unseren Städten deutsche Frauen und Kinder bei lebendigem Leib verschmoren«, sagte er. »Haben Sie die Meldungen aus Hamburg gelesen? Die Berichte vom Gauleiter von Köln,

wie heißt er doch gleich, Grohe? 800 oder 1000 Grad heiße Feuerstürme fegen durch die Straßen. Die Menschen sterben, weil sie keine Luft zum Atmen haben, und verschmoren, weil die Straßen unter ihnen wegschmelzen, wenn sie fliehen. Während die RAF-Maschinen in der Morgendämmerung abdrehen, kommen die Amerikaner und bombardieren tagsüber. Und manchmal gibt der Führer mir die Schuld. Ich sage Ihnen, wir werden uns rächen. Am Tag Odysseus wird die ganze Welt den Atem anhalten.«

Pertz antwortete nicht. Görings Brust hob und senkte sich schwer, und sein Gesicht glänzte vor Schweiß. Endlich ging er wieder zu seinem Stuhl. Pertz beobachtete ihn genau und wartete eine halbe Minute, ehe er sagte: »Und selbst wenn der Hauptteil des Unternehmens fehlschlagen sollte, bietet das Ablenkungsmanöver noch ungeheure Möglichkeiten, Herr Reichsmarschall. Das ist das Gute an dem Plan.«

»Sie meinen Colchester?« fragte Göring.

»Genau.«

»Nun, für Colchester setzen wir natürlich nur halb so viele Maschinen ein«, sagte Göring. »Es ist jedoch ein leichteres Ziel als das andere.«

»Stimmt, aber wir haben vom Feind gelernt. Wir tun das, was sie mit Augsburg, der Möhnetalsperre und Ploesti gemacht haben, Millimeterarbeit.«

Göring hob den Kopf.

»Übrigens, wie geht es Warnow? Es war ein erstklassiges Stück Arbeit, ihn herauszuholen. Und noch dazu mit einer Mosquito.«

»Dafür müssen wir der Abwehr danken«, sagte Pertz. »Warnow geht es gut, Herr Reichsmarschall, und er brennt genauso auf den Tag Odysseus wie wir anderen vom KG 200.«

»Gut«, sagte Göring. »Bei Odysseus darf nämlich nichts, aber auch nichts schiefgehen.«

Dienstanweisung Nr. 38

Von: Reichskommissar Bjelorußland
Leiter, Bezirksbüro

An: Stellvertretender Generalbevollmächtigter
für den Arbeitseinsatz

a. *Arbeitskräftesituation*

Die noch nie dagewesenen Anforderungen des Kriegs an der Ostfront bedeuten, daß wir weiterhin Millionen von Fremdstämmigen für die Kriegswirtschaft des Reichs mobilisieren müssen. Es wird erwartet, daß diese Leute unter Einsatz aller ihrer Kräfte arbeiten. Es ist im allgemeinen unerwünscht, daß dieses Arbeitskräftepotential von Juden verseucht wird, die wie bisher zur weiteren Sonderbehandlung zu den dafür vorgesehenen Lagern transportiert werden sollen.

b. *Ausnahmen*

Es ist nicht zu leugnen, daß die Juden im Raum Bjelorußland einen unverhältnismäßig hohen Anteil der Spezialisten stellen, die für bestimmte Aufgaben in den Rüstungsfabriken des Reichs benötigt werden. Juden mit besonderer Qualifikation werden daher auch weiterhin in diesen Fabriken arbeiten und erst dann zur Verbringung in Lager bestimmt werden, wenn es aus Alters- oder Gesundheitsgründen erwünscht ist.

c. *Prüfung*

Beauftragte des Generalbevollmächtigten für den Arbeitseinsatz werden die Juden mit besonderer Qualifikation, die in Fabriken ihres Gebiets arbeiten, prüfen und jeden Mann und jede Frau in Lager verbringen lassen, dessen bzw. deren Arbeit eine längere Bevorzugung durch die Behörden nicht rechtfertigt. Die Beauftragten sind ermächtigt, diese Verbringungen ohne weitere Bezugnahme auf dieses Amt oder die Gebietsabteilung des Ostministeriums anzuordnen.

Heil Hitler!
Wilhelm Kube
Reichskommissar

19

Der Inspektor vom Büro für Arbeitseinsatz saß in seiner verglasten Kabine in der Spezialwaffenfabrik in Dserschinsk und las Kubes Dienstanweisung Nr. 38. Es war kein großes Werk, aber seine Produktion – Minen, Bomben, Versuchstorpedos – war streng geheim. Es hatte die Aufgabe, in anderen Fabriken des Reichs konstruierte Waffen zusammenzusetzen und mit Zündern zu versehen. Anschließend wurden die Waffen hier, außer Reichweite der britischen und amerikanischen Bomber, die das Leben im Reich so unerfreulich machten, gelagert oder zum Versand gebracht. Es wird allerdings nicht mehr lange dauern, dachte der Inspektor düster, bis wir die amerikanischen Bomber vergessen können und Angst vor den sowjetischen Panzern haben müssen.

Er sah die Reihe von zehn Frauen entlang, die unter dem Fenster seines Büros arbeiteten, eine Montagekolonne für Bomben. Er starrte nachdenklich hinunter. Diese Frauen arbeiteten an den neuen Spezialbomben, die alle drei Wochen nach Norwegen geschickt wurden – merkwürdig aussehende Dinger, dachte er. Dies war die letzte Serie. Die Waffen hatten spitze, nadelähnliche Nasen und große, sauber gearbeitete Heckflossen. Sie

sahen fast aus wie Modellflugzeuge mit weit hinten angesetzten Tragflächen. Und sie waren schwer – ungefähr zweitausend Kilo, schätzte er. Der Versandtermin mußte unbedingt eingehalten werden, sonst würden verschiedene Köpfe rollen. Nun, sein Kopf war diesmal nicht in Gefahr. Er würde ein paar von diesen Jüdinnen und ein paar von den weniger Tüchtigen zum Abtransport bestimmen, ehe seine Vorgesetzten ihn beschuldigten, er sei zu lasch. Aber welche? Er schaute wieder die Reihe entlang. Die pferdegesichtige Frau am Ende der Reihe konnte den Anfang machen. Aber er mußte mindestens noch eine weitere bestimmen. Eine Arbeiterin ließ gerade einen von den kleinen Kupferringen fallen, die in die Zylinder der neuen Bombenzünder gedreht wurden. Er nahm einen Zeiss-Feldstecher vom Schreibtisch und richtete ihn auf sie. Sie schaute sich verstohlen um, um festzustellen, ob es jemand gesehen hatte. Die Frau neben ihr stellte sich so hin, daß ihre Hand verdeckt war, während sie sich blitzschnell bückte, um den Ring aufzuheben. Ah, jetzt konnte er die Hand wieder sehen. Schau sie dir genau an. Schau dir diese Finger an. Kein Zweifel – Arthritis. Diese Frau konnte er als zweite aussondern. Die Jüdinnen arbeiteten nur deshalb hier, weil sie so fingerfertig waren. Ungeschickte Hände bedeuteten Entlassung. Er ging die Holztreppe hinunter und bis zum Ende der Reihe, wo die Frau mit dem Pferdegesicht stand.
»Geh heute abend nach der Arbeit nicht in die Kantine. Melde dich bei der Transportstelle. Du wirst uns verlassen.«
Wortlos, mit Tränen in den Augen, blickte sie ihn an. Er wandte sich ab und ging zu der Frau, die den Kupferring fallen gelassen hatte. Ja, er hatte recht gehabt. Ihre Finger waren geschwollen.
Sie stöhnte entsetzt auf. Sie begann in ihrem jiddisch gefärbten Deutsch zu betteln: »Nein, Herr Direktor, bitte nicht! Bitte.«
Der Inspektor hielt sich nicht für einen Unmenschen, doch er haßte Szenen. Die Frau neben ihr redete ebenfalls.
»Bitte, Herr Direktor, lassen Sie sie bleiben. Sie ist meine Mutter.«
»Ich will ihre Hände sehen.«
Die Tochter nahm die linke Hand der Mutter und legte sie auf ihre eigene Handfläche.
»Halt mich nicht zum Narren«, sagte er ungeduldig. »Die andere Hand.«
Er musterte sie unbewegt. Eine jüdische Hand, dachte er. Ich möchte sie nicht anfassen.
»Sieh dir die Finger an. Geschwollen. Sie kann nicht mehr arbeiten.«
Die Mutter griff nach ihm, und er trat hastig zurück.
»Bitte, Herr Direktor, es geht vorbei. Ich bin sehr gut mit den Händen. Sehr geschickt. Die Schwellung geht in ein oder zwei Tagen vorbei.«
»Du denkst wohl, das hier ist ein Sanatorium, wo man dich ernährt und kleidet und darauf wartet, daß deine Finger gesund werden, oder?«

Er zögerte trotzdem. Sie hatte recht. Die Hand sah nicht allzu schlimm aus. Nach einigen Tagen Ruhe würde sie wahrscheinlich besser sein. Die Tochter beobachtete ihn stumm. Er konnte die Spannung, die sich in ihr angestaut hatte, beinahe fühlen. Er entschied sich. Es hatte keinen Zweck, eine Affäre daraus zu machen.
»Melde dich bei der Transportstelle«, sagte er. »Du verläßt uns.«
Die ältere Frau schrie klagend auf, aber die Tochter gab keinen Ton von sich, als er wieder die Treppe zu seinem Büro hochging.
Eva Karpinski machte keine Anstalten, etwas zu unternehmen, als der stämmige Vorarbeiter in die Zünderhalle kam, um ihre Mutter zu holen. Die ältere Frau hatte sich inzwischen ein wenig beruhigt und wurde nur noch dann und wann von unterdrücktem Schluchzen geschüttelt. Die Blicke von Mutter und Tochter begegneten sich kurz, als man sie auseinanderriß, das war alles. Evas Gedanken arbeiteten fieberhaft. Sie mußte irgendwie dafür sorgen, daß man sie zusammen mit ihrer Mutter fortschickte. Ihre Mutter durfte den Gang in die ungewisse Zukunft nicht allein antreten. Es liefen Gerüchte... Tod, medizinische Experimente, Bordelle. Bordelle? Bestimmt kein Bordell, in Mutters Alter. Aber man konnte nie wissen...
Mechanisch, aber präzise setzte sie den kleinen Ring aus Kupfer auf den Gewindezapfen in dem fünfzehn Zentimeter langen Zündzylinder. Nur jemand mit außerordentlich geschickten Fingern konnte diese Arbeit ausführen, und sie glaubte nicht, daß es in Deutschland eine Maschine gab, die dazu imstande war. Noch vor zwei Jahren hatten Eva und ihre Mutter in der Keramikfabrik in Minsk Porzellan bemalt. Das war der Grund, weshalb man sie beide und eine Handvoll anderer Frauen nicht in die Züge getrieben hatte, die damals, vollgepfercht mit weinenden Menschen, jede Nacht nach Westen fuhren. Sie und die anderen hatten es allein ihrer manuellen Geschicklichkeit zu verdanken. Sorgsam drehte sie den Ring auf. An dieser Stelle mußte man besonders vorsichtig sein, weil die Kanten des Rings äußerst scharf waren, und man mußte aufpassen, daß man sich nicht in die Finger schnitt. Einmal, vor ein paar Monaten, hatten die Deutschen in einem von Valentina Wrodski präparierten Zylinder eine Blutspur gefunden, und am nächsten Tag war Valentina Wrodski nicht zur Arbeit erschienen. Sie war nie wieder zur Arbeit erschienen.
Das Dumme war, daß sie, Eva, so tüchtig war. Man würde sie nur dann mit ihrer Mutter ins Lager schicken, wenn sie krank würde. Wie konnte sie aber von einem Tag auf den anderen krank werden? Sie beobachten uns wie Falken, dachte sie. Selbst die Ringe, die wir in die Zylinder schrauben, werden gezählt. Wir bekommen so viele Ringe – wir müssen so viele Zylinder abliefern. Und nach der Arbeit werden wir durchsucht, damit wir nichts mitnehmen. Nichts Scharfes.

Sie stellte den beringten Zünder auf das langsam vorbeiziehende Fertigungsband zurück und nahm den nächsten Zylinder. Die scharfen Ränder des Rings, dachte sie... Sie war plötzlich aufgeregt. So unauffällig wie möglich schaute sie sich um. Der Inspektor war oben in seiner Kabine. Sie konnte die schüttere Stelle auf seinem fettigen schwarzen Kopf sehen. Er schrieb. Schnell steckte sie den Ring in den Mund und verschluckte ihn, bekam einen leichten Brechreiz, als er durch ihre Speiseröhre glitt. Er fügte ihr sofort Schnittwunden zu. Bald würden weitere Symptome auftreten. Sie stellte den unberingten Zündzylinder auf das Fertigungsband. Das gibt eine Bombe, die nicht explodiert, dachte sie.

Man munkelte, sie seien für eine ganz spezielle Art von Luftangriffen bestimmt. So sahen sie auch aus. Sie hatten keinerlei Ähnlichkeit mit den Bomben, die sie bisher gesehen hatte. Sie war sicher, daß sie schreckliche Verwüstungen anrichten und zahlreiche Menschenleben fordern würden. Nun, der Zünder, den sie eben sabotiert hatte, würde höchstens das Leben der deutschen Flieger fordern, die das Risiko auf sich nahmen, die taube Bombe ans Ziel zu bringen. Selbst ein Sklavenarbeiter konnte zurückschlagen... manchmal.

Die Schmerzen kamen später am Abend, schlimmer, weit schlimmer, als sie gedacht hatte. Die Frau, die jetzt, wo ihre Mutter nicht mehr da war, das Bett neben ihr im Schlafsaal hatte, rief den Wächter. Der Wächter holte den Fabrikarzt. Er erschien mit Hosenträgern und brummte ungehalten, weil man ihn beim Abendbrot gestört hatte. Er warf einen Blick auf die Frau, die sich im Bett krümmte, und erklärte: »Blinddarmentzüdung. Oder irgendeine Darmverstopfung. Sie muß sofort zum Arzt.«

Eine Stunde später, nach dem Essen, rief er den Inspektor an. Der antwortete mit beißender Ironie: »Zum Arzt? Wofür halten Sie das hier, für ein Judensanatorium? Sie kennen die Befehle genausogut wie ich. Wenn sie nicht mehr arbeiten kann, muß sie ins Lager. Kann sie arbeiten?«

»Natürlich nicht.«

»Ist sie transportfähig?«

»Nun... sie kann vielleicht auf einem Lastwagen liegen.«

»Dann fährt sie heute abend zusammen mit den anderen ab. Insgesamt neun. Es hat keinen Sinn, die Kunst deutscher Ärzte an solche Leute zu verschwenden.«

Zwei Stunden und vierzig Minuten später starb Eva Karpinski auf dem Lastwagen an einer schweren inneren Blutung. Da man sie nicht operiert hatte, wußte man auch nichts von dem unberingten Zünder.

Einige Tage darauf war Evas Zünder unterwegs nach Stavanger-Sola, wo er den Vorrat für Unternehmen Odysseus ergänzen sollte. In der Waffenfabrik von Dserschinsk erfuhr niemand, was aus ihrer Mutter wurde.

»Und was, zum Teufel, machen wir jetzt?« fragte Vandamme.
Er und Croasdell hatten ihre Fallschirme, so gut sie konnten, in dem dichten Unterholz eines Berghangs am See versteckt. Sie legten so viele Zweige, Farne und Torfmoosballen auf die Seidenbündel, bis Croasdell zufrieden war. Die Umgebung des Sees schien menschenleer zu sein, und am Ufer führte keine Straße entlang. Mit einigem Glück konnte es ewig dauern, bis sich eine Menschenseele hierher verirrte, und selbst dann würde hier niemand nach versteckten Fallschirmen suchen. Inzwischen war es heller geworden – ein kühler, grauer Morgen.
»Ich glaubte, ich hätte auf der anderen Seite des Kamms eine Straße gesehen, als wir anflogen«, sagte Croasdell. »Wir verstecken uns am besten in der Nähe und warten.«
»Warten? Worauf?« fragte Vandamme mürrisch. Beide Männer waren niedergeschlagen und ratlos.
»Wir haben französische und holländische Papiere«, sagte er, seine Worte genau abwägend. »Denkst du vielleicht, uns laufen ein paar *französische* oder *holländische* Widerstandskämpfer in die Arme?«
»Es ist nicht so schlimm, wie es aussieht«, sagte Croasdell. »Du hast doch das Kodewort Margaret gefunkt. Sie wissen also, daß wir in Norwegen sind. Sie müssen den norwegischen Widerstand informiert haben – erinnerst du dich nicht an den Vortrag, den uns dieser Widerling von der Kavallerie gehalten hat? Sicher, er hat nicht viel von Norwegen gesagt, aber er hat die Milorg erwähnt. Sie hat hier eine Menge Funkstationen.«
»Ja, aber wie, zum Teufel, soll Strongman wissen, wo wir sind? Wir haben nur Margaret gefunkt. Das bezieht sich auf das ganze Land.«
»Strongman ist nicht dumm. Er weiß genau, daß Warnow wahrscheinlich nach Sola fliegt, wenn er schon Kurs auf Norwegen genommen hat. Also muß Strongman damit rechnen, daß wir im Gebiet von Stavanger sind. Er wird es allen in Frage kommenden Widerstandsgruppen in der Gegend mitgeteilt haben. Sie werden uns finden. Wir müssen nur aufpassen, daß die Deutschen nicht schneller sind.«
»Oder die Leute von Quisling. Wir dürfen schließlich nicht vergessen, daß es selbst in Norwegen ein paar Leute gibt, die Adolf Hitler für einen großen Mann halten.«
»Na gut, dann werden wir uns eben auch vor Quislings Leuten in acht nehmen müssen«, sagte Croasdell gereizt.
»Glaubst du vielleicht, sie hätten eine Fahne mit dem Spruch ›Ich mag den Führer‹ bei sich?« sagte Vandamme sarkastisch. »Damit wir sie sofort identifizieren können?«
Der Himmel nahm langsam ein verwaschenes Blau an, und dann und wann wurde zwischen den schnell dahinjagenden Wolken eine bleiche Sonne sichtbar. Sie gingen über brachliegendes, von Sträuchern und Moos be-

decktes Land nach Westen. Kein Zeichen deutete auf menschliches Leben hin. Einmal erhob sich ein riesiger Elch, der vor einem Felsen gelegen hatte und wegen seiner graubraunen Farbe kaum zu erkennen gewesen war, und verschwand in einem Dickicht aus Adlerfarnen. Am Himmel kreiste ein Falke, der sich elegant von den plötzlichen Windstößen tragen ließ. Beide Männer hatten befürchtet, der Absturz der Mosquito, der nach ihrer Schätzung gut fünfzehn Kilometer entfernt stattgefunden hatte, sei womöglich bemerkt worden, so daß man inzwischen eine kleine Maschine, zum Beispiel eine Fieseler Storch, auf die Suche nach dem Wrack geschickt hätte. Doch außer dem Falken rührte sich nichts am Himmel.

Nach einem Marsch von anderthalb Stunden überquerten sie einen langen, niedrigen Höhenzug. Unter ihnen erstreckte sich das schwarze Band einer geteerten Straße, die in südwestlicher Richtung nach Stavanger führen mußte. Sie war noch naß von gelegentlichen Schauern und glänzte. Vandamme sagte hastig: »Runter mit dir!« Sie warfen sich auf die feuchte Erde. Vorsichtig hob Croasdell das Fernglas. In der Ferne, von Stavanger kommend, entdeckte er ein langsames Fahrzeug. Wenig später konnte er einen Schützenpanzer mit einem Tarnanstrich aus grauen und grünen Tupfen erkennen. Vorn saßen ein behelmter Fahrer und ein Mann mit Offiziersmütze, hinten, über den rumpelnden Ketten, hockten sechs deutsche Infanteristen. Sie sahen nicht zu ihnen hoch, als sie vorbeifuhren.

»Wollen wahrscheinlich nachschauen, was von unserer Mossie übriggeblieben ist«, sagte Croasdell nachdenklich. »Ich nehme an, die Straße führt hinter uns zwischen den Bergen hindurch, wo sie abgestürzt ist.«

»Nach dem Explosionsblitz zu urteilen, ist sie ziemlich weit oben aufgekommen«, sagte Vandamme. »Die Jungs haben eine ganz schöne Klettertour vor sich. Hoffentlich werden sie so naß, wie ich es bin.«

»Weißt du, was?« sagte Croasdell nachdenklich. »Ich glaube, es sind die ersten Deutschen, die ich in diesem Krieg zu Gesicht bekommen habe – außer den paar Kriegsgefangenen. Ich habe zwar genug Gestalten in Flugzeugkanzeln gesehen. Aber nie einen Mann mit einem Gesicht, wenn du verstehst, was ich meine. Und du?«

»Das gleiche«, antwortete Vandamme. Einen Augenblick lang sah er wieder den Todessturz des Mannes vor sich, der vor Lowestoft ohne Fallschirm aus der Heinkel gesprungen war.

»Aber wir haben unseren Wunderpiloten gesehen«, fügte er hinzu, »auf dem Flugfeld, bevor er startete.«

»Stimmt«, sagte Croasdell. »Ich betrachte ihn aber nicht als Feind.«

»Ach?«

»Nein, für mich ist er nur... eine Art Gegner.«

Sie wurden immer nasser, als sie dort über der Straße auf dem schlammigen Boden lagen. Es nieselte zwar nur in Abständen, doch die Feuchtigkeit drang langsam bis auf die Haut. Nach einer Weile sagte Croasdell zögernd: »Ich schlage vor, wir gehen die Straße ein Stück entlang, aber nicht in Richtung Stavanger. Dort sind bestimmt mehr deutsche Truppen, und vielleicht gibt es in der Nähe des Flughafens oder der Stadt sogar eine Straßensperre.«

»Wie weit sind wir deiner Ansicht nach von Stavanger entfernt?«

»Keine Ahnung. Ungefähr dreißig Kilometer, schätze ich.«

Vandamme grunzte.

»Scheint mir ein bißchen riskant, auf der Straße zu gehen. Es braucht nur noch eine deutsche Streife zu kommen, und wir können einpacken.«

»Wenn wir vorsichtig sind, müßten wir sie von weitem sehen. Und auf beiden Seiten ist bergiges Gelände. Sobald wir etwas sehen, können wir uns schnell irgendwo verstecken. Wir müssen jetzt Verbindung mit irgendwelchen Leuten aufnehmen. Trotz der Quislings, über die du dir soviel Sorgen machst, sind fast alle Norweger schlecht auf die Nazis zu sprechen. Das hat Strongman auch gesagt. Wir müssen also einen Bauernhof finden. Vielleicht treiben wir jemanden auf, der uns zu einer Widerstandsgruppe bringt.«

»Gut. Womöglich kommt auch gleich ein Dorf.«

»Nein, ein Dorf geht nicht. Es braucht nur ein Sympathisant der Nazis da zu sein, und er haut uns in die Pfanne. In einem Dorf kann man nichts geheimhalten. Es wird sich garantiert herumsprechen, daß wir da sind. Wir brauchen einen einsamen Bauernhof.«

Sie marschierten die Straße entlang, und ihre durchnäßten Hosen klatschten bei jedem Schritt gegen ihre feuchten Beine. Es war weit und breit nichts zu sehen, was auf Menschen hindeutete: kein Rauch stieg aus einem Schornstein, kein Fahrzeug näherte sich. Die Straße wand sich durch braunes, dunstverhangenes, bergiges Moorland. Dann und wann flog eine Krähe auf, die am Straßenrand gepickt hatte, und flatterte schwerfällig fort. Einmal sahen sie einen reiherähnlichen Vogel, der links von der Straße in einem kleinen Tümpel stand. Sonst nichts. Vandamme behielt die Straße vor ihnen im Auge, ständig in der Furcht, der deutsche Schützenpanzer, der vor einer Stunde an ihnen vorbeigefahren war, sei inzwischen umgekehrt und komme ihnen entgegen. Croasdell drehte sich in regelmäßigen Abständen um und suchte die Straße hinter sich ab. Nach über einer Stunde entdeckte er weit hinten einen Punkt, der sich bewegte. Schnell kletterten die beiden den hundert Meter hohen Kamm zu ihrer Linken hoch. Sie zwängten sich in eine Felsspalte, und Croasdell richtete das Fernglas auf die Stelle, wo er den Punkt gesehen hatte. Die Linsen waren jedoch von der Nässe beschlagen, und als er sie mit der Manschette abgewischt hatte, war das Fahrzeug – oder was immer es gewesen sein mochte – in einer der langen Straßensenken verschwunden. Besorgt warteten sie, da sie nicht

wußten, ob man sie ebenfalls gesehen hatte und ob sie weiter klettern sollten, damit sie einen größeren Abstand bekamen, falls man sie verfolgte. Schließlich kam etwas aus der Senke heraus, die gut einen Kilometer entfernt war. Croasdell richtete das Fernglas darauf.
»Sieh dir das an«, sagte er nach einigen Sekunden und reichte Vandamme das Glas.
»Ein Ponywagen«, sagte Vandamme kurz. »Mit zwei Rädern, genau wie die, die wir bei den Ponyrennen in Connecticut benutzt haben.«
Das kleine, von einem langsam dahintrottenden grauen Pferdchen gezogene Fahrzeug kam immer näher. Auf dem Wagen saß ein Mann, der einen grünen Hut mit einer Feder trug und eine Pfeife rauchte. Croasdell bemerkte, daß er immer wieder nach links und rechts Ausschau hielt. Er schien beide Straßenseiten im Auge behalten zu wollen.
»Er sucht etwas«, sagte er schließlich. »Vielleicht uns. Hier gibt es doch sonst nicht viel Aufregendes.«
»Vielleicht beobachtet er Vögel.«
»Eine merkwürdige Art, Vögel zu beobachten.«
»Ich nehme an, die Deutschen würden ihren Freunden ein komfortableres Fahrzeug zur Verfügung stellen. Wir sollten mit ihm reden.«
Sie kletterten hinauf und warteten auf den Mann im Ponywagen. Als er sie beinahe erreicht hatte, zügelte er das Pferd und hielt. Er sah sie neugierig an und nahm die Pfeife aus dem Mund.
»God morgen«, sagte er bedächtig.
Croasdell antwortete: *»God morgen.«*
Vielleicht war es doch keine so gute Idee, dachte Croasdell. Plötzlich konnte er sich an kein einziges norwegisches Wort mehr erinnern und wußte nicht, was er als nächstes sagen sollte.
Der Mann sprach wieder als erster. *»Hvor kommer de fra? Reiser de alene?«*
Warum will er wissen, ob wir allein sind, dachte Croasdell. Er antwortete schnell und mit fester Stimme: *»Nei. Jeg er sammen me noen venner.«*
Er machte eine unbestimmte Handbewegung zu den Bergen. Kann nicht schaden, wenn er denkt, daß Freunde von uns in der Nähe sind, sagte er sich.
Der Mann fuhr fort, ihn prüfend anzublicken. *»Hvilken del av Norge kommer de fra?«* fragte er dann.
»Bergen.«
»Ah?«
Croasdell schluckte. Der Mann machte einen unschlüssigen, aber keinen mißtrauischen Eindruck. Er wirkte beinahe freundlich. Sie mußten es riskieren. Er schluckte wieder und sagte langsam: *»Hvor kan jeg finne Milorg? Kan de hjelpe oss?«*

»Milorg, eh?«
Der Mann lachte auf. Er steckte die Pfeife wieder in den Mund und machte einen Zug, bevor er weiterredete: *»Har de et identitetskort?«*
Verzweifelt griff Croasdell in die Tasche und holte seine holländischen Ausweispapiere heraus. Der Mann las sie sorgfältig, und seine Lippen bewegten sich stumm, als sie die ausländischen Worte formten. Dann gab er sie zurück und lächelte. »Ihr Norwegisch ist nicht sehr gut.«
Es dauerte zwei volle Sekunden, bis Croasdell begriff, daß der Mann jetzt englisch sprach. Er streckte die Hand aus.
»Dreamer«, sagte er. Er sprach es »Dremmer« aus.
»Und Tibba... Tibba«, fuhr er fort und lachte. »Ich kann es nicht aussprechen.«
»Tipperary.«
»Aha.«
Der Mann forderte sie mit einer Handbewegung auf, den Wagen zu besteigen. Sie setzten sich auf einen kastenähnlichen Aufbau hinter ihm und stellten die Füße auf einen großen vollen Sack. Das graue Pferd trottete langsam weiter.
»Ich habe schon zwei Stunden gesucht«, sagte der Mann. »Die Mitteilung kam erst gestern nacht über Funk. Nicht genug Zeit. Und dann ist Ihre Maschine über dem Strelshammer abgestürzt.« Er zeigte zurück zu den Bergen, die sich blau am Horizont abzeichneten. »Wir dachten, Sie seien näher beim Flugzeug.«
Ein gewaltiges Gefühl der Erleichterung durchströmte Croasdell und Vandamme. Wir haben sehr, sehr viel Glück gehabt, sagte sich Vandamme. Und Croasdell hatte recht. Wir mußten es riskieren, und es hat sich gelohnt. Im selben Augenblick entdeckte er, noch gut einen Kilometer entfernt, in eine Wolke aus hochspritzendem Wasser gehüllt, den deutschen Schützenpanzer. Der Fahrer sah ihn ebenfalls. Mit einem schnellen Zügelruck lenkte er das Pferd über die Bankette und beugte sich ganz nach vorn, bis der Wagen mit der Deichsel aufkam. Dann packte er den Sack, aus dem Karotten hinauskollerten.
»Aussteigen«, zischte er. »Sammeln Sie sie ein. Und sagen Sie kein Wort.«
Als der Schützenpanzer, der sein Tempo inzwischen verlangsamt hatte, in ihre Nähe kam, stand er an der Straße, stemmte die Hände in die Hüften, starrte die Deutschen zornig an und stieß einige laute norwegische Flüche aus. Hinter dem Wagen lasen Croasdell und Vandamme verzweifelt Karotten auf. Der Mann mit der Offiziersmütze warf ihnen einen Blick zu und gab dem Fahrer dann einen kurzen Befehl. Das große Fahrzeug wurde schneller, und seine klappernden Ketten bespritzten den Ponywagen mit Schlamm. Der Norweger lief ein paar Meter hinter dem Schützenpanzer

und schüttelte die Faust. Einer der behelmten Soldaten winkte spöttisch zurück. Dann verschwand das Fahrzeug in einer der Straßensenken.
»Puh«, sagte Vandamme und wischte sich die Stirn ab. Croasdell hielt noch eine Karotte umklammert, seine Hände zitterten. Der Norweger schien sich hingegen meisterhaft in der Gewalt zu haben.
»Sie stören uns kaum, die Deutschen«, sagte er. »Sie schicken ihre Männer los, um nach Funkstationen zu suchen, verstehen Sie. Aber sie lassen die Bauern und Waldarbeiter in Ruhe. Man darf nur nicht zu freundlich zu ihnen sein, das wäre verdächtig. In dieser Gegend sind fast alle Leute *jossinger*. Die Deutschen hätten es seltsam gefunden, wenn ich ihnen zugelächelt hätte. Wir zeigen ihnen, daß wir sie nicht mögen.«
»*Jossinger?*« fragte Vandamme.
»So nennen wir die Leute, die Hitler hassen«, antwortete der Norweger.
Das graue Pferdchen trottete weiter und bog nach knapp zwei Kilometern in einen Feldweg ein, der über einen Hang neben der Straße führte. Die drei stiegen aus und halfen dem Tier, den Wagen über die Steigung zu bringen. Sie waren ungefähr eine dreiviertel Stunde über felsigen, mit Heide, Ginster und spärlichen Latschenkiefern bewachsenen Boden getrottet, als die Vegetation sich abrupt änderte. Sie betraten einen Tannenwald, der nach etwa fünfhundert Metern an einem Hang endete. Am Fuß stand ein kleines Holzhaus, und noch weiter unterhalb, im Tal, war ein winziger See, eher ein Teich. Ein Junge kam den Weg hoch, der zum Wasser führte. Er trug eine Angelrute, war dünn und hellblond, vielleicht sechzehn Jahre alt. Als er den älteren Mann sah, kam er ihm entgegen und blieb dann schüchtern einige Meter vor ihnen stehen. Der Mann sprach mit ihm norwegisch, aber Croasdell konnte verstehen, was er sagte.
»Ich habe sie hinten auf der Straße gefunden. Wann wird gefunkt?«
»Heute abend um zehn.«
»Gut. Dann können wir ihnen sagen, was wir brauchen. Vor allem Papiere.« Er wandte sich an Croasdell und Vandamme.
»Wir haben uns noch gar nicht richtig miteinander bekannt gemacht. Dremmer und Tibba ... ich kann es immer noch nicht aussprechen. Ich bin Sverre Sars, Oberförster von Egermoss. Und das ist mein Sohn Trygve. Er arbeitet für mich im Wald und spricht besser Englisch als ich.«
Die vier gaben sich die Hand.
»Gott sei Dank, daß wir Sie getroffen haben«, sagte Croasdell ernst. »Wir dürfen nicht lange in Norwegen bleiben, und Sie müssen uns mit der nächsten Milorg-Zelle zusammenbringen.«
Der Mann zog die Augenbrauen hoch. Plötzlich begann er zu lachen, und der Junge fiel ein.
»Die nächste Milorg-Zelle?« sagte er. »Sie stehen davor. Sie ist vollzählig versammelt. Trygve und ich ... wir sind die nächste Milorg-Zelle.«

»Hat man dich heute über Odysseus informiert, Frido?« sagte Warnow. Sie gingen gerade an den mit Tarnfarbe gestrichenen Hangars hinter dem Flugfeld von Sola vorbei. Eine frische Brise, ein bißchen zu kalt für die sommerliche Jahreszeit, wehte vom Fjord her und brachte den Geruch der Nordsee mit.

»Ja«, sagte von Altmark, aber er verfolgte das Thema nicht weiter. Er warf Warnow einen freundschaftlichen Blick zu.

»Weißt du, Rolf, ich kann es immer noch nicht fassen. An jenem Morgen, als du nicht aus Colchester zurückkamst, habe ich... nun, ich habe dein Bild in der Messe aufgehängt. Und das von Peter Behrens.«

»Hast du meins inzwischen abgenommen?« fragte Warnow.

»Ja, aber das andere nicht.«

Warnow ging ein paar Schritte, ehe er wieder redete.

»Behrens ist... tot«, sagte er dann.

Von Altmark sah ihn scharf an. »Bei der Bruchlandung?« fragte er.

Wie oft wird man mir diese Frage noch stellen, dachte Warnow. Aber ich werde nicht lügen. Ich schäme mich nicht. Ich hätte es bei mir selbst getan. Ich hätte ihm befohlen, es bei mir zu machen, wenn es nötig gewesen wäre.

»Sein Rückgrat war gebrochen«, sagte er. »Und seine Därme hingen mehr oder weniger raus. Ich konnte nicht anders.«

»Gab es keine Chance?«

»Nein. Und vor allem konnte ich nicht riskieren, daß er den Mund aufmachte.«

»Behrens hätte nie...«

»Natürlich nicht. Jedenfalls nicht mit Absicht. Aber unter bestimmten Umständen macht jeder den Mund auf, unter Narkose, im Delirium... wenn er sich nicht unter Kontrolle hat.«

»Ich verstehe. Aber... Rolf?«

»Ja?«

»Warum hast du nicht einfach gesagt, er sei beim Absturz ums Leben gekommen, als ich dich gefragt habe? Ich hätte die Wahrheit nie erfahren. Und jetzt... wenn du dein Gesicht sehen könntest! Es macht dich fertig, es mir zu erzählen.«

»Das stimmt nicht. Ich denke nur nicht gern daran. Wer täte das schon? Aber wechseln wir das Thema. Bald, sehr bald mußt du selbst ein Kommando nach Colchester fliegen, Frido. Du bist der beste Pilot des Geschwaders.«

»Außer dir.«

»Vielleicht. Aber darum geht es nicht. Es geht darum, daß das Kommando bei einem Einsatz wie Colchester etwas ganz anderes ist, als mit einer Jägerstaffel herumzuschwirren. Du mußt dich der Mission mit Haut und

Haaren verschreiben. Es kommt auf nichts anderes mehr an – nicht einmal auf die Dinge, die man dir vielleicht in ruhigeren Zeiten eingebläut hat. Angenommen, ich hätte Behrens in irgendeinem Lazarett der Tommies sterben lassen. Angenommen, er hätte geredet, ohne sich dessen bewußt zu sein – angenommen, er hätte die ganze Odysseus-Geschichte erzählt? Er war außer mir der einzige Flieger im KG 200, der den Einsatzplan kannte. Wie hätte ich dann dagestanden? Ich will es dir sagen. Ich hätte dagestanden wie ein Kommandeur, der ungeeignet ist, Männer zu führen. Wie ein Mann, dem sein Seelenfrieden wichtiger war als ihre Sicherheit und das Unternehmen. Wie ein Verräter am Führer.«
Von Altmark seufzte.
»Manchmal wünsche ich mir, noch in einem gewöhnlichen Geschwader zu fliegen.«
Warnow packte ihn an der Schulter. Sie hatten den letzten Hangar erreicht und gingen jetzt das Flugfeld entlang.
»Sag so etwas nie wieder, Frido. Als ich 1940 in Lörzers Staffel über dem Kanal flog, dachte ich... nun, ich dachte, ich wüßte alles. Es stimmte aber nicht. Es waren Kindereien – mehr Indianerspielen als richtiger Krieg.«
»Mir reichte es.«
»Nein, Frido. Das kann jeder, der imstande ist, eine Me 109 einigermaßen zu fliegen, und der ein bißchen gesunden Menschenverstand hat. Ich rede vom Krieg. Vom richtigen Krieg. Von der besten Tätigkeit, die es für einen Mann gibt.«
»Das kann doch nicht dein Ernst sein?«
»Doch. Was sonst bietet einem so vieles? 1940 habe ich in den vier Wochen bei Lörzer Dinge über mich gelernt, die ich sonst vielleicht in vierzig Jahren gelernt hätte – oder vielleicht *nie*. Aber beim KG 200 habe ich in ein paar Monaten noch mehr gelernt. Noch viel mehr.«
»Von Adolf Pertz etwa?« sagte von Altmark ungläubig.
»Unterschätze Pertz nicht«, sagte Warnow. »Er hat zwar nie ein Flugzeug abgeschossen, aber er ist für den Führer und für Deutschland nützlicher als ein paar komplette Jagdgeschwader. Ich habe von ihm mehr gelernt als von Lörzer. Denk einmal nach, Frido. Denk nach. Was sind die wichtigsten Prinzipien des Krieges?«
Von Altmark schwieg.
»Siehst du«, sagte Warnow, »du denkst überhaupt nicht über den Krieg nach. Du denkst, es geht nur ums Kämpfen. Aber das ist nicht alles. Wir werden Deutschland nicht schützen, indem wir Ritterkreuze mit Eichenlaub und Schwertern gewinnen. Auf die Prinzipien des Krieges kommt es an, und auf eines davon besonders. Es heißt Überraschung. Und darum dreht sich hier bei uns, beim KG 200, alles. Was wir hier tun, ist das Wesen des Krieges. Unsere Aufgabe, unsere primäre Aufgabe sind Einsätze mit

Spezialwaffen. Der Krieg wird mit Waffen ausgetragen, Frido, aber gewonnen wird er mit Spezialwaffen. Wie haben die Engländer vor soundsoviel Jahrhunderten die Franzosen geschlagen, bei Crécy? Mit dem Bogen. Das war damals eine Spezialwaffe. Wie haben die Tommies Ludendorff 1918 überwunden? Mit dem Tank. Das war damals ebenfalls eine Spezialwaffe. Und wie werden wir Churchill besiegen? Nun, du hast bestimmt einige von den Dingern gesehen, an denen wir hier arbeiten. Die neuen Jäger mit den Strahltriebwerken...«
»Sie nennen es Düsenantrieb«, sagte von Altmark.
»Ja, Düsenantrieb. Ich habe vor zwei Monaten in Rechlin einen Düsenjäger geflogen. Wie eine Rakete. Ich habe noch nie etwas so Schnelles erlebt. Zweihundert Stundenkilometer schneller als alles, was die Briten oder Amerikaner haben. Wir werden hier beim KG 200 eine Probestaffel bekommen, sobald genug Prototypen fertig sind.
Hast du die Mistel inzwischen noch einmal geflogen?« fragte Warnow.
»Ja. Was für eine lahme Ente! Ihr hättet um ein Haar mein Bild in der Messe aufhängen müssen. Ich habe das Ding in dreihundert Metern Höhe ausgeklinkt und das Feld um tausend Meter verfehlt, ich bin gerade noch so runtergekommen. Es ist, als wenn man einen schwangeren Schwan fliegt.«
Warnow lachte.
»Und trotzdem, wenn die Mistel richtig einsatzbereit wäre, könnten wir Odysseus wahrscheinlich weit billiger machen als jetzt. Odysseus ist wirklich ein Traumunternehmen – und weißt du, wer es entwickelt hat? Derselbe Adolf Pertz, den du offenbar für so unwichtig hältst.«
»Ich habe nicht gesagt...«, wandte von Altmark ein.
»Betrachte nur einmal Odysseus«, fuhr Warnow fort.
»Es ist eine Spezialwaffe, weil es bisher noch keinem Menschen eingefallen ist, so an eine Sache heranzugehen. Noch nie in der ganzen Geschichte des Luftkriegs ist eine solche Operation durchgeführt worden. Und das Fabelhafte daran ist folgendes: Ausgerechnet in diesem Moment, wo die Briten und Amerikaner ihre verdammten Bomber über dem Reich abladen, haben... He, sieh mal, dort ist sie.«
Er zeigte auf den flachen, eleganten Rumpf eines Flugzeugs, das vor ihnen an der Tür eines Hangars stand. Sein Anstrich bestand aus grauen, braunen und grünen Tupfen, die Tarnung der RAF, und es trug die Kokarden der britischen Luftwaffe. Es war die Mosquito, mit der Warnow aus West Murford gekommen war.
»Sie kommt nächste Woche zur Untersuchung nach Rechlin«, sagte Warnow stolz. »Sie ist erst die zweite, die wir haben – und sie scheint anders zu sein als die erste. Allerdings kein Radargerät. Das ist natürlich schade. Wurde wahrscheinlich aus Wartungsgründen herausgenommen«, sagte

Warnow. »Und mit dem Treibstoffmesser stimmte auch etwas nicht. Ich mußte vorher auftanken.«
»Wirklich? Das hat sicher Nerven gekostet.«
»War nicht so schlimm, wie es klingt. Auf ihren Flugplätzen geht es zu wie im Zirkus. Nachlässige Sicherheit, alles sehr oberflächlich. Man staunt, wie sie trotzdem soviel schaffen.«
»Sie können aber fliegen«, sagte von Altmark.
»Ja, das können sie«, antwortete Warnow langsam. »Fast so gut wie wir. Aber das reicht nicht.«
»Wo hast du dich eigentlich in London versteckt?« fragte von Altmark neugierig.
»Solche Fragen darfst du mir nicht stellen. Bei... bei einer Freundin. Ich werde demnächst wieder hinfliegen, um sie zu besuchen.«
»Eine Freundin? Wie schön.«
Ohne zu antworten, ging Warnow zu der Mosquito. Von Altmark sah ihn fragend an. »Schon gut, Rolf... das heißt, ich glaube es einfach nicht. Du willst mir doch nicht erzählen, du hättest dich in eine...«
»Weißt du, wir sind nicht die einzigen, die für Deutschland kämpfen«, sagte Warnow. »Andere tun es ebenfalls, wenn auch auf ihre Weise. Die beiden, die ich bei jenem Probeflug nach Colchester mitnahm – sie starben genauso, als hätten sie Uniform getragen. Und Hannah, das Mädchen, das ich kennengelernt habe, gehört zu den Frauen, die man nicht vergißt.«
»Ich verstehe«, sagte von Altmark. »Ich verstehe.«
Das hätte ich nicht für möglich gehalten, dachte er. Ich glaube, der gute alte Rolf ist verliebt. Muß eine ungewöhnliche Frau sein.
»Sieht sie gut aus?« fragte er.
»Umwerfend«, antwortete Warnow. »Aber es ist mehr als das. Sie ist wie meine zweite Hälfte.«

Gesetzt den Fall, er lebt noch, welche Chancen hat er wohl, seine Haut zu retten, wenn der Traum vom Tausendjährigen Reich ausgeträumt ist, dachte Hannah Walters. Wenn ich dann in Argentinien bin und wenn sie mir ein bißchen Geld mitgegeben haben, könnte er vielleicht nachkommen. Sie würden ihn natürlich für ein paar Monate ins Lager stecken. Aber nicht für ewig. Vielleicht sehen wir uns wieder. Vielleicht wird doch noch alles gut. Und inzwischen... was will bloß dieser Strongman von mir? Er ist ein bißchen wie Canaris, sagte sie sich, wenn er mich so ansieht. Wahrscheinlich sind alle aus dieser Branche ein bißchen wie Canaris. Keiner von ihnen hat je meinen Körper betrachtet... das heißt, sie haben ihn zwar betrachtet, aber auf eine seltsam unpersönliche Weise. Sie scheinen einfach die Wirkung abzuschätzen, die er ihrer Meinung nach auf andere Männer hat. Plötzlich sehnte sie sich nach Warnow.

Dreiundvierzig Kilometer entfernt, lehnte Joanna Croasdell ihr Fahrrad an die Mauer des Landhauses in Essex, schloß die Haustür auf und ging hinein. Als erstes warf sie einen Blick auf den Vorleger, aber es lag kein Brief da. Ich möchte wissen, wo sie sind, dachte sie. Beide. Ich denke immer nur an »sie«. Vor ein paar Wochen hätte ich nur an John gedacht. Kann eine Frau zwei Männer lieben?

20

Die vier Petljakow-Bomber mit den roten Sternen auf ihren doppelten Heckflossen flogen in einer Pfeilspitzenformation über das von grauen Schaumkronen bedeckte Wasser der Karkinit-Bucht nach Norden. Der Pilot der hinteren Maschine horchte kritisch auf das laute Brüllen der beiden 1000 PS starken M-105-Motoren. Er machte 430 Kilometer in der Stunde, lag also noch weit unter der Höchstgeschwindigkeit. In seinen acht Tragflächentanks waren nur 1200 Liter hochoktanigen Treibstoffs. Damit hatte er bei Marschflug eine Reichweite von 1150 Kilometern, und er hatte nicht die geringste Lust, beim Rückflug in den Wellen der Karkinit-Bucht zu landen. Er war allein in der gepanzerten Kanzel. Auf dem ersten Klappsitz hinter ihm saß kein Navigator, und in dem kleinen Gefechtsstand im rückwärtigen Teil des Rumpfs, genau hinter dem Tragflächen-Ansatz, gab es keinen Schützen. Er wischte sich die Stirn ab, langte nach unten und setzte seinen eng anliegenden russischen Fliegerhelm auf. Der Bomber, der die Pfeilspitze bildete, ging jetzt höher, auf 2000... 2250... 2500 Meter. Die anderen folgten gehorsam, zwischen den Maschinen herrschte Funkstille. Das war Befehl, dachte Oberleutnant Hans Hauffe.
Er blickte nach vorn und dann nach rechts. Dort flog sein Freund Udo Ganschow, exakt auf Position. Seine PE-2 war ebenfalls grün und braun gescheckt, und an den Stellen, wo die Tarnfarbe abgeblättert war, kam ein glanzloses Silber durch.
Auf den Heckflossen und an der hinteren Seite des Rumpfs waren rote Sterne, auf den Tragflächen aber nicht. Das düstere und unheimliche Aussehen der Bomber wurde nur durch die beiden Abzeichen belebt, die auf den Bug gemalt waren. Jedes Abzeichen wies eine kleine rote Fahne und einen Leitspruch des Sowjetstaats auf. Es handelte sich um das Emblem der Gardeeinheit und den Orden des Roten Banners, den das 27. Luftbomberregiment der Sowjetunion 1942 über Stalingrad gewonnen hatte.
Vor Hauffes PE-2 wackelte die Maschine des Staffelführers Major Sepp Diercks plötzlich mit den Tragflächen. Hauffe schaute durch das Kanzelfenster und suchte den Himmel ab. Er sah sie beinahe im selben Augenblick, links über sich. Sie kamen herunter wie drei kleine stumpfnasige

Mücken: eine Gruppe stämmiger Polikarpows I-16. Die vier PE-2 flogen weiter, ohne Kurs oder Geschwindigkeit zu ändern.
Eine I-16 scherte aus und kam längsseits neben Hauffe. Er sah sich schnell um. Die anderen beiden flogen dreihundert Meter weiter oben, ein Stück hinter ihm, und schienen aufzupassen. Der Russe in der I-16 fixierte ihn. Er war nur zwanzig Meter entfernt, zu seiner Rechten. Hauffe zwang sich ein Lächeln ab und hob eine zur Faust geballte Hand. Der Russe fixierte ihn noch eine Sekunde und antwortete dann, indem er ebenfalls den Arm hob. Die I-16 drehte ab und zog wieder mit den anderen beiden Maschinen gleich. Dann wendete die Gruppe und flog in die entgegengesetzte Richtung, über der Ukraine nach Westen. Hauffe rutschte unbehaglich in seinem Sitz hin und her. Er stellte fest, daß er schwitzte. Solche Begegnungen hatten schon vorher stattgefunden und würden sicher immer wieder stattfinden. Man mußte lernen, mit ihnen zu leben, wenn man im KG 200 flog. Aber man konnte nie sicher sein. Diese drei I-16 waren vom 201. sowjetischen Luftjagdregiment – veraltete Maschinen, deren Einsatz vermuten ließ, daß Rußland alle Kisten mobilisierte, die noch einigermaßen flogen, um die neue Offensive gegen die Ukraine zu unterstützen. Doch ob veraltet oder nicht, die drei I-16 hätten mit den vier unbegleiteten Maschinen ohne Bordschützen kurzen Prozeß gemacht.
Eine halbe Stunde später entdeckte Hauffe unter seiner rechten Tragfläche das silberne Band des Dnjepr. Die vier PE-2 flogen jetzt viel tiefer, ungefähr in vierhundertfünfzig Metern Höhe. Hauffe schaute nach unten. Es war mooriges, flaches Land – trostlos aussehende Tümpel, verkrüppelte Bäume, dazwischen große Flächen von graugrünen Sumpfgräsern. Die Gegend schien menschenleer zu sein, doch plötzlich sah Hauffe an einem Flußbett eine Gruppe von ungefähr zwanzig Reitern. Drei oder vier von ihnen sahen hoch, als die vier PE-2 über sie hinwegdonnerten. Einer winkte mit einem Karabiner. Partisanen, dachte Hauffe grimmig.
Vorn kam der Landestreifen in Sicht. Bei Gott, er sieht nicht gerade einladend aus, dachte Hauffe. Sepp Diercks richtete sich strikt nach den Befehlen. Die Formation löste sich auf, und sie sausten hintereinander über den Landestreifen hinweg. Dann, zehn Kilometer weiter, wendeten sie nacheinander und begannen mit dem Landeanflug. Hauffe bildete das Schlußlicht, flog durch die braunen Staubwolken, die die anderen drei aufgewirbelt hatten. Er fuhr das Fahrwerk aus und warf einen Blick auf den Geschwindigkeitsmesser. Die Nadel stand auf 200 Kilometern in der Stunde. Motoren drosseln... aber nicht zu stark. Diese Peschkas, wie die Russen sie nannten, landeten mit Tempo – etwa hundertfünfundsiebzig Stundenkilometern. Wenn man sie nur zehn Stundenkilometer langsamer hinunterbrachte, konnte es passieren, daß sie wie Felsbrocken aufknallten. Seine Räder hatten Bodenberührung. Ein heftiges Rumpeln. Die Maschine

hüpfte wieder in die Luft, kam dann abermals auf. Diesmal blieb sie unten. Hauffe zog den Bremshebel, und die PE-2 lief am Ende des Landestreifens aus. Vorsichtig wendete er und rollte dorthin zurück, wo die anderen sich hintereinander aufgereiht hatten. Sie waren schon wieder startklar. Im selben Augenblick stieg dreihundert Meter weiter rechts eine Fontäne aus Erde und Schlamm hoch, mit einem ohrenbetäubenden Knall. Sieben oder acht ähnliche Explosionen folgten. Die Einschläge lagen kreisförmig um den ersten Trichter herum. Der Landestreifen lag unter Feuer.
Hinter der Erdpiste standen drei baufällige kleine Häuser, umgeben von einem Netz von Schützengräben. Vom Cockpit aus konnte Hauffe eine Mörserbesatzung mit Stahlhelmen sehen, die in dem nächsten Schützengraben hockte und der Katjuscha der Partisanen mit ihrem Geschütz antwortete. Vor den Häusern bildete sich eine merkwürdige Prozession. Vier Männer in Zivil, vier in Uniform und zwei mit einer Bahre traten ins Freie. Sie wurden von Soldaten unter der Führung eines Hauptmanns begleitet, der einen Arm in der Schlinge trug. Als die Prozession die PE-2 erreichte, kletterten drei Männer in jede Maschine. Hauffe wartete im letzten Bomber. Die beiden Männer mit der Bahre waren Sanitäter, der Mann auf der Bahre ein Zivilist. Er war bewußtlos und sein Gesicht blutbeschmiert. Neben ihm ging ein älterer Herr mit weißen Haaren und einem goldblitzenden Kneifer. Er sah unsäglich müde aus, lächelte aber, als Hauffe über die Tragfläche nach unten kletterte, um ihnen zu helfen. Er schlug formell die Hakken zusammen und musterte die Embleme auf Hauffes Kragen
»Lilienthal«, sagte er. »Vielen Dank, daß Sie gekommen sind. Ich nehme an« – er lächelte wieder angestrengt – »Sie sind *kein* sowjetischer Leutnant?«
»Oberleutnant Hans Hauffe, Herr Professor«, sagte Hauffe. »Wir müssen uns beeilen.«
Das ist also der große Lilienthal, sagte er sich. Der Mann, der in Deutschland eine Legende ist, der von siegreichen Vorkriegsrennwagen bis zu Langstreckenpanzern einfach alles entworfen hat – und jetzt angeblich an einer Kanone arbeitet, mit der man London unter Beschuß nehmen kann.
Lilienthal sprach wieder. Er machte eine Kopfbewegung zu der Gestalt auf der Bahre und sagte: »Können Sie ihn mitnehmen? Es ist Ingenieur Hakker, einer meiner Mitarbeiter vom Heereswaffenamt. Er hat eine weite Reise hinter sind.«
Hauffe wandte sich an die Sanitäter.
»Sie werden ihn im hinteren Gefechtsstand unterbringen müssen. Er wird allerdings ein bißchen durchgerüttelt werden.«
Der Mann auf der Bahre schlug die Augen auf, als sie ihn herunterhoben. Seine Lippen bewegten sich, und Lilienthal beugte sich zu ihm, um besser zu verstehen. Hauffe konnte das heisere Flüstern kaum hören.

»Koll... wo ist Koll?«
Lilienthal zeigte auf die Maschine von Udo Ganschow.
»Keine Sorge. Er ist da drin. In ein paar Stunden sind wir alle in Sicherheit. Auf der Krim.«
Der andere stöhnte, als die Sanitäter ihn in den hinteren Gefechtsstand zwängten. Einer von ihnen drehte sich zu Hauffe und schüttelte warnend den Kopf. Lilienthal kletterte ächzend auf den Navigatorsitz hinter Hauffe. Der rechte Motor der PE-2 erwachte donnernd zum Leben. Dann der linke Motor. Hauffe hörte trotz ihres Röhrens noch drei weitere krachende Explosionen. Die Katjuscha der Partisanen hatte sich auf die Bäume rechts vom Landestreifen eingeschossen. Die großen Bomber hoben nacheinander ab und kletterten schnell in den grauen Himmel. Unten, im wirbelnden Staub, sah Hauffe die ameisenähnlichen Gestalten der Soldaten zu den drei schützenden Häusern zurücklaufen.
Genau eine Stunde später, am Rand der Dnjeprmündung, entdeckte Major Pawel Nefedow, Held der Sowjetunion, achtundzwanzig Abschüsse, die vier PE-2. Seine Yak 9 Ulutschennji raste mit fast sechshundertfünfzig Stundenkilometern durch den ukrainischen Himmel. Er verfügte über 1600 Pferdestärken, eine 20-Millimeter-ShVak-Kanone und zwei 12,7-Millimeter-Maschinengewehre. Sobald er sie gesehen hatte, ging er tiefer. Er beobachtete die dritte Maschine in der Reihe. Sie flogen nach Süden, also zur Krim, oder? Und das einzige Bomberregiment in diesem Bereich war das 27. Natürlich gab es auf der Krim mehr als genug deutsche Ziele. Warum waren sie aber ohne Begleitschutz? Das 27. würde niemals eine Halbstaffel ohne Jägereskorte losschicken. Oder doch?
Er näherte sich der dritten Maschine. Der Pilot winkte ihm freundlich zu. Aus dieser Entfernung konnte er sogar das Lächeln auf dem Gesicht des Mannes sehen. Aber da, hinter ihm, was war denn das? Er sah aus wie ein Mann mit einer breiten deutschen Wehrmachtsmütze. Nefedow zog die Yak abrupt hoch und warf einen Blick in den hinteren Gefechtsstand. Der Mann auf dem Sitz trug Zivilkleidung. Und die PE-2 war nicht hecklastig wie sonst, wenn die vorderen Bombenschächte beladen waren. Ein seltsamer Krim-Einsatz, ohne Bomben und mit einem Zivilisten als Heckschützen. Und einem Wehrmachtsoldaten als Navigator.
Ein anderer hätte vielleicht immer noch gezögert, doch Pawel Nefedow war nicht wegen Zögerns zum Helden der Sowjetunion ernannt worden. Er zog seine Yak steil hoch, bis er die merkwürdige Formation weit unter sich hatte, ging in Angriffsposition und begann den Sturzflug auf die dritte Maschine. Die ShVak-Kanone hämmerte kurz, und die linke Tragfläche der PE-2 sackte weg, als die Geschosse ihre Verankerung trafen. Sie hing nach unten, und der Bomber geriet ins Trudeln und begann seinen langen Fall. Fünfunddreißig Sekunden später stürzte er ins Wasser der Dnjeprmün-

dung. Nefedow nahm unverzüglich Kurs auf die letzte Maschine der Reihe und traf Vorbereitungen für den nächsten Angriff. Doch es war das Ende seiner Patrouille, an der Instrumententafel der Yak leuchtete die blaue Lampe auf, die anzeigte, daß er keine Munition mehr hatte. Zornig drehte er ab und landete vierzig Minuten später auf dem Jägerstützpunkt Olginka. Er ging zur Einsatzbaracke, achtete aber nicht auf die Fragen des jungen Leutnants.
»Ich muß sofort Major Budakow sprechen, den Nachrichtenoffizier der Staffel«, sagte er. »Ich habe etwas Besonders zu melden.«
In diesem Augenblick setzte Oberleutnant Hans Hauffe seine PE-2 auf der Rollbahn des Flugplatzes Simferopol, Krim-Stützpunkt des KG 200, auf. Er rollte zum Hauptgebäude, und ein Krankenwagen näherte sich, um Hacker zu holen. Lilienthal kletterte mit steifen Gliedern aus dem Navigatorsitz und zwang sich zu einem Lächeln.
»Man hat mir gesagt, Sie seien die Andromeda-Staffel?« sagte er.
Hauffe nickte.
»Ich fürchte, ich bin ein schlechter Ersatz für die schöne Andromeda«, sagte Lilienthal trocken. »Aber ich werde Sie nicht vergessen!... Perseus.«
Er hörte auf zu lächeln und fuhr ernst fort: »Ich habe gesehen, was passiert ist – mit der Maschine, in der Koll saß. Ich nehme an, niemand hat...«
»Niemand«, sagte Hauffe.
»Der arme Koll«, sagte Lilienthal. »Ich habe einen Freund verloren.«
Einen Moment hatte Hauffe das Gesicht Udo Ganschows vor Augen.
»Wir haben beide einen Freund verloren, Herr Professor«, sagte er.

21

»Ich sage Ihnen noch einmal, es ist viel zu riskant, nach Sola zu fahren und sich dem Flugplatz zu nähern«, sagte Sverre Sars in seinem schwerfälligen, überkorrekten Englisch. Seine Stimme klang ernst. Er klopfte mit den Fingerspitzen auf den Tisch.
»Erstens ist Ihr Norwegisch schlecht. Grammatikalisch ist es zwar richtig, aber es ist zu langsam. Und Dremmer« – er machte eine Kopfbewegung zu Vandamme, der aufmerksam zuhörte – »Dremmer spricht nur zwei oder drei Worte.
Zweitens«, fuhr er nach einer kurzen Pause fort, »ist es dort unten selbst für einen Norweger gefährlich, weil die Sicherheitsmaßnahmen sehr streng sind. Drittens haben Sie Ihre Papiere noch nicht. Ich habe heute mit Elsa Sturlason telefoniert. Sie hat sie. Sie wird versuchen, sie heute abend zu bringen. Die Halifax hat sie vor zwei Tagen abgeworfen. Viertens stimmt es zwar, daß die meisten Leute in der Gegend *jossinger* sind. Aber

in den Dörfern und kleinen Städten gibt es Kollaborateure. Mitglieder der norwegischen Nazipartei... einige von ihnen arbeiten bei der Staatspolizei. Es gibt Kontrollen in Bussen und Zügen, ziemlich häufig sogar. Ohne Papiere hätten Sie keine Chance.«

»Was zum Teufel sollen wir dann hier?« fragte Croasdell. »Wir sitzen auf dem trockenen.«

»Moment... so schlimm ist es auch wieder nicht. Elsa Sturlason hat gesagt, sie hätte ein paar Informationen für uns, Sie hat gute Kontakte.«

»Ja?«

»Ihre Schwester arbeitet in Sola in der Unteroffizierskantine. Sie sieht und hört einiges. Flugzeuge kann man schließlich nicht ganz verstecken.«

»Was für Flugzeuge sieht sie?«

»Sie ist Köchin, Tibba. Und ich bin Förster. Ich kenne kaum eine Automarke, geschweige denn Flugzeuge. Sie auch nicht. Aber...«

»Ja?«

»Sie sagt, einige hätten britische oder amerikanische Hoheitszeichen. Sie hat sie zurückkommen gesehen, oft spät am Abend – und ehe man sie in die Spezialschuppen bringen konnte.«

»Woher kamen sie?«

Sverre Sars zuckte die Achseln.

»Aus dem Norden. Wir haben Meldungen bekommen... Aber heute werden Sie auch Niels Raknes kennenlernen. Er kann Ihnen mehr sagen. Er hat sie gesehen, im Norden.«

»Wer ist er?« fragte Vandamme.

»Er ist Direktor einer kleinen Silbermine in Kvar, oberhalb von Namsos. Weit nördlich von hier. Die Maschinen aus Sola fliegen ein- oder zweimal in der Woche dorthin.«

»Was machen sie da oben?«

»Ich weiß es nicht. Raknes kommt nur selten nach Stavanger. Er hat meist in Oslo und in Drammen zu tun. Er beliefert Firmen, die Messer und Gabeln machen... wie sagt man?«

»Bestecke«, sagte Croasdell.

»Ja. Silberbestecke. Sie gehen in Deutschland sehr gut.«

»Sie meinen, er hilft den Deutschen.«

Sars runzelte die Stirn.

»Das würde ich Raknes nicht hören lassen, Dremmer. Sein Sohn ist in England, bei den Männern um König Haakon.«

Croasdell stand unruhig auf. Das kleine Holzhaus mit dem Rentiergeweih über der Tür und den Rentierfellen auf dem Fußboden wurde für ihn langsam zu einem Kerker. Und für Vandamme auch, nahm er an, obgleich der Amerikaner sich nicht beklagte. Nach drei Tagen hier in den Bergen hatten sie noch nichts unternommen. Heute abend würden sie wenigstens die neuen falschen Papiere bekommen, die die Maschine aus England abgeworfen hatte – sie würden ihnen eine norwegische Identität geben, mit der sie sich vielleicht bewegen konnten. Nur daß ihnen das interessanteste Gebiet – Sola, wo Warnow die Mosquito hingebracht hatte – offenbar versperrt war. Er war frustriert und sehnte sich nach England zurück. Ihre Rückkehr schien ein beinahe unmögliches Vorhaben zu sein, obgleich Sars ihm dauernd sagte, es sei zu schaffen. Jedesmal, wenn er ihn fragte, wie er es bewerkstelligen wolle, schüttelte der Norweger den Kopf und sagte: »Abwarten.«

Er ging auf die kleine überdachte Terrasse hinter dem Haus und blickte zu den Bäumen hoch. Plötzlich bewegte sich oben etwas. Er trat einen Schritt zurück und erkannte dann, daß es Trygve, der Sohn seines Gastgebers, war, der seinen Stammplatz zwischen den Felsen eingenommen hatte und mit dem Feldstecher den Weg überwachte, der sich an dem kleinen See vorbeischlängelte. Sie hatten seit ihrer Ankunft noch keinen einzigen Fremden gesehen, doch Trygve und sein Vater standen den ganzen Tag abwechselnd Wache. Genau hinter Trygve war das sorgsam getarnte Loch mit der kleinen Kiste, die das Funkgerät enthielt, mit dem sie Botschaften sendeten und empfingen. Sverre und Trygve Sars betrieben eine der drei Milorg-Funkstationen der Gegend – ein Gebiet, das rund zweihundertfünfzig Quadratkilometer groß war. Die anderen Stationen lagen laut Sars an der Küste, und die Männer, die sie betrieben, beobachteten die Bewegungen der Handels- und Kriegsschiffe.

Er trat wieder ins Haus und ging ruhelos an das Bücherregal. Die beiden Sars lasen offenbar nicht viel. Er hatte nur eine norwegische Bibel, eine norwegische Küstenkarte und ein englisches Buch über Baumkrankheiten finden können. Außerdem gab es noch eine alte Nummer von *Punch*. Er registrierte säuerlich, daß Vandamme sie schon wieder las – zum viertenmal. Vandamme bemerkte seinen Blick und sagte gleichmütig: »Ich erforsche das weite Feld des britischen Humors. Falls ich jemals wieder aufs College gehen sollte, wenn dieser Krieg vorbei ist, werde ich eine Doktorarbeit über britischen Humor schreiben.«

»Sehr witzig«, sagte Croasdell.

»Da hast du es. Du denkst, das sei witzig?«

Er tippte auf das Magazin.

»Ich nehme an, du hältst auch das hier für witzig, ja? Ich habe großes Glück. Ich bin nämlich der einzige Mensch, der eine Doktorarbeit über britischen Humor schreiben will und den es mit einem Exemplar *Punch* und einem Buch über Baumkrankheiten auf einen norwegischen Berg verschlagen hat. Das verschafft mir eine fabelhafte Vorgabe...«

»Sehr witzig«, sagte Croasdell wieder.

Niels Raknes und Elsa Sturlason kamen, als der Sommerabend schon angebrochen war. Er hatte sie mit seinem Motorrad abgeholt, das einen Beiwagen hatte und meist in einer Garage in der Nähe des Doms abgestellt war. Er benutzte es für seine Fahrten in die Umgebung, wenn er von Namsos herunterkam. Jetzt hatte er es unterhalb des Weges versteckt, der über den Kamm zu dem kleinen Holzhaus führte.
Elsa war zierlich, ungefähr Mitte Dreißig, blaß – eine leicht verblühte blonde Schönheit. Sie arbeitete in einem Laden in Stavanger. Raknes war ein großgewachsener, etwas grobschlächtiger, für die Kriegszeit erstaunlich gut gekleideter Mann, aus dessen kleinen, scharfblickenden Augen Gutmütigkeit und Bauernschläue blitzten. Er sieht aus wie jemand, der sich nicht so leicht übers Ohr hauen läßt, dachte Vandamme. Die sechs nahmen eine der merkwürdigen Mahlzeiten zu sich, die Sars zu komponieren pflegte – Schinkenspeck und Haferpfannkuchen, Honig und Kaffee. Elsa Sturlason aß wie ein Spatz. Raknes hatte einen unglaublichen Appetit. Dann redeten sie.
»Sie haben heute an vier oder fünf von den großen viermotorigen Maschinen gearbeitet«, sagte sie. »Man kann nichts mehr sehen, weil sie einen Sichtschutz um das Flugfeld gebaut haben. Aber ich weiß, daß sie da waren.«
Vier Motoren – das müssen Flugzeuge der Alliierten oder Condors von Focke-Wulf gewesen sein, dachte Croasdell. Außer der Condor haben die Deutschen keine viermotorige Maschine.
»Wie wollen Sie wissen, an wieviel Flugzeugen sie arbeiteten, wenn Sie nicht auf das Flugfeld sehen konnten?« fragte er.
»Sie lassen Butterbrote und Bier aus der Kantine holen«, sagte sie. »Meine Schwester Ulla sagt, sie hätten zwanzig Portionen geholt. An einem Flugzeug arbeiten aber immer vier Mechaniker. Also sind es wahrscheinlich fünf Maschinen gewesen.«
»Waren es die großen amerikanischen Flugzeuge?« fragte Vandamme.
»Ich glaube ja«, sagte die Frau. »Wenn sie das Essen geholt haben, arbeiten sie meist die ganze Nacht in den geheimen Schuppen. Man kann das Licht durch die Ritzen im Sichtschutz sehen. Und übermorgen werden sie fliegen.«
»Woher wissen Sie das?«
»Weil Ulla gesagt hat, sie hätten für übermorgen früh vierzig Portionen zum Mitnehmen bestellt. Das ist die Menge für fünf Flugzeuge – wenn sie nach Norden fliegen. Sie kommen abends zurück.«
Raknes rutschte auf seinem Stuhl am Fenster hin und her. In dem bleichen Licht, das vom See ins Haus drang, zeichnete sein Kopf sich wie ein schwarzer Schattenriß ab. Sars stand auf und zog das Rollo herunter. Dann zündete er zwei helle Paraffinlampen an.

»Sie bombardieren einen See«, sagte Raknes.

»Einen See?« erwiderte Croasdell ungläubig.

»Ja, einen See. Ich habe es zuerst selbst nicht geglaubt, weil man keine Explosionen hört, obgleich der See nur rund dreizehn Kilometer vom Bergwerk entfernt ist. Aber einer von meinen Jungs aus dem Bergwerk hat eine Bombe gefunden.«

»Wo?«

»In der Sperrzone. Überall stehen Schilder mit der Aufschrift ›Vermint‹. Überall um den Innsjo Vaktel. So heißt der See.«

»Es bedeutet ›See der Wachtel‹«, sagte Sars.

Raknes lachte: »Ich habe keine Ahnung, warum. Ich habe dort noch nie eine Wachtel gesehen.«

»Diese Bombe, die der Mann gefunden hat – wie sah sie aus?«

Raknes langte in seine Tasche und zog ein Blatt Papier heraus. »Er hat sie für mich aufgezeichnet«, sagte er. »Sie steckte in einem kleinen Sumpf hinter dem See. Vermutlich haben sie später danach gesucht, konnten sie aber nicht finden. Der Bursche sagte, sie habe ungefähr zur Hälfte aus der Erde herausgeguckt. Sie war etwa fünf Meter lang. Er konnte sie nicht ausgraben, und selbst wenn es möglich gewesen wäre, hätte er sie natürlich nicht mitnehmen können.«

»Darf ich die Zeichnung mal sehen?« sagte Vandamme zu Croasdell.

»Eine verdammt große Bombe«, sagte Croasdell. »Aber sie kann nicht aus großer Höhe abgeworfen worden sein, sonst hätte sie sich tiefer in den Boden gebohrt. Und sieh dir die Heckkonstruktion an. Beinahe wie kleine Tragflächen. Wenn sie weiter vorn säßen, könnte das Ding vielleicht fliegen.«

»Wenn die Zeichnung einigermaßen genau ist, kann die Bombe auch nicht ferngesteuert werden«, sagte Vandamme. »Schau sie dir richtig an. Sie ist geformt wie ein glatter, nach vorn verjüngter Zylinder und hat hinten diese Schwanzflossen.«

»Wahrscheinlich eine Attrappe«, sagte Croasdell. »Es sind bestimmt alles Attrappen. Eine scharfe Bombe von dieser Größe würde einen ganz schönen Bums machen, wenn sie explodiert, und wahrscheinlich werfen sie eine ganze Menge davon ab. Was meinst du, Gene, wie viele von diesen Dingern könnte eine B-17 befördern?«

»Nicht mehr als eins«, sagte Vandamme langsam. »Das heißt, befördern könnte sie vielleicht zwei, aber es ist unmöglich, zwei Stück im Bombenschacht unterzubringen. Selbst für eine müßte der Schacht völlig umgebaut werden. ich glaube aber, daß es geht.«

»Ist dies die einzige, die Sie gefunden haben?« fragte Croasdell.

»Ja. Die anderen sind alle ins Wasser gefallen. Oder auf die Brücke.«

»Die Brücke?«

»Wir nennen sie so, jedenfalls die von uns, die sie gesehen haben. Vielleicht ist es aber auch gar keine Brücke. Es sind in Wirklichkeit mehrere, wie sagt man... Schwimmkörper? Brückenboote?«
»Pontons«, sagte Croasdell.
»Richtig, Pontons... mitten auf dem See. Sie sind aber nicht mit dem Ufer verbunden.«
»Und das ist das Bombenziel?«
»Ja. Unter den Pontons ist ein Stahlnetz angebracht. Und wenn die Flugzeuge wieder fort sind, fahren Soldaten mit einem Boot hin und hieven die Bomben heraus. Vielleicht werden sie wieder benutzt. Wer weiß? Manchmal stecken sie auch im Ponton selbst.«
Croasdell sah Vandamme an.
»Überlegen wir mal, was das sein könnte. Sie bombardieren ein Ziel, das wie ein Ponton aussieht und sich in einem See im Norden befindet – ein Ziel, das vielleicht eine Brücke ist. Oder auch nicht. Sie benutzen Bombenattrappen, was darauf schließen läßt, daß sie üben müssen und sich nicht auf Zufallstreffer verlassen können. Was meinst du?«
»Einverstanden«, sagte Vandamme. »Und noch eins – nach der Art zu urteilen, wie das Ding im Sumpf steckte, sieht es so aus, als handle es sich um Abwürfe aus geringer Höhe.«
»Ich glaube, wir sollten uns die Sache ansehen«, sagte Croasdell. »Wenn wir etwas mehr über diese Sache herausfinden, haben wir wenigstens ein bißchen etwas erreicht.«
Elsa Sturlason öffnete ihre Einkaufstasche. »Die Milorg-Leute in Egersund haben mir Ihre Papiere mitgegeben«, sagte sie. »Die Halifax hat sie abgeworfen.« Sie gab jedem von ihnen ein kleines Bündel – einen norwegischen Reisepaß, eine grasgrüne Reiseerlaubnis für Fahrten im Landesinnern, ausgestellt von der staatlichen Polizei in Oslo, eine Lebensmittelkarte und norwegische Banknoten. Croasdell hieß nun Jens Vorgt, wohnhaft in Kristiansand, und Vandamme war Johan Sorensen aus Oslo. Beide hatten den gleichen Beruf: Forstassistenten. »Gut«, sagte Sverre Sars ernst. »Mit diesen Papieren und diesem Beruf haben Sie nämlich einen plausiblen Grund, vom einen Ende Norwegens zum anderen zu reisen.«
»Können wir zu diesem Wachtelsee fahren?« fragte Vandamme.
Sars schürzte die Lippen und sah Raknes an. »Zum Innsjo Vaktel?« sagte er zögernd.
Raknes nickte bedächtig.
»Sie können mit dem Zug fahren«, sagte Sars. »Zunächst bis Trondheim, und dort steigen Sie um und fahren nach Namsos. In Namsos könnte ich Sie mit dem Laster von der Mine abholen. Wir denken uns am besten einen Vorwand aus. Warten sie...«
Er hielt inne und legte einen Finger an den Mund.

»Ich hab's. Wir haben Probleme mit Erdrutschen oberhalb der Mine. Das lose Erdreich rutscht auf die Straße. Wenn man uns fragt, könnten wir sagen, daß Sie gekommen sind, um zu untersuchen, ob es etwas nützen würde, wenn man den Abhang mit jungen Bäumen bepflanzte. Das wäre plausibel. Ich glaube allerdings nicht, daß uns die Deutschen nach dem Grund Ihres Aufenthalts fragen werden. Es kommen nämlich dauernd Leute her. Schwieriger wird es schon, zum Innsjo Vaktel zu kommen. Am besten, wir versuchen es an einem von den Tagen, an denen sie bombardieren, weil sie dann jedesmal die Patrouillen aus den Wäldern abziehen. Aber sie überwachen das Gebiet immer aus der Luft – mit diesen kleinen, langsamen Maschinen.«
»Fieseler Storch?« sagte Croasdell.
»Kann sein. Ich bin kein Flieger.« Er sah Sverre Sars an und fuhr fort: »Ich denke, es empfiehlt sich, daß du mitkommst, alter Junge. Sie werden im Zug Hilfe brauchen.«
»Selbstverständlich«, erwiderte Sars. »Außerdem kann ich alle Fragen beantworten, die etwas mit der Försterei zu tun haben. Sie kennen sich mit Flugzeugen aus und ich mit Bäumen.«
Er warf Raknes einen durchdringenden Blick zu.
»Wir treffen uns übermorgen am Bahnhof von Namsos.«
Raknes nickte. »Ich werde da sein.«
Als er und Elsa Sturlason gegangen waren, sah Croasdell seinen Gastgeber an. »Übermorgen, sagten Sie? Dann können wir morgen nach Sola fahren. Wir haben jetzt Papiere.«
Sars zuckte die Achseln.
»Wenn Sie unbedingt wollen, meinetwegen. Sie haben eine weite Reise gemacht, und ich nehme an, Sie möchten etwas vorweisen, wenn Sie zurückkommen. Wir können morgen früh fahren. Die Papiere eignen sich ganz gut für diesen Zweck. Sie sind Forstassistenten, und in Sandnes, das ist ein Ort gleich hinter Sola, gibt es eine kleine Forstakademie. Wenn wir gefragt werden, können wir einen plausiblen Grund nennen.«
Sie saßen die meiste Zeit schweigend in dem Lastwagen, mit dem sie am nächsten Morgen nach Stavanger fuhren. Hinterm Steuer hockte ein rothaariger Mann, der sie mit einem eisenharten Händedruck begrüßt, aber fast nichts gesagt hatte. Sverre Sars machte eine Kopfbewegung zu ihm, als er ins Führerhaus des Wagens stieg.
»*Jossinger*«, sagte er und gab sich dann offenbar einem Tagtraum hin, der die ganze Fahrt anhielt. Croasdell und Vandamme, die beide nicht gut geschlafen hatten, beobachteten stumm das geschotterte Band der Straße. Endlich stoppte der Wagen in den Außenbezirken von Stavanger, und sie kletterten mit steifen Gliedern hinaus. Einige Leute, die Köpfe wegen des feinen Nieselregens nach unten gebeugt, hasteten den Bürgersteig entlang.

Die Männer folgten Sars über die Straße auf einen kleinen Hof neben einem Haus. Hinter ihnen fuhr ächzend der Laster wieder an. Auf dem Hof war kein Mensch. An der Hausmauer lehnten drei Fahrräder. Sars zeigte darauf.
»Für uns«, sagte er. Sie stiegen auf und radelten nach Stavanger. Vandamme dachte daran, daß er seit seinem siebzehnten Lebensjahr nicht mehr auf einem Fahrrad gesessen hatte. Sie fuhren langsam durch die kleine Stadt, passierten den grünbemützten Schutzmann auf dem Podium vor der schwarzen Masse des Doms und die immer spärlicher werdenden Häuser. Die Straße war nicht sehr belebt – dann und wann war eine alte französische oder deutsche Limousine, ein paar Kübelwagen, die mit Tarnfarben gestrichen waren, eine klatschnasse Gruppe deutscher Infanteristen, die, geführt von einem Unteroffizier, nach Stavanger zurückmarschierte. Niemand beachtete sie, und als Croasdell und Vandamme hinter einer Kurve plötzlich die Straßensperre erblickten, bekamen sie beide einen tödlichen Schreck. Ein Schützenpanzer stand quer auf der Straße. Oben hockte ein Soldat hinter einem Maschinengewehr, das auf ein dreibeiniges Gestell montiert war. Er machte einen wachsamen Eindruck. Neben dem Schützenpanzer stand ein kleiner Tisch, an dem ein deutscher Offizier saß. Er schien gerade zu frühstücken, ein Gefreiter schenkte ihm dampfenden Kaffee ein, als die drei sich langsam näherten und abstiegen. Ein Feldwebel kam auf sie zu und sprach Sars an. Sein Norwegisch war schlecht, doch Croasdell konnte die Worte »Papiere« und »warum« verstehen. Sars antwortete sofort, aber nicht in dem Akzent, in dem er sich mit Raknes und Elsa Sturlason unterhalten hatte. Er brabbelte in einem bäuerlichen Tonfall vor sich hin, und man konnte förmlich sehen, daß der Feldwebel ihn nicht verstand. Ungeduldig streckte der Deutsche die Hand aus und bat noch einmal um die Papiere. Sars nickte und zog seine aus der Tasche. Der Feldwebel las sie aufmerksam, und Croasdell hörte ihn fragen: »Sandnes?«
Sars nickte und fing wieder an zu reden. Einem Impuls folgend, trat Croasdell näher und hielt dem Deutschen seine Papiere hin.
Der Feldwebel warf einen kurzen Blick darauf und sagte: »Wollen Sie auch nach Sandnes?«
»Ja«, sagte Croasdell. »Mit Sverre Sars.«
Der Feldwebel wandte sich an Vandamme. Mit unbewegter Miene gab ihm der Amerikaner seine Papiere. Der Feldwebel sah ihn an und stellte eine Frage, die Croasdell nicht verstand. Vandamme nickte heftig. Der Feldwebel sah wieder kurz auf die Papiere und wandte sich dann lachend ab. Er rief dem Fahrer des Schützenpanzers etwas zu, und dieser setzte ein paar Meter zurück. Die drei stiegen wieder auf ihre Fahrräder. Plötzlich ertönte ein Ruf vom Tisch her, und der Offizier stand auf, tupfte sich den Mund mit einer Serviette ab und ging langsam auf sie zu. Es war ein zierlicher,

dunkelhaariger Leutnant, der sich mit einem Stock an den rechten Stiefel schlug. Er blieb neben ihnen stehen und wandte sich auf deutsch an den Feldwebel. Vandamme hielt sein letztes Stündlein für gekommen.
»Wohin wollen sie?«
»Zur Forstakademie in Sandnes, Herr Leutnant.«
»Warum?«
»Diese beiden« – er zeigte auf Croasdell und Vandamme – »sind in der Ausbildung. Der alte Mann ist Lehrer.«
»Woher sind sie?«
»Aus Dirdal... oben in den Bergen über der Stadt, Herr Leutnant.«
»Hm. Sagen Sie ihnen, daß sie auf der Straße bleiben sollen und nicht anhalten dürfen. Sonst kriegen sie es mit mir zu tun.«
»Ja, zu Befehl, Herr Leutnant.«
Der Feldwebel wiederholte die Anweisung in seinem holprigen Norwegisch und sah sie dabei der Reihe nach an. Sie nickten eifrig. Er drehte sich um, und die drei radelten weiter. Als sie außer Sichtweite waren, schlossen Croasdell und Vandamme zu Sars auf.
»Puh«, sagte Vandamme. »Als der Offizier kam, dachte ich...«
»Besatzungstruppen«, sagte Sars verächtlich. »Wenn er zu etwas nütze wäre, dann stünde er an der Ostfront.«
»Was hat der Feldwebel gefragt, als du nicktest?« sagte Croasdell. »Wieso hast du ihn verstanden?«
»Ich habe ihn nicht verstanden«, sagte Vandamme. »Es klang einfach so, als erwarte er ein Nicken.«
»Er wollte einen Witz machen«, sagte Sverre Sars. »Er hat Sie gefragt, ob Sie Ihr Leben auf Bäumen verbringen wollten.«
Croasdell und Vandamme sahen sich an und lachten schwach.
Sie fuhren langsam durch flaches Land, das dann und wann von einer Birkengruppe belebt wurde. Der hohe Sichtschutz, der den Flugplatz von Sola umgab, war schon von weitem zu sehen – er ragte fast vier Meter hoch aus dem flachen Graben um das Flugfeld empor und schirmte es vor allen neugierigen Blicken ab.
»Drüben auf der anderen Seite, gleich hinter der Abzweigung nach Sandnes, ist ein Tor«, sagte Sars. »Dort gibt es eine Wachbaracke und eine Kontrollschranke. Vielleicht kann man da durch die Lücke sehen.«
Croasdell verlangsamte das Tempo und wollte absteigen. Der Sichtschutz aus Brettern und Planen hatte kleine Löcher, und er dachte, es sei die Mühe wert, einen Blick zu riskieren. Doch schon, als er sein rechtes Bein über den Sattel zu schwingen begann, beugte Sars sich zu ihm hinüber und packte ihn am Arm.
»Seien Sie kein Narr, Tibba. Sehen Sie... da hinten sind Wachbaracken. Man wird Sie sofort sehen.«

Croasdell blickte den Zaun entlang. Es stimmte. Dreihundert Meter vor ihnen stand ein kleiner Holzturm.
»Wir können nicht anhalten, Tibba. Mit dieser Möglichkeit haben die Deutschen gerechnet. Wir müssen weiterfahren und die Straße nach Sandnes nehmen.«
Irgendwo hinter dem Sichtschutz erwachte ein Motor donnernd und röhrend zum Leben. Ein anderer folgte, dann noch einer und noch einer. Dann wurden andere Maschinen angelassen, die weniger Krach machten. Nacheinander verstummten die Motoren wieder, und die ursprüngliche Stille kehrte zurück.
»Habt ihr das gehört?« sagte Vandamme. »Das waren Wright Cyclones... B-17-Maschinen. Ich kenne ihr Motorengeräusch besser als die Stimme meiner Mutter. Es waren Cyclones beim Probelauf.«
»Wie viele?«
»Drei. Vielleicht auch vier. Es ist schwer, sie aus der Ferne auseinanderzuhalten.«
»Nun«, sagte Croasdell, »eines wissen wir bereits, Sie haben mit hundertprozentiger Sicherheit... was, zum Teufel, ist das?«
Eines der seltsamsten Flugvehikel, das sie je gesehen hatten, kam knapp über den Sichtschutz gesaust. Auf den ersten Blick sah es aus wie ein dreimotoriger Doppeldecker, dessen obere Tragflächen kürzer waren als die unteren und der genau unter der Mitte seiner dreieckig angeordneten Propeller einen nadelspitzen Bug hatte. Es schwenkte langsam ab, flog in nur fünfzehn Metern Höhe über ihren Köpfen hinweg und kletterte schwerfällig in den grauen Morgenhimmel. Croasdell schaute hoch und bemerkte, daß der Bug aus zwei Nadeln mit knallgelbem Ende bestand. Als er das Heck betrachtete, wurde ihm klar, daß es sich nicht um eine, sondern um zwei Maschinen handelte – ein einmotoriger Jäger war auf einen großen, zweimotorigen Bomber montiert.
»Es ist eins von den Huckepackdingern, die der Vorsitzende uns gezeigt hat«, sagte Vandamme langsam. »Aber sein Modell hatte bestimmt einen anderen Bug.«
»Sprengköpfe mit Hohlladung«, sagte Croasdell kurz. »Ich bin ganz sicher. Was ihr eine Bazooka nennt – aber mit zwei Läufen. Und die gelben Dinger an den Enden sind Sprengzünder.«
»Eine ME 109 auf einer JU 88«, sagte Vandamme nachdenklich. »Und die Ju ist das ferngelenkte Raketenflugzeug. Hast du gesehen, wie das Ding schlingerte? Muß verdammt schwer zu fliegen sein.«
»Hören Sie auf zu reden«, sagte Sars plötzlich. »Und sehen Sie nicht mehr hin. Man beobachtet uns von der Wachbaracke aus.«
Ein Soldat mit Stahlhelm lehnte sich aus dem Fenster der Baracke und behielt sie die ganze Zeit im Auge, während sie vorbeiradelten. Nach einem

halben Kilometer kam ein kleiner weißer Wegweiser mit der Aufschrift »Sandnes 3 km«. Sie radelten langsam in die angezeigte Richtung.
»Können wir keine Abkürzung nehmen, die wieder zur Straße führt, und dann nach Stavanger zurückfahren?« sagte Croasdell.
Sars schüttelte den Kopf. »Es gäbe zwar eine Möglichkeit«, sagte er, »aber wir dürfen es nicht. Wir haben bei der Straßensperre gesagt, wir führen nach Sandnes. Also müssen wir auch nach Sandnes fahren. Der Offizier könnte rückfragen.«
»Sie haben wohl recht«, sagte Vandamme resigniert. »Na ja, noch ein paar Stunden auf Bäumen...«
»Ich weiß nicht, was du davon hältst«, sagte Croasdell. »Aber ich finde, wir haben schon reichlich Stoff zum Nchdenken gefunden.«

An dem Morgen, als Sars mit Croasdell und Vandamme nach Sandnes radelte, gingen Warnow und von Altmark, nur einen knappen Kilometer von ihnen entfernt auf der anderen Seite des Sichtschutzes, in einem der Stahlbeton-Hangars von Sola langsam eine lange Reihe von Bombenwagen entlang. Auf den Wagen lagen je zwei der langen, spitznasigen, stumpfflügeligen Bomben, die eine Woche vorher die Spezialwaffenfabrik von Dserschinsk verlassen hatten.
»Sehen sie nicht merkwürdig aus, unsere Kleinen?« sagte Warnow und strich mit der Hand über das glatte Gehäuse einer Bombe. Sie lag unter dem offenen Bombenschacht einer B-17, ganz hinten im Hangar, der von Flutlichtern beleuchtet wurde. Ein Mechaniker legte gerade Patronenstreifen in die Brownings vom oberen Gefechtsstand ein, und zwei andere Männer brachten vorn in der Bugkanzel ein Bombenzielgerät an. Auf dem Metall hinter der Kanzel hoben sich die frisch gemalten, knallgelben Schnörkelbuchstaben des Flugzeugnamens von der olivgrünen Tarnfarbe ab: »Happy Hanna.«
Von Altmark warf Warnow einen Blick zu.
»Das ist deine B-17, nicht wahr?«
Warnow nickte.
»Hast du den Namen ausgesucht?«
»Ja.«
Von Altmark musterte verstohlen Warnows Gesicht und beschloß, keine weiteren Fragen zu stellen.
»Klingt prima«, sagte er. »Ein guter Name.«
»Ja«, sagte Warnow mit gleichmütiger Stimme. »Ein guter Name.«
Sie verließen den Hangar und gingen zur Spezialmesse. Der Luftwaffenposten an der Tür salutierte und bat die beiden dann um ihre Ausweise. Sie holten die Papiere aus der Brusttasche ihres Uniformrocks.
»Der Bursche will sich wohl aufspielen«, sagte von Altmark, als sie die Tür

zur Messe öffneten. »Wenn er den Gruppenkommandeur und seinen Stellvertreter immer noch nicht kennt, sollte er zum Arzt gehen. Vielleicht hat er einen Dachschaden.«
»Er tut nur seine Pflicht«, sagte Warnow kurz. »Genau wie wir alle hier.«
In der Messe herrschte eine friedliche Atmosphäre. Die meisten Männer lasen. Einige standen um den Flügel herum und lauschten dem leisen Spiel eines jungen Leutnants mit roten Haaren.
»Was spielt er?« fragte Warnow.
Von Altmark sah ihn neugierig an. »Soll das heißen, du kennst es nicht?«
»Genau. Ich habe dir doch gesagt, daß ich kein musikalisches Gehör habe.«
»Es ist Chopin... ich glaube, eine Etüde.«
»Chopin? Ein Pole? Ob man in einer amerikanischen Messe Chopin spielen würde?«
»Keine Ahnung. Vielleicht nicht...«
»Dann können wir es hier auch nicht.«
Er schritt zum Flügel. »Franz, würden Sie bitte etwas anderes spielen? Etwas Leichteres?«
Der Leutnant blickte zu ihm hoch und runzelte die Stirn. »Was haben Sie gegen Chopin?«
»Nichts. Aber lassen Sie uns ein Lied spielen, das man drüben singt. Sie wissen doch, daß wir denken sollen, wir wären...«
Der Leutnant lächelte kurz und sagte liebenswürdig: »Ein Lied, das drüben gesungen wird? Nun, wie wäre es mit diesem...«
Seine Finger begannen die Weise anzuschlagen, die sie alle kannten, das Lied, das einige von ihnen schon in der Kyrenaika und auf Kreta gehört und gesungen hatten.
Andächtige Stille, und dann ertönte lautes Gelächter. Ein paar junge Stimmen sangen den populären Text mit:

Unter der Laterne,
Vor dem großen Tor...

Warnow fühlte Zorn in sich aufsteigen, war aber entschlossen, sich nichts anmerken zu lassen. Der Gesang wurde noch lauter, bis er nach dem letzten Vers abebbte:

...Lili Marlen.

Warnow hob die Hand, und allmählich trat Stille ein. Der Leutnant sah ihn höflich an.
»Sie sagten, ein Lied, das man drüben singt. Nun, wie wir erfahren haben, wird *Lili Marlen* in Amerika sehr viel gesungen, Herr Major. Es ist dort unglaublich populär.«

Warnow sah ihn an. Der junge Mann erwiderte seinen Blick.
»Sicher«, sagte Warnow. »Es ist drüben tatsächlich sehr populär. Aber man singt es nicht auf deutsch, sondern auf englisch. In *dieser* Messe müssen Sie es also auf englisch singen, meine Herren. Kennt jemand von Ihnen den englischen Text?«
Niemand antwortete. Die Gruppe um den Flügel begann sich aufzulösen.
»Spielen Sie was anderes«, sagte Warnow. »Sie spielen ausgezeichnet.«
Kein rühmlicher Sieg, dachte er. Der Leutnant klappte den Deckel des Flügels zu.
»Ich mache jetzt Schluß, Herr Major«, sagte er. »Mir fällt im Augenblick nichts ein, was ich spielen möchte.«
Jemand tippte Warnow von hinten auf die Schulter. Er drehte sich um.
»Trinken wir einen«, sagte Werner Lutz. »Und dann erzähle ich dir, wie ich letzte Woche diesen verdammten Ponton verfehlt habe. Als du nicht hier warst.«
Sie gingen zur Theke, und Lutz bestellte zwei Tom Collins.
»Außer Betty Grable gibt es nur eins, was mir an den Amerikanern gefällt«, sagte Lutz, »und das sind ihre Getränke. Ich bin zu dem Schluß gekommen, daß unser Reich nur einen anständigen Gin braucht, um ein perfektes System zu werden. Wir trinken zuviel Schnaps.«
Warnow lachte und schaute sich um. »Die Leute machen einen gereizten Eindruck«, sagte er, »was ist los mit ihnen?«
»Sie hängen schon zu lange in der Spezialmesse herum«, antwortete Lutz wie aus der Pistole geschossen. »Sie haben es langsam satt. Verständlicherweise. Und dann diese ewigen Feinduniformen, Feindbücher, Feindzeitschriften – und jetzt auch noch Feindlieder. Vor einem großen Einsatz geht ihnen das natürlich auf die Nerven.«
»Ich verstehe«, sagte Warnow langsam.
»Bei dir ist das natürlich was anderes«, sagte Lutz. »Erstens bist du fort gewesen. Ich weiß, das war alles andere als ein Erholungsaufenthalt, aber es war wenigstens ein Tapetenwechsel, Rolf. Sie haben nun seit drei Monaten regelmäßig trainiert und viermotorige Bomber in fast null Metern Höhe geflogen und Bombenattrappen auf ein paar Bretter in einem See geworfen. Und bei dir ist es noch aus einem weiteren Grund etwas anderes, Rolf. Du kennst das Ziel, oder?«
»Ja«, sagte Warnow.
»Nun, wir kennen es nicht. Wir wissen nur, daß viele von uns nicht von dem Einsatz zurückkehren werden. Ein großer Bomber in dieser Höhe ist eine Beute, die nur auf den Fangschuß wartet, das weißt du genausogut wie ich. Und die Jungs reden natürlich dauernd darüber, was das Ziel sein könnte. Ich habe schon die verrücktesten Theorien gehört – eine davon lautet, wir werden auf einer Eisscholle im Atlantik landen, dort Sprit tanken,

den U-Boote hingebracht haben, und dann weiterfliegen, um New York zu bombardieren.«
»Unsinn«, sagte Warnow.
»Natürlich ist es Unsinn«, sagte Lutz. »Aber wenn man die Fakten nicht kennt, glaubt man allmählich an solch einen Unsinn.«
»Ich verstehe dich. Vielleicht wird es Zeit, daß ich etwas dagegen unternehme.«
Er kletterte auf einen der niedrigen Rauchtische, die an der Theke standen.
»Hört mal zu, Jungs ... seid mal ein paar Minuten still. Ich habe eine Neuigkeit für euch. Ihr habt das Warten sicher langsam satt.«
Alle Gesichter wandten sich zu ihm, und zustimmendes Gemurmel war zu hören.
»Nun, mir geht es genauso. Und einige von euch wünschen sich bestimmt, wieder bei ihrem alten Geschwader zu sein und konventionelle Einsätze zu fliegen. Was ich euch sagen möchte, ist folgendes: Wünscht euch das nicht. Im KG 200 zu sein, ist ein Privileg. Nein, lacht nicht... schaut euch um. Wen seht ihr? Werner Lutz, der mit der Legion Condor in Spanien war, der beim Unternehmen Richard Wagner von Rumänien tief nach Rußland hineingeflogen ist. Es war bis jetzt das genialste Geheimunternehmen, das wir je gegen die Iwans durchgeführt haben, und es war ein Unternehmen, das Superpiloten erforderte. Wie geschaffen für das KG 200.«
»Superpiloten?« sagte Lutz. »Du hättest sehen sollen, wie ich letzte Woche den Ponton verfehlt habe.«
»Zu viele Tom Collins«, sagte Warnow. »Und dann haben wir Frido. Fünfzig Abschüsse. Und Dieter Arndt, der vor ein paar Jahren bei Kreta einen Kreuzer versenkt hat. Und Hans Sonerland, der die Mosquito-Fabrik in Hatfield praktisch im Bodenflug angriff und die Produktion für drei Monate lahmlegte. Sie sind nicht deshalb hier, weil sie kampfmüde sind. Sie sind hier, weil sie – wie ihr alle – für ein ganz besonderes Unternehmen des KG 200 auserwählt wurden, ein Unternehmen, für das der Führer einige der besten Piloten, der besten Navigatoren, der besten Bombenschützen und der besten Bordschützen des Reiches braucht.«
Sie schwiegen und blickten weiter zu ihm hoch. Die Aufmerksamkeit der Männer war uneingeschränkt auf ihn konzentriert.
»Das Dumme beim KG 200 ist folgendes«, fuhr Warnow fort. »Alle Leute denken, wir könnten hier Wunder bewirken. Deshalb haben sie es alle auf uns abgesehen, das Oberkommando der Luftwaffe, die Abwehr, die regulären Luftflotten, die ein bißchen Hilfe brauchen, die Erprobungsleute in Rechlin... alle. Sie haben es auf uns abgesehen, weil wir mit allem fliegen und kämpfen, das in die Luft geht – und mit ein paar Dingern, die nicht in die Luft gehen. Ich meine« – er sah sie mit unbewegtem Gesicht an – »die Mistel.«

Lautes Gelächter.
»Ihr habt es sicher satt, daß man euch immer wieder einbleut, wie der Feind zu reden, zu denken, wie der Feind zu sein. Ich versichere euch jedoch, daß das ein wichtiger Bestandteil des Unternehmens ist. Denn wir werden einen Einsatz als Amerikaner fliegen – in einer amerikanischen Formation, in amerikanischen Maschinen, in amerikanischen Uniformen. Und wenn wir uns von einem Flugzeug zum anderen verständigen, werden wir wie Amerikaner reden. Einen anderen Weg gibt es nicht.«
Er hielt kurz inne und fuhr dann fort: »Ich kann euch leider noch nicht sagen, um welches Ziel es sich handelt. Das ist ein ausdrücklicher Befehl des Führers. Eines kann ich euch aber schon heute sagen. Bei diesem Unternehmen werden elf unserer B-17 eingesetzt. Die Besatzungen werden aufgrund der bisher erzielten Trainingsergebnisse ausgesucht. Und das Unternehmen wird aus zwei Teilen bestehen. Für den einen Teil sind sechs B-17 erforderlich. Dabei geht es vor allem um Präzisionsbombardierung im Tiefflug. Diese Abteilung wird von Hauptmann von Altmark kommandiert werden. Zu der anderen Abteilung gehören die restlichen fünf B-17 mit den Männern, die die besten Ergebnisse bei den Probeabwürfen auf dem See erzielt haben. Diese fünf Maschinen werde ich kommandieren, und sie werden einen unvergeßlichen Namen in die Geschichtsbücher über diesen Krieg schreiben – einen Namen, den die Welt nicht vergessen wird.«
In der Messe war es mucksmäuschenstill.
»Geht also wieder an euren Platz und lest eure amerikanischen Zeitschriften. Eines möchte ich euch abschließend noch sagen. Dies ist die letzte Übungswoche. Dann werde ich euch einen kleinen Vorgeschmack davon geben, was euch bevorsteht. Nach dem letzten Abwurf versammelt ihr euch vollzählig über dem See, weil die Bombe, die ich abwerfen werde, keine Attrappe ist. Sie wird eine echte Bombe sein und für jenen verdammten Ponton im See das Ende bedeuten.«
Er sprang vom Tisch und wandte sich an Lutz, der ihn ironisch ansah.
»Ja, Rolf, jetzt kann sicher keiner mehr behaupten, daß er sich noch langweilt. Die Arbeit scheint sich tatsächlich zu lohnen.«
»Wir sind nicht die einzigen, die dafür gearbeitet haben«, sagte Warnow langsam. »Andere haben ebenfalls alles darangesetzt... Leute, die du nie kennenlernen wirst. Diese B-17 für den Einsatz vorzubereiten, hat viel Mühe gekostet.«

22

Dieses Silberbergwerk könnte fast aus einem Western stammen, dachte Vandamme. Er saß an einem einfachen Holztisch in dem kleinen Büro, trank starken, heißen Kaffee aus einem Zinnbecher und war froh, endlich hier zu sein. Croasdell und Sars hatten auf der Eisenbahnfahrt viele schwierige Situationen bewältigen müssen – aber noch brenzliger war es, wie er meinte, für ihn gewesen, weil er praktisch kein einziges Wort Norwegisch sprach.

Im Zug hatte es zwei Polizeikontrollen gegeben, eine zwischen Stavanger und Trondheim und eine zwischen Trondheim und Namsos. Die erste war eher Routinesache: Ein paar Staatspolizisten hatten sich mit einem kurzen Blick in ihre Reisetaschen und auf ihre Papiere begnügt. Er hatte so getan, als schliefe er halb, und sie hatten ihn nicht weiter belästigt. Zum Glück hatten die drei ein Abteil für sich gehabt.

Die zweite Kontrolle, nach dem Umsteigen in Trondheim, war das genaue Gegenteil gewesen. Der Zug hatte auf dem Bahnhof von Stjordal gehalten und war von vier bewaffneten Staatspolizisten und mehreren Zivilisten sorgfältig durchsucht worden. Der eine Zivilist war ein kleiner, nervöser Mann in einem abgetragenen Anzug mit dem Abzeichen der norwegischen Nazipartei am Revers, und der andere ein besser gekleideter Mann mit blassem Gesicht, schütter werdenden dunklen Haaren und einem undefinierbaren Etwas, das Vandamme sofort an Gestapo denken ließ.

Das Abteil war überfüllt, und die Insassen hatten alle Angst – von den Frauen, die ihre Taschen leeren mußten, bis zu den Männern, denen befohlen wurde, sich mit den Händen an der Stange des Gepäcknetzes hinzustellen. So war wenigstens niemandem aufgefallen, daß er kein einziges Wort gesagt hatte. Die Männer, die die Papiere prüften, schöpften nicht den leisesten Verdacht. Einen armen Teufel erwischten sie jedoch, und zwar im Nachbarabteil. Er sah, wie sie ihn fortbrachten – wahrscheinlich ein Segen für ihn und Croasdell und Sars, weil die Kontrolleure jetzt wenigstens ihr Erfolgserlebnis hatten.

Croasdell und Sars gingen gerade am Fenster vorbei. Sie hatten auf einer der Holzverstrebungen über dem Hauptschacht der Mine gesessen. Normalerweise beschäftigte das kleine Bergwerk zehn Männer, sagte Raknes. Doch heute war Sonntag, und nur ein Wachmann hatte Dienst. Es war ein Junge, der Knut hieß und in der letzten Nacht die Gegend um den Innsjo Vaktel durchkämmt hatte. Er kam nun mit Croasdell und Sars ins Zimmer. Raknes, der an einem Schreibtisch in der Ecke des Büros gearbeitet hatte, trat zu ihnen.

»Wir werden morgen früh zum Innsjo Vaktel fahren. Um diese Jahreszeit wird es hier nie richtig dunkel. Deshalb kann praktisch jederzeit das kleine Suchflugzeug auftauchen. Aber frühmorgens ist noch am wenigsten los, und wir müssen spätestens dann ein Versteck finden, ehe die Bomber kommen.«

»Kommen sie immer zur gleichen Zeit?« fragte Croasdell.

»Sie haben ein bestimmtes Schema«, antwortete Raknes. »Sie kommen jedesmal kurz vor zwölf. Bisher haben wir sie achtzehnmal gesehen.«
»Wir sind ungefähr achthundert Kilometer von Sola entfernt«, sagte Vandamme nachdenklich. »Bei Marschflug braucht eine B-17 dafür rund zweieinhalb Stunden. Und es ist möglich, daß sie unterwegs noch Formationsflug üben. Sagen wir also drei Stunden. Das würde bedeuten, daß sie am Spätnachmittag wieder in Sola sind.«
»Gibt es eine Stelle, wo wir einen guten Überblick haben, ohne daß man uns sieht?« fragte Croasdell.
»Ja, oben in den Felsen, ungefähr zweihundert Meter vom See entfernt«, sagte Knut. Wie fast alle Norweger, die sie kennengelernt hatten, sprach auch er Englisch.
»Ist das nicht ein bißchen zu nahe, ich meine wegen der Bombenabwürfe?«
»Nein«, antwortete der Junge. »Die Bomben explodieren nicht. Und sie können sehr gut... wie sagt man? Sie können sehr gut zielen.«
Raknes nickte.
»Ich denke, wir brauchen jetzt etwas Schlaf. In ein paar Stunden haben wir ein großes Programm vor uns.«
Die erste Fieseler Storch flog zwanzig Minuten nach ihrem Aufbruch von der Mine über sie hinweg. Über der Gegend lag ein eigenartiges helles Zwielicht. Der Pilot kann uns ohne weiteres sehen, dachte Croasdell. Er bemerkte, daß Raknes die Scheinwerfer des Lastwagens angeschaltet ließ, während sie die schmale, geröllbedeckte Straße entlangkrochen. Die kleine Maschine flog genau über ihnen zwei Schleifen – die zweite so niedrig, daß sie den bebrillten Kopf des Piloten deutlich sehen konnten. Er winkte kurz, als er über sie hinwegfegte.
»Er wird keinen Verdacht schöpfen«, sagte Raknes verächtlich. »Auf der Straße ist immer viel Lastwagenverkehr.«
Sie fuhren weiter. Vandamme und Croasdell hatten sich mit Raknes in das Fahrerhaus gezwängt. Sverre Sars und Knut hockten auf der harten Ladefläche.
Die Landschaft war kahl und sanft gewellt – nicht sehr überzeugend, daß Forstleute gerade hier Untersuchungen anstellen sollten, doch der Polizist, dem Sars im Zug den Zweck der Reise erklärt hatte, war nicht mißtrauisch geworden. Sie kamen an einigen Baumgruppen vorbei – Weißbirken, verkrüppelte Kiefern, ab und zu ein paar zerzauste Tannen. Im allgemeinen hatte die Landschaft jedoch etwas Mondartiges, und die einzigen anderen Pflanzen waren die Flechten, von denen die Felsen überzogen wurden. Raknes bemerkte, wie Vandamme darauf starrte, und sagte: »Das ist Rentierfutter.«
»Was, die Felsen?«

»Die Flechten. Ohne die Flechten würden sie sterben. Sehen Sie, dort... ein ganzes Rudel.«
Auf einem langen Hang zu ihrer Rechten stand eine kleine Herde äsender Rentiere. Die Straße wand sich jetzt nach unten, und die Landschaft änderte ihren Charakter. Die Bäume wurden immer zahlreicher. Die Fieseler Storch überholte sie in knapp zwanzig Meter Höhe und flog vor ihnen die Straße entlang, bevor sie abdrehte und in den westlichen Himmel stieg.
»Das ist gut«, sagte Raknes. »Es wird etwa zwanzig Minuten dauern, bis sie zurückkommt, also müßten wir genug Zeit haben.«
Er parkte den Laster unter einer dunklen Kieferngruppe mit weit überhängenden Zweigen, und sie stiegen aus. Sars ging um das Fahrzeug herum und kletterte auf den Fahrersitz. Raknes sagte etwas auf norwegisch zu ihm, und er nickte. Dann kam Raknes zu den anderen zurück.
»Gehen wir«, sagte er. »Durch den Wald.«
Der Lastwagen rumpelte fort und ließ sie allein am Straßenrand stehen.
»Wird der Pilot nicht merken, daß jetzt niemand mehr hinten sitzt?« sagte Croasdell.
»Sechs Kilometer weiter ist ein Bauernhof«, antwortete Raknes. »Sars wird hinfahren und den Laster neben der Scheune parken. Der Pilot wird denken, wir seien drinnen. Und Sars holt uns in fünf Stunden wieder hier ab. Gehen wir.«
»Warum treffen wir uns nicht beim Bauernhof?« sagte Vandamme. »Wäre das nicht sicherer?«
»Die Leute auf dem Hof sind zwar *jossinger*, aber sie gehören nicht zur Milorg. Wir können sie nicht zu weit in die Sache hineinziehen.«

Sie waren ungefähr eine Stunde durch den dichten Wald gegangen, vom Blätterdach gegen alle Blicke von oben abgeschirmt, als sie wieder das bleiche Blau des Morgenhimmels vor sich erblickten. Die Bäume wurden spärlicher. Ein paar Minuten später, sie bemühten sich, im Schatten der wenigen Bäume zu bleiben, erreichten sie die höchste Stelle eines längeren Höhenzugs, Raknes gab ihnen ein Zeichen, unter den letzten Bäumen zu warten, und ging vorsichtig allein weiter, duckte sich am Kamm des Höhenzugs und spähte nach unten. Er suchte die Gegend einige Minuten ab, ehe er ihnen winkte, ihm zu folgen. Sie liefen zu ihm und legten sich ebenfalls auf die Erde. Er zeigte hinab. »Das ist der Innsjo Vaktel«, sagte er. Vandamme sollte den Anblick des Sees sein Leben lang nicht mehr vergessen. Er lag ungefähr hundert Meter unter ihnen und schien unendlich groß zu sein. Sein Wasser, das im morgendlichen Sonnenlicht an zahllosen Stellen aufblitzte, verschwamm in der Ferne mit dem Horizont. In der Mitte des Ausläufers unter ihnen schwamm eine merkwürdige Konstruktion. Er betrachtete sie einige Sekunden und wandte sich dann an Croasdell.

»Was zum Teufel…«
Croasdell starrte fasziniert auf das Gebilde hinunter.
»Es sieht aus wie ein Teil von einem Puzzlespiel«, sagte er. »Aber es ist unglaublich groß. Es muß fast fünfhundert Meter lang sein. So etwas habe ich noch nie gesehen.«
»Es erinnert mich an irgend etwas«, sagte Vandamme. »Ich weiß aber nicht, an was.«
»Irgendeine Anlage«, sagte Croasdell nachdenklich. »Vielleicht ein Hafen? Das Dumme ist, daß wir nicht hoch genug sind, um es in einem steileren Winkel zu sehen. Was sind das für Kreise – die weißen Kreise, die auf das Holz gemalt sind?«
»Das müssen die Zielpunkte für die Bomben sein«, sagte der Junge.
Raknes schaute sich aufmerksam um. Er befahl ihnen mit einer Handbewegung, nicht mehr zu reden, und lauschte eine Weile. Dann nickte er befriedigt. »Wir müssen laufen. Ich kann das Flugzeug im Augenblick nicht hören, aber unter Umständen ist es in ein paar Minuten wieder da. Und wir müssen freies Land überqueren, wenn wir uns in den Felsen verstecken wollen.«
Sie kletterten hastig den geröllbedeckten Hang zum See hinab. Als sie an dem sandigen Ufer standen, bemerkte Vandamme die im Zickzack verlaufenden Spuren eines kleinen Kettenfahrzeugs. Raknes sah, wie er sie musterte, und sagte: »Hier ziehen sie das Stahlnetz an Land. Mit einer Winde… um die Bomben zu bergen.«
Einige Minuten später erreichten sie eine natürliche Brustwehr aus gelblich gefärbten Felsbrocken, die etwa hundertfünfzig Meter vom Ende des Sees entfernt war. Sie legten sich nebeneinander auf den Bauch – der Platz reichte knapp aus. Wegen der leicht überstehenden Felsen waren sie von oben nicht zu sehen; ein glücklicher Zufall, dachte Croasdell, als die Fieseler Storch eine halbe Stunde später zurückkehrte und den See umkreiste. Der Pilot war offenbar zufrieden, denn die kleine Maschine entfernte sich wieder. Sie lagen da und warteten. Ab und zu sprang ein Fisch, und in ihrer Felsnische summten zahllose Mücken. Ein Entenschwarm flog auf und stob in Pfeilformation davon. Croasdell wünschte, er hätte sein Fernglas dabei, aber Sars hatte ihm verboten, es mitzunehmen. Es wäre im Zug aufgefallen.
Croasdells Uhr zeigte genau halb zwölf, als in der Ferne ein schwaches Brummen ertönte. Ein Schwarm kleiner Vögel flatterte piepsend über den See. Wenige Minuten später, nur fünfzehn Meter über dem Wasser, kam die erste B-17 angeflogen. Das bleiche Licht der nördlichen Sonne brach sich im Plexiglas der Bugkanzel. Der lange, mit Flossen versehene Zylinder der Bombe löste sich kurz vor den Pontons und traf einen der Kreise. Dann kamen nacheinander drei weitere B-17, die ihre Bombe auf die gleiche

Weise abwarfen. Nur eine Bombe verfehlte ihren Kreis, streifte die Kante eines Pontons und sauste ins Wasser. Eine Gischtfontäne stieg auf. Die vier B-17 röhrten über die Felsnische hinweg, überquerten den Höhenzug und verschwanden im blauen Dunst.

»Allmächtiger Gott«, sagte Vandamme, als das Echo ihres Motorengeräusches erstarb. »Hast du schon mal so etwas gesehen? Wer hätte geglaubt, daß man das mit einer B-17 machen kann?«

»Hast du gesehen, wie die Bomben heruntergefallen sind?« sagte Croasdell sinnend. »Beinahe waagerecht – die Nase war höchstens ein paar Grad nach unten, als sie aufkamen. Fast wie Torpedos.«

»Deshalb haben sie die Heckflossen«, sagte Vandamme. »Nun, ich nehme an, die Vorstellung ist vorbei. Und soviel haben wir auch wieder nicht erfahren.«

Raknes war einige Meter aus der Nische herausgekrabbelt und starrte zum Himmel empor.

»Wartet«, sagte er unvermittelt. »Sie sind nicht fort. Sie kommen wieder. Das haben sie noch nie gemacht.«

Vandamme sah hoch. Die B-17 flogen hintereinander zum See zurück und schwenkten dann zu einem engen Kreis. Sie umrundeten die Stelle mit den Pontons.

»Ziemlich niedrig«, sagte Vandamme. »Gut sechshundert Meter, vielleicht auch siebenhundert. Wir müssen aufpassen. Aus dieser Höhe könnten sie uns sehen.«

»Da ist noch eine«, sagte Croasdell plötzlich. Am Horizont kam eine fünfte B-17 in Sicht. Sie flog genau auf die Männer zu, höchstens zehn Meter über dem Wasser, ein imposantes Schauspiel technischer Perfektion und geballter Kraft. Als sie das Gebilde in der Mitte des Sees erreicht hatte, sauste die Bombe in leicht zunehmender Schräglage dem Mittelpunkt des Modells entgegen. Die B-17 donnerte so dicht über die Brustwehr hinweg, daß die vier Männer den von ihr erzeugten Luftstrom spürten. Einen Sekundenbruchteil lang sahen sie, wie sich der Bombenschütze in der Bugkanzel zum Piloten im dahinter liegenden Cockpit umdrehte.

»Habt ihr das gesehen?« sagte Vandamme bewundernd. »Das ist die Hohe Schule des Fliegens, wie man sie selten erlebt. Was für ein Pilot! Er flog so sicher wie auf Schienen. Und er hat das Ding genau in die Mitte des Pontons aufgesetzt. Ich würde nie... oh, mein Gott!«

Die Mitte der Holzkonstruktion explodierte in einem großen, weißglühenden Feuerball. Augenblicke später wurden sie von der unerträglich heißen Druckwelle getroffen, die ihnen die Luft aus den Lungen zu saugen schien. Die Wedel der spärlichen Adlerfarne in den Felsritzen um die Nische erschlafften jäh. Getroffen vom Gluthauch der Bombe, warfen sich die vier auf die Steine und legten schützend die Arme vor die Augen. Nach ein paar

Sekunden riskierte Croasdell einen kurzen Blick. Der Ponton, der jetzt langsam versank, strahlte immer noch heiße Glut aus. Die Wellen des Sees ringsum verströmten Dampf. Wegen des heftigen Zischens und Knisterns war das Röhren der B-17, die jetzt abdrehten und im Himmel verschwanden, nur schwach zu hören.
»Die Zündspanne liegt bei acht Sekunden«, sagte Croasdell sachlich. Der See beruhigte sich jetzt langsam, und ein paar Holzstücke waren alles, was von dem Mittelteil des Pontons übriggeblieben war. Die Holzkonstruktion war auf einer Länge von etwa hundertfünfzig Metern verschwunden. Knut und Raknes starrten entsetzt zu den Wellen hinab, folgten Croasdell und Vandamme aber trotzdem ans Ufer. Vandamme bückte sich und steckte eine Hand ins Wasser. Selbst hier, sechzig Meter vom Ponton entfernt, fühlte es sich noch warm an. Die Oberfläche des Sees war mit toten und sterbenden Fischen bedeckt, und hier und da zerplatzten große Blasen. In der Nähe des Ufers schwamm ein Stück Holz. Croasdell watete hin und holte es aus dem Wasser.
»Seht euch das an. Es ist mehr als verbrannt... die Hitze hat es irgendwie zersetzt. Und ist euch aufgefallen, daß die Explosion im Grunde nicht sehr laut war? Das war die wirksamste Brandbombe, die ich je gesehen habe.«
»Und die größte«, sagte Vandamme trocken. Er hob einen großen Holzspan auf, der wie zusammengeschmolzen aussah.
»Den werde ich mit nach Haus nehmen, damit die Jungs von der Technik ihn untersuchen.«
Croasdell nickte.
»Daß sie eine scharfe Bombe erprobt haben, bedeutet, daß sie den Ponton nicht mehr brauchen. Und das bedeutet...«
»Und das bedeutet«, unterbrach Vandamme, »daß das Training vorbei ist. Sie sind bereit, das Unternehmen zu starten. Was es auch sein mag.« Er hielt inne und überlegte. Nach einer Weile fuhr er fort: »Trotzdem ist es irgendwie merkwürdig. Einer von ihnen hatte eine scharfe Bombe. Ich wäre nicht gern an seiner Stelle gewesen. Er hätte sich ganz schön blamiert, wenn er das Ziel verfehlt hätte.«
»Verfehlt?« sagte Croasdell. »Der nicht. Hast du nicht gesehen, wie die Maschine geflogen wurde... besser als die anderen. Diesem Kerl ist noch nicht einmal der Gedanke gekommen, daß er danebentreffen könnte.«
»Ich verstehe, was du meinst«, sagte Vandamme langsam.
»Es liegt doch auf der Hand, oder?« sagte Croasdell, »das war unser Wunderpilot.« Er wandte sich an Raknes.
»Wir müssen zurück nach England. Ich weiß, daß Sie alles funken können, was wir gesehen haben, aber ich denke, unsere Wissenschaftler sollten diese Holzstücke analysieren.«
Raknes nickte.

»Wir gehen jetzt zum Treffpunkt. Und zwar schnell, ehe die Soldaten zum See kommen. Und bald wird auch das kleine Flugzeug zurückkehren, um Aufnahmen zu machen.«
»Wie, zum Teufel, sollen wir bloß zurück?« sagte Vandamme verdrossen.
»Wie Sie gekommen sind, mit dem Zug nach Trondheim und dort umsteigen«, sagte Raknes überrascht.
»Das meine ich nicht. Ich meine zurück nach England«, sagte Vandamme.
Raknes erwiderte achselzuckend: »Da fragen Sie am besten Sverre Sars.«

Und Sverre Sars beantwortete die Frage einige Stunden später, in der Silbermine. Die vier waren ziemlich erschöpft. Sie waren zu früh beim Treffpunkt gewesen und hatten sich anderthalb Stunden verstecken müssen, bis der Laster endlich kam. Das kleine Flugzeug war fast ununterbrochen über ihnen herumgeschwirrt – soweit sie es beurteilen konnten, suchte der Pilot allerdings nichts Bestimmtes, sondern war damit beschäftigt, den See zu fotografieren. Schlimmer war allerdings, daß ein kleiner Panzer mit einer Winde anstelle des Geschützturms die Straße zum See heruntergekommen war und daß die Besatzung nur fünfzig Meter von ihrem Versteck am Straßenrand entfernt angehalten hatte, um abzukochen. Nach einer halben Stunde hatten die deutschen Soldaten ihre Fahrt fortgesetzt. Als die vier das Silberbergwerk erreichten, atmeten sie erleichtert auf.
»Zurück nach England?« sagte Sverre Sars. »Das dürfte nicht allzu schwierig sein?«
»Ich glaube, Sie täuschen sich«, sagte Vandamme skeptisch, doch Sars lächelte.
»Wir können Sie mit der Post schicken«, sagte er.
Croasdell und Vandamme starrten ihn an.
»Ja, im Ernst«, fuhr er fort. »Zunächst schicken wir Sie nach Schweden. Dann kehren Sie per Flugpost nach England zurück – von einem neutralen Land, verstehen Sie?«
Er lachte über die Gesichter, die sie machten.
»Ich werde es Ihnen erklären. Seit Anfang des Jahres kommt das britische Postflugzeug zweimal die Woche nach Schweden. Es ist eine Maschine der BOA – aber der Typ ist ein Bomber. Einer wie der, mit dem Sie nach Norwegen gekommen sind.«
»Eine Mosquito«, sagte Croasdell. »Also, ich will verdammt sein. Ich hatte keine Ahnung…«
»Es ist aber so«, sagte Sars. »Die Maschine bringt Frachtgut und Diplomatenpost aus England und nimmt beim Rückflug Kugellager mit – die Kugellager werden dort verstaut, wo sonst die Bomben sind. Sie benutzen diesen Typ, weil er so hoch und so schnell fliegt, daß die Deutschen ihn nicht erwischen können.«

»Die Maschine kann uns aber nicht mitnehmen«, sagte Croasdell ungeduldig. »Sie hat nur Platz für zwei Leute, für den Piloten und den Navigator. Mehr gehen nicht hinein.«
»Ich nehme an, England kann eine Woche auf Nachschub an Kugellagern warten«, sagte Sars lachend. »Dafür fliegen Sie mit.«
»Wo denn, im Bombenschacht?« sagte Croasdell entgeistert. »Dort würden wir keine Luft bekommen.«
»Sie haben Sauerstoffflaschen an Bord«, sagte Sars. »Sie haben es schon oft gemacht. Es passen genau zwei Leute hinein.«
»Wo startet die Maschine?« fragte Croasdell.
»In Bromma. Das liegt in Südschweden«, antwortete Sars.
»Und wie kommen wir dorthin?«
»Ich kenne einen schwedischen Schiffskapitän, der diese Woche nach Stavanger kommt. Er mag die Briten, und er mag Geld. Er wird Sie mitnehmen, aber es wird eine lange Reise sein. Er muß Fredericia in Dänemark anlaufen, wo es deutsche Besatzung gibt. Und dann muß er durch die Mecklenburger Bucht nach Warnemünde bei Rostock. Und dann geht's nach Karlskrona in Schweden. Ein kleines Schiff mit Stückgut, Sie verstehen. Aber Sie werden keine Schwierigkeiten haben. Sie haben norwegische Reisepässe, und ich werde Ihnen Abzeichen der norwegischen Nazipartei beschaffen.«

»Träumer und Tipperary kommen also mit der Post-Mosquito zurück«, sagte der Vorsitzende. Er nahm noch einen kleinen Schluck von dem lauwarmen Wasser. Sein Mund war neuerdings immer wie ausgedörrt.
»Guter Einfall von den Milorg-Leuten«, sagte Strongman am anderen Ende der Leitung. »Haben Sie die Aufzeichnung von dem Funkspruch gelesen, die wir gestern nacht bekommen haben? Sie scheinen hochinteressante Dinge mitzubringen.«
»Hoffentlich reicht es«, sagte der Vorsitzende. »Wann werden sie da sein?«
»Sie müssen Donnerstag noch irgendeinen dänischen Hafen anlaufen«, sagte Strongman. »Und dann Rostock, das heißt Warnemünde. Das wird Freitag sein. Und Sonnabend fahren sie weiter nach Schweden. Wenn alles klappt, erwischen sie die Mosquito vom Sonntag.«
»Gut«, sagte der Vorsitzende müde. »Nein, warten Sie. Sagten sie Rostock? Wann?«
»Freitag, Sir.«
»Das geht auf keinen Fall. Rostock nicht. Blasen Sie die Sache sofort ab. Lassen Sie es gleich durchgeben, höchste Priorität.«
Es entstand eine Pause, und der Vorsitzende hörte Papiere rascheln. Dann war Strongmans Stimme wieder in der Leitung.

»Unmöglich, Sir.«
»Warum?«
»Nach dem letzten Milorg-Funkspruch – ich habe ihn hier liegen – haben sie vor drei Stunden den Anker gelichtet. Sie sind jetzt sicher schon in der Nähe von Skagerrak.«
»Ich verstehe«, sagte der Vorsitzende.

23

»Sie werden an Land gehen müssen«, sagte der kleine, glatzköpfige Kapitän in seinem schwerfälligen Englisch. »Befehl des Hafenkommandanten. Alle Schiffsbesatzungen müssen an Land. Sehen Sie...« Er faßte Croasdell am Ellbogen und führte ihn an das Bullauge seiner Kabine. »Verstehen Sie, warum? Truppenbewegungen zur Ostfront. Sie fahren die Küste hoch, vielleicht nach Riga. Sie wollen nicht, daß jemand sieht, wie viele Männer und Fahrzeuge verladen werden... besonders kein neutrales Schiff wie meines, weil die Besatzung reden könnte. Deshalb müssen alle Schiffsbesatzungen die Nacht an Land verbringen, und die Deutschen lassen ihre Leute an Bord kommen und Wache halten. Sie müssen zusammen mit anderen nach Rostock ins Seemannsheim fahren. Es ist ganz ungefährlich. Sie haben norwegische Pässe und Parteiabzeichen. Man erwartet nicht von Ihnen, daß Sie deutsch sprechen. Und morgen kommen Sie mit den anderen zurück, und wir fahren weiter nach Schweden. In Ordnung?«
Croasdell schaute verdrossen durch das Bullauge. Am Ende der äußeren Mole, die für Schiffe mit großem Tiefgang bestimmt war, lag ein riesiger, mit Tarnfarben gestrichener deutscher Truppentransporter. Muß ein Neuntausendtonner sein, dachte er. Dahinter fuhren Barkassen mit Soldaten zu zwei kleineren Schiffen. Die Güterwagen auf dem eingleisigen Bahnkörper entlang der Mole waren mit Planen zugedeckt, die merkwürdige, spitze Konturen aufwiesen. Geschütze, dachte Croasdell. Er hatte Angst davor, seine Füße auf deutschen Boden zu setzen, und nahm an, daß Vandamme ähnlich unbehaglich zumute war. Bis jetzt war alles unglaublich glatt gegangen. Als sie Fredericia in Dänemark angelaufen hatten, waren Vertreter der deutschen Hafenbehörde an Bord gekommen, und er und Vandamme waren ihnen einfach aus dem Weg gegangen. Ein Glas Aquavit mit dem Kapitän, und die Deutschen gingen wieder. Aber hier in Warnemünde gab es sicher Schwierigkeiten...
»Ich sage Ihnen, es ist überhaupt kein Problem«, erklärte der Kapitän. »Man wird sich noch nicht einmal Ihre Papiere zeigen lassen. Sie wollen nur, daß die Seeleute nachts in Rostock sind. Morgen kommen Sie hierher zurück.«

Er machte eine Handbewegung durch die offene Kabinentür. Die *Vetlanda* war ein ziemlich mickriger Frachter, ein Dreitausendtonner, aber der kleine glatzköpfige Kapitän war stolz auf sie.
»Sie müssen gehen«, sagte er wieder. »Falls die Hafenpolizei Sie an Bord findet, wenn die anderen schon fort sind, verliere ich meine Hafenlizenz. Und meine Arbeit, verstehen Sie?«
Croasdell nickte. Vandamme, der am Bullauge stand und hinausschaute, drehte sich um und sagte: »Ich glaube, er hat recht, John. Ich kann nicht behaupten, daß mir die Aussicht auf eine Nacht in einem deutschen Seemannsheim gefällt, aber wir können hier nicht allein bleiben. Wahrscheinlich ist es ganz harmlos.«
»Bestimmt«, sagte der Kapitän erleichtert. »Sie fahren mit Lundquist, dem Bootsmann. Er wird Sie hinbringen.«
Eine Stunde vor Anbruch der Dunkelheit verließen sie das Schiff. Mit einem offenen Lastwagen, den die Hafenbehörden gestellt hatten, legten sie die wenigen Kilometer bis Rostock zurück. Die Straße war voller Militärfahrzeuge, die allerdings meist in die entgegengesetzte Richtung, nach Warnemünde, fuhren – lange Schlangen grauer Laster, zwischen denen Motorräder im Slalom kurvten. Sie kamen an mehreren Fahrzeugen vorbei, die Kanonen zogen, an drei oder vier mittelgroßen Panzern und einer zerlegten Pontonbrücke, die auf drei Sattelschleppern mit je acht Rädern verstaut war. Der Zivilverkehr war spärlich, dann und wann ein kleiner Opel, einige Radfahrer und ein weißer Bus, der von einem Fabriktor in den Außenbezirken von Rostock Arbeiter aufnahm.
Zum Glück liegt das Seemannsheim nicht im Stadtzentrum, dachte Croasdell. Ihr Lastwagen fuhr an einer großzügigen Parkanlage vorbei – Rasenflächen und Baumgruppen, an drei Seiten von alten, ehrwürdigen Häusern gesäumt, wo ein paar Kinder spielten und Frauen ihre Hunde laufen ließen
In Rostock schien es kaum ein männliches Wesen über fünfzehn Jahre zu geben, das nicht irgendeine Uniform trug. Als sie in eine schmale Straße mit Kopfsteinpflaster einbogen, die zum Hafengebiet führte, kam ihnen eine Gruppe von Jungen mit braunen Hemden und Hakenkreuzbinden um den Arm entgegenmarschiert.
Der Bootsmann, Lundquist, ein strohblonder junger Mann, regte sich zum erstenmal, seitdem sie losgefahren waren, zeigte auf die Jungen und sagte: »Hitlerjungen. Sie arbeiten... wie sagt man? Gegen die Bomben in Deutschland.«
»Als Luftschutzhelfer?« fragte Croasdell.
»Ja. Wie in London.«
Die beiden übermüdeten Angestellten im Verwaltungsbüro des Seemannsheimes, eines kasernenähnlichen Backsteingebäudes vor dem Hafen, warfen nur einen kurzen Blick auf ihre norwegischen Papiere. Zwi-

schen den Fenstern des Heims und dem Hafenbecken hatte man einen hohen, improvisierten Sichtschutz aus Stangen und Zeltplanen errichtet, an dem drei oder vier ältere Volkssturmmänner mit umgehängten Gewehren patrouillierten. Mit dem Schlüssel, den man ihnen gegeben hatte, schritten Croasdell und Vandamme die nackte Holztreppe zu einem Zimmer im ersten Stock hinauf. Das Fenster ging zur Rückseite – eine wenig einladende Kulisse aus Ziegelsteinwänden, Abflußrohren, Mülltonnen und einer einsamen Platane.

Das Zimmer war klein, weiß getüncht und hatte ein Waschbecken. Zwei Metallbetten und ein billiger Toilettentisch mit einem Stuhl davor bildeten das ganze Mobiliar. An den Wänden hingen zwei Bilder: über dem Waschbecken ein Foto von Hitler, der grimmig herunterstarrte, und über dem ersten Bett eine Ansicht vom Bodensee. Vandamme ließ sich auf das andere Bett fallen.

»Mein Gesicht ist immer noch zerschunden von der Hitze dieser gottverdammten Bombe«, sagte er. Croasdell nickte. Die Hitzewelle auf dem Innsjo Vaktel hatte sie beinahe versengt, was sie besonders am nächsten Tag beim Rasieren gemerkt hatten.

»Der See und all das liegt für mich schon wie in weiter Ferne«, sagte Croasdell. »Wir haben in den letzten Tagen wirklich ein paar merkwürdige Typen kennengelernt, Gene. Diesen Raknes. Und das Mädchen, ich meine Elsa... Und dann der Junge, Knut.«

»Diese Elsa hat bestimmt schon bessere Zeiten gekannt«, sagte Vandamme.

»Und natürlich Sverre Sars«, sagte Croasdell.

»Ein toller Bursche«, sagte Vandamme und setzte sich auf. »Ich hatte allerdings den Eindruck, daß er manchmal über uns lachte.«

»Ich nehme es ihm nicht übel«, sagte Croasdell. »Besser lachen als weinen... Viel hat das Unternehmen leider nicht gebracht.«

»Findest du? Wir wissen doch jetzt eine ganze Menge mehr als am Anfang.«

»Aber nicht sehr viel.«

»Vielleicht reicht es, um deinen Strongman glücklich zu machen.«

Croasdell wandte sich gereizt vom Fenster ab.

»Er ist nicht *mein* Strongman«, sagte er. »Wenn du bloß aufhören würdest, alles mit mir zu identifizieren, was dir unangenehm ist.«

»He, he«, sagte Vandamme friedfertig, »reg dich nicht auf. Erstens stimmt es nicht, und zweitens mag ich den Burschen irgendwie. Er tut nur seine Pflicht.«

Croasdell lächelte.

»Entschuldige. Vielleicht hast du recht.«

Er trat wieder ans Fenster. »Ich wünschte, dieses Zimmer ginge nicht nach

hinten«, sagte er. »Dann könnten wir sehen, was am Hafen passiert. Wäre vielleicht ganz nützlich.«
»Kann sein«, sagte Vandamme. »Aber ich werde meinen Hals auf keinen Fall riskieren, um was herauszufinden.«
Sie aßen die Butterbrote, die der Schiffskoch der *Vetlanda* ihnen mitgegeben hatte, denn sie waren zu dem Schluß gekommen, je weniger sie sich draußen sehen ließen – selbst als Norweger –, desto besser wäre es für sie. Es war durchaus möglich, daß ihnen ein paar echte Norweger über den Weg liefen, die wirkliche Mitglieder der Nazipartei waren, denn Sars hatte ihnen erzählt, Rostock werde oft von Quislings Anhängern besucht – von Männern, die zum Lohn für treue Dienste in die Ferienorte an der Ostsee geschickt würden. Als sie gegessen hatten, legten sie sich hin und dösten.
Es war dunkel, als Croasdell von dem hohen, schrillen Kreischen der ersten Sirene geweckt wurde. Er lief ans Fenster und starrte zu dem kleinen Lichtviereck zwischen den Backsteinmauern hoch. Es schien eine schöne, wenn auch bedeckte Nacht zu sein. Dann und wann strich ein Suchscheinwerfer über den kleinen Ausschnitt des Himmels, den er sehen konnte, aber Flugzeugmotoren waren nicht zu hören. Er ging zum anderen Bett und schüttelte Vandamme an der Schulter.
»Sieht aus, als bekämen wir Besuch von unseren eigenen Leuten.«
Einen Augenblick später klopfte es an der Zimmertür. Draußen stand Lundquist, der blonde Bootsmann, mit einer drallen Brünetten am Arm. Ihre Haare waren so zerzaust, als sei sie gerade aus dem Bett gekommen. Was sicher auch der Fall ist, dachte Croasdell.
Lundquist redete ihn auf norwegisch an und benutzte dabei einen deutschen Ausdruck. Das Mädchen musterte ihn fragend und zupfte aufgeregt an seinem Arm.
»Sie sollten sich die Schuhe anziehen, es geht gleich los«, sagte er. »Das war die Luftwarnung.«
»Es geht los? Wohin?«
»Zum Luftschutzbunker. Das ist vorgeschrieben. Wenn Sie hier bleiben, können Sie festgenommen werden.«
»Luftwarnung?« wiederholte Croasdell und kam bei dem unbekannten deutschen Wort ins Stottern.
»Ja, die erste Warnung... ah, da kommt der Vollalarm.«
Jetzt heulte eine durchdringendere Sirene auf, deren Lärm das ganze Hafengebiet erfüllte. Hinter Lundquist kam eine lange Reihe von Männern die Treppe hinunter. Einige von ihnen knöpften sich ihre Kleidungsstücke zu, andere hatten ihr Gepäck mitgenommen. Unter ihnen waren auch ein paar Mädchen aus dem Hafen, die laut lachten.
»Sie müssen sich beeilen«, sagte Lundquist. Das Mädchen zerrte an seinem Arm. Draußen erklangen Pfiffe. Er wandte sich ab und eilte die Treppe hin-

unter. Croasdell und Vandamme zogen ihre Stiefel an und folgten ihm. Vor dem Seemannsheim schlossen sie sich einer langen Prozession von Menschen an, die zu einem Betonbunker hinten am Kai strömten. Vor Croasdell gingen zwei junge Frauen mit Babies auf den Armen. Die eine, ein lächelndes Mädchen mit blonden Haaren, versuchte ihr schreiendes Kind zu beruhigen, tätschelte es, flüsterte ihm Liebkosungen ins Ohr, ließ es auf ihrer Schulter reiten. Die Leute starrten immer wieder ängstlich zum Himmel hinauf.

Dann fielen die ersten »Christbäume« vom Himmel, Gebilde von grausamer Schönheit, die sich wie grüne und gelbe Drachen mit Funkenschwänzen vom Nachtdunkel abhoben. Es folgten sechs oder sieben grelle Blitze, orangefarben umglüht, weiter im Osten am Stadtrand. Das donnernde Wumm... Wumm... Wumm der Flak ließ einige Sekunden auf sich warten. Das Motorengeräusch war jetzt deutlich zu hören, und ungefähr zwanzig Suchscheinwerfer durchstachen den Himmel. Plötzlich ertönte ein pfeifendes Krachen, und eine Bombe detonierte strahlend orangefarben irgendwo in den Gebäuden hinter dem Seemannsheim, ungefähr fünfhundert Meter von ihnen entfernt. Die Erde bebte. Die Menschenschlange schob sich ängstlich zum Bunker vor, doch es gab keine Panik. Das Baby auf der Schulter des blonden Mädchens hörte auf zu weinen und lutschte an seinem Daumen. Vandamme schaute zum Himmel. Es würde noch eine Minute dauern, bis sie den Bunker erreichten.

»Was für Maschinen sind das?« fragte er leise. »Russische?«

Croasdell schüttelte den Kopf. Sie bildeten das Ende der Schlange, und niemand konnte sie hören.

»Viermotorige Bomber, Lancasters und Halifaxes, würde ich sagen.«

»Aber nicht viele«, sagte Vandamme. »Höchstens ein Dutzend.«

»Machst du Witze?« antwortete Croasdell gelassen. »Das ist nur die Vorhut, mit den Markierungsbomben. Die Hauptsache kommt noch. Das waren erst die Pfadfinder. In zehn Minuten kommen die anderen.«

»Wie viele?«

Croasdell zuckte die Achseln.

»Schwer zu sagen. Rostock scheint heute nacht ein gutes Ziel zu sein. Voll von Truppen und Nachschub. Zu Haus muß es irgend jemand gewußt haben. Würde mich wundern, wenn sie weniger als sechshundert auf die Reise...«

In dem langen Luftschutzbunker suchten die Leute stolpernd und tastend nach einem Platz. Die Lampen waren blau und schwach, und selbst wenn jemand ein Buch mitgebracht hätte, wäre es unmöglich gewesen, darin zu lesen. Männer und Frauen saßen auf den langen Holzbänken an den Wänden oder breiteten Mäntel und Decken auf dem mit Brettern belegten Fußboden aus. Die blonde junge Frau war verschwunden, doch Croasdell sah

sie ein paar Minuten später auf einer Decke am anderen Ende des Bunkers sitzen. Das Baby ritt immer noch auf ihrer Schulter.
Die Bomben fielen jetzt regelmäßiger, und dann und wann erzitterte der Bunker in seinen Grundfesten. Offenbar waren mehr Kinder da, als Croasdell zunächst angenommen hatte. Die meisten von ihnen weinten. Einige uniformierte Hitlerjungen, nicht älter als fünfzehn Jahre, gingen zwischen den Menschen auf und ab, richteten gelegentlich ein paar beruhigende Worte an ältere Leute und Mütter mit Kindern. Wenn zwischen den einzelnen Explosionen eine Pause eintrat, konnte man selbst in dem Betonbunker das donnernde Röhren der Flugzeugstaffeln hören, die kein Ende zu nehmen schienen.
Die Leute redeten kaum. Ersticktes Weinen drang von zwei Frauen herüber, die ein paar Plätze von Croasdell und Vandamme entfernt auf der Bank saßen. Irgendwo hinter ihnen betete ein Mann mit lauter und deutlicher Stimme. Vandamme drehte den Kopf und sagte: »Wenn das so weitergeht...«
In einem ohrenbetäubenden, durch Mark und Bein gehenden Krachen erloschen alle Lichter. Der heiße Atem einer Detonation schoß durch den Bunker. Als seine Trommelfelle sich einigermaßen erholt hatten, hörte Croasdell ein verzweifeltes Schreien vom anderen Ende des Raums. Er lag zu Vandammes Füßen auf dem Rücken, und der Amerikaner bückte sich und packte ihn an der Schulter. Beide Männer husteten heftig. Im selben Augenblick wurde es in der anderen Ecke des stockdunklen Bunkers plötzlich taghell. Zuckende Gestalten tanzten einen dämonischen Reigen vor einer Wand aus Magnesiumflammen: Zwei Sekunden lang, bevor sie zu Staub und Asche zerfielen, sah Croasdell die Umrisse des blonden Mädchens mit dem Kind, die von Kopf bis zu den Füßen weiß aufglühten und sich in dem unwirklichen Licht abzeichneten. Das Mädchen hatte den Mund aufgerissen. Dann erstarb die Flamme zu einem stumpfen, roten Glühen, und die beiden waren fort. Die Menschen drängten sich wie rasend zu dem einzigen Ausgang, der nicht blockiert war. Croasdell und Vandamme wurden von der Welle gepackt und waren so dicht zwischen den anderen eingezwängt, daß sie kaum die Hände bewegen konnten. Einer der Hitlerjungen stolperte an der Schwelle des Ausgangs. Er fiel hin, als Vandamme ihn erreichte. Verzweifelt griff der Amerikaner nach dem Jungen, um ihm aufzuhelfen, fühlte aber, wie seine Finger hilflos abrutschten, als er weitergestoßen wurde. Die schweren Füße hinter ihm trampelten über den Körper des Jungen hinweg. Viele Leute am Schluß der drängenden Menge standen in Flammen. Sie waren in der Nähe der Stelle gewesen, wo die Brandbombe durch das zerschmetterte Dach in den Bunker gefallen war. Einige erreichten den Ausgang, andere fielen zu Boden und krümmten sich in Todesqualen.

Das Licht draußen war so hell, daß die Menschen ihre Augen mit der Hand abschirmen mußten. Rostock schien nur noch aus einer gewaltigen Feuerwand zu bestehen. Der geschmolzene Teerbelag der Straßen rann in die Gossen. Die Hitze war unglaublich. Sie schienen im Mittelpunkt eines riesigen Ofens zu stecken. Das Seemannsheim war eine längliche Masse aus lodernden Flammen. Der Sichtschutz aus Planen, der das Hafenbecken abgedeckt hatte, war schon lange verschwunden, und hinter dem Kai stand ein Truppentransporter lichterloh in Flammen – beinahe wie ein illuminiertes Schiff bei einem Galafeuerwerk, dachte Vandamme.
»Hier können wir nicht bleiben«, keuchte Croasdell. »Wir brauchen Luft zum Atmen.«
Sie liefen verzweifelt die lange Straße mit dem Kopfsteinpflaster hinter dem brennenden Seemannsheim hoch. Hunderte von Menschen taumelten in dieselbe Richtung. Sämtliche Häuser der Straße standen in Flammen. Dann und wann, wenn die Flieger oben ihre Bündel von Stabbrandbomben abgeworfen hatten, zitterte die Erde unter Hunderten von kleinen Explosionen. Vandamme verlangsamte seinen Schritt. Sein Gesicht und seine Haare leuchteten im Licht der Flammen purpurrot, und er schwitzte aus allen Poren, doch kein Schweißtropfen konnte der Hitze länger als eine Sekunde widerstehen.
»Ich kann... nicht... atmen«, röchelte er.
»Um Himmels willen«, sagte Croasdell. »Wir müssen weiter.«
Ungefähr hundert Meter vor ihnen schlug eine Bombe ein. Die Druckwelle schleuderte sie gegen den Stamm eines brennenden Baumes.
»Großer Gott«, sagte Croasdell. »Sieh nur...«
Auf der anderen Straßenseite näherte sich etwas, das an eine mittelalterliche Illustration der Hölle erinnerte. Es war ein rasender Feuersturm, eine überdimensionale Windhose aus Flammen. Sie fegte fünfzehn Meter vor ihnen durch eine Gruppe hastender Gestalten, die sofort mitgerissen wurden. Als der Feuersturm über die Leute hinwegging, schrumpften die Körper erwachsener Männer in Sekundenbruchteilen zu Kindergestalten zusammen. Dann, einer Laune des Windes folgend, schwenkte die Feuerwand kurz vor Croasdell und Vandamme in eine andere Richtung und verschwand in einigen brennenden Schuppen. Das Bemerkenswerteste war jetzt der Sturm. Die Nacht war still und ruhig gewesen, doch die Hitze, die von den Hunderten und aber Hunderten brennender Häuser ausstrahlte, erzeugte gewaltige Böen, die in unregelmäßigen Abständen durch die Straßen peitschten. Croasdell und Vandamme schleppten sich weiter, folgten den trappelnden Füßen der Leute vor ihnen, bis sie um eine Ecke bogen und die Parkanlage erblickten, wo sie die spielenden Kinder gesehen hatten, als sie angekommen waren. Hunderte von Menschen lagen hier mit dem Gesicht im Gras, bedeckten die Augen mit den Händen. Am anderen

Ende der Anlage standen sämtliche Bäume in Flammen, und die drei Reihen alter, solide gebauter Häuser ebenfalls. Über dem stetigen Prasseln der Flammen war ab und zu das Knistern brennender Zweige zu hören. Croasdell und Vandamme legten sich zu den anderen ins Gras. Sie hatten den Eindruck, Stunden wären vergangen, als das Motorengeräusch der Bomber endlich in der Ferne erstarb. Sie blieben mit den anderen Leuten im Park und rührten sich erst, als der Tag anbrach. Dann gingen sie müde und zerschlagen, kein Wort miteinander redend, die Straße Richtung Warnemünde hinunter.
Sie schlossen sich dem dünnen gleichmäßigen Strom von Flüchtlingen an, die Rostock verließen. Einige schoben Kinderwagen und Karren. Autos waren jedoch kaum zu sehen. An dem Fabriktor, wo gestern abend die Arbeiter in den Bus gestiegen waren, hatte man Gebilde zu einem Haufen gestapelt, die auf den ersten Blick wie alte, schwelende Kleidungsstücke aussahen. Erst als der entsetzliche Geruch von geröstetem Fleisch in seine Nase drang, begriff Vandamme, daß es Menschenleiber waren – achtzig oder neunzig Frauen und Männer. Einige Verzweifelte versuchten bereits, Verwandte oder Freunde zu identifizieren. Sie gingen weiter und erreichten Warnemünde eine dreiviertel Stunde später. Der kleine Hafen war ebenfalls beschädigt worden, doch längst nicht in dem verheerenden Umfang wie Rostock.
Ein verstörter Mann mit wildem Blick kam ihnen am Kai entgegengelaufen. Es war Lundquist, der sie kaum zu erkennen schien.
»Ich habe mein Mädchen verloren«, sagte er immer wieder. »Ich habe mein Mädchen verloren.«
Vandamme nahm ihn am Arm und führte ihn zurück zum Schiff. Erleichtert sah er, daß die *Vetlanda* noch am Kai lag und offenbar unversehrt war. Sie hasteten über die Gangway und begegneten dem Kapitän, der gerade auf dem Weg zur Kommandobrücke war.
»Wir fahren«, sagte er. »Sofort. Wir warten nicht auf die Genehmigung. Wir fahren jetzt.«
»Ist die Besatzung an Bord?« sagte Croasdell und registrierte zu seiner Überraschung, daß er noch die Fähigkeit hatte, logische Fragen zu stellen.
»Nicht vollzählig. Aber wir können nicht warten. Gestern nacht war es die RAF. Heute werden die Amerikaner kommen. Ich habe es schon einmal erlebt... im Frühjahr. In Hamburg...«
Eine Stunde später stampfte die *Vetlanda* durch das kabbelige Wasser der Mecklenburger Bucht, auf nordöstlichem Kurs zur Südspitze Schwedens. Croasdell lehnte an der Reling und starrte wie betäubt auf die Rauchwand über Rostock. In der Ferne hörte er das Krachen von Explosionen. Vandamme, der neben ihm stand, schaute in den Himmel. Das Schieferblau wurde von zahllosen, fadenähnlichen Kondensstreifen durchzogen, unter

denen in grauen Wölkchen Flakgeschosse detonierten. Bei genauem Hinsehen konnte man die winzigen Tupfen der Bomber erkennen.
»B-17«, sagte Vandamme. »Drei oder vier Gruppen, schätze ich. Dieser Stadt steht noch einiges bevor.«
Croasdell schwieg. Er fühlte sich unsäglich müde. Nichts würde jemals wieder so sein sie früher, das wußte er.

Streng geheim

Von: Vorsitzender Geheimdienste
An: Premierminister

Betrifft: Kampfgeschwader 200

Anmerkung: Folgendes Memorandum beruht auf neueren Informationen von Nachrichtenoffizieren bzw. aus anderen Quellen und soll die frühere Zusammenfassung des Obersten Geheimdienstoffiziers der Strategischen US-Luftwaffe ergänzen, von der Ihnen der Kommandierende Luftwaffenoffizier des RAF-Bomberkommandos eine Durchschrift zur Verfügung stellte.

a) Das KG 200 ist kein Geschwader nach dem üblichen Organisationsschema der deutschen Luftwaffe. Es ist ein relativ selbständiger Verband, den man ohne Übertreibung als Miniatur-Luftwaffe bezeichnen kann. Seine Operationsbasen sind Stützpunkte in Europa und der westlichen und südlichen Sowjetunion.
b) Zu den Stützpunkten der I. Gruppe KG 200 (der Einsatzstaffel) gehören Sola-Stavanger (Norwegen), Bergamo (Italien), Silistra (Rumänien), Simferopol (Ukraine), Smolensk (Sowjetunion), Ålborg (Dänemark), Finsterwalde und Echterdingen (Deutschland), Châteaufort und Nantes (Frankreich) sowie Athen-Kalamaki Griechenland).
c) Die I. Gruppe verwendet in der Hauptsache alliierte Maschinen, die nach Abstürzen oder Notlandungen auf feindlichem Gebiet erbeutet und ggf. repariert werden. Die Bergungsoperationen erfolgen in großem Maßstab. Die Beutemaschinen werden in Rechlin oder Oranienburg getestet, während die Instandsetzung unter anderem in Rotenburg/Hann., Essen-Katernberg, Utrecht und Grevenbroich bei Köln erfolgt. Allein der letztgenannte Stützpunkt wird jeden Tag mit fünfzehn Maschinen beliefert, von denen rund 90 Prozent amerikanerischer oder britischer Herkunft sind. Insbesondere handelt es sich dabei um B-17, Liberators und Lightnings.
d) Das KG 200 setzt vorzugsweise amerikanische Bomber der Typen B-17 und B-24, aber auch eine erhebliche Zahl von Stirlings und Wellingtons

der RAF ein. Alliierte Jagdflugzeuge kommen im allgemeinen seltener zur Verwendung, doch Luftbilder haben gezeigt, daß auf dem Flugplatz Berlin-Rangsdorf auch Maschinen der Typen Bristol Beaufighter und Lockheed Lightning stehen. Es war nicht zweifelsfrei zu klären, ob die Flugzeuge dort nur berüstet werden oder ob Berlin-Rangsdorf ebenfalls ein Stützpunkt des KG 200 ist.

e) Zum erstenmal seit Monaten hat der Geheimdienst der sowjetischen Luftwaffe eine Anfrage von uns beantwortet und uns einen Bericht seines Auswertungsoffiziers Oberst Viktor Nikasin übermittelt, aus dem hervorgeht, daß ein deutscher Verband – vermutlich das KG 200 – an verschiedenen Abschnitten der Ostfront Bomber der Typen Tupolew, Martin und Petljakow PE-2 sowie Sturzbomber des Typs SB-EK zum Einsatz bringt. Alle diese Maschinen sind mit sowjetischen Hoheitszeichen versehen. Über der nördlichen Krim ist letzte Woche eine PE-2 mit deutscher Besatzung abgeschossen worden.

f) Oberst Nikasin berichtet ferner, nach Ansicht der Russen hätten die Deutschen sowjetische Flugzeuge mit sowjetischen Kennzeichen im Gebiet von Mosul eingesetzt. Sie werden sich in diesem Zusammenhang an die Pipeline-Sabotage vom letzten Monat erinnern.

g) In West-, Nord- und Südeuropa benutzte das KG 200 die Beutemaschinen mit unseren Hoheitszeichen bis vor kurzem nur zum Absetzen von Agenten (gewöhnlich nachts). Dafür wurden hauptsächlich B-17 und Stirlings verwendet. Außerdem hatten wir zunehmend Meldungen, wonach kleine Formationen »trojanischer« Maschinen unsere Bomberformationen infiltrierten. Das geschah vor allem tagsüber und in der Hauptsache bei B-17-Verbänden. Es wurden allerdings auch zwei nächtliche Infiltrationen von RAF-Staffeln gemeldet: eine nördlich von Turin über den Alpen und eine über dem Eisenbahnknotenpunkt von Hamm. Die RAF hatte in beiden Fällen Verluste. Bei den eingesetzten Maschinen handelte es sich um Stirlings.

h) Nachrichtenoffiziere haben zweifelsfreie Indizien dafür gesammelt, daß das KG 200 dieses Verwendungsschema erbeuteter Maschinen im Augenblick ändert und erweitert.

i) Der KG-200-Stützpunkt von Sola scheint einer der wichtigsten Zentren für die neue Einsatztätigkeit zu sein. Wir haben Beweise dafür, daß mehrere B-17 in Sola stehen und daß dort für einen Bombeneinsatz unter alliierten Hoheitszeichen trainiert wird. Das Ziel ist noch unbekannt.

j) Der Stützpunkt Sola scheint auch von der II. Gruppe KG 200, der Erprobungsstaffel, benutzt zu werden. Es wurden Starts von Doppelflugzeugen – sogenannten Mistel- oder Huckepackflugzeugen – beobachtet (siehe Bericht der RAF-Untersuchungsabteilung, Farnborough).

k) In Anbetracht der Gefahren, die dieses Flugzeug für unsere zukünftigen Operationen auf dem europäischen Festland darstellt, sowie der nahezu unbegrenzten Verwechslungsmöglichkeiten, die entstehen können, wenn es dem Feind gelingt, ganze Bomberformationen mit unseren Hoheitszeichen in Einsatz zu bringen, empfiehlt es sich, die von uns lokalisierten Stützpunkte des KG 200 anzugreifen, um eine Gefährdung unserer Invasionsvorhaben weitgehendst zu vermindern.

l) Wegen der Stärke der deutschen Einrichtungen in Sola, die eher U-Boot-Bunkern als Flugzeughangars ähneln, ist beschlossen worden, die Angriffe nach der unter dem Decknamen Willie Baby bekannten Methode durchzuführen. Dabei werden Maschinen, die sich nicht mehr für den Kampfeinsatz eignen, als Raketen benutzt. Die Angriffe erhalten den Kodenamen Unternehmen Distanz.

m) Um die Identifizierung unbekannter alliierter Jäger und Bomber zu erleichtern, werden bis auf weiteres einige Navajo-Indianer bei jeder unserer B-17-Formationen mitfliegen. Die Bodenstationen werden in der Navajo-Sprache mit ihnen in Kontakt treten. Der Sprechfunk zwischen den einzelnen Flugzeugen wird ebenfalls auf Navajo erfolgen. Diese Operation erhält die Kodebezeichnung Unternehmen gespaltene Zunge.

n) Ein ähnlicher Plan, der den Einsatz walisisch sprechender Flieger in der RAF vorsieht, wird im Augenblick ernsthaft erwogen.

o) Sie werden laufend über den Fortgang von Unternehmen Distanz und Unternehmen gespaltene Zunge unterrichtet werden.

Drei Durchschriften: Präsident der Vereinigten Staaten von Amerika
Kommandierender Offizier der Royal Air Force
Kommandierender General der US-Army Air Force

24

»Wie hoch waren die Verlustziffern von Rostock?« fragte Göring.
Er klingt völlig deprimiert, dachte Oberst Adolf Pertz und nahm ein Blatt Papier vom Schreibtisch.
»Ich habe hier die vorläufigen Zahlen vom Gauleiter von Pommern, Herr Reichsmarschall«, sagte er. »Ich darf mich zunächst auf die Toten beschränken... Rostock: 231 Zivilisten, 690 Truppenangehörige. Stralsund: 99 Zivilisten, 156 Truppenangehörige. Warnemünde: 45 Zivilisten, 136 Truppenangehörige. Außerdem wurden über achttausend Menschen unterschiedlich schwer verletzt. Achthundert Wohnhäuser wurden zerstört und vier Truppentransporter versenkt.«

Göring schien ihn kaum zu hören. Er saß am Schreibtisch und ließ den Kopf auf die Brust hängen.
Pertz räusperte sich. »Haben Sie die neueste Nachricht schon gehört, Herr Reichsmarschall? Die traurige Sache mit General Jeschonnek?«
Göring hob uninteressiert den Kopf.
»Daß er sich erschossen hat, mit seiner eigenen Luger, in seinem Büro? Ja, ich habe es gehört.« Er hielt inne und redete nicht weiter.
Pertz musterte ihn neugierig. »Es wird behauptet, er habe Krebs gehabt«, sagte er nach einer Weile.
Göring schien nicht zu hören.
»Der arme Jeschonnek«, sagte er endlich. »Er hat immer alles zu ernst genommen...«
»Nun, *eine gute* Nachricht habe ich wenigstens«, sagte Pertz.
»Und die wäre?«
»Odysseus ist bereit. Es kann jeden Augenblick losgehen. Wir warten nur noch auf das Signal. Die Abwehr hat mir gesagt, es könne nicht mehr lange dauern.«
Göring stützte sein fettes Kinn auf die Hand und sah Pertz an. »Tatsächlich?« antwortete er. Und dann fügte er, wie zu sich selbst gewandt, hinzu: »Der Feind will also unsere deutschen Städte pulverisieren... Na, jetzt werden wir ja sehen, wer sonst noch pulverisiert wird...«

»Sag mal, Honey, was ist los mit dir?« fragte Vandamme. Joanna Croasdell gab keine Antwort.
Sie gingen durch ein großes Warenhaus an der Oxford Street, wo gerade eine Ausstellung unter dem Motto »Morgen ist ein schöner Tag« gezeigt wurde. Das Gebäude war erfüllt von der Stimme Vera Lynns, die das gleichnamige Lied sang, und die Leute drängten neugierig zum Ausstellungsraum. Wie schäbig wir alle aussehen, dachte Joanna. Und wie blaß alle sind. Vandamme redete wieder.
»Du hast doch irgend etwas, Jo. Sonst hättest du mich doch nicht gebeten, hierherzukommen.«
»Es ist wegen John. Ich mache mir schreckliche Sorgen um ihn.«
»Nun, er ist doch wieder da... heil und unversehrt.«
»Nein.«
»Wie bitte?«
»Er ist nicht mehr derselbe wie vorher.«
Vandamme schwieg. Nach einer Weile sprudelte es aus ihr hervor: »John kann zwar seine Stimmungen haben, aber nicht so. Manchmal sieht er durch mich hindurch, als wäre ich gar nicht da. Ich kann nicht mehr richtig mit ihm reden – und er spricht überhaupt nicht mehr mit mir. Das heißt, er redet zwar mit mir – das meine ich nicht. Er ist höflich, sogar aufmerk-

sam – vielleicht aufmerksamer als früher. Aber er *spricht* nicht mehr mit mir.«
»Er hat eine schlimme Zeit hinter sich... Wir beide haben eine schlimme Zeit hinter uns.«
Sie drückte freundschaftlich seinen Arm.
»Aber dich hat es nicht verändert, Gene, stimmt's?«
Er fragte sich, ob es wirklich so war. Jedenfalls hat es mich nicht so getroffen wie Croasdell. Sie hatte recht. Croasdell war plötzlich so merkwürdig. Strongman hatte denselben Eindruck gehabt, als sie bei ihm gewesen waren, da war er ganz sicher. Er hatte sie zu ihren Entdeckungen beglückwünscht. Die Männer aus dem Labor hatten die Holzstücke aus dem See analysiert und offenbar festgestellt, daß die Deutschen eine neue Mischung aus Thermit und Phosphor benutzten, die eine enorme Hitze erzeugte – eine neue Generation von Brandbomben. Der Antwort auf die Frage, wo die Deutschen die Bomben abwerfen würden, war man allerdings keinen Schritt näher gekommen. Man hatte auch nicht viel mehr über das KG 200 herausgefunden – außer daß es dort mehr B-17 stehen hatte, als sie gedacht hatten. Und daß sie dort Versuchsflüge mit der Mistel machten und daß eine der beiden Maschinen, die größere, mit einem Sprengkopf versehen war.
Es tat gut, Joannas Hand auf seinem Arm zu spüren. Mit ihren seidigen braunen Haaren auf dem schmalen Gesicht, das er Tag und Nacht vor Augen hatte, raubte sie ihm immer noch den Atem.
»Der springende Punkt ist«, sagte sie gerade, »daß ich John etwas sagen muß.«
Er sah sie wieder an, diesmal genauer.
»Ist es das, was ich denke?«
Sie lachte.
»Man sieht es doch nicht etwa?«
»Natürlich nicht. Aber wenn eine Frau so etwas zu sagen hat, spricht sie eben mit dieser Stimme.«
»Woher weißt du das?«
»Ich gehe oft ins Kino.«
Sie bekam ein Kind von Croasdell. Das war es also. Ohne Kind war es irgendwie eine Gemeinschaft zu dritt gewesen, in den letzten Monaten. Aber bald würde es anders sein.
»Glaubst du, ich sollte es John sagen? Ich weiß, daß es nicht fair von mir ist, mich an dich zu wenden, aber ich würde niemanden außer dir danach fragen. Du kennst ihn inzwischen in mancher Beziehung besser als ich.«
Ob sie es Croasdell sagen sollte? Croasdell war der Bombenangriff mehr an die Nieren gegangen als ihm, Vandamme. Warum? Vielleicht dachte er, Vandamme, nicht so gründlich nach, vielleicht hatte er ein dickeres Fell.

Vielleicht. Aber es war sicher nicht der richtige Zeitpunkt, ihm zu sagen, daß er Vater werden würde.
»Warte noch einen oder zwei Tage. Er wird bald wieder der alte sein. Er gehört zu den Menschen, die alles sehr ernst nehmen.«
»Du etwa nicht?«
»Oh«, sagte er vage, »ich glaube, ich bin schon immer ein bißchen oberflächlich gewesen.«
Sie lächelte.
»Los, wir wollen sehen, in was für einer Welt wir morgen leben werden.«
Sie bahnten sich einen Weg durch die Menge und betrachteten, wie scharfsinnige und phantasievolle Designer sich das Leben nach dem Krieg – wann immer das sein mochte – vorstellten, was die Leute tragen würden, wie man sich einrichten würde.
»Ich werde mir nie solch eine Frisur machen«, sagte Joanna. »Und ich werde nie auf einem solchen Stuhl sitzen. Und ich werde mir nie so was an die Wand hängen.«
Vandamme lachte.
»Du wirst eines Tages bestimmt solch eine Frisur tragen, weil andere Frauen es auch tun. Und du wirst auf einem solchen Stuhl sitzen, weil du dich an die Vorstellung gewöhnen wirst. Aber in einem hast du recht... du wirst dir nie so was an die Wand hängen. Ich wünschte, du würdest es tun.«
»Warum?«
»Weil«, sagte er, plötzlich halb im Ernst, »weil John Croasdell sich von dir scheiden lassen würde, wenn du es tätest.«
Sie sah ihn an und antwortete nicht. Sie gingen weiter zu einem Tisch, auf dem ein Architekt ein Modell des neuen London aufgebaut hatte, das sich aus den Ruinen der Bombenangriffe erheben sollte.
»Der neue Teil ist so weiß und monoton«, sagte Joanna skeptisch. »Diese schrecklichen Wolkenkratzer. Wie in einem utopischen Film. Ich glaube nicht, daß es mir gefallen wird.«
»Das Dumme bei euch Briten ist, daß ihr alles Neue haßt«, sagte Vandamme. »Dein Mann ist genauso.«
»Du irrst dich«, sagte Joanna entrüstet. »Es liegt daran, daß wir etwas gegen Talmi haben. Sieh dir den alten Teil dort drüben an. Die Viktorianer wären nie auf die Idee gekommen, sie bauten billigen Schund.«
»Ich wette, doch. Mir gefallen diese weißen Türme nun mal – in eurer Stadt gibt es viel zu wenig hohe Gebäude. Ihr werdet euch allerdings genau überlegen müssen, wo ihr den neuen Flughafen bauen wollt. Ich möchte beim Londoner Nebel nicht zwischen diesen Wolkenkratzern zur Landung ansetzen.«
»Wir haben doch einen Flughafen«, sagte Joanna.

»Ihr werdet einen neuen Flughafen brauchen, vielleicht sogar zwei. Dem Luftverkehr gehört die Zukunft, und bald, sagen wir 1950, wird alle Welt mit dem Flugzeug reisen. Das wird für Städte wie New York und London Probleme mit sich bringen. Stell dir vor, du versuchst hier einzufliegen, über diesem... Himmel!«
»Was hast du?«
Das ist es, dachte er. Daran hat mich der verdammte Ponton in Norwegen dauernd erinnert. Da ist es, genau vor mir. Oder irre ich mich? Nein, ich glaube nicht. Und es wäre überzeugend.
»Was ist los, Gene?«
»Jo, Liebes, ich muß dringend telefonieren. Und dann müssen wir uns für heute trennen. Kommst du allein zum Bahnhof?«
»Natürlich. Nun... ich weiß, daß ein Mädchen heutzutage allein zurechtkommen muß, aber ich hätte nie gedacht, daß man mich eines Tages wegen eines Modells von London versetzen würde.«
»Jo, ich würde dich noch nicht einmal wegen der Ziegfeld-Mädchen versetzen. Aber es ist sehr wichtig. Wo ist das nächste Telefon?«
»Dort drüben.«
Die Zelle war leer. Er wählte die Nummer von Strongman. Strongman kam selbst an den Apparat.
»Ich bin gerade in einer Konferenz«, sagte er. »Ich nehme an, Sie rufen mich nicht wegen irgendwelcher Lappalien an.«
»Ich dachte, Sie würden vielleicht gern erfahren, was das Ziel auf diesem See in Norwegen darstellen soll.«
»Können Sie sofort in mein Büro kommen?«
»Ja.«
»Wo sind Sie?«
»Ganz in der Nähe.«
»Ich erwarte Sie in zehn Minuten.«

Strongman sah Hannah Walters an, und einen Moment lang regten sich Zweifel in ihm. Sie wirkte gespannt wie ein Flitzbogen. Verheimlichte sie etwas? Er war lange genug ihr Kontrollmann gewesen, um zu wissen, daß sie sich wirklich danach sehnte, nach Südamerika zu kommen. Er war auch sicher, daß sie an dem Tag, als ihre Tarnung aufgeflogen war, einem Tag, der jetzt schon viele Monate zurücklag, auf ihre Seite übergetreten war und seitdem loyal für die Alliierten gearbeitet hatte.
Loyal? Dieses Wort war natürlich für jemanden in ihrer Situation kaum relevant. Aber da war irgend etwas... irgend etwas Verstecktes an dieser Frau, das sie zurückhielt. Sie war schön, doch es war eine kalte Schönheit, überlegte er.
Er beugte sich vor und nippte noch einmal an seinem Wasser. Die ver-

dammten Brustschmerzen waren wieder da – nicht akut, noch nicht einmal sehr unangenehm. Er schob das Glas beiseite.
»Sie haben also die Aufgabe, das Signal für den Beginn von Odysseus zu geben, Miß Walters? Warum?«
»Das habe ich Ihnen doch schon gesagt. Sie kennen das System der Abwehr. Ich bin bei diesem Unternehmen die Relaisstation.«
»Wie entscheiden Sie, wann Sie das Signal geben werden?«
»Ich entscheide es nicht. Die Abwehr teilt es mir mit.«
»Aha.«
Er zwang sich, nachzudenken. Seine Gedanken schienen in den letzten Tagen seltsame Wege zu gehen. Und seine Brust tat weh.
»In Anbetracht der Tatsache, daß bei dem Unternehmen B-17 mit amerikanischen Hoheitszeichen – und zwar B-17 in beträchtlicher Zahl – eingesetzt werden, kann man mit einiger Wahrscheinlichkeit davon ausgehen, daß die Abwehr einen Tag aussuchen wird, für den eine amerikanische Operation – eine echte amerikanische Operation – geplant ist. Die Deutschen würden dann vermutlich den Versuch machen, sich dieser Operation irgendwie anzuschließen oder die amerikanischen Formationen zu infiltrieren, habe ich recht? Damit sie England unentdeckt anfliegen können?«
Hannah Walters zuckte die Achseln. »Schon möglich. Ich weiß es nicht. Ich habe Ihnen alles über Odysseus gesagt, was ich weiß. Und das ist wenig. Ich suche den Tag nicht aus.«
»Die Abwehr richtet sich vermutlich nach Informationen, die ein anderer ihrer britischen Agenten liefert – ein Agent, der ihnen sagen kann, wann eine geeignete amerikanische Operation stattfinden wird?«
»Ich nehme es an.«
»Wissen Sie, wie dieser Agent mit den Deutschen in Verbindung treten würde? Kennen Sie die Kodes, die er benutzen würde?«
»Ja«, sagte sie widerstrebend. Strongman rieb sich die Hände und fuhr fort: »Dann können wir der Abwehr unser Signal senden, oder?«
»Was hätte das für einen Sinn?«
»Miß Walters, wir kennen das ungefähre Ziel, wenn auch nicht mit letzter Sicherheit. Es handelt sich um ein Gebiet, das wir nicht auf unbestimmte Zeit evakuieren können, während wir warten. Wenn wir dafür sorgen wollen, daß das Unternehmen fehlschlägt, dann können wir es am besten, indem wir den Beginn einfach selbst bestimmen – indem wir ihn auf einen Tag legen, an dem wir hundertprozentig bereit sind.«
Sie dachte nach... Rolf. Sollte ihr denn gar nichts erspart bleiben? Jetzt mußte sie ihn offenbar in den Tod schicken. Mit ihrem Signal.
»Das ist unmöglich«, sagte sie. »Wie sollen wir den anderen Agenten, wer es auch sein mag, davon abhalten, sein eigenes Signal zu senden? Wenn wir das machen, empfängt die Abwehr zwei Signale – wahrscheinlich für

zwei verschiedene Tage. Sie würde sofort wissen, daß eines falsch ist.«
»Ich glaube nicht«, sagte Strongman langsam. Er nippte wieder an seinem Wasser. »Wenn dieser Agent Informationen über amerikanische Einsätze sendet, muß er – oder sie – in Eastanglia sitzen. Er – oder sie – arbeitet mit beinahe hundertprozentiger Gewißheit auf einem amerikanischen Stützpunkt oder zumindest in der Nähe eines solchen Stützpunkts. Ich vermute, daß die Frau, die Major Warnow mitbrachte und die den Flug nicht überlebte, solch ein Agent war. Wir haben die technische Möglichkeit, sämtliche Funksendungen von sämtlichen amerikanischen Stützpunkten für die nächsten drei Tage zu blockieren. Es ist schwierig, aber es läßt sich machen. Wir haben es schon früher gemacht. Sie werden Ihr Signal ungehindert von London aus funken können. Die Abwehr wird glauben, es käme von ihm.«
»Ich verstehe«, sagte sie deprimiert. »Und kann ich dieses Land anschließend verlassen? Kann ich Ihnen vertrauen?«
»Ich werde mein Wort halten«, sagte Strongman. »Unsere Vereinbarung ist persönlich, sie ist nur zwischen Ihnen und mir getroffen worden. Eine Regierung kann ihr Wort brechen: Regierungen tun das oft, wie Sie wissen. Ich werde es aber nicht tun. Ich werde persönlich dafür sorgen.«
»Danke.«
Leb wohl, Rolf Warnow, dachte sie. Ich kann meinen Hals nicht für deinen hinhalten, besonders, wo du dir deinen wahrscheinlich bald genug brechen wirst, auf irgendeine Art. Es wird mich vielleicht Jahre kosten, aber irgendwann geht alles vorbei. Selbst das wird vorbeigehen. Ich werde dich vergessen müssen.
»Lassen Sie mich überlegen«, sagte Strongman. »Da die Maschinen, die Odysseus durchführen sollen, in Sola stationiert sind, können wir mit einiger Wahrscheinlichkeit davon ausgehen, daß die Abwehr insbesondere über amerikanische Operationen im nordöstlichen Deutschland informiert werden möchte. Dann brauchen die B-17 nur eine relativ kurze Strecke hinunterzufliegen und können sich dort den US-Formationen anschließen. Wie Major Warnow damals bei seinem Probeflug.«
Wenn er doch bloß aufhören würde, Rolfs Namen auszusprechen, dachte sie. Er blätterte in einer Akte, die auf seinem Schreibtisch lag.
»Diese Woche laufen zwei solcher Operationen. Die eine morgen, Dienstag. Das Einsatzgebiet ist Kiel. Die andere am Freitag – Helgoland. Was für Tageskodes haben Sie für diese Woche von der Abwehr bekommen?«
»Morgen ist Friedrich«, sagte sie. »Mittwoch ist Max. Donnerstag ist Otto. Freitag ist Fritz. Sonnabend ist Willi.«
»Morgen ist unmöglich zu schaffen«, sagte Strongman nachdenklich. »Wir brauchen Zeit für einen angemessenen Empfang. Freitag ginge. Dann würde die Spannung bei uns auch nicht zu lange dauern. Funken Sie Fritz, Miß Walters. Funken Sie morgen früh Fritz.«

»In Ordnung.«
Er sah sie an. Ihm schien, als sei sie bei den Worten »angemessenen Empfang« erschauert.
»Miß Walters«, sagte er.
»Ja?«
»Sie haben mich gefragt, ob ich mein Wort halten würde. Ich werde es halten. Sie müssen Ihres aber auch halten. Ihr Funkspruch morgen wird natürlich abgehört, wie immer.«
»Natürlich.«
»Dann vielen Dank, Miß Walters, und gute Nacht. Wir sehen uns nach dem Ende der Operation wieder, nach dem erfolgreichen Ende, wie ich hoffe. Und dann werde ich Ihnen erfreulichere Dinge zu sagen haben.«
Als sie gegangen war, zog Strongman einen weißen Notizblock zu sich her und schrieb eine Weile. Sein schmales Gesicht zeigte tiefe Furchen von Erschöpfung. Dann nahm er den Hörer ab und sprach mit der Vermittlung. Er nannte eine Nummer und einen Namen, den er zu respektieren gelernt hatte.
»Ein persönlicher Anruf für Oberst Frank Lasker«, sagte er.
Drei Minuten später war Lasker in der Leitung.
Sie redeten zehn Minuten, und dann wiederholte Lasker, was er gehört hatte.
»Danke«, sagte er. »Das geht sofort zum Kommando. Jetzt wissen wir endlich, was sich da zusammenbraut. Die Jungs vom KG 200 werden nicht hierherkommen, und sie werden Sola nicht wiedersehen.«
»Gut. Das Problem KG 200 wird damit natürlich noch nicht gelöst sein, weil es sich noch mit vielen anderen Dingen außer Odysseus befaßt. Ich fürchte, solange der Krieg dauert, werden wir das Problem KG 200 überhaupt nicht lösen.«
»Das Problem Odysseus ist dann aber gelöst.«
»Das stimmt«, sagte Strongman.
Er legte auf und schaute nachdenklich zur Tür. Es wurde langsam Zeit, auf sein Zimmer zu gehen und ein heißes Bad zu nehmen. Gott sei Dank, daß es noch einen gewissen kleinen Luxus gab... Diese Frau... Warum war sie zusammengezuckt, als er »angemessenen Empfang« gesagt hatte? Sie hielt irgend etwas zurück. Nun, er hatte sie gewarnt. Man würde ihren Funkspruch morgen abhören. Aber diese Tageskodes. Sie ließen sich in Sekundenschnelle senden. Ob sie... Ich glaube nicht, daß sie so töricht sein wird, aber ich werde auf Nummer Sicher gehen. Ich denke, wir hören auch heute nacht schon ab. Er griff gerade nach dem Telefon, als der Schmerz in seiner Brust ihn wie ein Hammer traf. Plötzlich konnte er seine Finger weder öffnen noch schließen. Er versuchte zu sprechen, zu schreien, doch kein Ton entrang sich seinen Lippen. Speichel rann aus seinem Mund. Er war rot

angelaufen, und der Schmerz erdrückte ihn. Die Welt glitt zurück, schnell, immer schneller, sauste in einem langen, endlosen Tunnel von ihm fort. Strongman lag mit dem Oberkörper auf dem Schreibtisch und hielt den Hörer umklammert. Er war tot.

Hannah Walters saß in dem Tea-Room und versuchte zu denken. Endlich hatte sie es geschafft... sie würde nach Südamerika gehen, fort aus diesem Land, weg von diesem Krieg. Strongman würde Wort halten. Und alles, was es sie gekostet hatte, war Rolf Warnow. Ihr Gesicht war so kreidebleich, daß die Kellnerin, eine ältere Frau, besorgt herüberkam und sie fragte, ob ihr nicht gut sei. Sie brachte ein Lächeln zustande.
»Doch, doch«, sagte sie. »Ich bin nur müde.«
Die Kellnerin nickte.
»Das sind wir heutzutage alle, Miß. Es ist der Krieg. Scheint kein Ende zu nehmen.«
Wenn es nur nicht Rolf sein mußte. Die anderen, die Männer, die sie nicht kannte, die mit ihm in diesen Maschinen fliegen würden... sie waren ihr letzten Endes gleichgültig. Aber Rolf... Gab es einen Weg, ihn daran zu hindern, Freitag mitzufliegen? Nein. Er würde kommen, er würde »angemessen« empfangen werden, wie Strongman so genießerisch gesagt hatte, und er würde sterben. Sie würde dann frei sein.
Vielleicht würde er aber nicht sterben. Er gehörte zu den Fliegern, die unter Bedingungen, unter denen andere, schlechtere Piloten draufgehen mußten, noch eine Notlandung zustande brachten, falls nur die geringste Chance bestand. Aber selbst dann würde er sterben, denn wenn man ihn in Feinduniform gefangennahm, würde man ihn standrechtlich erschießen... Wirklich? Ja, sie war sicher. Sie würde noch einmal zu Strongman gehen.
Sie stand auf, legte zwei Münzen unter die Untertasse, lächelte der Kellnerin zu und verließ das Lokal. Sie eilte die belebte Straße zum Oxford Circus entlang und ging durch die Türen, die sie so gut kannte. Vor einem der Fahrstühle sammelten sich Menschen. Neugierige drängten herbei und starrten. Zwei Krankenwärter kamen mit einer Bahre aus dem Lift, gefolgt von einem großgewachsenen, grauhaarigen Herrn mit einer Tasche. Vermutlich ein Arzt. Die Gestalt auf der Bahre war von Kopf bis Fuß mit einem Laken zugedeckt. Hannah Walters haßte den Anblick des Todes. Doch während sie darauf wartete, daß die Männer mit der Bahre vorbeigingen, glitt das Laken etwas zurück, und eine Sekunde lang starrten die toten Augen sie an. Es war Strongman. Sie schwankte, bekam sich aber mit einer gewaltigen Willensanstrengung wieder unter Kontrolle. Sie drehte der Bahre den Rücken zu und hastete durch einen anderen Ausgang in die Oxford Street.

Sie war verloren. Sie war sicher, daß sie nicht nach Südamerika kommen würde, nie. Eine persönliche Vereinbarung, hatte er gesagt. Eine Sache, die ich selbst in die Hand nehmen werde. Jetzt würde er nichts mehr in die Hand nehmen, in welchem Teil der Hölle er auch braten mochte. Sie schaute in den grauen Londoner Himmel. Ich hasse dich, Gott, sagte sie. Du folterst mich. Und jetzt würde sie wohl oder übel das Signal senden müssen, das ihr nichts nützte, Rolf aber den Tod brachte. Wenn sie es nicht tat, würde man ihr als Agentin den Prozeß machen. Spione wurden ziemlich oft gehängt.
Wenn der kleine Mann mit dem listigen Gesicht doch nur eine Woche länger am Leben geblieben wäre. Sie hatte sich Südamerika schon so lange ausgemalt, hatte Südamerika schon so lange geträumt, daß der Gedanke daran, es jetzt zu verlieren, wie der Tod war. Sie konnte hier nicht bleiben und mit einem anderen Kontrollmann alles noch einmal von vorn anfangen. Vor allem wollte sie nicht in London sein, wenn Rolf herüberkam, um zu sterben. Wenn dies alles war, was das Leben ihr zu bieten hatte, dann konnte sie darauf verzichten.
Sie stand an einer Haltestelle und drängte sich endlich in einen überfüllten Bus.
In der Wohnung in Chelsea angekommen, sah sie auf ihre Armbanduhr, holte das Funkgerät aus dem Schrank und schaltete es an. Sie schloß die Morsetaste an, und die langen Finger, die Rolf Warnow so entzückt hatten, stellten die Frequenz ein, auf der die Abwehr diese Woche zu erreichen war. Sie begann das Signal zu tippen, funkte »Friedrich«. Zwölf Sekunden Pause und dann noch einmal »Friedrich«. Es ist die kürzeste Nachricht, die ich je gefunkt habe, dachte sie. Trotzdem würde sie wahrscheinlich abgehört werden, obwohl man nicht damit rechnen würde, daß sie um diese Zeit sendete. Vielleicht hatte sie Glück.
Sorgfältig verstaute sie das Gerät wieder, ging zu dem anderen Schrank und trennte den Saum eines Rocks auf, in den zwei runde graue Tabletten eingenäht waren. Jetzt lagen sie in ihrer Hand, und sie betrachtete sie einige Sekunden. Mit einer entschlossenen Bewegung steckte sie die Tabletten in den Mund, ging zum Spülbecken in der Küche und trank ein Glas Wasser. Dann legte sie sich aufs Bett. Sie wirken nach zehn Minuten, hatte man ihr am Tirpitzufer gesagt, an jenem Tag, der so viele Jahre zurücklag. Und dann nichts. Keine Schmerzen. Nichts.
Rolf, dachte sie. Morgen sind wir beide tot. Ich habe »Friedrich« gefunkt, und morgen wirst du kommen. Mein Leben ist sinnlos gewesen, ohne Ziel... weil ich wirklich kein Ziel hatte, dem ich dienen konnte.
Aber du hast ein Ziel, Rolf... Und dies ist das einzige Geschenk, das ich dir je machen werde. Ich habe kein Ziel, aber... ich... werde... dir... die... Chance... geben... dem... deinen... zu... dienen.

In Berlin schloß ein Funker seine Morsetaste an und tippte Worte, die über die Nordsee flogen:
»Friedrich«, funkte er. »Friedrich.«
Die Abwehr hatte das Datum empfangen.

In einem Schlafzimmer gegenüber von Hannah Walters' Wohnung in Chelsea lag der Funkingenieur auf dem Bett und las. Sein Kollege saß vor dem Gerät, hatte den Kopfhörer aufgesetzt und lauschte.
»Hast du eine Zigarette für mich?« fragte der Mann auf dem Bett.
Der Mann, der sich über das Gerät beugte, gab keine Antwort. Der Ingenieur auf dem Bett fluchte und warf eine leere Zigarettenschachtel durchs Zimmer. Sie traf den Mann vor dem Gerät an der Schulter, und dieser drehte sich, den Kopfhörer abstreifend, fragend um. »Was ist denn?«
»Hast du eine Zigarette für mich?«
Brummend stand der andere auf und ging zu dem Stuhl, über dem seine Jacke hing.
»Da hast du sie«, sagte er, eine Schachtel aus der Tasche holend. »Du weißt doch, daß ich das Funkgerät keine Minute allein lassen darf.«
»Hör auf, Tom«, sagte der Mann auf dem Bett verächtlich.
»Es ist nicht ihre Sendezeit. Du machst dir unnötig Sorgen.«
»Man kann nie wissen«, sagte der andere und zog sich den Kopfhörer wieder über die Ohren.

25

»Hat Kassandra das Signal richtig weitergegeben?« sagte Admiral Canaris mit seiner sanften Stimme zu Helmut. Gedankenverloren schaute er durch die grünen Blätter der Kastanienbäume zu einem Frachtkahn auf dem Landwehrkanal hinunter. Er stand an dem hohen Fenster seines Büros am Tirpitzufer. Bald würde er das komfortable Hauptquartier gegen die Betonbunker in Zossen, südlich von Berlin, eintauschen müssen. Die Luftangriffe wurden immer verheerender ... neulich nachts über tausend Tonnen Sprengstoff, hatte man ihm berichtet.
»Ja, Exzellenz«, sagte Helmut.
»Eigenartig, daß ihre Tarnung nicht aufgeflogen ist, nach all dem. Finden Sie nicht auch, Helmut?« sagte der alte Herr.
»Sie wird ihnen eine gute Geschichte erzählt haben, Exzellenz. Sie haben ihr geglaubt. Sie wird sich vielleicht eine Weile zurückhalten müssen. Aber dann kann sie weitermachen.«
»Wir werden sehen.«
»Das Unternehmen findet morgen statt«, sagte Helmut.

Canaris drehte sich um. Helmut musterte das unbewegte Gesicht, das er so gut kannte, und hatte plötzlich den Eindruck, daß der alte Herr nicht recht wußte, was er von der Sache halten sollte.
»Sie wollen wissen, ob ich denke, Kassandra sei... überredet worden, ein falsches Signal zu senden, Helmut? Nein. Ich denke nicht, daß es so war. Jetzt nicht mehr...«
»Ich habe es nie gedacht, Exzellenz. Aber warum sagen Sie ›jetzt‹?«
»Das Datum, Helmut. Es ist schon morgen. Wenn die Amerikaner oder Briten das Datum bestimmt hätten, wäre es Ende dieser oder Anfang nächster Woche gewesen, damit sie genügend Zeit gehabt hätten, sich darauf vorzubereiten. Morgen ist zu früh für die Briten.«
»Ich verstehe.«
Helmut zögerte. Manchmal konnte der alte Herr freundlich und nachsichtig sein, manchmal aggressiv, und manchmal war er der Teufel persönlich. Aber er, Helmut, wollte es wissen. Er wagte es.
»Und wenn Kassandra ein Datum am Ende der Woche gefunkt hätte, was hätten Sie dann gemacht, Exzellenz?«
Eine Pause entstand. Dann sah er zu seiner Erleichterung, daß Canaris lächelte.
»Was ich dann gemacht hätte? Das gleiche wie sonst... ich hätte dem Befehl des Führers gehorcht.«
»Natürlich«, sagte Helmut.

Fünfzehn Meter unter dem Gebäude des Schatzministeriums gegenüber vom St. James's Park trat das Kriegskabinett in dem großen Raum mit den sieben weißen Lampen zusammen. Es wird eine lange Sitzung werden, dachte Winston Churchill. Er hatte sich nie richtig an die künstliche Luft hier unten gewöhnt – manchmal konnte er schwören, daß man den Stahlbeton roch, obgleich »Pug« Ismay darüber zu lachen pflegte. Dort kam er gerade und nahm seinen Platz ein. Sie passierten die Posten von der Marineinfanterie an der Tür: Eden, Morrison, Attlee, Brooke, Portal und die anderen. Und es waren zwei Amerikaner da – einer von ihnen war General »Hap« Arnold, Kommandeur der US-Army Air Force, der die Reise eigens wegen der B-17-Affäre unternommen hatte. Churchills Blick ruhte jedoch neugierig auf dem anderen Amerikaner. Er glaubte ihn ganz gut zu kennen, wenn auch nicht sehr gut. Er war trotz seines jungenhaften Charmes schwer zu ergründen. Churchill zündete sich eine Zigarre an – einer seiner bevorzugten Tricks – und beobachtete den Amerikaner durch die Rauchschwaden hindurch, während die anderen Platz nahmen. In Washington wurde natürlich viel über ihn geredet. Man konnte sich gut mit ihm unterhalten, obgleich er immer etwas zurückzuhalten schien. Aber das war nur plausibel. Allerdings nicht viel Erfahrung als Kommandeur. Trotzdem kam

er gut mit den Leuten aus, sehr gut, und er war entscheidungsfreudig. Er hatte aber noch eine bemerkenswerte Eigenschaft. Er besitzt das, dachte Churchill, was man früher »Tiefe« nannte. Es würde schwer sein, ihn in eine Richtung zu schieben, die er nicht einschlagen wollte.
»Meine Herren, Sie wissen, daß heute die Situation in Italien und unsere Pläne für Nordeuropa auf der Tagesordnung stehen«, sagte er. »Sie alle kennen General Arnold, und ich möchte zunächst unsere Freude darüber zum Ausdruck bringen, daß er heute unter uns weilt. Ich glaube, daß er Ihnen persönlich, hm, versichern möchte, daß die in diesem Land stationierten Verbände der US-Heeresluftwaffe, hm, alle taktischen Vorbereitungen getroffen haben, um das deutsche Kommandounternehmen Odysseus zu vereiteln, über das Sie vor zwei Tagen durch das Geheimdienstmemorandum informiert wurden. Wie Sie wissen, ist es uns gelungen, die Sache, hm, so zu arrangieren, daß die Deutschen ihr Unternehmen an einem von uns bestimmten Tag durchführen werden. Man hat mir versichert, daß dieser geniale, aber diabolische Plan auf keinen Fall Erfolg haben wird. General, vielleicht möchten Sie uns jetzt kurz sagen, wie Sie gegen die feindlichen Maschinen vom …«
Er wandte sich an den Kabinettssekretär, der zu seiner Rechten saß.
»Wie heißt dieser deutsche Verband doch gleich, Bridges?«
»KG 200, Premierminister.«
»Aha. Nun, General?«
General »Hap« Arnold suchte kurz in seinen Papieren und begann zu reden.

Einige Stunden vor der Konferenz in London kamen die Flugzeugbesatzungen vom KG 200 im Einsatzraum in Sola zusammen. An der Betonwand gegenüber der Tür hingen zwei Karten. Über der einen Karte war ein Schild befestigt, auf dem »Gruppe Altmark« stand. Diese Karte zeigte einen Teil von Südostengland. Den Mittelpunkt bildete die Garnisonsstadt Colchester in Essex. Angeheftete rote Pfeile bezeichneten verschiedene Ziele. Auf einem Tisch neben der Karte lagen Luftaufnahmen vom Kasernenkomplex der Hauptgarnison von Colchester und den Gebäuden im Umkreis der Kasernen. Es war jedoch die andere Karte, die das donnernde, befreite Lachen der Flieger hervorrief. Die Männer nahmen soeben auf den harten Holzbänken Platz. Auf dem Schild über dieser Karte stand »Gruppe Warnow«. Es war eine Karte vom Londoner Stadtgebiet, in einem großen Maßstab, und irgendein Spaßvogel hatte die roten Zielpfeile so angeheftet, daß sie genau auf Downing Street 10, die Gebäude daneben, den riesigen Glockenturm Big Ben und das lange Rechteck des Oberhauses zeigten.
»Ich hätte nicht gedacht, daß Rolf noch soviel Humor hat«, sagte Werner Lutz amüsiert, als er sich setzte. Er lachte.

»Vielleicht haben wir so lange trainiert, um eins von diesen Spezialeiern in Churchills WC-Becken zu legen, wer weiß? Was ist denn los?«
Die Männer ringsum hatten aufgehört zu lachen. Einer von ihnen stand jetzt neben dem Tisch und hielt eine Luftaufnahme hoch. Sie zeigte einen Ausschnitt des Gebietes, das auf der Karte von London mit Zielpfeilen versehen war.
»Sie meinen... das ist das Ziel?« sagte Lutz ungläubig. »Zwanzig Meter hoch mit viermotorigen Maschinen über ganz London fliegen, die verdammten Londoner Straßen entlang, um sie dort abzuwerfen? Das geht nicht. Sie werden die meisten von uns herunterholen, und der Rest wird abstürzen.«
»Es muß gehen«, sagte Warnow. »Und es wird gehen.«
Er stand auf dem kleinen Rednerpodium vor den beiden Karten und hatte einen gelben Zeigestock in der Hand. Er wirkte völlig entspannt und zuversichtlich. Er lächelte.
»Jetzt«, sagte er, »seht ihr, warum die Sache so geheim war. Dies ist der mutigste, am besten vorbereitete und für den Feind wohl gefährlichste Lufteinsatz des Krieges. Wie ihr wißt, handelt es sich um zwei Teilunternehmen. Die Gruppe Altmark greift die britischen Kasernen in Colchester an, wo über zehntausend Mann, darunter die wichtigsten Ausbilder des britischen Heeres, stationiert sind. Meine Gruppe übernimmt das Herz von Churchills Regierung – das Parlament und Whitehall. Sie sollen am eigenen Leib spüren, was sie unseren Städten in den letzten Monaten angetan haben.«
Nach einer kurzen Pause redete er weiter: »Jetzt möchte ich eurer Ungewißheit aber ein Ende machen und euch sagen, welcher Gruppe man euch zugeteilt hat. Beide Teilunternehmen werden im Tiefflug durchgeführt, und beide erfordern größte Präzision. Zufällig erfordert mein Einsatz aber ein klein bißchen mehr Präzision als Altmarks Operation. Also habe ich aufgrund der Trainingsergebnisse beim See die vier Besatzungen ausgesucht, die zu meiner Gruppe gehören werden. Es sind die Männer von Lutz, Mathy, Stross und Trobitius. Wir werden gleich in allen Einzelheiten besprechen, was bei diesem Einsatz von uns allen erwartet wird. Vorher möchte ich euch aber noch auf zwei Punkte hinweisen. Wir werden amerikanische Uniformen tragen, wie immer in den letzten Wochen. Wir hängen uns an das Ende eines amerikanischen Einsatzes, der heute morgen auf Kiel geflogen wird...« Er hielt die Hand hoch.
»Ich kann euch jetzt nicht sagen, wie wir von diesem Einsatz erfahren haben. Es muß euch genügen, daß wir es wissen. Wenn wir uns auf diese Weise anhängen, können wir unbemerkt vom feindlichen Radar über England einfliegen. Aber es hat auch noch andere Vorteile, auf die ich gleich zu sprechen komme. Es ist außerordentlich wichtig, daß alle amerikani-

schen Jägerpiloten oder Bomberbesatzungen, die in unsere Nähe kommen, genau das sehen, was sie erwarten. Und genau das hören, was sie erwarten. Alle Gespräche zwischen den einzelnen Maschinen müssen auf englisch geführt werden. Es gibt nur eine Einschränkung. Wie ihr wißt, kann es sehr unangenehm werden, wenn man in Feinduniform erwischt wird. Deshalb werden alle Besatzungen Uniformröcke der Luftwaffe mitnehmen, und jeder, der aus irgendeinem Grund abspringen muß, wird vorher seinen Luftwaffenrock überziehen. Sie dürfen aber auf keinen Fall, ich wiederhole, auf keinen Fall während des Fluges getragen werden.«
Er hielt inne und fuhr einige Sekunden später fort: »Wenn wir einen Punkt erreicht haben, dessen genaue Lage ihr gleich erfahrt, werden sich unsere beiden Gruppen trennen. Die Gruppe Altmark fliegt weiter nach Colchester, nimmt dann südlichen Kurs und landet in Romilly-sur-Seine. Meine Gruppe dreht nach Südosten und fliegt nach London. Von dem genannten Punkt sind das genau hundertzweiundsiebzig Kilometer oder einundzwanzig Minuten Flugzeit, in gut fünfzehn Metern Höhe, unter dem Radar. Und dann gehen wir auf einundzwanzig Meter und bomben. Du hast also eine gute Chance, den Big Ben zu verfehlen, Lutz«, fügte er hinzu, doch diesmal lachte niemand. Er machte eine Pause.
»Wenn meine Gruppe ihre Bomben abgeworfen hat, dreht sie nach Süden und landet in Orly.«
»Wie viele von uns?« sagte eine Stimme von einer der Bänke.
»Nicht alle«, sagte Warnow gleichmütig. »Das wäre zuviel Glück. Einige von uns werden es aber schaffen, da bin ich ganz sicher.«
»Dann werden Sie der einzige sein«, sagte eine weitere Stimme. Ein verworrenes Gemurmel erhob sich, und dann wurde die Flügeltür am anderen Ende des Einsatzraums geöffnet, und jemand kam herein. Warnow hob wieder die Hand. Der kleine, dickliche Mann, der jetzt den Mittelgang entlangschritt, trug die Uniform der Luftwaffe, doch die wenigsten von den Versammelten hatten ihn jemals gesehen.
Leicht keuchend stieg Oberst Adolf Pertz neben Warnow auf das Rednerpodium. Es wirkte beinahe wie eine Herausforderung, daß er seinen goldgeränderten Kneifer trug. Seiner Gewohnheit folgend, hatte er keine einzige Auszeichnung angelegt.
»Hier ist jemand, der Ihnen die Bedeutung des Unternehmens besser erklären kann als ich. Der kommandierende Offizier des KG 200... Oberst Pertz.«
Auf den dichtbesetzten Bänken entstand allgemeine Bewegung. Er sah zu den jungen, ihm zugewandten Gesichtern hinunter. Er wußte, daß er diesen Männern nicht als Kampfflieger imponieren konnte. Er konnte sie nur gewinnen, wenn er ihnen die Fakten nannte.
»Flieger vom KG 200«, sagte er. »Ich bin stolz darauf, an einem Tage hier

bei Ihnen zu sein, der die Geschichte des Krieges, die Geschichte Deutschlands und die Geschichte der ganzen Welt ändern wird. Sie werden die britische Befehlszentrale zerstören, das Herz der feindlichen Kriegsanstrengungen. Außerdem werden Sie den Amerikanern einen propagandistischen Schlag versetzen, der sie noch ein Jahrhundert lang im Traum verfolgen wird. Und« – er lächelte – »ganz nebenbei werden Sie dem britischen Heer erheblichen Schaden zufügen. Kein schlechtes Pensum für elf Besatzungen, nicht wahr?«
Unten scharrten ein oder zwei Männer mit den Füßen, aber niemand sagte etwas. Pertz ließ seinen Blick durch den Raum schweifen und fuhr fort: »Ich möchte Ihnen schildern, was geschehen wird, wenn Sie einen der beiden Teile der Operation durchführen. Zuerst das sogenannte Ablenkungsmanöver, der Colchester-Einsatz. Die sechs Flugzeuge der Gruppe Altmark, die Colchester angreifen, tun zweierlei. Erstens werden sie in geringer Höhe einfliegen, damit jedermann ihre Hoheitszeichen sehen kann. Ich muß Sie ausdrücklich darauf hinweisen, daß es zwischen den britischen und amerikanischen Truppen auf der Insel Reibereien und Rivalitäten gibt – besonders im Gebiet von Colchester. Die britischen Soldaten betrachten ihre amerikanischen Verbündeten als selbstzufriedene, arrogante Amateure, die zuviel Geld verdienen und zu wenig können. Und nun kommen plötzlich sechs amerikanische Bomber – bedenken Sie, im Gebiet von Colchester ist man den Anblick amerikanischer Bomber gewöhnt – und laden infolge einer unglaublichen Schlamperei oder Dummheit ihre Bomben über der britischen Ausbildungsbasis ab, die auf einen solchen Angriff natürlich nicht im mindesten vorbereitet ist. Mit ein bißchen Glück könnte die Gruppe Altmark gut und gern fünf- oder sechshundert Männer töten, darunter einige unersetzliche Ausbildungsoffiziere. Eine solche Katastrophe laßt sich nicht geheimhalten. Können Sie sich ihre Wirkung auf die anglo-amerikanischen Beziehungen vorstellen? Ja, ja, ich weiß« – er machte eine wegwerfende Handbewegung – »die Briten und Amerikaner werden natürlich sofort erklären, es seien keine echten amerikanischen Bomber gewesen. Sie werden versuchen, die Wahrheit zu verbreiten, und sagen, die Maschinen seien von Deutschen geflogen worden. Damit geraten sie aber nur tiefer in den Sumpf propagandistischer Schwierigkeiten. Amerikanische Bomber mit deutschen Besatzungen, wird die britische Öffentlichkeit fragen. Wieso? Verschenken die Amerikaner ihre Bomber neuerdings an die Deutschen? Wie ist das möglich? Und wir werden es selbstverständlich dementieren – über Radio Hamburg und in allen neutralen Ländern. Wo Rauch ist, ist auch Feuer. Irgend etwas bleibt immer hängen. Das ist die ganze Kunst der Propaganda. Von diesem Schlag werden sich die anglo-amerikanischen Beziehungen nicht so bald erholen. Das Vertrauen wird dahin sein. Nach diesem Vorfall wird es schwer sein, die

Briten zu überreden, sich an Operationen unter amerikanischem Kommando zu beteiligen.«
Pertz hielt inne. Er schwitzte ein bißchen, und seine Stimme hatte einen schrillen Klang angenommen.
»Und das ist nur das sogenannte Ablenkungsmanöver, meine Herren. Wir kommen jetzt zu dem Teil, der London betrifft. Das britische Kriegskabinett tritt sehr oft zusammen, und zwar genau unter dem Stadtviertel, das Sie bombardieren werden. Sie werden das Haus Churchills, die geheime Kommandozentrale, in der das Kabinett zusammenkommt, und das Oberhaus zerstören, wo heute gerade die Mitglieder des Unterhauses tagen – wie Sie wissen, haben wir das Unterhaus bereits vor einiger Zeit zerstört. Außerdem wird ein Flugzeug dieser Gruppe, gewissermaßen als besonderen Propagandaschlag, versuchen, Big Ben dem Erdboden gleichzumachen, um der Welt zu zeigen, daß nichts ewig steht. Dieser Einsatz wird ebenfalls von Bombern geflogen, die allem Anschein nach amerikanischer Herkunft sind. Er wird also eine ähnliche Verwirrung stiften wie die Aktion Colchester. Die Engländer werden in ein schreckliches Dilemma geraten. Entweder sie lassen die Welt in dem Glauben, es sei das Werk der verrückten Amerikaner – und das wird die Welt zwangsläufig glauben. Oder sie müssen zugeben, daß es Deutschland auf irgendeine außergewöhnliche Weise gelungen ist, sich Zugang zu den amerikanischen Bombergeschwadern zu verschaffen. Außerdem werden wichtige Offiziere in der Kommandozentrale, vielleicht auch mehrere Mitglieder des Kriegskabinetts sterben. Die Welt wird den Atem anhalten und sich wundern. Eines Tages, wenn wir alles sagen können, wird sie jedoch erfahren, wie es von Ihnen, den Männern des KG 200, vollbracht worden ist. Der Führer denkt heute in Rastenburg an Sie und wartet. Sie werden ihn nicht enttäuschen. Meine Herren, ich wünsche Ihnen Hals- und Beinbruch...«
Als Warnow sich wieder erhob, fragte eine Stimme von den Bänken: »Oberst Pertz hat gesagt, das britische Kriegskabinett trete unter dem Viertel zusammen, das wir bombardieren. Wie tief darunter?«
»Ungefähr fünfzehn Meter, wenn unsere Informationen stimmen«, sagte Warnow.
»Aber in dem Fall ist es doch nicht möglich, daß unsere Bomben...«
»Darum haben wir uns natürlich gekümmert, Trobitius. Zufällig ist es aber nicht Ihre Sache. Ihr Ziel ist das Oberhaus. Wir dachten uns« – er lächelte breit –, »das eigne sich am besten für jemand mit einem so aristokratisch klingenden Namen wie dem Ihren.« Die Männer lachten. Die Atmosphäre entspannte sich.
»Das Kriegskabinett gehört mir«, sagte Warnow. »Es gibt einen Weg, wie man es machen kann, und ich trage die Verantwortung. Ich werde es schaffen.«

»Der gute alte Rolf«, sagte eine andere Stimme, und weitere Männer stimmten in das Lachen ein.
»Los, Jungs«, rief er. »Der Herr Oberst soll dem Führer etwas berichten können. Laßt uns das alte Lied singen...«
Er stimmte die Stakkato-Melodie an, und die Versammelten fielen schnell ein.
»...wir fahren gegen Engeland...«, sangen sie.

26

Um 10.32 Uhr erschienen die fünf Punkte auf dem großen Schirm der zur Himmelbett-Kette gehörenden Radarstation Egersund, südlich von Stavanger. Der Obergefreite am Gerät starrte einen Moment prüfend auf den leuchtenden Schirm und wandte sich dann hastig an den diensthabenden Offizier.
»Fünf große Maschinen, Herr Leutnant. Sie kommen sehr tief. Sie sind genau am unteren Rand unserer Reichweite. Ich würde sagen, gut siebzig Meter. Sie gehen noch tiefer, tiefer. Jetzt sind sie zu tief. Ich hab' sie nicht mehr auf dem Schirm.«
Der Offizier trat zu ihm.
»Sind Sie auch sicher, daß es keine Vogelschwärme waren? Ich kann nichts sehen.«
»Ich bin ganz sicher, Herr Leutnant. Es waren große Maschinen, vielleicht Lancasters. Oder B-24, möglicherweise auch B-17. Aber es war eine sehr ausgefranste Formation.«
»Gut, wir dürfen nichts riskieren. Ich werde Sola alarmieren.«
Die drei in Sola alarmierten Me 109 brauchten zwanzig Minuten, um die fünf Willies vom Typ B-17 ohne Radar auszumachen – sechseinhalb Kilometer vor der Küste. Nach der neuen Taktik konzentrierten sie sich auf die letzte Maschine. Zwei nahmen sie von oben an, und eine näherte sich später von unten. Die B-17 donnerte weiter, ohne ihre Höhe und Geschwindigkeit zu ändern. Die erste Me 109 schoß aus einer Entfernung von zweihundert Metern und drehte dann scharf ab, um dem Feuerstoß aus dem Weg zu gehen, der gewöhnlich auf einen Jägerangriff folgte. Doch aus dem Gefechtsstand drangen keine Mündungsblitze, und im selben Augenblick sah der Pilot der Me 109, daß die B-17 überhaupt keinen Gefechtsstand hatte. Ihr Rumpf stand zwar in Flammen, doch sie flog ohne Kursänderung weiter. Die Fenster der Bugkanzel waren dunkel, als sei das Plexiglas von Rauch geschwärzt worden. In der Pilotenkanzel schien niemand zu sein.
»Bodo eins«, sagte er hastig. »Irgend etwas ist mit dieser verdammten...«
Der glühende Feuerball, der die B-17 vierzig Meter vom linken Tragflä-

chenende der Me 109 entfernt in Tausende von kleinen Stücken riß, macht seinem Leben in Sekundenbruchteilen ein Ende. Die Bruchstücke der Me 109 trudelten hilflos durch die Luft, und dann wickelte sich die flammende Masse des Rumpfes der B-17 um die dritte Me 109, die hochgestiegen war, um die Maschine von unten anzugreifen. Die restlichen vier B-17 flogen weiter. Zwischen ihnen und Sola lagen noch drei Kilometer.

Oberfeldwebel Greiners Augen funkelten besorgt hinter den Brillengläsern, als er das Büro von Oberst Pertz auf dem KG-200-Komplex in Rastenburg betrat und salutierte. Er reichte seinem Vorgesetzten ein dünnes, graues Fernschreibformular. Pertz las es aufmerksam durch und runzelte die Stirn. Er stand auf und ging schwerfällig ans Fenster.
»Ist das die erste Nachricht? Ich meine, seit dem Angriff von Ålborg?«
»Selbstverständlich, Herr Oberst. Vom Informations-Sammelzentrum in Finsterwalde. Ich bin sofort damit zu Ihnen gekommen.«
»Aber der Ålborg-Angriff hat vor einer Stunde angefangen... eine Stunde vor dem in Orly.«
»Ja, Herr Oberst.« Greiner zögerte kurz und fuhr dann fort: »Wir haben Schwierigkeiten mit der Kommunikation, Herr Oberst.«
»Warum?«
»Gestern nacht gab es einen schweren Luftangriff auf Berlin. Viele von den Leitungen sind zerstört.«
»Ich verstehe.«
Pertz blickte mißmutig aus dem Fenster. Die dänische Widerstandsbewegung hatte den Flugplatz des KG 200 in Ålborg angegriffen – nicht das ausgezeichnet imitierte Flugfeld vier Kilometer nordwestlich davon, sondern das richtige. Sie war blutig geschlagen worden, weil Ålborg ein ganzes Infanteriebataillon der Wehrmacht und mehrere Kompanien Panzergrenadiere alarmiert hatte, aber kostbare B-24 und einige der umgebauten britischen Stirling-Bomber, von denen sie so wenige hatten, waren am Boden zerstört worden. Und jetzt dieser neue Angriff, in Orly Villeneuve-le-Roi bei Paris, durch die Résistance. Er sah wieder auf das Fernschreibformular. Es sagte ihm nicht viel... keine Angaben über Verluste an Menschenleben und Maschinen, noch nicht einmal etwas über die zahlenmäßige Stärke des Gegners. Diese Einzelheiten würden später folgen. Das konnte wohl kaum Zufall sein, oder? Bei Ålborg hätte er noch an einen Angriff von Leuten glauben können, die gar nicht richtig wußten, was sie taten. Aber jetzt noch Orly, und zwar am selben Morgen... nein, das war zuviel. Der Feind hatte etwas Bestimmtes vor. Er wandte sich an Greiner.
»Können Sie einen der anderen französischen Flugplätze erreichen... Marseille zum Beispiel? Oder Nantes?«
Greiner schürzte die Lippen.

»Nach Marseille müßte ich durchkommen. Die Leitung geht über Nürnberg. Bei Nantes könnte es dagegen Schwierigkeiten geben.«
»Versuchen Sie es. Und fragen Sie auch noch einige der anderen Stützpunkte. Zuerst den in Schouwen – den mit dem imitierten Flugfeld.«
»Sofort, Herr Oberst.«
Es dauerte zwanzig Minuten, bis Greiner das Büro wieder betrat. Seine kurzsichtigen blauen Augen blitzten aufgeregt.
»Die Holländer haben Schouwen angegriffen, Herr Oberst. Ohne Rücksicht auf Verluste – Männer und Jungen, sogar Mädchen, hat man mir gesagt. Dutzende von ihnen sind getötet worden.«
»Und die Schäden?«
»Fast alle Fliegenden Festungen sind zerstört worden. In den Hangars. Und ... das gleiche ist in Rotterdam passiert. Mit denselben Ergebnissen.«
Pertz blickte aus dem Fenster auf die Lachen, die der dünne ostpreußische Regen in den Vertiefungen des Betons hinterlassen hatte.
»Und das imitierte Flugfeld von Schouwen?«
»Ist nicht angegriffen worden, Herr Oberst. Weder von den Holländern noch von der RAF.«
»Der RAF?«
»Jäger – Spitfires und Tempests. Sie sind im Tiefflug gekommen. Kurz bevor die Holländer den Stützpunkt angriffen.«
Jetzt gibt es keinen Zweifel mehr, dachte Pertz. Jetzt zählt drüben endlich jemand zwei und zwei zusammen.
»Und Frankreich?«
»Aus Nantes weiß ich noch nichts, Herr Oberst. Aber ...«
»Was?«
»Es scheint, daß selbst die lokalen Leitungen unterbrochen sind. Nicht nur die Hauptleitungen durch Berlin. Selbst die französischen Leitungen.«
Also auch Nantes, dachte Pertz. Es klingt jedenfalls danach.
»Und Marseille?«
»Die Franzosen haben Mörser gegen das Flugfeld eingesetzt. Die B-17, B-24 und Beaufighters zerstört. In Nizza ebenfalls. Aber das ist noch nicht alles ... ich meine, was Frankreich betrifft.«
»Wo sonst noch?«
»Ein Bodenangriff in Vannes und ein seltsamer Luftangriff von Fliegenden Festungen auf den Mistelstützpunkt St. Dizier.«
»Seltsam?«
Ein Obergefreiter der Luftwaffe klopfte an die offene Bürotür und salutierte vor dem Schreibtisch. Pertz stand am Fenster und hatte ihm den Rükken zugekehrt. Er drehte sich nicht um. Greiner nahm dem Mann die Nachricht aus der Hand und las sie. Dann redete er, seine Stimme zitterte leicht: »Herr Oberst?«

»Ja?«
»Etwas sehr Merkwürdiges... etwas Schreckliches läuft auch in Stavanger-Sola.«
Jetzt hatte Pertz sich umgedreht. Seine Augen glühten aus dem schwammigen, bleichen Gesicht.
»In Sola? Was ist mit Odysseus?«
Greiner sah auf seine Uhr.
»Odysseus müßte inzwischen begonnen haben.«
Pertz verzog den Mund zu einem Lächeln.
»Gott sei Dank«, sagte er. »Gott sei Dank.«
Greiner musterte ihn neugierig. Das war ein Ausruf, den er noch nie aus dem Mund von Oberst Pertz gehört hatte.

Sverre machte in der Forstakademie von Sandnes, fünf Kilometer von Sola entfernt, gerade seine morgendliche Kaffeepause, als die Erde erbebte und die Becher in der kleinen Schulkantine an ihren Haken hüpften. Das zunächst leise, dann anschwellende Geräusch der Explosionen folgte einige Sekunden später und dauerte etwa eine halbe Minute. Er ging nach draußen und schaute in die Richtung des Stützpunkts. Die Luft war von Rauch erfüllt, und er konnte nichts sehen. Gegen Mittag stellte er auf dem Heimweg fest, daß die Straße nach Stavanger von einer Stacheldrahtsperre blokkiert war.
»Diese Straße ist geschlossen«, sagte der deutsche Obergefreite, der die Sperre bewachte. »Jedenfalls bis auf weiteres. Sie werden den Umweg über Harsund machen müssen.«
Sars starrte über die Schulter des Obergefreiten zu der langen Reihe von Krankenwagen und Löschfahrzeugen, die vor dem Haupttor auf der Straße manövrierten. Eine dichte schwarze Rauchwolke hing hinter dem Sichtschutz in der Luft. Er sah, wie Elsa Sturlasons Schwester Ulla aus der anderen Richtung auf die Sperre zukam. Sie sah blaß und mitgenommen aus. Er ergriff ihre Hände.
»Los, weiter«, sagte der deutsche Obergefreite barsch. »Dies ist keine Touristenattraktion.«
»Sie kamen, als ob sie landen wollten, die großen amerikanischen Flugzeuge«, flüsterte sie, als sie außer Hörweite waren.
»Wie viele?«
»Vier. Ich habe sie selbst gesehen. Ich stand gerade vor der Kantine am anderen Ende des Verwaltungsgebäudes. Zuerst dachte ich, es seien die anderen... Sie wissen schon, die anderen auf dem Rückflug. Aber diese waren zu schnell. Sie rasten in die Hangars und explodierten.«
Sie bedeckte ihr Gesicht mit den Händen und schluchzte leise.
»Es war furchtbar... wie ein Erdbeben. Sogar die Hangars, der ganze

Stahlbeton... sie wurden zerdrückt wie ein paar Eier. Und so viele Menschen tot. Sicher, es waren Deutsche. Aber so viele...«
Sars ging eine Weile schweigend neben ihr her. Dann fragte er: »Sie sagten... Sie dachten zuerst, es seien die anderen auf dem Rückflug. Welche anderen?«
Sie sah ihn an. Ihr Gesicht war immer noch tränenverschmiert.
»Die anderen großen amerikanischen Flugzeuge, die die Deutschen hier hatten. Nach denen Sie mich immer fragten.«
»Ach?« sagte er.
»Sie sind heute morgen abgeflogen, elf Stück. Ungefähr eine Stunde bevor... bevor dies passierte.«

Der junge amerikanische Operationsoffizier in Polebrook betrachtete die graphische Darstellung auf dem Tisch mit kritischem Blick. Der Kiel-Einsatz läßt sich gut an, dachte er. Über den U-Boot-Werften hatte es den üblichen schweren Flakbeschuß gegeben, aber die beiden ersten Gruppen hatten ihre Bomben abgeladen, ohne viele Jäger zu sehen. Er ging zu dem Funkabhörgerät in der Ecke des Raums und redete kurz mit dem gutaussehenden weiblichen Corporal davor. Sie lächelte und reichte ihm einen Kopfhörer.
»...schätze, einen von der 338. hat es dort hinten erwischt«, sagte eine Stimme, die von knisternden Geräuschen unterbrochen wurde. »Er hatte eine Rauchfahne, und der äußere Steuerbordmotor war ausgefallen. Sah nicht sehr gut aus...«
»...keine einzige Me 109 gesehen, seit wir Wangerooge überquert haben«, sagte eine andere Stimme. »Junge, das ist ein Traumeinsatz.«
Er nickte und gab ihr den Kopfhörer zurück. Jener Bursche vom Geheimdienst, Lasker, hatte ihm gesagt, er solle ihn sofort anrufen, wenn ihm bei diesem Einsatz irgend etwas ungewöhnlich vorkomme. Lasker schien irgendwelche Bedenken bei diesem Einsatz zu haben – obwohl er den Grund offenbar selbst nicht wußte. Er ging wieder zu dem Schaubild und setzte sich davor. Die ersten beiden Gruppen hatten ihre Bomben geworfen und abgedreht. Jetzt kamen noch drei Gruppen.
»Major, bitte.«
Der kleine weibliche Corporal wollte etwas von ihm. Er ging zu ihr.
»Ja?«
»Jetzt sind plötzlich überall Jäger.«
Es wäre ja wohl auch zu schön gewesen. Er setzte den Kopfhörer auf.
»...noch nie so viele gesehen. Barney Kolskys Leute sind mitten drin. Jesus, da hat es wieder eine erwischt. Ein Junge springt ab... noch einer... und noch einer. Alle Fallschirme geöffnet. Hier vorn lassen sie uns aber in Ruhe.«

Barney Kolsky... das mußte Oberstleutnant Barney Kolsky sein, der die letzte Gruppe kommandierte.

»...jetzt geht noch eine B-17 runter. Die beiden letzten Gruppen werden böse in die Mangel genommen. Das haben sie noch nie gemacht – sie konzentrieren sich ausschließlich auf die beiden letzten Gruppen. Kann nicht mehr viel sehen, weil wir uns jetzt schnell entfernen. Aber ich schätze, ein paar werden noch dran glauben müssen.«

Nur die beiden letzten Gruppen. Es ergab taktisch keinen Sinn. Was hatten die Bastards vor? Nun, eins steht fest, dachte er. Es ist verdammt ungewöhnlich. Er nahm den Telefonhörer. »Geben Sie mir den Geheimdienst. Oberst Frank Lasker. Priorität.«

Lasker hörte zu, bat darum, weiter auf dem laufenden gehalten zu werden, und überlegte. Er hatte wegen dieses Einsatzes schon den ganzen Morgen ein unerklärliches schlechtes Gefühl gehabt. Aber es war doch nicht möglich, daß das Unternehmen Odysseus bereits begonnen hatte? In diesem Augenblick war Unternehmen Distanz unterwegs nach Sola, und selbst, wenn Distanz fehlschlug, hatten die Deutschen doch noch nicht das Kodewort »Fritz« bekommen – das Odysseus am Freitag, also erst in drei Tagen, auslösen würde. Der britische Geheimdienst hatte ihm gesagt, das Kodewort würde im Laufe dieses Vormittags gefunkt werden. Und solche elementaren Fehler unterliefen ihnen nicht.

Aber trotzdem... Er nahm den Hörer ab und nannte eine Nummer. Kurz danach war die grauhaarige Dame, der er gelegentlich im Vorzimmer des Vorsitzenden begegnet war, in der Leitung.

»Oberst Lasker?«

»Ja, Ma'am.«

»Würden Sie sich bitte identifizieren, persönlicher Kode?«

Lasker tat es. Ihre Stimme klang ein bißchen belegt, als habe sie sich erkältet. Oder als habe sie geweint.

»Dann muß ich Ihnen mitteilen, daß Strongman tot ist, Oberst.«

»Tot, Ma'am?«

»Ein Herzanfall, gestern abend.«

»Ich verstehe. Wer ist verantwortlich?«

»Der Vorsitzende ist nicht da.« Sie nannte einen anderen Namen.

»Ist er da?«

»Noch nicht. Er ist unterwegs. Er war in Wiltshire, als er die Nachricht erhielt.«

»Vielen Dank, Ma'am. Und...«

»Ja?«

»Mein aufrichtiges Mitgefühl. Er war ein guter Mann.«

»Ja. Danke.«

Er hatte keine Zeit für einen Schock. War jenes Signal gefunkt worden oder nicht? Oder – ihm kam blitzartig ein Gedanke – war etwa ein anderes Signal gefunkt worden? Die Zeit reichte nicht, um es durch die üblichen Kanäle herauszufinden. Sie hatten jetzt höchstens noch rund anderthalb Stunden. Er ließ sich mit dem Einsatzraum in Polebrook verbinden.

»Hat sich bei den deutschen Jägern etwas geändert?«

»Nein, Sir. Soweit wir sehen können, konzentrieren sie sich immer noch auf die hinteren Gruppen. Besonders auf die vierte, aber bei der ist so viel los, daß sie keine Zeit hat, uns zu berichten, was mit den anderen passiert.«

»Aha.«

Lasker war noch nie im Leben einer Entscheidung aus dem Weg gegangen, aber diese Entscheidung konnte er nicht allein treffen. Er griff wieder zum Hörer.

»Geben Sie mir das Kommando.«

Als er endlich, fünf Minuten später, die Stimme in der Leitung hatte, die er haben wollte, verdichtete sich seine Vermutung immer mehr zur Gewißheit. Er erklärte die Situation mit wenigen Worten, und der andere Mann hörte aufmerksam zu.

»Und da ist noch etwas, Sir.«

»Was denn?«

»Die Gruppen fliegen auf einem Kurs, der sie geradewegs hierher bringen wird, nach Colchester und Polebrook, genau in dieses Gebiet. Und hier sind überall Militäreinrichtungen, britische und unsere eigenen.«

»Und?«

»Der Kurs, den man mir gegeben hat, läßt absolut nicht darauf schließen, daß sie nach London wollen. Ich konnte den Londoner Teil ihres Unternehmens sowieso nie verstehen. Ich kann mir nicht vorstellen, wie sie damit Erfolg haben können.«

»So?«

»Ich glaube, man hat uns zum Narren gehalten, Sir. Ich glaube, man hat uns mit dem Datum zum Narren gehalten. Ich weiß zwar nicht wie, aber ich bin sicher, man hat uns reingelegt. Auch was das Ziel angeht! Ich bin überzeugt, das Ziel ist hier. Ich glaube nicht, daß es in London ist.«

Diese letzten acht Worte waren der einzige Irrtum, der Oberst Lasker am Odysseus-Morgen unterlief.

»Sie möchten, daß ich Befehl gebe, die vierte B-17-Gruppe abzufangen und zu zerstören?«

Lasker schluckte. Sein Gesicht war bleich. »Ja, Sir.«

»Unsere eigenen Jäger sind alle im Einsatz, Frank. Die Notbereitschaft eskortiert die Bordeaux-Mission, und ich habe nicht die Absicht, unsere Begleitjäger von Kiel mit einem solchen Befehl zu verwirren. Ich werde also die RAF bitten.«

»Ja, Sir.«
»Danke, Frank.«
Der Mann, der mit Lasker gesprochen hatte, gehörte ebenfalls zu den Männern, die noch nie einer Entscheidung aus dem Weg gegangen waren. Er überlegte einen Augenblick und nahm dann den Hörer wieder auf.
»Geben Sie mir das RAF-Jägerkommando.«
Die Stimme des kommandierenden Offiziers vom RAF-Jägerkommando war beinahe unnatürlich gleichmütig.
»Sie wollen, daß ich eine Formation von B-17 abschießen lasse?«
»Ja, Marshal.«
»Sind Sie hundertprozentig sicher, daß es Feinde *sind*?«
»So sicher, wie man unter diesen Umständen sein kann. Aber wir dürfen kein Risiko eingehen. Alles ist besser, als dieses Risiko einzugehen.«
»Selbst wenn unsere Jungs einige von euren Jungs herunterholen?«
»Wenn das passiert, Marshal, und es kann passieren, dann wird es nicht den leisesten Vorwurf geben. Ich übernehme die Verantwortung.«
Es entstand eine Pause, und dann redete der britische Offizier wieder: »General, Sie haben mir doch eine Zusammenfassung über die Maßnahmen geschickt, die Sie für Freitag getroffen haben – war da nicht auch ein Erkennungszeichen für Ihre Maschinen? Ein Schuß mit der Leuchtpistole – eine farbige Leuchtpatrone?«
»Das stimmt. Grün.«
»Wissen Ihre Besatzungen schon darüber Bescheid?«
»Ja.«
»Dann könnte man ihnen über Funk mitteilen, daß sie das Zeichen schon heute geben sollen. Zumindest einige von ihnen würden es verstehen. Es wäre besser als nichts.«
»Das ist eine ausgezeichnete Idee. Ich werde es sofort veranlassen.«
»Gut. Ich muß mich jetzt beeilen. Wir haben keine Zeit zu verlieren. Noch etwas sehr Wichtiges. Ziehen Sie Ihre eigenen Jägereskorten jetzt bitte ab. Wenn Sie recht haben, hauen die deutschen Jäger ohnehin bald ab. Und wir müssen auf jeden Fall Zusammenstöße zwischen Ihren und unseren Jägern vermeiden.«
»Einverstanden. Ich werde sofort Befehl geben.«

Frank Lasker saß in seinem Büro und überlegte. Diese Leuchtkugeln... sein General hatte gerade angerufen, um es ihm mitzuteilen. Ein guter Einfall von den Briten. Was sollte er sonst tun, um Freund von Feind zu unterscheiden? Die Möglichkeit eines Irrtums war erschreckend... und es bestand ja immer noch das Risiko, daß er sich in der ganzen Sache irrte. Was tragische, mörderische Folgen haben würde. Wieder nahm er den Hörer ab. Er ließ sich mit dem RAF-Stützpunkt West Durnsford verbinden.

»Diensthabender Offizier?«
»Ja, Sir.«
»Sind Oberst Vandamme und Staffelführer Croasdell anwesend?«
»Ja, Sir. In der Messe.«
»Geben Sie mir Oberst Vandamme. Dringend.«
Vandamme saß fast allein in der Messe und blätterte in einem *Esquire*, als der Anruf durchgestellt wurde. In der anderen Ecke warf ein großgewachsener, rothaariger RAF-Fliegerhauptmann namens Burns, den er oberflächlich kannte, Pfeile auf eine Scheibe an der Wand. Croasdell stand mit den Händen in den Hosentaschen am Fenster und beobachtete die Mechaniker, die fünf soeben von einem Kanalflug zurückgekehrte Spitfires versorgten und auftankten. Die Besatzungen waren, wie Vandamme vermutete, entweder bei der Einsatzbesprechung oder schon auf dem Weg nach draußen, um ihren freien Abend zu genießen. Er ging zu der Telefonzelle hinter der Theke.
»Vandamme?«
»Ja.«
»Hier Lasker.«
»Colonel, Sir, was kann ich für Sie tun?«
»Vandamme... Sie haben doch jene B-17 gesehen, nicht wahr? Über dem See...«
»Innsjo Vaktel, Colonel.«
»Genau. Würden Sie sie wiedererkennen?«
Vandamme lachte.
»Sie sehen genauso aus wie andere B-17. Das heißt, nein... warten Sie. Eine war in einem viel helleren Grün gestrichen als die anderen. Die würde ich wiedererkennen, wenn ich sie sähe.«
»Gut. Dann möchte ich, daß Sie sofort losfliegen und versuchen, sie zu finden. Nehmen Sie Croasdell mit.«
»Was ist...«
»Hören Sie gut zu, Vandamme.«
Lasker redete noch eine Minute. Dann fragte er: »Was für Jäger haben Sie dort?«
Vandamme blickte aus dem Fenster. »Ein Schwarm Spitfires, die gerade aufgetankt werden«, antwortete er.
»Großartig. Schalten Sie sofort nach dem Start auf die Einsatzfrequenz.«
»Habe ich die Genehmigung, wieder mit der RAF zu fliegen?«
»Dafür werde ich sofort sorgen. Gehen Sie nur hin und melden Sie sich.«
»In Ordnung.«
»Können Sie mich auf Ihrem Apparat zum Kommandeur des Stützpunkts durchstellen?«
»Ja.«

»Machen Sie das. Und dann setzen Sie sich in Bewegung.«
Vandamme lief durch die Messe. Er packte Croasdell am Arm und sagte hastig: »Los, alter Junge, Blitzeinsatz. Der Geheimdienst glaubt, daß unser Wunderpilot jeden Augenblick bei uns auftauchen kann. Wir sollen losfliegen und ihn suchen.«
»Wunderpilot? Ich dachte, Freitag sollte sein großer Tag sein.«
»Das dachten wir alle.«
Burns schloß sich ihnen an. Vandamme erklärte. Sie liefen zur Baracke mit den Ausrüstungen und holten Helme und Kombinationen.
»Beeilt euch«, sagte Burns. »Ich komme auch mit, Corporal«, rief er einem Mann zu, der auf der Tragfläche einer Spitfire stand und sie beobachtete. »Sind diese Kisten versorgt und aufgetankt?«
»Die vier am Ende der Reihe sind es, Sir«, rief der Unteroffizier. »Einsatzbereit.«
»Dann lassen Sie drei davon vorrollen, Saunders. Wir müssen sofort los.«
»Ja, Sir.«
Der Corporal rannte laut rufend in den Hangar. Burns fiel etwas ein: »Haben Sie schon einmal eine Spit geflogen, Sir?« fragte er Vandamme.
»Ja, ein paarmal«, keuchte Vandamme. Er blieb neben der ersten Spitfire stehen. Die Männer schoben sie bereits aus dem Hangar.
»Wir hatten sie vor ein paar Jahren zur Erprobung in San Diego.«
»Gut. Dies sind aber VB, Sir. Bedeutend schneller als die, die Sie vor ein paar Jahren hatten. Sie brauchen eine höhere Startgeschwindigkeit, und sie gehen strammer in die Kurve.«
»Danke.«
Croasdell näherte sich mit grimmigem Gesicht. Es ist neuerdings immer grimmig, dachte Vandamme, als er sich in das Cockpit der Spitfire stemmte. Er hob die Hand, und Croasdell lächelte kurz und hob ebenfalls die Hand, als er die nächste Spitfire der Reihe nahm. Der Mechaniker stand daneben. Croasdell sprang auf die linke Tragfläche und kletterte in die Kanzel. Ich komme mir vor wie zu Haus, dachte er bitter. Im Eiltempo absolvierte er das Checking. Trimmung in Ordnung... Ruderklappen hoch, Tank voll, Fahrwerk arretiert, Kühlerklappen offen... Der Mechaniker beugte sich über ihn, um seine Schulterriemen zu befestigen, und sprang dann hinunter. Sauerstoff angeschlossen... gut.
»Alles klar«, rief er. Der Rüstmechaniker winkte zur Antwort.
»Start!«
Croasdells Daumen drückte nacheinander auf die beiden schwarzen Knöpfe auf dem rechten Teil der Instrumententafel. Donnernd sprang der Merlin-Motor von Rolls an. Sein Blick glitt schnell über das Instrumentenbrett. Öldruck steigt... fünfzig. Es kann losgehen. Er drückte den Drosselknopf, löste die Bremsen und rollte die Spitfire zur Piste. Der Kontrollturm

strahlte einen roten Lichtkegel aus. Er war der letzte. Dort rollte Burns... ein guter Pilot, sechs Abschüsse... wunderschöner Start. Und dort war Gene... nicht übel, nicht übel, wenn man bedachte, daß er sich mit den Spits nicht besonders gut auskannte. Ein bißchen zu lang, sein Start, aber gar nicht übel. Jetzt war er an der Reihe.

Der Merlin entfaltete seine 1400 PS. Er drückte den Drosselknopf ganz nach unten, und der Beton verschwamm unter seinen Rädern zu einem grauen Nebel... sechzig... siebzig... achtzig... neunzig Meter. Er zog den Steuerknüppel etwas zurück, und die Spitfire stieg in die Luft wie eine Möwe. Als er zur Küste schwenkte, erblickte er unter sich die Hangars und die nach oben schauende Wartungsmannschaft. Seine Räder krochen langsam in ihre Gehäuse, als er den Fahrwerkshebel nach vorn schob. Die drei Spitfires stiegen in einer gestaffelten Reihe, in der er der letzte und unterste war. Croasdell berührte den Knopf für das Zielgerät und kontrollierte das Leuchtbild auf dem Schirm. Dann probierte er schnell seine Bordwaffen. Die Kanone bellte, und die Brownings hämmerten. Er stellte das Funkgerät an. Er war zwar ranghöher als Burns, aber Burns war der Führer dieses Schwarms, weil West Durnsford sein Stützpunkt war. Burns fing fast im selben Augenblick an zu reden: »Hallo, hier Führer Blue. Kurs null-drei-null, Höhe dreitausendsechshundert Meter. Wir müßten in etwa sechs Minuten soweit sein.«
»Blue zwei, Roger.« Vandammes Stimme.
»Blue drei, Roger«, sagte er.
Das grüne Schachbrett der Felder und Wiesen von Eastanglia verschwand immer mehr im Dunst unter ihm. Irgendwo dort unten war Joanna... vielleicht hatte sie sogar gehört, wie er über sie hinwegflog. Er wußte, daß Joanna es in der letzten Zeit schwer mit ihm gehabt hatte. Das Schlimme war, er hatte dauernd jene junge Frau vor Augen, die mit ihrem kleinen Kind in dem Rostocker Bunker verbrannt war. Er hatte so verdammt wenig vom Krieg gewußt... Er hatte gedacht, es gehe darum, hart zu kämpfen, fair zu sein, die Nerven zu behalten und unter Streß das Richtige zu tun. Aber darum ging es überhaupt nicht. Es war eine widerliche, blinde, scheußliche Grausamkeit, auf welcher Seite man auch stand... Zu oft wurden Unschuldige durch Unwissende ermordet.
In seinem Kopfhörer knisterte eine Stimme aus West Durnsford.
»Führer Blue, Vektor eins-acht-null. Sie müßten unsere eigenen Maschinen in drei, ich wiederhole, in drei Minuten sehen.«
»Führer Blue, Roger.« Burns' Stimme, unbewegt und gelassen. Er senkte die linke Tragfläche der Spitfire und flog mit Burns und Vandamme eine leichte Kurve, suchte den Himmel vor sich ab.
Er brachte es einfach nicht fertig, mit Joanna über Rostock zu reden. Sonst

hätte er es getan – und sich nicht um die Geheimhaltung gekümmert. Aber er konnte es nicht. Sie wollten eines Tages Kinder zusammen haben. Wie sollte er ihnen, seinen eigenen Kindern, in die Augen sehen, nach Rostock? Eintausendachthundert Meter. Er drehte den Sauerstoffhahn auf und rückte die Maske zurecht.
»Maschinen... zwölf Uhr.«
Das war Vandammes Stimme, und Burns antwortete.
»Führer Blue, Roger.«
Dort waren sie, genau vor ihnen, etwa dreihundert Meter höher... gestaffelte Silbertupfen, die schnell zu den typischen B-17-Konturen anwuchsen. Eine oder zwei zogen Rauch nach, aber diese beiden ersten Gruppen sahen nicht besonders böse mitgenommen aus. Er hoffte, Burns würde richtig schalten und in sicherer Entfernung bleiben. Einige von den Jungs in den oberen Gefechtsständen waren jetzt sicher sehr schießfreudig.
Wieder West Durnsford: »Führer Blue, fünf Maschinen sind ausgeschert. Sie sind jetzt auf Kurs fünf-drei-null und verlieren an Höhe. Sie haben Befehl, sie unter die Lupe zu nehmen.«
»Führer Blue, Roger.«
Keine anderen Jäger zu sehen. Vermutlich waren sie mit jener vierten Gruppe beschäftigt, von der man Vandamme erzählt hatte. Diese Gruppe war von hier aus nicht zu sehen – sie mußte noch mindestens fünfzig Kilometer weiter hinten sein.
Wieder West Durnsford: »Führer Blue, ihre Maschinen gehen schnell runter. Wir haben sie nicht mehr auf dem Schirm. Sie müssen verdammt nah am Boden fliegen...«
Burns: »Letzten Vektor bitte.«
»Eins-drei-zwei.«
»Roger.«
Die Spitfires von Croasdell und Vandamme folgten Burns und schwenkten scharf nach rechts, nahmen südlichen Kurs nach London.

In Polebrook wandte Frank Lasker sich von der graphischen Darstellung ab: »Was war das mit den fünf Maschinen, die ausgeschert sind?«
Der Operationsoffizier nahm ein Lineal und bewegte einen Pfeil auf dem Schaubild.
»Da, Colonel. Und das ist der Kurs.«
Lasker stand wie erstarrt.
»Was passiert mit der vierten Gruppe?«
»Die RAF-Jäger aus West Malling sind hinter ihr her. Ich nehme an, die Deutschen werden es nicht schaffen. Wenn...« – er warf einen schnellen Blick auf Lasker – »wenn es wirklich Deutsche sind.«
Lasker schien nicht zu hören. Sie haben mich zum Narren gehalten, dachte

er. Oder wenigstens teilweise zum Narren. Sie haben sich geteilt. Die RAF macht genau das, was man ihr gesagt hat. Sie schießt die vierte Gruppe ab – und das ist in Ordnung, weil die Deutschen unsere vierte Gruppe heruntergeholt und durch ihre Maschinen ersetzt haben. Aber sie hatten noch eine fünfte Gruppe, mit der ich nicht gerechnet habe.

»Ich habe mich geirrt«, sagte er laut. Er wandte sich an den Operationsoffizier. »Welche Jäger sind diesen fünf Maschinen am nächsten?«

»Die drei Spits, die Sie in West Durnsford alarmiert haben. Oberst Vandamme und zwei andere, Sir.«

Gene Vandamme, wenn du jemals fliegen konntest, dann mußt du jetzt fliegen, flehte Lasker im stillen.

»Haben Sie ihre Frequenz?«

»Ja, Colonel.«

»Befehlen Sie ihnen, die fünf zu erledigen.«

»Aber, Colonel...«

»Das ist ein Befehl. Ich werde es dem Kommando mitteilen.«

»Ja, Colonel.«

»Und alarmieren Sie das Verteidigungskommando London. Sagen Sie ihnen... nein, verdammt noch mal, flehen Sie sie an, die Flakbatterien zu warnen.«

»Gut.«

Fünf Minuten später, eintausendachthundert Meter über Clacton, überquerten die drei Spitfires wieder die Küste.

»Wir brauchen eine ganze Portion Glück, wenn wir die Maschinen so dicht über dem Boden wiederfinden wollen«, sagte Burns' Stimme in ihren Kopfhörern. »Selbst die Tiefflugstation in Hopton hat sie jetzt verloren. Sie müssen praktisch das Gras abmähen.«

»Blue zwei«, sagte Vandamme. »Wenn ich richtig vermute, sind sie ungefähr auf Kurs zwei-null-null.«

»Führer Blue. Sie glauben, das Ziel zu kennen?«

»Ich kenne es.«

»Führer Blue. Wir versuchen das, was Sie vorschlagen. Wie steht's mit dem Sprit?«

»Nicht allzu gut«, sagte Vandamme.

»Bei mir auch nicht«, sagte Croasdell.

»In Ordnung, meine Herren. Zwei-null-null. Los.«

Genau neun Minuten später entdeckten sie die Konturen der fünf B-17 weit unter sich in der Dunstglocke südlich der Themse. Burns sah sie zuerst. »Wir haben sie. Sieben Uhr unten. Gehen wir tiefer.«

Croasdell drückte den Steuerknüppel vor. Sein Magen schien zum Hals heraus zu wollen, und er wurde in die Gurte gepreßt, die ihn am Sitz festhielten. Die Spitfire schoß immer schneller nach unten. Die Nadel auf dem

Tacho vibrierte an der 760-Kilometer-Marke vorbei. Mein Gott, dachte er, wie lange werden die Tragflächen das aushalten? Die oberen Geschütze der fünf B-17 unter ihm begannen gleichzeitig zu feuern.
Vandammes Stimme.
»Da ist er... der hellgrüne Bastard vom See. Ich erkenne ihn wieder.«
Endlich, Wunderpilot, dachte Croasdell, als die letzte B-17 den Raum zwischen den Leuchtbalken seines Zielgerätes auszufüllen begann. Jetzt komme ich...

27

Hundertzehn Kilometer weiter nordöstlich wandte sich Frido von Altmark gereizt an seinen Funker: »Was soll das heißen, Sie können ihn nicht verstehen? Er spricht doch wohl englisch, oder?«
»Das ist es ja, Herr Hauptmann. Ich weiß nicht genau, was er spricht.«
Von Altmark warf einen Blick aus dem Fenster der Pilotenkanzel. Sie flogen exakt auf Position, ein paar Kilometer hinter der dritten Gruppe der amerikanischen Bomber. Zwei andere B-17 waren zurückgefallen, um sich ihnen anzuschließen. Er winkte ihnen zu, doch sein Herz klopfte schneller. Es waren YB-40 – die Version des B-17 mit zusätzlicher Bewaffnung –, die die Aufgabe hatten, ihre Formationen zu schützen.
»Haben Sie um das Erkennungszeichen gebeten?«
Er winkte wieder der einen YB-40, hob die Hände in einer übertriebenen Triumphgeste über den Kopf.
»Ich verstehe nicht, was sie sagen, Herr Hauptmann.«
»Geben Sie mal her.«
Der Funker reichte ihm den Kopfhörer. Er schob seinen in den Nacken zurück und hielt sich die Hörmuschel ans Ohr. Eine Stimme sprach schnell und drängend, aber es war eine Folge von schnalzenden und grunzenden und zischenden Lauten. Er hatte so etwas noch nie gehört.
»Antworten Sie auf englisch. Und geben Sie sich Mühe.«
Der Funker schlug einen schleppenden, mittelwestlichen Tonfall an.
»Fabelhaft, euch zu sehen, Jungs. Schätze, für euch ist es wie Urlaub, nur über dem Meer spazierenzufliegen, keine Bomben abzuwerfen und keine Flak zu fürchten. Bleibt trotzdem in der Nähe, wir spendieren euch dann einen Highball, wenn wir wieder auf dem Stützpunkt sind.«
»Was sagt er?«
»Nichts. Herr Hauptmann.«
Eine Stimme in Altmarks Kopfhörer. Ruge, der Schütze aus dem oberen Gefechtsstand: »Die Gruppe vor uns scheint sich aufzulösen. Sie fliegen in alle Richtungen. So was hab' ich noch nie gesehen. Und die beiden YB-40

haben abgedreht. Wir sind allein, Herr Hauptmann. Unsere Gruppe fliegt völlig allein.«
»Versuchen Sie es noch einmal auf englisch«, befahl von Altmark dem Funker.
Wieder ertönte Ruges Stimme: »Wir sind nicht mehr allein. Jäger, elf Uhr, oben. Spitfires, Tempests ...«
Die Navajos setzten den Luft-Luft- und Boden-Luft-Sprechverkehr in ihrer Stammessprache fort, und auf den dunkelhäutigen, von schwarzen Haaren umrahmten Gesichern lag breites hämisches Lächeln.

Warnows B-17 »Happy Hanna« flog in gut fünfzehn Metern Höhe über dem nördlichen Kent. Links hinter sich konnte er die olivfarbene Masse der B-17 von Lutz sehen, und rechts hinter ihm flog Trobitius; dahinter die beiden Maschinen von Mathy und Stross. Die fünf B-17 schwebten über dem Boden dahin und folgten den Konturen unter sich, während die Piloten die Landschaft beobachteten, die ihnen wie ein breiter Teppich entgegengerast kam.
»Zwölf Minuten bis zum Ziel«, sagte er in sein Kehlkopfmikrophon. Buttmann, der Bombenschütze, nickte vorn in seiner Kanzel. Neben ihm saß Steiger, der Navigator, der mit seinem Lineal auf der Karte hantierte. Jetzt ertönte Steigers Stimme.
»Hier ist die Eisenbahnkreuzung bei Reigate«, sagte er. Er bemühte sich, ruhig und gelassen zu sprechen, konnte aber nicht verhindern, daß eine Spur von Aufregung aus seiner Stimme klang. »Erste Kursänderung...*jetzt*.«
Warnow hob die B-17 um sieben Meter, schwenkte langsam nach rechts, wobei die rechte Tragfläche dem Boden gefährlich nahe kam, und ging dann exakt auf Nordkurs.
»Zehn Minuten bis zum Ziel«, sagte Steiger.
Immer noch keine Flak, nur von diesem Zerstörer vor der Küste, dachte Warnow. Wir haben die Tommies überrascht. Im Gegensatz zu Frido... der arme Frido.
Die Mannschaft von »Happy Hanna« hatte nach dem Abdrehen den Kampf zwischen den RAF-Spitfires und der Gruppe Altmark mitgehört, und ihre Nerven waren zum Zerreißen gespannt. Es hatte schlecht für Fridos Männer ausgesehen – die britischen Jäger hatten sie noch über dem Meer erwischt, und es war sehr fraglich, ob einer von ihnen Colchester erreichen würde. Aber die Gruppe Warnow schien durch die Maschen des Netzes geschlüpft zu sein. Oder vielmehr unter dem Netz durch. Er, Warnow, war jetzt nicht mehr weit von Hannah entfernt... sie mußte irgendwo dort unten sein, im Dunst der vor ihnen liegenden britischen Hauptstadt. Vielleicht würde sie ihn kommen hören. Nun, sie warfen ihre Bomben zum

Glück nicht in der Nähe von Chelsea ab. Und eines Tages... Immer noch keine Flak.
Sein Gedankengang wurde vom Anblick der Kasernen vor seiner Maschine unterbrochen. Männer in Khaki-Uniformen drängten sich um ein fahrbares Flakgeschütz. Im oberen Gefechtsstand von »Happy Hanna« begann die Kanone zu hämmern, doch ihre Rauchspur lag weit über dem britischen Geschütz. Lautenschlager, der obere Bordschütze, hatte keine Schuld – der Schußwinkel war noch zu flach. Er versuchte, den Bug ein bißchen nach unten zu drücken, als die Kasernen näher kamen, damit Lautenschlager eine bessere Chance hatte, aber er kam einfach nicht in den richtigen Winkel. Jetzt spuckte das Flakgeschütz Feuer, spuckte ihm fast direkt in die Augen. Eine lange Rauchspur kam auf ihn zu, wurde schneller und sauste rechts von ihm vorbei. Im selben Moment war er über der Lafette, so niedrig, daß er die Sandsäcke, die die Flakstellung schützten, fast zu streifen schien. Er hörte, wie der Heckschütze hinten das Feuer eröffnete.
»Alles in Ordnung?«
»Wir haben irgendwo vorne einen Treffer, ganz unten.«
Das war Trobitius' ruhige Stimme aus der B-17 rechts von ihm.
»Scheint die Flugtauglichkeit nicht zu beeinflussen. Ich werde jetzt...«
»Großer Gott...«
Das war Lautenschlager aus dem oberen Gefechtsstand. Im selben Moment sah er aus dem Augenwinkel heraus, wie die Tragfläche von Trobitius jäh nach unten kippte, wie der große Bomber in einem Funkenregen zu Boden ging und die Erde in einer Explosion aus Erde und Flammen durchpflügte. Sekunden später brach sich der Widerschein einer noch gewaltigeren Explosion im Plexiglas der Kanzel, obgleich sie bereits einen Kilometer weiter weg waren.
Eine Stimme aus dem hinteren Gefechtsstand von »Happy Hanna«: »Die Bombe muß losgegangen sein. Das Schwein konnte einfach nicht danebentreffen bei einem Ziel von dieser Größe. Er kam genau von vorn.«
»Schloß Windsor, jetzt kommt die zweite Kursänderung«, sagte der Navigator mit unbewegter Stimme.
Zu seiner Linken erblickte er die steinernen Türme. Er zog »Happy Hanna« fünfzehn Meter höher und schwenkte nach rechts.
»Drei Minuten bis zum Ziel«, sagte der Navigator.
»Hier ist alles klar«, sagte der Bombenschütze in seiner Bugkanzel.
Dann wieder Lautenschlagers Stimme, ein bißchen schrill: »Spitfires, hinter uns und über uns. Eine... zwei... drei.«
Seine Kanone begann wieder zu hämmern. Plötzlich entstand weit hinten in »Happy Hanna« eine heftige Vibration, die sich durch den ganzen Rumpf fortpflanzte, und dann roch es intensiv nach Kordit.
»Heckschütze, ist Ihnen etwas passiert?« fragte Warnow scharf. Er ging auf

fünfundzwanzig Meter hinunter und achtete auf die Trimmung. Aus dem Heck kam keine Antwort.
»Ich glaube, wir brennen hinten irgendwo. Starker Rauch.«
Das war wieder Lautenschlager. Und dann rief er aufgeregt: »Da kommen die Schweine wieder.«

»Den Bastard hätten wir«, sagte Vandamme grimmig, zog den Steuerknüppel zurück und schaute zu, wie die B-17, die den rechten Flügel der Formation gebildet hatte, sich mit einer Flammenwand in den Bahndamm unter ihm bohrte. Herrgott, das waren wirklich phantastische Maschinen – wer hätte gedacht, er würde mit einem so kleinen Vogel einer B-17 den Garaus machen? Er drehte scharf nach rechts, schien fast auf einer Tragfläche zu stehen und suchte im Zielgerät die nächste B-17. Das am Treibstoffmesser aufblitzende Licht sagte ihm, daß er bereits auf Reserve flog; ihm blieb nicht mehr viel Zeit. Drei waren noch übrig. Burns hatte Schwierigkeiten. Er sah, wie er seine Spitfire auf den Rücken legte. Jetzt stieg Burns aus, und die Bahnen seines Fallschirms flatterten hinter ihm her. Er war fast zu tief zum Abspringen. Öffnete sich der Fallschirm? Er konnte es nicht sehen.
Die vorn fliegende B-17 füllte die Leuchtbalken auf seinem Zielgerät aus. Er drückte auf die beiden Feuerknöpfe. Kanone und Maschinengewehre bellten los. Stücke vom Rumpf der B-17 flogen am Bug seiner Spitfire vorbei, und das Heck glühte orangefarben auf. Als er ihren langgestreckten, olivgrünen Rumpf einen Moment unter seiner linken Tragfläche erblickte, konnte er den Namen lesen, der darauf gepinselt war: »Happy Hanna«. Der Hurensohn hat Nerven, dachte er unwillkürlich. Er hat die deutsche Schreibweise des Namens genommen, ohne »h«. Der Merlin von Rolls hustete, lief dann wieder rund, stotterte erneut und verstummte. Plötzlich konnte er den Wind hören und sah, wie der Propeller sich immer langsamer drehte. Kein Sprit mehr. Er hatte noch sechzig Meter Höhe, um ein geeignetes Feld zu finden.

Trobitius ausgefallen, Mathy ausgefallen. Und Stross? Er sah und hörte ihn nicht mehr. Ein schwacher Widerschein färbte das Plexiglas der Kanzel rot. Also auch Stross. »Happy Hanna« war schwer zu halten. Der Treffer, der den Heckschützen getötet und das Heck in Flammen gesetzt hatte, hatte auch das hintere Leitwerk beschädigt. Warnow hielt die Steuerung behutsam, aber unnachgiebig im Griff. Er achtete genau auf seine Instrumente.
»Flugplatz Northolt«, sagte Steiger. »Zielanflug beginnt.«
Eine verschwimmende Piste, laufende Männer, offene Hangars, drei startklar aufgereihte Spitfires. Wenn der Heckschütze noch dagewesen wäre, hätte er den Schweinen eins verpassen können. Dann mehr Dächer,

eine Eisenbahnlinie, eine Brücke, unzählige Dächer, eine Straße, zwei rote Busse. Rechts hinter Warnow flog Lutz, der noch keinen Treffer hatte. Mit einem Kometenschweif aus Feuer und Rauch flog »Happy Hanna« weiter und sauste wie ein brennender Pfeil auf Whitehall zu.

Zwei von ihnen sind noch übrig, dachte Croasdell, als er über Ealing scharf abdrehte. Und zwei von uns abgeschossen. Burns ist ausgestiegen, und hoffentlich ist Gene heil und unversehrt gelandet. Dort unten flogen sie, klein wie Spielzeuge. Die erste Maschine verströmte Qualm und Flammen.

»Der macht es nicht mehr lange«, sagte Croasdell laut. »Ich werde jetzt den anderen erledigen – so, wie ich die linke Maschine über Reigate erledigt habe.«

Sie haben eine weite Reise hinter sich, Wunderpilot und seine Männer, und sie haben einen großen Bogen über Südengland gemacht, um London von Westen anzufliegen. Warum sie Whitehall bloß von Westen anfliegen, dachte er, als er den Steuerknüppel nach vorn drückte. Sie hätten viel Zeit gespart, wenn sie auf dem direkten Kurs gekommen wären.

Er näherte sich mit atemberaubender Geschwindigkeit der hinteren, unbeschädigten B-17. Der Bomber war jetzt voll in seinem Zielsucher, und seine Kanone spuckte Mündungsfeuer. Fünfhundert Meter... dreihundert... zweihundert. Croasdell drückte auf den Feuerknopf. Ein langes Vibrieren, und dann zog er die Spitfire nach rechts. Im selben Moment sah er, wie vier seiner Geschosse die B-17 spickten... eins traf den mittleren Gefechtsstand, eine das linke Fahrwerksgehäuse, und die beiden anderen zerschmetterten das Plexiglas der Pilotenkanzel. Ohne ein sichtbares Manöver ging die B-17 zur Erde, bohrte sich durch die lange Reihe von Bäumen und Büschen eines Parks. Er hörte das Krachen einer Explosion, und irgend etwas traf seine Spitfire. Kühlflüssigkeit spritzte über die Windschutzscheibe. Der Motor kreischte gequält auf.

Croasdell sah nach unten. Sein Munitionsanzeiger war im roten Bereich, und das Warnlicht am Treibstoffmesser leuchtete schon seit fünfundvierzig Sekunden. Er hatte nur noch eine Chance, wenn er die erste Maschine erwischen wollte, eine einzige. Unglaublich, dieser Kerl... fliegt das verdammte Ding mit dem brennenden Heck so sicher weiter, als liefe es auf Schienen. Das ist der Wunderpilot, sagte er sich. Und bei Gott, er hat es geschafft. Unter uns ist St. James's Park. Der Rolls-Merlin hustete kurz, lief dann aber wieder rund. Croasdell begann seinen Sturzflug. Seine Tanks mußten beinahe knochentrocken sein, doch der Sturz der Spitfire würde den restlichen Sprit in die Maschine drücken. Im selben Augenblick bekamen seine Beine einen heftigen, betäubenden Schlag. Die Rückenlehne seines Sitzes bockte wie ein Maultier. Das Cockpit füllte sich mit Rauch.

Croasdell hatte nur noch wenige Sekunden, um auszusteigen. Doch die B-17 war inzwischen so groß geworden, daß sie die gesamte glykolbespritzte Windschutzscheibe der Spitfire ausfüllte. Sie kam immer näher. Seine Daumen drückten die Feuerknöpfe, und seine Bordwaffen spuckten ihre letzte Ladung aus und verstummten. Die Spitfire drehte sich in zwölf Meter Höhe auf den Rücken, und ein Rad ragte in die Luft, als sie zur Erde raste. In jener letzten Sekunde seines Lebens sagte Croasdell noch ein einziges Wort: »Joanna...« Und als er aufschlug, hatte er die brennende junge Frau und ihr Kind in dem Rostocker Bunker vor Augen.

»Ich habe ihn, ich habe ihn...«
Lautenschlagers Stimme klang aufgeregt und triumphierend. Warnow konnte nicht mehr antworten. Die letzten Geschosse der Spitfire hatten sich durch die Kanzel des Bombenschützen, wo Steiger, der Navigator, tot in seinem Sitz hing, bis ins Cockpit gebohrt. Buttmann, der nebem ihm saß und nicht verwundet war, sagte mit gelassener Stimme die letzten Kursänderungen an.
»Zwanzig Sekunden bis zum Ziel... Ein bißchen nach rechts, nur ganz wenig... jetzt... Alles in Ordnung, Herr Major?«
Warnow versuchte zu sprechen, doch sein zerschmetterter Kiefer gehorchte seinem Gehirn nicht mehr. Seine Sauerstoffmaske, die teilweise von einem Metallsplitter zerschnitten worden war, hing blutgetränkt auf seiner Brust. Eine Sekunde lang hob er die Hand an sein zerstörtes Gesicht. Er schien überhaupt kein Kinn mehr zu haben.
Wieder Buttmanns Stimme.
»Dort ist es, dort ist es. Sehr gut... So bleiben... zehn Sekunden bis zum Ziel.«
Er flog jetzt nach seinem Instinkt, weil er außer dem roten Nebel vor seinen Augen fast nichts mehr sah. Der Wind heulte durch die Löcher im Plexiglas und wehte ihm Blutstropfen von der Brust. »Happy Hanna«, dachte er, du bist schwer zu halten, schwer zu halten... Er streichelte die Steuerung, reagierte auf das leiseste Beben des brennenden Rumpfes. Er wußte jetzt, daß er starb, daß er nur noch in dieser bald abreißenden Verbindung von Hirn und Fleisch und Metall bestand.
Buttmann zählte.
»Fünf... vier... drei... zwei... *Bombe ab!*«
Rechts, weit über ihm, ragte Big Ben empor, als er das Ruder berührte. Mit seinen erlöschenden Augen nahm er schwach das silberne Band der Themse wahr. Er starb jetzt, aber er hörte noch Buttmanns aufgeregte Stimme.
»Das hätte nicht besser sein können, Herr Major. Haargenau – auf dreißig Zentimeter. So gut waren wir noch nie. Kein anderer Pilot hätte das geschafft...«

Das hat Behrens auch gesagt, dachte Warnow. Ich erinnere mich, daß Behrens genau dasselbe gesagt hat.
Mit dreihundertzwanzig Kilometern in der Stunde raste die brennende »Happy Hanna« hinter der Westminster-Brücke und neben dem Parlamentsgebäude in die Themse.
Eine kurze Explosion und eine mannshohe Flutwelle. Dann erhob sich eine zischende Dampfwolke. Eine Minute später tauchte ein einzelnes Rad auf und drehte sich langsam in einer strudelnden Öllache. Sonst kam nichts an die Oberfläche.

28

»Alles in allem muß man sagen, daß wir unglaublich viel Glück gehabt haben, General«, sagte Winston Churchill und musterte kritisch ein Rosenbeet am Weg. Er und sein Begleiter schlenderten durch den parkähnlichen Garten von Chequers, dem Landsitz des britischen Premierministers.
»General Arnold hat mir gesagt, soweit wir den Einsatzberichten entnehmen konnten, hätten Ihre Jungen von der RAF sämtliche B-17 vom KG 200 erwischt und keine einzige von unseren Maschinen getroffen«, antwortete der Amerikaner neben ihm. »Ausgezeichnete Arbeit. Hätte böse ausgehen können.«
»Ich danke Gott, daß es so gekommen ist«, sagte Churchill. Er zupfte an einer Rose und fuhr dann fort: »Kennen Sie schon die Einzelheiten?«
»Noch nicht alle, Sir.«
»Die Bombe... die einzige, die getroffen hat... sie sauste direkt in den Treppenschacht über dem Zimmer des Kriegskabinetts. Durch die Tür gegenüber vom St James's Park, wie ein Torpedo. Eine bemerkenswerte fliegerische Leistung. General Arnold hat mir gesagt, es war ein Blindgänger.«
Nach einer kurzen Pause sprach er weiter: »Die Chemiker sagen, wenn die Bombe explodiert wäre, hätte die Hitze – übrigens weit mehr Hitze, als alle normalen Brandbomben erzeugen können – die Luft in den Kabinettsräumen restlos gefressen... sogar aus dem gesamten Netz unserer unterirdischen Anlage. Dem Kriegskabinett hätte es also buchstäblich den Atem verschlagen, wenn ich mich so ausdrücken darf. Eine außerordentlich beunruhigende Vorstellung. Ich bin sicher, daß diese Bombe absichtlich und mit erstaunlicher Präzision auf ein festgelegtes Ziel geworfen wurde. Alle anderen Ziele im Regierungsviertel waren für die Feindmaschinen bestimmt, die... keinen Erfolg hatten.«
»Und ausgerechnet die Bombe, die ihr Ziel traf, war ein Blindgänger?« sagte der Amerikaner nachdenklich.

»Ja. Bei der Untersuchung stellte sich heraus, daß irgend etwas am Zünder fehlte. Ein wichtiger Anschlußring oder so etwas fehlte, so daß die Feder der Auslösung nicht funktionierte. Ein merkwürdiger Defekt. Und für uns ein wahrer Glücksfall.«
»Was für eine Ironie«, sagte der Amerikaner. »All die Bemühungen, all die Menschenleben, all die Flugstunden... für nichts. Und der letzte Pilot machte seine Sache so, wie er sie nicht besser hätte machen können, aber auch das war umsonst, weil irgendein Fabrikarbeiter eine Sekunde lang nicht richtig aufgepaßt hat.«
»Ich glaube nicht«, sagte Churchill langsam. »Man hat mich informiert, daß diese Spezialwaffen von Zwangsarbeitern im besetzten Rußland, außer Reichweite unserer Bomber, zusammengesetzt werden. Vielleicht...«
Er hielt inne.
»Wir haben Maßnahmen getroffen, um das KG 200 völlig unschädlich zu machen«, fuhr er dann fort. »Wie Sie wissen, haben in vielen Teilen Europas Luftangriffe auf seine Stützpunkte stattgefunden, die von Aktionen der Widerstandsbewegungen flankiert wurden. Und wir haben Meldungen, wonach die genialen Dinger, die Sie in Sola eingesetzt haben...«
»Willie Baby... unsere ferngelenkten Superbomben«, sagte der Amerikaner.
»Genau. Willie, hm, Baby hat den Einrichtungen in Sola und auf anderen Basen beträchtlichen Schaden zugefügt. Ausrangierte B-17 rächen sich dafür, daß die Deutschen ihre Schwesterflugzeuge gegen uns einsetzen, ist das nicht passend? Übrigens, ich habe von verschiedenen Seiten gehört, daß man das KG 200 als Kraken bezeichnet. Ich würde es eher eine Hydra nennen. Sie wissen doch, das vielköpfige Ungeheuer aus der griechischen Mythologie. Es hatte eine ganz bestimmte Eigenschaft.«
»Welche?« sagte der Amerikaner.
»Für jeden Kopf, den man ihr abschlug, wuchs sofort ein anderer nach«, antwortete Churchill. »Vielleicht haben wir aber so viele Köpfe abgeschlagen, daß eine Zeitlang keine mehr nachwachsen können.«
Er zog eine schwere goldene Uhr aus der Brusttasche seines merkwürdigen Overalls und betrachtete sie eingehend.
»Ich denke, es ist Zeit zum Lunch. Sie hatten recht, General, als sie sagten, der Krieg sei voller Ironie. Wenn dieser Zünderring nicht gefehlt hätte, wäre ein großer Teil des Kriegskabinetts ums Leben gekommen – mit Ihnen und General Arnold als kleiner Zusatzprämie. Die Deutschen konnten kaum wissen, daß Sie an unserem Treffen teilnehmen würden. Nun, wir haben nach dem Lunch noch eine Menge zu besprechen.«
»Stimmt. Eine Zusatzprämie. Ich fasse das als Kompliment auf«, sagte General Eisenhower lachend.

»Eines möchte ich dir noch sagen, Jo«, sagte Vandamme verlegen. Er stand an der Tür des kleinen Hauses in Essex. Sein Fahrer wartete auf der Straße im Jeep, mit laufendem Motor.
»Ja, Gene?« sagte Joanna. Wie blaß sie ist, dachte er. Sie hat schlimme Tage hinter sich. Und bald wird das Kind kommen. Vielleicht ist das aber ganz gut... besser, als wenn überhaupt nichts von Croasdell geblieben wäre.
»Das Kind«, sagte er. »Ich habe Vorsorge getroffen, falls mir etwas passieren sollte. Es ist schon alles geregelt – also bitte keine Einwände. Es ist ein bißchen Geld auf der Chase Manhattan Bank in New York, für dich und das Kind. Mein Anwalt wird sich mit dir in Verbindung setzen.«
»Unmöglich«, sagte sie. »Ich kann doch nicht...«
»Du kannst, und ich habe schon alles festgelegt«, sagte er barsch. »Ende der Diskussion.«
»Du bist sehr freundlich«, erwiderte sie stockend. Zum erstenmal sah sie, daß er böse auf sie war.
»Jo, wenn du das noch einmal sagst, daß ich freundlich zu dir oder Johns Kind bin, dann werde ich...«
Sie legte ihm die Hände auf die Schultern und küßte ihn.
»Sag es mir, wenn wir uns das nächste Mal sehen«, erwiderte sie.

Anmerkung des Verfassers

Das Kampfgeschwader 200 – abgekürzt KG 200 – hat existiert. Es war ein geheimer Verband der deutschen Luftwaffe im Zweiten Weltkrieg, so geheim, daß seine einzelnen Staffeln nichts voneinander wußten, so mysteriös, daß die meisten Logbücher und Dokumente, die sich mit ihm befassen, nach Angaben alliierter und deutscher Stellen »vermißt« oder »vernichtet« sind. Es bedeutete für die Alliierten eine der gefährlichsten Bedrohungen des Krieges, und das Entwirren seines komplizierten Operationsnetzes bekam höchste Priorität.

Dieses Buch ist ein Roman, beruht aber auf Recherchen und bisher unveröffentlichten Informationen aus vierzehn Ländern. Die offiziellen Akten des Kampfgeschwaders 200 sind zwar verschwunden, doch man hat Aufzeichnungen, Dokumente, Befehle, Protokolle von Kriegsgefangenenverhören und Geheimdienstberichte gefunden, die seine Existenz bezeugen. Man spürte ehemalige Angehörige des Geschwaders auf, die allerdings nur bruchstückhafte Angaben machen wollten oder konnten, da sie während ihrer Zugehörigkeit zum KG 200 bewußt über die Aktivitäten ihrer Kameraden im dunkeln gelassen wurden. Und die meisten von ihnen waren nach all den Jahren immer noch nicht zum Reden bereit – eine Haltung, die nicht sehr überrascht, wenn man bedenkt, daß ihr ehemaliger Kommandeur, Oberstleutnant Werner Baumbach, der beste und meistausgezeichnete Bomberpilot der Luftwaffe, in der Autobiographie, die er nach dem Krieg veröffentlichte, kein einziges Wort über das Kampfgeschwader 200 schrieb.

Ein Grund für diese Zurückhaltung liegt vielleicht in der Tatsache, daß eine ganze Reihe von Unternehmen des KG 200 gegen die Haager Landkriegsordnung verstieß. Dort heißt es in Artikel 23:

Abgesehen von den durch Sonderverträge aufgestellten Verboten ist namentlich untersagt:
f) der Mißbrauch der Parlamentärflagge, der Nationalflagge oder der militärischen Abzeichen oder der Uniform des Feindes sowie der besonderen Abzeichen des Genfer Abkommens.

Die historische Fakultät der Akademie der US-Air Force in Colorado beantwortete unsere erste Erkundigung sogar mit den Worten: »Zu unserem Bedauern müssen wir Ihnen mitteilen, daß hier niemand irgendwelche Kenntnisse über das Kampfgeschwader 200 oder seine Verwendung hat. Wenn es B-17 und B-24 flog, muß man davon ausgehen, daß seine Tätigkeit unter die höchste Geheimhaltungsstufe fiel und daß eventuell existierende Kriegsdokumente aus geheimdienstlichen Quellen stammen und womöglich immer noch nicht freigegeben worden sind.«

Trotz des Schweigens so vieler Betroffener, trotz der fehlenden Aufzeichnungen und der fortgesetzten Geheimhaltung kam die beinahe unglaubliche Geschichte jedoch allmählich ans Licht. Sie bildet die faktische Grundlage dieses Buches.

Viele der phantastischen, unerhört anmutenden Ereignisse, die hier beschrieben werden, haben tatsächlich stattgefunden.

Anhang

Da so gut wie alle Kriegsdokumente des Kampfgeschwaders 200 vernichtet wurden oder spurlos verschwanden, konnten die Alliierten die Tätigkeit dieses Verbandes nicht im einzelnen rekonstruieren. Man hat jedoch zweifelsfrei festgestellt, wie breit die Skala der regelmäßig eingesetzten Flugzeuge war. Das KG 200 flog folgende Typen:

Alliierte Maschinen

B-17 (»Fliegende Festung«)
B-24 (Librator)
Wellington
Stirling
Spitfire
Mosquito
Beaufighter
P-51 Mustang
Lockheed P-38 Lightning
Lockheed Hudson
Douglas DC-3

Deutsche Maschinen

FW 200
Ju 88
Ju 188
Ju 290
He 111
Fieseler Storch
Do-26
AR-196
AR-232

Sowjetische Maschinen

Tupolew-Bomber
Martin
Petljakow PE-2
SB-RK
Polikarpow I-16

Aus deutschen Dokumenten geht hervor, daß das Kampfgeschwader 200 unter anderem folgende Flughäfen als Stützpunkte benutzte:

Deutschland

Burg (Mistelstützpunkt)
Kolberg
München-Riem
Burg/Magdeburg
Tutow
Boitzenburg
Garz
Finnow
Dedelstorf
Berlin-Rangsdorf
Berlin-Finsterwalde
Berlin-Gatow
Hildesheim
Wildpark-Werder (Potsdam)
Stendal
Lübeck-Blankensee
Holzkirchen
Karlshagen

Frankreich

Orly Villeneuve-le-Roi
Marseille
Nizza
Nantes
Vannes
St. Dizier

Holland

Schouwen
Rotterdam

Österreich

Wiener Neustadt

Rumänien

Silistra

Polen

Danzig-Hexengrund

Dänemark

Ålborg
Tirstrup

Norwegen

Stavanger-Sola

Griechenland

Athen-Kalamaki

Sowjetunion

Simferopol
Charkow
Witebsk
Smolensk

Italien

Bergamo
Villafranca